Claudia Lütje

Über den Wolken fand ich dich

Roman

el!es

édition el!es

Internet: www.elles.de

E-Mail: info@elles.de

Umschlaggestaltung und Satz: graphik.text Antje Küchler

Umschlagfoto: © Eiskönig – Fotolia.com

ISBN 978-3-941598-48-5

Claudia Lütje

Über den Wolken fand ich dich

Kapitel 1

Voll bepackt, die Tasche in der einen Hand und die Arbeitsunterlagen unter dem anderen Arm, betrat Petra den Besprechungsraum. In wenigen Minuten begann die Flugbesprechung vor dem Flug nach Miami. Die meisten Kollegen vom Flugbegleitpersonal waren bereits da, und Petra stellte sich vor und begrüßte alte Bekannte, bis schließlich die Arbeitspositionen zugeteilt wurden.

Als Dienstälteste bekam Petra ihren Lieblingsplatz in der Küche. Einen Vorteil musste das Alter ja auch bringen, dachte sie und wandte sich mit einem Grinsen ihren Papieren zu.

Sie war ganz auf das Ausfüllen der Formulare konzentriert, als die Tür aufging und die drei Piloten hereinkamen. Sie gingen durch die Reihen und stellten sich der Crew vor, aber Petra, in ihre Papiere vertieft, nahm kaum richtig Notiz von ihnen.

Bis sich ihr die dritte Hand entgegenstreckte – und sie zusammenzucken ließ. Diese Hand war klein und zart und wurde von einer bezaubernden Stimme begleitet: »Hallo, ich bin Anja.«

Petra ergriff die Hand, schaute von ihren Unterlagen auf – und in die schönsten braunen Augen, die sie je gesehen hatte. Funkelnde Goldpunkte strahlten sie an.

»Hallo, Anja, ich bin Petra.« Warum klang ihre Stimme plötzlich so kratzig? Sie musste sich räuspern, damit sie die wenigen

Worte überhaupt herausbekam. Als Anja nach einer gefühlten Ewigkeit losließ, schien ihre Hand in Flammen zu stehen.

Unauffällig folgte sie der jungen Frau mit ihren Blicken. Wow, eine Pilotin ... und was für eine. Anja war nicht sehr groß, dafür umso schlanker, und sie machte einen sportlichen Eindruck. Die braunen Haare trug sie zu einem Zopf geflochten. In ihrer Uniform sah sie so richtig zum Anbeißen aus. Petra musste schlucken. In diesem Moment kam sie sich steinalt vor. Dennoch glitten ihre Augen immer wieder wie magisch angezogen zu Anja hinüber.

Die lächelte sie fröhlich an, wenn sich ihre Blicke kreuzten – was bemerkenswert häufig geschah. Das zarte Kribbeln in Petras Bauch wurde immer stärker. *Nicht rot werden,* ermahnte sie sich. Aber sie konnte nicht verhindern, dass ihr Gesicht während der ganzen restlichen Besprechung förmlich glühte.

An der Sicherheitskontrolle fand sie sich plötzlich neben Anja wieder. Sogar so dicht neben ihr, dass sie ihr leichtes Parfüm riechen konnte. Blumig, frisch, zart. So zart wie diese kleine Hand, die Petra gedrückt hatte ...

Verlegen wagte sie einen Blick zur Seite. Die junge Frau sah sie an – eindringlich, geradezu feurig. Petra musste schlucken. Ihr wurde schwindelig unter diesem intensiven Blick.

Da grinste Anja spitzbübisch. »Ich wünsche dir einen schönen Flug. Vielleicht kommst du mich einmal besuchen, wenn du Zeit hast.« Damit nahm sie ihren Koffer und ging an ihr vorbei.

Verblüfft sah Petra ihr nach. Das musste ein Traum sein. Diese schöne junge Frau flirtete doch nicht mit ihr?

Andererseits – was sollte ihre letzte Bemerkung sonst gewesen sein?

Den kurzen Weg zum Bus, der sie zum Flugzeug bringen würde, ging Petra wie auf Wolken.

Der Flug war anstrengend. Die Maschine war ausgebucht, wie immer auf dieser Strecke; Miami war ein heißbegehrtes Ziel für deutsche Touristen.

Petra erledigte ihre Arbeit mit der gewohnten Routine, und sie war froh, dass sie in ihrer geliebten Küche stehen konnte und sich nicht mit den Passagieren auseinandersetzen musste. Ihre

Kollegen in der Kabine waren ganz schön im Stress.

Petra dagegen konnte ihre Gedanken wandern lassen – und natürlich kreisten sie immer um dasselbe Thema. Die junge Pilotin war eine absolute Traumfrau. Sie hatte sie richtig umgehauen mit ihrer sanften Stimme, ihrem erfrischenden Lächeln und ihren warmen, intensiven Augen. Petra war hin und weg.

Ob sie sie wirklich im Cockpit besuchen sollte? Vielleicht hatte Anja ja auch ihre Verunsicherung bemerkt und sie nur aufziehen wollen. In diesem Fall würde Petra sich gnadenlos blamieren, wenn sie auf ihr verführerisch erscheinendes Angebot einging.

Gerade als sie in ihre kurze Pause gehen wollte, kam ein Anruf aus dem Cockpit: Der Pilot bat um ein paar Mandeln. Das war die Gelegenheit, auf die Petra gewartet hatte. Sie meldete sich bei ihrer Kollegin ab, marschierte durch das Flugzeug und gab den Sicherheitscode an den beiden Türen ein. Die Lampe sprang auf Grün, und sie trat ins Cockpit ein.

Dort saßen nur die beiden Piloten – von Anja keine Spur. Sie musste Pause haben und sich im Ruheraum ein Weilchen hingelegt haben. Petra kämpfte ihre Enttäuschung nieder. Nach ein paar belanglosen Worten mit den beiden Männern trat sie rasch wieder aus dem Cockpit und zog die Tür leise hinter sich zu.

Der Ruheraum lag direkt daneben. Ihre Hand strich langsam über die Wand, hinter der Anja liegen musste. Sie konnte sie vor sich sehen, der wunderschöne, schlanke Körper lang ausgestreckt auf dem Bett, das schimmernde, dunkle Haar in sanften Wellen ihr zauberhaftes Gesicht umrahmend ... Seufzend schüttelte Petra den Kopf. Sie gab sich einen Ruck und wollte gerade weitergehen, als neben ihr die Tür des Ruheraums aufging.

Sie drehte sich zur Seite und sah in goldgesprenkeltes Braun. Tief, feurig. Ein Lächeln breitete sich auf Anjas Gesicht aus, während sie Petra wortlos die Hand entgegenstreckte.

Überrascht, mehr eine Reflexhandlung als mit bewusster Absicht, ergriff Petra die Hand – und im nächsten Moment zog Anja sie zu sich in den Raum hinein und schloss die Tür. Sachte schob sie Petra gegen die Wand. Immer noch schweigend sah sie ihr lange tief in die Augen, und Petra versank in diesem intensiven Blick, vergaß alles um sich herum ... Dann beugte Anja ihren Kopf Petra entgegen, und ihre Lippen berührten sich ganz sachte.

Petra seufzte auf. Das musste ein Traum sein, ganz klar. So etwas passierte im wirklichen Leben nicht. Und im Traum war alles erlaubt. Sie legte ihre Hand in Anjas Nacken, zog sie fest an sich heran und schloss sie in ihre Arme, bevor sie den Kuss hingebungsvoll erwiderte. Sie küssten sich lange, mit wachsender Leidenschaft, und Petra verging Hören und Sehen, sie wusste nicht mehr, ob sie fest auf dem Boden stand oder in Schwerelosigkeit schwebte ... Aber Anjas Hände konnte sie doch noch spüren. Sie fuhren mit zärtlichem Druck an ihren Seiten entlang und schoben sich dann nach vorn über ihre großen Brüste. Petra seufzte erneut, tiefer, fast schon mehr ein Stöhnen, und beschleunigte den sinnlichen Tanz ihrer Zunge. Unterdessen öffnete Anja mit kundigem Griff Petras Weste und Bluse, schob ihre Finger hinein, umschloss Petras Brüste mit beiden Händen und ließ ihre Handflächen über die Brustwarzen gleiten.

Petra hatte das Gefühl zu schmelzen, zu zerfließen, sie schnappte nach Luft ...

Das scharfe Geräusch ihres eigenen Atems brachte sie mit einem Schlag wieder zur Besinnung. »Um Gottes Willen«, keuchte sie. »Ich muss wieder los, sie werden mich schon vermissen.« Hektisch schloss sie die Knöpfe ihrer Bluse und zog die Weste über ihrem Busen zusammen.

Anja war einen Schritt zurückgetreten. Sie sagte nach wie vor kein Wort, sah Petra nur an, und die Goldpunkte in ihren Augen schienen zu tanzen.

Petra hielt inne, als sie den Blick erwiderte. Ihr Atem hatte sich noch nicht beruhigt, ihr Herz hämmerte, und ihre Gedanken wirbelten durcheinander. »Was machst du nur mit mir? Du hast mich völlig verzaubert.«

Anja trat wieder näher an sie heran und ließ ihre Zunge sanft über Petras Lippen streichen, bevor sie zum ersten Mal sprach. »Ich mach nur das, was du offensichtlich auch magst.« Ein bezauberndes Lächeln umspielte ihre Lippen. »Schade, dass du schon gehen musst. Ich könnte ewig so weitermachen. Du bist wirklich süß, weißt du das?« Ihre Hände strichen wieder über

Petras feste Brüste.

Die erschauerte unter der Berührung. *Süß? Ich? Und das von einer, die halb so alt ist wie ich und so unfassbar niedlich, dass sie jede haben könnte? Na klar.* Aber sie beschloss, mitzuspielen – jetzt, da einigermaßen deutlich war, dass Anja offenbar keinen dummen Streich im Sinn hatte. Vorsichtig löste sie sich von ihr. »Ich würde ja auch viel lieber hierbleiben, aber ich muss wirklich los.« Sie stockte kurz, sah Anja entschuldigend an, dann hörte sie sich selbst sagen: »Aber vielleicht können wir später …«

Erschrocken brach sie ab und schlug sich die Hand vor den Mund. Auch ohne einen Spiegel wusste sie, dass sie jetzt feuerrot im Gesicht war. *Vielleicht können wir später …?* Was war auf einmal in sie gefahren? So kannte sie sich selbst nicht.

Doch Anja grinste genauso spitzbübisch wie am Morgen an der Sicherheitskontrolle. »Das ist eine verlockende Idee. Ich werde dein Angebot gern annehmen.«

Petra wusste gar nicht, wie ihr geschah, als Anjas Lippen erneut auf ihre trafen und sie sie noch einmal ganz zärtlich küsste. Dann stahl sie sich leise aus dem Ruheraum. Sie musste ein paar tiefe Atemzüge machen, bis ihr Puls und ihre Gesichtsfarbe sich halbwegs normalisiert hatten und sie wieder in die Kabine eilen konnte.

Bevor sie an ihren Arbeitsplatz zurückkehrte, ging Petra rasch in eine der Toiletten, um sich frisch zu machen. Der Blick in den Spiegel ließ ihr das Blut in die Wangen schießen: In der Hektik hatte sie ihre Bluse falsch zugeknöpft. Hoffentlich hatte das niemand bemerkt. Eilig korrigierte sie ihre Kleidung, spritzte sich etwas kaltes Wasser ins Gesicht, fuhr sich noch einmal mit den Fingern durch die kurzen, blonden Haare und ging dann endlich in ihre Küche zurück.

Mit geübten Handgriffen machte sie sich an die Arbeit, aber so ganz bei der Sache war sie nicht. Ihre Gedanken wanderten ständig zu Anja zurück – und zu den sanften und dann immer wilderen Küssen. Selbst jetzt noch konnte sie den mal zärtlichen, mal fordernden Druck von Anjas Lippen auf ihren spüren. Die lebhaften Erinnerungen brachten ihr Gesicht erneut zum Glühen: So etwas war ihr noch nie passiert. Noch nie hatte sie sich so schnell herumkriegen lassen. Obwohl – was hieß hier »herumkriegen«? Sie hatte es ja selbst gewollt, und wie. In ihr hatte eine Leidenschaft gebrodelt, die sie selbst überrascht, ja beinahe erschreckt hatte. In all ihren Beziehungen, und das waren bisher nur sehr wenige gewesen, hatte sie nie ein solches Verlangen gespürt.

Der Rest des Fluges verging schnell und ohne Zwischenfälle. Nach der Landung in Miami traf sich die Crew am Ausgang des Flugzeuges, um gemeinsam durch die Passkontrollen zu gehen. Plötzlich fand sich Petra an Anjas Seite wieder. Sofort begann ihr Herz schneller zu schlagen beim Gedanken daran, wie sich diese Lippen angefühlt hatten. Aber hier, inmitten der großen Gruppe, beschränkte sich ihre Kommunikation auf lächelnde Blicke.

Vor der Tür des Terminals traf sie die schwüle Hitze Miamis wie ein Hammer, und in Sekunden waren sie alle schweißgebadet. Jetzt spürte Petra den langen Flug doch in ihren Knochen. Sie ließ sich im hinteren Teil des Busses auf einen Sitz plumpsen. Keine fünf Sekunden später saß Anja neben ihr.

Petra wurde noch wärmer, falls das in dieser subtropischen Umgebung überhaupt möglich war.

»Wie war der Flug für dich?«, erkundigte sich Anja leise, und ihr eindringlicher Blick nahm Petra gefangen.

Die wagte nicht, Anja ihrerseits mehr als einen scheuen Blick zuzuwerfen, weil sie fürchtete, dass ihr sonst die Kontrolle über ihre Mimik entgleiten würde. Sie zuckte leicht mit den Schultern. »Die meiste Zeit war es wie immer.« *Und in der restlichen Zeit ...* Sie senkte den Kopf und wurde wieder einmal knallrot.

Obwohl sie Anja nicht ansah, konnte sie deren Grinsen hören, als sie sagte: »Und sonst?«

Petra wagte einen weiteren zaghaften Seitenblick, aber sie schwieg. Auf diese Frage erwartete Anja hoffentlich keine Antwort – allein bei dem Versuch hätte Petra unweigerlich die Stimme versagt. Sie schluckte schwer.

Da spürte sie plötzlich Anjas zarte, kleine Hand auf ihrer. Anja ergriff ihre Hand und drückte sie sanft. »Ich weiß, Petra«, hörte Petra sie flüstern. »Es geht mir genauso.«

Verblüfft hob Petra nun doch den Blick und sah sie an. Leichte Röte überzog Anjas Gesicht, die nichts mit der Hitze Miamis zu tun haben konnte. Eine warme Welle, die ebenso wenig dem schwülen Klima geschuldet war, stieg in Petra auf, als breche ein Lavastrom sich in ihrem Inneren Bahn. Gleichzeitig schienen in ihrem Bauch tausend Blitze zu zucken. Aber sie hielt dem tiefen, eindringlichen Blick aus Anjas goldgesprenkelten Augen stand und drückte deren Hand noch ein wenig fester.

Den Rest der Fahrt saßen sie schweigend nebeneinander, ihre Finger ineinander verschränkt. Und jedes Mal, wenn Anja ihre Hand drückte, machte Petras Herz einen gewaltigen Satz.

Schließlich trafen sie in der scheinbar auf Nordpoltemperatur klimatisierten Hotelhalle ein, wo die Zimmerschlüssel verteilt wurden. Eine Kollegin fragte Petra, ob sie nachher mit ins Einkaufszentrum wolle, aber Petra entschuldigte sich und murmelte etwas von Müdigkeit und sich erholen. Während die anderen dann nach und nach in ihre Zimmer verschwanden, sah sie sich nach Anja um.

In der großen Hotelhalle konnte sie sie nirgends entdecken. Womöglich war sie schon auf ihr Zimmer gegangen. Ratlos drehte Petra ihren Zimmerschlüssel in den Händen. Ob sie einfach am Empfang nach Anjas Zimmernummer fragen sollte? Doch schnell verwarf sie diesen Gedanken: Höchstwahrscheinlich würde sie sich dadurch nur lächerlich machen. Sie war eben doch zu alt für Anja – wie konnte sie ernsthaft annehmen, dass sich diese Traumfrau für sie interessieren würde? Sicher war sie für Anja nicht mehr als eine Spielerei, ein netter Zeitvertreib.

Andererseits . . . wenn sie an die Busfahrt zurückdachte, dann war es ihr so gar nicht wie ein Spiel vorgekommen. Da hatte sie sogar ganz deutlich gespürt, dass Anja sie ernst nahm – dass sie das zwischen ihnen ernst nahm, was immer das sein mochte.

Ein paar Minuten blieb sie unschlüssig in der großen Halle stehen und versuchte dem Chaos aus Gedanken und Gefühlen, das immer noch in ihr wirbelte, irgendetwas Sinnvolles, Verlässliches zu entnehmen. Etwas, das ihr sagen könnte, wie es nun weitergehen sollte. Aber schließlich gab sie es auf, nahm seufzend ihren Koffer und ging zu den Aufzügen.

Ihr Zimmer war im 25. Stock. Mit der Schlüsselkarte öffnete

sie die Tür, schob den Koffer durch den Gang in die riesige Suite hinein und wollte gerade die Tür hinter sich schließen, als eine Hand von außen dagegen hielt. Petra stockte für einen Moment der Atem. Dann schob sich eine Gestalt in den Türspalt, und Petra sah geradewegs in Anjas wunderschöne, warme Augen.

»Hallo, schöne Frau! Entschuldige, ich wollte dich nicht erschrecken.« Das bezaubernde Lächeln wirkte fast ein wenig betreten – Petra musste ein Gesicht gemacht haben, als hätte sie einen Geist gesehen. »Ich hatte noch etwas mit Peter zu besprechen, und auf einmal warst du weg. Zum Glück konnte ich deine Zimmernummer an der Rezeption erfragen.«

Petra verschlug es für Sekunden die Sprache. Stotternd brachte sie schließlich hervor: »Und ich dachte, dass du vielleicht gar nicht ... ich meine, ich wusste nicht, ob du mich überhaupt sehen wolltest ... du warst so schnell weg.« Die letzten Worte flüsterte sie nur noch, dann senkte sie den Blick. *Wie albern. Wie kindisch. Ich benehme mich wie ein Teenager. Sie muss das einfach nur peinlich finden.*

Anja antwortete nicht sofort, sondern trat näher an Petra heran und nahm sie sanft in die Arme. Dicht an Petras Ohr wisperte sie: »Ich möchte dich sehr gern sehen ... und eigentlich noch sehr viel mehr, wenn ich darf.«

Petra stand wie erstarrt, sie war nicht einmal in der Lage, ihre eigenen Arme zu heben, um Anjas Umarmung zu erwidern. Das konnte doch nicht wirklich wahr sein. Dass diese wunderschöne junge Frau hier vor ihr stand, sie in den Armen hielt und ihr süße Verheißungen ins Ohr flüsterte – so etwas passierte in schnulzigen Romanen, aber doch nicht in ihrem Leben. Sie rechnete fest damit, dass sie jeden Moment aufwachen und sich allein in ihrem Bett wiederfinden würde.

Stattdessen hörte sie Anjas Stimme, sehr real, und ihr Atem kitzelte Petras Ohr: »Vielleicht sollten wir ins Zimmer gehen und nicht hier in der Tür stehen bleiben, was meinst du?«

Erst jetzt fiel Petra auf, dass Anja mit ihrem ganzen Gepäck vor ihr stand. Sie schüttelte den Kopf, nahm sich im Stillen vor, sich über nichts mehr zu wundern, und half der kleineren Frau, ihre Taschen in die Suite zu bugsieren. Danach schloss Anja die Tür hinter ihnen beiden zu.

Sie sah sich staunend in der riesigen Suite um. »Wow. Das ist ja der Hammer. Zu schade, dass wir nur so wenige Stunden Aufenthalt haben ... meine Güte, es gibt sogar eine komplette Küche.«

Petra folgte ihrem Blick mit einem Lächeln. »Ja, da hast du recht, hier könnte ich es ein paar Tage aushalten. Aber jetzt würde ich gern ins Bad. Ich möchte aus der Uniform raus und mich umziehen, und vor allem würde ich gern duschen, ich bin total nass ...«

»Ach, du auch?«, platzte Anja heraus und brach in herzhaftes Lachen aus.

Petra konnte nicht verhindern, dass sie zum wiederholten Mal an diesem Tag feuerrot anlief. »Du weißt, was ich meine«, versetzte sie.

»Ja, natürlich. Sorry. Duschen ist eine super Idee, und ich habe ja auch alles dabei.« Nun war es Anja, die leicht errötend zu Petra aufsah: »Aber ich wollte so schnell es geht zu dir, hatte Angst, dass du vielleicht nicht mehr aufmachst, wenn ich später komme.«

Sie sah unglaublich entzückend aus mit ihren rosigen Wangen und der leicht verlegenen Körperhaltung. Petra hätte sie auf der Stelle abknutschen können. Stattdessen sagte sie, ohne dass sie diese Äußerung bewusst geplant hätte: »Vielleicht möchtest du ja mit mir duschen.«

Gleich darauf schlug sie sich die Hand über den Mund, genau wie vorhin im Flugzeug. Nie im Leben hätte sie es gewagt, einer fast Fremden einen solchen Vorschlag zu machen – normalerweise. Aber mit Anja schien nichts normal zu sein. Sie brachte Petra völlig um den Verstand.

Anja suchte ihren Blick. »Bist du sicher ...?« Ihre Stimme erstarb, sie senkte kurz die Augen, um Petra dann wieder stumm anzusehen. Sie hielten einander mit ihren Blicken fest. Bis Anja wie zufällig Petras Hand berührte, danach griff, um Petra an sich zu ziehen und sie vorsichtig auf den Mund zu küssen. Ganz zart strich ihre Zunge über Petras noch geschlossene Lippen, dann ein wenig fester, begehrlicher.

Mit einem tiefen Seufzer öffnete Petra den Mund und hieß Anjas Zunge willkommen. Ihre Zungenspitzen trafen aufeinander und umspielten sich zärtlich, dann, mit wachsender Leidenschaft, immer wilder, wie in einem feurigen Tanz. Ein Stöhnen entrang sich Petras Kehle, als Anja begann, ihre Weste und dann auch die Bluse aufzuknöpfen. Mit wenigen Griffen entledigte sie Petra ihrer Kleidung und zog auch sich selbst schnell aus. Nackt standen sie da, küssten sich weiter leidenschaftlich und drängten sich aneinander, während ihre Hände auf Wanderschaft gingen.

Anjas Finger glitten über Petras Rücken, schoben sich dann sanft nach vorn und umschlossen mit festem Griff ihre Brüste. Jede Berührung zog eine flammende Spur auf Petras Haut. Als Anjas Handflächen über ihre Brustwarzen strichen, keuchte Petra laut auf.

Sanft massierte Anja die Knospen, die sich immer steifer nach oben reckten. Petra war sicher, dass sie gleich wahnsinnig werden würde. Ihr schwindelte, und wahrscheinlich wäre sie umgefallen, wenn Anja sie nicht festgehalten hätte. Noch immer ließen sie ihre Zungen tanzen, als könnten ihre Münder nicht genug voneinander bekommen. Bis Petra irgendwann nach Luft japste, sich vorsichtig von Anja löste und sie schwer atmend ansah. »Was machst du nur mit mir?«, murmelte sie.

Statt einer Antwort schenkte Anja ihr ein strahlendes Lächeln. Dann umschloss sie Petra neuerlich mit ihren Armen und schob sie vorsichtig Schritt für Schritt nach hinten, bis sie mit einem kleinen Schrei rückwärts aufs Bett fiel. Anja blieb am Bettrand stehen und sah auf sie herab.

Mit einem Mal kam sich Petra entblößt vor, schutzlos. Ihr Körper war nun mal nicht der einer Zwanzigjährigen. Spätestens jetzt musste Anja feststellen, dass sie einem Irrtum zum Opfer gefallen war ... Sie mied Anjas Blick und tastete nach der Decke.

»Du bist wunderschön«, hörte sie plötzlich Anjas Stimme, heiser flüsternd. »Ich kann gar nicht genug davon bekommen, dich anzusehen.«

Hatte sie sich verhört? Petra richtete sich seufzend auf dem Bett auf, zog die Knie an und schlang ihre Arme darum. Erst jetzt wagte sie wieder, Anja in die Augen zu schauen: »Ich bin viel zu alt für dich und alles andere als schön.«

Anja schaute zurück, und das Erstaunen in ihrem Blick war

echt. »Warum sagst du nur so etwas? Du bist nicht zu alt. Und – oh Göttin, du bist die schönste Frau, die ich kenne, Petra.«

Petra schüttelte den Kopf und umfasste ihre Beine noch etwas fester. »Vielleicht brauchst du eine Brille, Anja. Ich bin 42 und damit entschieden älter als du.«

Anjas wunderschönes Gesicht nahm einen Ausdruck großer Zärtlichkeit an. »Und ich bin 27. Na und? Dann bist du eben ein paar Jahre älter, das macht doch nichts. Du hast einen tollen Körper, das sehe ich ganz genau, auch ohne Brille. Und deine Küsse waren unglaublich ... davon kann ich einfach nicht genug bekommen.«

Damit setzte sie sich ebenfalls auf das Bett und ließ ihre Hand sachte über Petras Körper gleiten. Mit sanftem, liebevollem Druck zwang sie Petra, ihre kauernde Haltung zu lockern; und tatsächlich entspannte sich Petra unter den zärtlichen Berührungen, bis sie sich wieder lang ausgestreckt in die Kissen sinken ließ. Das bewog Anja jedoch keineswegs dazu, ihre Liebkosungen einzustellen. Ihre Hand strich sanft über die weichen Erhebungen von Petras Brüsten, erst über die eine, dann über die andere. Die Knospen hatten sich steil nach oben gereckt. Petra zitterte, wand sich und wimmerte, aber um nichts in der Welt hätte sie gewollt, dass Anja aufhörte.

Schließlich legte sich Anja auf sie und begann sie zu küssen, erst zärtlich, dann immer lustvoller und wilder. Während ihre Zunge tief in Petras Mund drang und jeden Winkel erforschte, massierte ihre Hand die Brüste. Wanderte von einer zur anderen, hin und her.

Petra glaubte zu explodieren, wenn sie nicht bald erlöst würde. Ihr Atem ging immer lauter und heftiger. Als sie es kaum noch aushielt, versuchte sie Anjas Hand nach unten zu ziehen.

»Gleich, meine Süße«, flüsterte Anja ihr ins Ohr. »Nicht so stürmisch.«

Petra schluchzte beinahe: »Bitte ... du machst mich wahnsinnig.«

Noch einmal küsste Anja sie zärtlich auf den Mund, dann ließ sie ihre Lippen über Petras Hals nach unten wandern. Sie leckte sachte über die eine Brust, während sie die andere mit der Hand weiter verwöhnte. Sanft saugte sie an der erigierten Warze und sandte nun endlich, endlich ihre Hand über Petras Körper nach unten. Ganz sanft strich sie zwischen ihren Beinen hindurch. Sofort begann Petras Unterleib heftig zu zucken, und ihr Stöhnen wurde lauter.

Aber Anja ließ sich noch etwas mehr Zeit. Ihr Daumen tastete über Petras Lustperle, lockte sie aus ihrem Versteck, ließ sie immer größer werden. Nun verließ auch ihr Mund Petras Brust, und sie küsste sich ihren Weg nach unten zwischen Petras Beine. Ihre Zunge löste den Daumen ab; mit kräftigen Zungenschlägen brachte sie Petra an den Rand der Ekstase. Ihre Finger, die bis dahin nur den Rand der feuchten Höhle umspielt hatten, glitten nun mit Schwung tief in sie hinein. Petra stöhnte laut auf. Ihr Unterleib hob sich Anja fordernd entgegen, bockte wie ein wildes Pferd, und mit jedem Zungenschlag und jedem Stoß der Finger kam Petra zu einem weiteren Orgasmus. Welle um Welle schlug über ihr zusammen. Als sie schon einer Ohnmacht nahe war, rutschte Anja noch etwas tiefer und nahm mit ihrer Zunge Petras Nässe in sich auf. Petra kam erneut mit einem lauten Schrei, bevor sie völlig erschöpft und halb besinnungslos zusammensank.

Anja schob sich sanft an ihr nach oben, jeden Zentimeter von Petras Körper mit Küssen bedeckend. Sie strich ihr die verschwitzten Haare aus der Stirn und sah sie liebevoll an.

»Jetzt wäre eine Dusche angebracht, was meinst du?«

Petra hatte die Augen geschlossen, sie atmete noch immer schwer, und ihr Hirn war vollkommen leer. Nur ganz langsam kehrten ihre Sinne zurück, ihre Sprache und ihr Denken.

»Ist alles in Ordnung?«, hörte sie Anjas besorgte Stimme wie durch eine Wand aus Watte. »Bist du okay? Bitte, sprich mit mir.«

Träge öffnete Petra die Augen. Sie hoffte, das Strahlen darin würde Anja überzeugen, dass alles viel mehr als nur okay war. »Das war wunderschön«, flüsterte sie. »Ich wusste nicht, dass es so unglaublich sein kann, so intensiv. Ich ...« Ihre Stimme brach. »Danke.«

Sie sahen sich tief in die Augen. Petra las Erleichterung in Anjas ausdrucksvollem Blick – und auch noch etwas anderes, Tieferes, ein ganz klein wenig Beunruhigendes. War das nur die körperliche Leidenschaft oder noch mehr?

In diesem Moment begann Anja sie wieder zu küssen, nun ganz sanft und zärtlich. Doch Petra drehte sie vorsichtig herum und legte sich auf sie. »Jetzt bin ich an der Reihe«, verkündete sie. »Ich will dich spüren ... dich verwöhnen.«

Sie ließ ihre Finger sachte über Anjas schmalen Körper gleiten, an den Seiten hinunter, über den flachen Bauch wieder nach oben und über die kleinen, zarten Brüste zurück. Ihre Handfläche kreiste ganz vorsichtig über die Brustwarze, die sich schnell steil nach oben reckte. Wie hinreißend Anjas Körper war, wie unglaublich zart und weich ihre Haut.

Anja stöhnte ganz leise. »Das ist wunderbar ... bitte nicht aufhören.«

Petra lächelte auf sie herab. »Keine Sorge, ich habe nicht vor aufzuhören. Noch lange nicht.«

Sie nahm die Knospe zwischen Daumen und Zeigefinger und knetete zugleich vorsichtig die immer größer werdende Murmel. Dabei betrachtete sie die junge Frau unter ihr aufmerksam, ließ sich keine ihrer Reaktionen entgehen. Diese faszinierende Verwandlung in den braunen Augen, die so strahlend leuchteten und dann immer dunkler wurden, bis sie fast schwarz waren ... Ihr ganzes Leben hätte sie damit verbringen können, in diese Augen zu schauen.

Sie schob ihre Finger zwischen Anjas Schamlippen. Anja war bereits feucht und heiß und so weit, dass Petra erst zwei, dann noch einen dritten Finger in sie hineinschob. Erst langsam, dann immer schneller ließ sie die Finger in die Höhle fahren und beim Herausziehen kreisen. Sie spürte, wie Anjas Innerstes sich zusammenzog, konnte die Nässe fühlen, die über ihre Finger hinweg aus ihr herausströmte. Immer wieder stieß sie tief in sie hinein, während sie mit dem Daumen außen um die Murmel kreiste. Dabei saugte sie wie ein Baby an Anjas Brustwarze, die sie noch immer im Mund hatte, biss zärtlich hinein.

Anja bäumte sich auf, kam schließlich mit einem kleinen Schrei, aber Petra gönnte ihr noch keine Ruhe. Sie nahm nun die Zunge zu Hilfe und leckte über die pulsierende Murmel, während sie nun schon vier Finger tief in Anjas nasse Lusthöhle gleiten ließ.

Anja keuchte, ihre Stimme war rau: »Ich brauche dich – bitte, nimm mich ganz!«

Überrascht hielt Petra einen Moment inne. »Bist du sicher? Ich habe das noch nie gemacht.« Ein wenig nervös sah sie auf die zuckende Frau unter ihr.

Anja sah sie flehentlich an. »Bitte ... ich möchte dich ganz in mir spüren.«

Petra schob ihre Finger tiefer, zögerte dann noch einmal kurz, bevor sie mit einem festen Stoß ihre gesamte Hand in Anjas Grotte hineingleiten ließ. Anja zuckte immer stärker, reckte den Unterleib nach oben und drückte damit Petras Hand noch tiefer in sich hinein. Mit einem letzten Aufbäumen und einem tiefen Seufzer fiel sie aufs Bett zurück und lag schwer atmend in den Laken.

Petra betrachtete sie überwältigt. Sie hätte nie für möglich gehalten, dass jemand ihre ganze Hand in sich aufnehmen konnte – und hier lag sie nun mit einer traumhaften Frau im Bett, die sie um diese Erlösung angebettelt hatte. Nun war sie ein wenig unsicher, wie sie ihre Hand aus Anja herausbekommen könnte, ohne ihr wehzutun. Doch die Sorge war unbegründet. Es brauchte nur einen kleinen Ruck, und ihre Hand glitt ganz leicht aus der triefend nassen Höhle heraus. Anja zuckte ganz leicht zusammen, dann zog sie Petra zu sich nach oben in ihre Arme und kuschelte sich eng an sie. Wenige Augenblicke später hörte Petra ihre gleichmäßigen Atemzüge. Anja war eingeschlafen.

Petra blieb noch einige Zeit wach und betrachtete sie liebevoll. Sie bemühte sich, sich nicht zu bewegen, um die junge Pilotin, die so fest an sie geschmiegt dalag, nicht zu wecken. Mit einem Lächeln auf den Lippen schlief auch sie schließlich ein.

Kapitel 2

Mitten in der Nacht schreckte Petra aus dem Schlaf auf. Für einen Moment war sie orientierungslos, musste erst einmal überlegen, in welchem Hotel sie sich überhaupt befand. Dann fiel ihr der vergangene Abend wieder ein.

Doch bevor sie sich der Erinnerung genüsslich hingeben konnte, ließ eine Bewegung am Fenster sie erneut zusammenfahren.

Anja stand an der Balkontür und sah hinaus in die dunkle Nacht. Leise stand Petra auf und trat hinter sie, doch bevor sie sie erreicht hatte, stellte sie bestürzt fest, dass Anjas Schultern bebten. Vorsichtig legte Petra der jungen Frau den Arm um die Schultern und fragte behutsam, ohne sie anzusehen: »Warum weinst du?«

Anja wandte sich zu ihr um. Sie sah ihr kurz in die Augen, dann ließ sie sich schluchzend in Petras Arme fallen. Der tiefe Schmerz, der sich in ihrem heftigen Weinen entlud, schnitt Petra ins Herz. Lange hielt sie Anja einfach nur fest und strich ihr immer wieder beruhigend über den Rücken; vielleicht konnte sie ihr so wenigstens etwas Geborgenheit vermitteln. »Es ist alles gut, Anja«, flüsterte sie ihr leise ins Ohr. »Ich bin doch hier.«

Aber ihre Worte schienen die Tränen eher noch heftiger strömen zu lassen. Hilflos hielt Petra die weinende Frau in ihren Armen und sprach weiter sanft auf sie ein. Was konnte diesem wunderbaren Wesen so auf der Seele lasten, das eine solche Verzweiflung hervorrief? Es dauerte eine ganze Weile, bis Anjas Schluchzen nachließ. Aber noch immer sah sie Petra nicht an, klammerte sich nur an ihr fest.

»Willst du mir sagen, was dich so sehr bedrückt?« Sanft hob Petra Anjas Kinn an, so dass diese sie ansehen musste. Die sonst funkelnden braunen Augen waren dunkel vor Angst.

»Bitte, halt mich fest, bitte, Petra, halt mich einfach nur fest ...« Anjas Stimme war kaum mehr als ein Flüstern.

Das war nicht gerade eine Antwort, die Petras Sorge und Mitgefühl hätte dämpfen können. Doch sie nahm Anja wieder in den Arm und wiegte sie vorsichtig hin und her, wie ein kleines Kind. Zärtlich strich sie über das weiche, dunkle Haar. Anja war noch so jung – fast kam es Petra tatsächlich so vor, als halte sie ein kleines Mädchen in den Armen, dessen Welt zusammenbrach, weil jemand sein Lieblingsspielzeug kaputtgemacht hatte. Als sie sich geliebt hatten, immer wieder, über Stunden, da war Anja ganz Frau gewesen; genau genommen hatte sie sogar den aktiveren Part übernommen, gestand sich Petra mit einem Anflug von Verlegenheit ein. Aber nun wirkte sie so hilflos und schutzbedürftig, und Petra hatte keine Ahnung, was die junge Frau so verschreckt haben konnte. Sie wusste nur, dass sie alles dafür getan hätte, das Strahlen in diese wunderschönen Augen zurückkehren zu sehen.

Während sie weiter sanft Anjas Haar streichelte, nutzte Petra die Gelegenheit der Besinnung. Was gestern Abend geschehen war, war neu für sie – und so überwältigend, dass ihr Herz schon bei dem flüchtigen Gedanken daran schneller zu schlagen begann. Nie im Leben hätte sie sich träumen lassen, dass ihr so etwas passieren könnte; ihr, die normalerweise als sehr zurückhaltend, fast schon schüchtern rüberkam. Ihre letzte Beziehung war lange her, und sie war noch nie eine Freundin von One-Night-Stands gewesen. Wenn es ihren Freunden mal gelang, sie in einen Club oder eine Kneipe mitzuschleppen, ging sie im Gegensatz zu den anderen immer allein nach Hause.

Was also war das gestern gewesen? Ihr erster One-Night-Stand, mit 42 Jahren? Nein, so wollte sie es nicht nennen. Es war zu intensiv gewesen, zu gefühlvoll, zu elementar. Und sie hatte den Eindruck gehabt, dass nicht nur sie selbst so empfand.

Plötzlich stutzte sie, schob Anja behutsam ein kleines Stück von sich weg und hob erneut ihr Gesicht zu sich an. Sie wusste, dass sie Anja nicht bedrängen sollte, aber es musste heraus: »Anja, bitte sprich mit mir ... habe ich etwas falsch gemacht? Bitte, sag etwas ... es bricht mir das Herz, dich so zu sehen!«

Anja schluchzte erneut auf, aber sie schüttelte den Kopf. »Du hast nichts falsch gemacht. Aber ich.« Ein tieftrauriger Blick traf Petra, dann senkte Anja die Augen. »Es tut mir so leid ... ich weiß nicht, wie ich es dir sagen kann.«

Die Qual der jungen Frau schmerzte Petra fast körperlich.

Doch ihre dunkle Ahnung wurde Gewissheit: »Du bist schon vergeben.« Es war mehr eine Feststellung als eine Frage.

Der Ausdruck, der daraufhin in Anjas Augen trat, gab ihr das Gefühl, in ein bodenloses Loch zu sinken.

»Ja und nein«, sagte Anja mit brüchiger Stimme. »Es tut mir so leid. Ich weiß einfach nicht, wie ich es erklären soll.«

Petra wollte etwas einwenden, wollte versichern, dass sie sich nicht zwischen zwei Partnerinnen stellen würde, schwören, dass niemand etwas von dieser Nacht erfahren würde, alles, solange Anja nur wieder lachen könne – doch Anja fuhr schon fort: »Ich bin seit vier Jahren mit Beate liiert. Wir waren glücklich, zumindest am Anfang. Aber in der letzten Zeit streiten wir nur noch, und ich merke, dass ich jeden Flug als Flucht sehe. Ich will nicht mehr nach Hause gehen, bleibe oft noch Stunden nach der Landung auf der Basis, nur um ihr nicht entgegentreten zu müssen. Sie schreit mich immer an, behauptet, dass ich sie betrüge. Dabei habe ich bis gestern noch nicht einmal im Traum daran gedacht, genau das zu tun. Und dann kamst du!« Sie hob kurz den Blick, und für den Bruchteil einer Sekunde blitzte ein Lächeln in ihrem Gesicht auf. »Schon in der Besprechung bist du mir aufgefallen mit deinen wunderschönen Augen, deinem Lächeln. Da war etwas Besonderes, ein Gefühl, das ich mit Beate schon lange nicht mehr hatte, oder vielleicht auch nie gehabt habe ... ich habe mich sofort in deiner Nähe wohlgefühlt.« Sie seufzte leise. »Den ganzen Flug habe ich an dich gedacht. Als ich im Ruheraum war, konnte ich überhaupt nicht schlafen. Ich habe jedes Mal durch den Spion geschaut, wenn jemand ins Cockpit ging. Ich habe so sehr gehofft, dass du kommen würdest ... Und schließlich habe ich es nicht mehr ausgehalten und Peter gebeten, an deiner Station anzurufen, um dich mit einem Vorwand nach unten zu locken. Das hat dann ja auch geklappt.« Jetzt war ihr Lächeln schon ein wenig breiter.

»Aber ... aber«, stotterte Petra, »es hätte doch auch jemand anders kommen können ... oder ich hätte die Nüsse mit dem Aufzug nach unten schicken können, damit sie jemand von unten zu euch bringt.«

Anja nickte. »Ja, das war mir bewusst, aber ich hoffte einfach, dass du mich vielleicht auch sehen wolltest. Dass du es auch gespürt hattest. Und dann bist du ja auch gekommen. Ich habe dich durch den Türspion gesehen und konnte mein Glück kaum fassen. Als ich die Tür öffnete und dich ansah, deine schönen blauen Augen, dein Lächeln, deine zarten Hände und diese wunderbaren Lippen ... da war es endgültig um mich geschehen. Ich wollte dich schon vom ersten Moment an küssen, als ich dich zum ersten Mal gesehen habe. Und obwohl ich wusste, dass es nicht richtig ist, vor allem dir gegenüber – ich konnte nicht anders. Du hast mich verzaubert, und ich wollte dich so sehr.«

Petra öffnete den Mund, aber es kam kein Ton heraus. Wieder schien der feste Boden unter ihren Füßen zu verschwinden, aber diesmal fühlte sie sich wie von einem wilden Sturm in die Luft gerissen und herumgeschleudert, ohne dass sie etwas dagegen tun konnte.

Da es Petra die Sprache verschlagen hatte, sprach Anja weiter. »Als ich so schnell verschwunden bin vorhin in der Lobby, da habe ich nicht mit Peter gesprochen ... ich habe mit Beate telefoniert. Ich wollte ihr sagen, dass ich mich von ihr trennen werde. Doch sie hat mir nicht einmal zugehört. Sie hat mich sofort wieder beschimpft, getobt, geschrien. Da habe ich aufgelegt und bin zu dir gegangen. Ich hatte Angst, dass ich mich vielleicht getäuscht hätte, dass du mich gar nicht so sehr mögen würdest ... ich glaube, das wäre für mich der Weltuntergang gewesen. Weil ... ich ...« Sie stockte kurz, dann sah sie Petra fest in die Augen. Mit großem Ernst sagte sie: »Ich glaube, ich habe mich in dich verliebt ... und es macht mir Angst. Es macht mir noch mehr Angst, was du von mir halten wirst, jetzt, wo du weißt, dass ich eigentlich nicht allein bin. Und noch viel mehr Angst habe ich, dass du mir nicht verzeihen kannst und mich vielleicht nie mehr wiedersehen willst.«

Petra schluckte schwer. Dann gehorchte ihre Stimme ihr endlich wieder. »Das ist eine ganze Menge ... ich muss das erst mal verdauen.«

Aber als sie die Tränen sah, die Anja erneut über das Gesicht kullerten, konnte Petra nicht anders, als sie wieder zärtlich in die Arme zu nehmen. »Schsch ... nicht weinen, meine Kleine ... ich habe doch gar nichts gesagt, oder?« Tatsächlich war nach dem ersten Schock über Anjas Offenbarungen völlig klar, dass ihre Gefühle sich nicht geändert hatten. Anja hatte ihr die Wahrheit gesagt, das spürte sie; sie hatte sie nicht verraten – ihre Leidenschaft war echt gewesen und so tief, so allumfassend wie bei Petra selbst. Und nach wie vor hätte Petra alles dafür getan, die junge Frau zu beschützen. Liebevoll sah sie Anja an und hoffte, dass ihr Blick ihr Sicherheit und Zuversicht vermitteln konnte.

Schniefend murmelte Anja: »Bist du mir nicht böse?«

Petra strich ihr sanft über den Kopf. »Wie kann ich dir denn böse sein? Wir haben ja nie wirklich miteinander gesprochen. Ich habe nichts gefragt, und du hast nichts gesagt. Dafür hast du mir eine Leidenschaft gezeigt, die ich so noch nie erlebt habe und vielleicht auch nie wieder erleben werde. Die Stunden mit dir waren unglaublich schön – ich werde dir auf ewig dankbar dafür sein.«

»Ich verstehe nicht ...« Anjas Blick verdunkelte sich wieder. »Heißt das, dass wir uns nicht wiedersehen werden?«

»Willst du das denn?«, erkundigte sich Petra vorsichtig. »Und vor allem, wie stellst du dir das vor? Ich habe kein Interesse an einer Affäre, das ist nicht mein Ding. Und offiziell bist du mit Beate zusammen. Weißt du, ich habe mir immer geschworen, dass ich niemals in eine bestehende Beziehung einbrechen werde. Da ich nichts von euch wusste, ist es jetzt doch passiert. Und nun muss ich mir erst darüber klarwerden, wie ich damit umgehen soll.«

Traurig sah Anja sie an. »Ich will mich doch von Beate trennen ... ich verspreche es dir. Das mit uns läuft schon lange so schief – ich habe nur den Absprung bisher nie gewagt. Und du ...«, die Trauer wich aus ihrem Blick, und ihre Augen wurden ganz sanft, »du gibst mir die Kraft, es endlich zu tun. Du bist eine wunderbare Frau, und ich möchte so viel mehr von dir erfahren. Ich möchte mit dir zusammen sein. Gib mir eine Chance, bitte!«

Ihre Worte brachten den Sturm in Petras Inneren zum Erliegen. Wärme breitete sich in Petras Bauch aus, um langsam in ihren ganzen Körper auszustrahlen. Aber für ungetrübte Freude war es zu früh, ermahnte sie sich. Sie seufzte. »Wenn es so einfach wäre. Wo wohnst du denn überhaupt?«

Anja lächelte, beinahe schon wieder so strahlend wie zuvor. »In Köln, aber ich kann auch umziehen. Es gibt dort nichts, das mich wirklich hält, vor allem jetzt nicht mehr.«

Petra sah sie prüfend an. »Anja, wir kennen uns gerade mal einen Tag. Aber auch wenn es mehr wäre, würde ich nicht wollen, dass du meinetwegen etwas aufgibst – und das betrifft auch deine Beziehung. Ich werde mich nicht zwischen euch stellen. Du musst dir ganz sicher sein, was du willst, dann können wir weiter reden!«

Statt einer Antwort ließ Anja ihren Blick über Petras Körper gleiten. Erst in diesem Moment wurde Petra bewusst, dass sie beide noch immer nackt waren. Anjas Hand suchte und fand ihre Brust, streichelte sanft darüber. Die zarte Berührung ließ die Brustwarze sofort steil nach oben zeigen. Petra seufzte leise auf und lehnte sich gegen die Balkontür in ihrem Rücken, während Anja, die doch ein ganzes Stück kleiner war als sie selbst, den Kopf senkte und ihre Brustwarze in den Mund nahm. Ihre Zunge spielte mit der sensiblen Knospe, zärtlich, aber nachdrücklich.

Die Erregung stieg in Petra auf wie eine unaufhaltsame Flutwelle, das Verlangen nach den zarten Küssen, nach den weichen Händen auf ihrer heißen Haut. Noch kämpfte der vernunftgesteuerte Teil ihrer selbst dagegen an: Sie wollte nicht zwischen zwei Frauen stehen, wollte nicht in eine Beziehung eindringen, etwas zerstören. Doch diese Gedanken wurden immer leiser und schwächer. Sie konnte sich Anja nicht widersetzen, wollte es im Grunde auch gar nicht – dafür waren ihre eigenen Gefühle bereits viel zu intensiv.

Noch nie hatte sie eine solche Ekstase erfahren, noch nie war sie so begehrt worden. Die bloße Erinnerung an das letzte Mal reichte, um ihre Erregung auf die Spitze zu treiben. Als Anjas Hand sich zwischen ihre Beine schob und ihre Finger über ihre heiße Perle streichelten, war es völlig um Petra geschehen. Sie schob alle Gedanken endgültig von sich und konzentrierte sich nur noch auf die junge Frau vor ihr, auf die Empfindungen, die Anja auslöste, die Blitze, die durch ihren Leib fuhren. Anja sank vor ihr auf die Knie und legte ihre weichen Lippen auf Petras

Lustperle, während sie gleichzeitig ihre Finger in ihre nasse Höhle gleiten ließ. Petra spürte den Orgasmus heranrollen, schon peitschten die Wellen durch ihren Unterleib, und sie stöhnte immer lauter. Sie hielt Anjas Kopf zwischen ihre Beine gepresst, bis sie sie schließlich mit einem lauten Schrei von sich wegdrückte und zu Boden sackte.

Anja hielt sie sanft in ihren Armen fest. Petras Atem ging keuchend und schwer, und sie merkte, dass ihr Tränen über das Gesicht liefen, aber es waren Tränen des Glücks und der Befriedigung. Erschöpft, aber voller tiefer Freude lächelte sie Anja an – ansonsten war sie unfähig, sich zu bewegen.

»Ich danke dir, Petra«, flüsterte Anja.

»Wie? Was? Wofür denn?« Diese Äußerung hatte Petra so gar nicht erwartet.

Anja sah sie zärtlich an und strich ihr sanft über die schweißnassen Haare. »Ich danke dir, dass ich dich in meinen Armen halten darf. Dass ich dich lieben durfte.«

Petra schaute immer noch einigermaßen verdutzt drein, aber dann erwiderte sie den liebevollen Blick. »Nicht doch. Ich muss mich bei dir bedanken, Anja. Noch nie in meinem Leben habe ich so eine Intensität erlebt. Ich wusste gar nicht, dass es so schön sein kann, geliebt zu werden.«

Sie sahen sich tief in die Augen, verloren sich im Blick des Gegenübers. Was an Hindernissen zwischen ihnen stehen mochte, schien plötzlich weit weg und bedeutungslos. Doch schließlich stand Anja auf und zog Petra ebenfalls vom Boden hoch.

»Komm, lass uns schwimmen gehen. Was meinst du?«

»Es ist mitten in der Nacht«, wandte Petra ein.

»Das ist es doch gerade. Das wollte ich schon immer mal tun, im Mondschein im Meer baden.«

Petra sah sie noch immer zweifelnd an, doch Anja strahlte so voller Enthusiasmus, dass sie sich davon anstecken ließ. Sie zogen sich ihre Bikinis an, schnappten sich ein paar Handtücher aus dem Bad und nahmen dann, verhalten kichernd, den Aufzug nach unten. Bis zum Strand waren es vom Hinterausgang des Hotels nur wenige Meter. Anja ließ ihr Handtuch fallen und rannte gleich ins Wasser. »Komm«, rief sie halblaut zu Petra hinüber. »Es ist superwarm hier drin.«

Petra beobachtete die junge Frau, die übermütig in den Wellen planschte, beleuchtet vom sanften Licht des Vollmonds. Jetzt, da sie wieder klar denken konnte, entfuhr ihr ein tiefer Seufzer. Wie sollte das alles nur weitergehen? Sie war auf dem besten Weg, sich in die junge Pilotin zu verlieben. Schon lange hatte sie sich nicht mehr so wohlgefühlt wie an Anjas Seite – und so verrückte Sachen wie nachts im Mondschein schwimmen zu gehen hatte sie noch viel länger nicht mehr getan. Das konnte doch nicht nur schlecht sein, oder?

Vielleicht sollte sie einfach nur die gemeinsame Zeit genießen und nicht zu viel über später nachgrübeln. Mit diesem Gedanken ließ Petra ihr Handtuch neben Anjas fallen und folgte ihr langsam ins Wasser.

»So warm wie eine Badewanne, findest du nicht?« Anja war direkt vor ihr aufgetaucht und nahm sie in den Arm. Ihre Zunge glitt zwischen Petras Lippen und entzündete ein wahres Feuerwerk in ihr. Zarte Finger glitten über Petras Körper, liebkosten die Brüste, strichen über ihren Rücken, die Seiten nach oben. Petras Innerstes stand längst wieder in Flammen. Sie war Anja hilflos ausgeliefert, und nur Anja war in der Lage, das Feuer zu löschen.

Die Küsse wurden wilder, gesteigert von ihrer beider Leidenschaft, und Anjas Hand glitt zwischen ihre Beine, schob sich in ihr knappes Bikinihöschen, erkundete ihren Lustpunkt, bevor sie ihre Finger tief in die Höhle schob. Petra stöhnte und wäre beinahe untergegangen, wenn Anja sie nicht festgehalten hätte. Mit beiden Armen klammerte sie sich an Anjas Hals fest, schlang ihre Beine um Anjas Hüften und ließ sich von ihr und den Wellen tragen.

»Du bist unglaublich«, flüsterte Anja ihr ins Ohr, »ich kann gar nicht genug von dir bekommen. Will dich ständig nur berühren, streicheln, lieben ...«

Innerhalb von Sekunden brachte sie Petra zu einer gewaltigen Explosion. Die Wellen umschmeichelten ihre Körper, während Petras Zuckungen nur langsam nachließen. Beinahe willenlos ließ sie sich von Anja aus dem Wasser führen. Völlig erschöpft sank sie in den von der Hitze des Tages noch warmen Sand.

Anja legte sich neben sie und küsste sie wieder und wieder.

Dann hielt sie inne, ließ ihren Blick zärtlich auf Petras Gesicht ruhen und strich ihr sanft über die Haare.

»Du bist so schön, Petra, so wunderschön. Ich liebe dich.«

Petra hätte sich beinahe verschluckt. Sie musste ein wenig husten, bevor sie erwidern konnte: »Du kennst mich doch gar nicht. Wie kannst du mich dann lieben?«

Anja lächelte. »Ich weiß alles, was ich wissen muss. Du hast mich verzaubert. Es ist schon eine Ewigkeit her, dass ich mich so wohl in der Gesellschaft einer anderen Frau gefühlt habe. Bei dir kann ich einfach ich sein, ich kann mich sicher fühlen, ich muss mich nicht verstellen, und ich muss mich nicht fürchten.«

Liebevoll sah Petra sie an. Das waren wunderbare Worte, aber Anja war noch so jung ... »Du hast doch noch so viele Jahre vor dir. Es gibt ganz sicher viele Frauen in deinem Alter, die dich glücklich machen können und auch wollen.«

»Warum sollte ich nach einer anderen Frau suchen«, gab Anja zurück, »wenn ich doch die schönste von allen hier in meinem Arm habe? Außerdem –«, sie wurde ernst und sah Petra tief in die Augen, »ich kenne dein Alter, und es hat keine Bedeutung für mich. Ich weiß nur, dass du mein Innerstes berührt hast ... und dass ich mich hier mit dir geborgen und glücklich fühle.«

Konnte sie ihre Worte wirklich so meinen? War es ihr wahrhaftig ernst? Petra traten Tränen in die Augen. Ganz sanft, fast ehrfürchtig küsste sie Anja, und dann lagen sie lange still aufeinander, spürten die Nähe der anderen und die tiefe Verbundenheit. Denn die herrschte tatsächlich zwischen ihnen, da musste Petra Anja insgeheim recht geben – obwohl sie sich erst seit 24 Stunden kannten.

Irgendwann flüsterte Petra: »Komm, mein Engel, lass uns wieder nach oben gehen. Das ist bequemer als hier am Strand, und wir können auch beide etwas Schlaf brauchen.« Es war das erste Mal mit Anja, dass sie einen Kosenamen benutzte. Und obwohl sie schon sehr lange keiner Frau mehr so nahe gewesen war, ging er ihr leicht, ganz natürlich über die Lippen. Anja registrierte es mit einem strahlenden Blick aus ihren glitzernden Augen.

Schweigend gingen sie zurück ins Hotel und fuhren mit dem Lift nach oben. Als sie wieder in Petras Zimmer ankamen, gab

Petra zu bedenken: »Jetzt sollten wir uns aber wirklich endlich duschen. Wir sind beide voller Sand.«

Bereitwillig ließ sich Anja von Petra in die Dusche führen. Gemeinsam standen sie unter dem kühlen Wasserstrahl, seiften sich gegenseitig ein und sorgten dafür, dass kein Sandkorn auf ihren Körpern verblieb. Eigentlich eine hocherotische Situation, dachte Petra flüchtig – und natürlich genoss sie es, ihre Hände über Anjas weiche und durch die Seife glitschige Haut gleiten zu lassen, sie überall zu berühren. Aber Anja schien ihre Aufgabe sehr ernst zu nehmen, und im Stillen musste Petra darüber lächeln.

Sie trocknete sich als Erste ab, legte sich noch etwas feucht in die Laken zurück und breitete die Arme aus, als Anja ebenfalls aus dem Bad kam. Anja blieb kurz neben dem Bett stehen und sah liebevoll auf Petra hinunter, dann legte sie sich halb auf sie und kuschelte sich in ihre Arme. Petra strich ihr sanft über den Rücken. Anja war so schlank, so weich und zartgliedrig. Fast zerbrechlich wirkte sie gegenüber Petra, die größer und auch muskulöser war. Wieder spürte Petra den überwältigenden Wunsch, die junge Frau zu beschützen – koste es, was es wolle.

Anjas Atem war ruhig geworden. Petra dachte schon, sie sei eingeschlafen, als Anja den Kopf hob und begann, Petras Hals sanft mit Küssen zu bedecken. Ihre kleine Hand strich federgleich über Petras Brüste.

Ganz kurz versuchte Petra sich zu wehren. Der Gedanke an Schlaf war verlockend, die Zeitverschiebung forderte ihren Tribut. Doch die Berührungen entfachten augenblicklich ein derartiges Feuer in ihr, dass die Verlockung sich rasch auf ganz andere Dinge verlagerte. Sie verzehrte sich nach Anja, nach ihrer Haut, ihrem Duft, der Zärtlichkeit und Leidenschaft, die nur Anja so gekonnt zu wecken und auch zu erfüllen wusste. Als Anjas Lippen sich auf ihren Mund senkten, erwiderte Petra den Kuss mit einem Verlangen, das ihr selbst fast den Atem raubte. Und als Anja sich über ihren Körper schob, ihre Brust mit den Lippen erkundete und leicht daran zu saugen begann, konnte Petra gar nichts mehr denken. Noch nie in ihrem Leben hatte sie eine Frau so sehr begehrt – oder sich so begehrt gefühlt.

Sie stöhnte immer lauter, ihr Innerstes zog sich heftig zusammen, und sie spürte die Nässe, die sich erneut zwischen ihren Beinen sammelte. Anjas Hand schob sich in den Spalt hinein, tauchte ein in die feuchte Mitte, die Finger glitten über die pochenden Schamlippen und verteilten die heiße Nässe nach außen. Petra drückte ihren Unterleib nach oben und versuchte Anja in sich hineinzuziehen, doch diese schob sie nur sanft zurück auf das Laken.

»Noch nicht, mein Schatz ... Geduld. Ich möchte mir noch mehr Zeit lassen und dich richtig verwöhnen. Lehn dich zurück und genieße.«

Petras Stöhnen ging in ein leichtes Wimmern über, sie hielt es kaum noch aus, brannte vor Verlangen nach Erlösung. Während Anja noch immer mit Lippen und Zunge ihre Brust liebkoste, schob sie ihre Finger sanft, beinahe zärtlich in Petras Grotte hinein. Ihr Daumen legte sich außen auf die Perle und rieb sachte, dann immer kräftiger darüber. Petras Becken hob sich wieder, und sie begann sich dem zunächst noch ruhigen Rhythmus von Anjas Fingern in ihr anzupassen. Immer lauter stöhnte und keuchte sie, krallte ihre Fingernägel in Anjas Schultern, geradezu verzweifelt bemüht, das Tempo zu beschleunigen, doch Anja ließ sich nicht beirren und fuhr in ihren bedächtigen Bewegungen fort. Schließlich löste sie ihren Mund von Petras Brust, schob sich nun ganz nach unten und ließ die Zunge in sanften Bewegungen um die Perle kreisen. Nahm die Murmel in den Mund, ließ sie noch weiter anwachsen. Und gab Petra endlich die Erfüllung, nach der diese schon so lange gierte, indem sie ihre Finger kraftvoll in sie hineinstieß.

Petra kam mit einem kurzen Schrei und sackte keuchend zusammen. Anja blieb einfach auf ihr liegen, küsste immer wieder ihren Venushügel und streichelte sachte mit ihren Fingern zwischen ihren Schamlippen entlang. Dadurch kam Petra noch mehrere Male, sanfter, aber nicht weniger intensiv, bevor Anja sie endlich zur Ruhe kommen ließ.

Völlig erschöpft lagen sie nebeneinander und sahen sich eine Weile nur stumm an.

»Du bist so schön, so unglaublich schön«, murmelte Anja. »Ich mag einfach alles an dir. Deinen Duft, deinen süßen Nektar ... hmm ... ich könnte mich von dir ernähren.«

So hatte noch nie jemand mit Petra gesprochen. So war sie auch noch nie geliebt worden, so bedingungs- und grenzenlos. Es wäre so einfach und so wunderbar, sich einfach in dieses Paradies aus Nähe und Leidenschaft hineinfallen zu lassen und es zu genießen, ohne Wenn und Aber und ohne Fragen nach dem Danach ... Aber nun, da Petras Verstand allmählich wieder seine Arbeit aufnahm, ließen sich diese Fragen doch nicht ganz beiseite schieben. Sie seufzte leise.

»Anja, wie soll es jetzt weitergehen? Was wirst du tun ... und was erwartest du von mir?«

Ein kokettes Grinsen stahl sich in Anjas Gesicht, und sie küsste zart Petras Brust. »Ich wüsste schon, was ich gern hätte.«

Petra musste wider Willen lachen. »Das meine ich nicht, das weißt du genau. Lenk nicht ab.«

Doch Anja machte einfach weiter, bis Petra die Flammen erneut auflodern fühlte und aufstöhnte: »Was machst du nur mit mir? Ich kann dir einfach nicht widerstehen.«

Anja hielt kurz inne. »So geht es mir doch auch. Ich möchte dich die ganze Zeit küssen und streicheln, dich berühren, spüren, dir deine Wünsche erfüllen – und damit auch meine. Du machst das doch mit mir, nicht ich mit dir.«

Daraufhin konnte Petra nicht anders, als sich auf sie zu werfen und sie wild und leidenschaftlich zu küssen. Und nicht lange danach war es Anja, die vor Lust schrie, wieder und wieder.

Sie wälzten sich noch einige Zeit miteinander im Bett, trieben sich immer wieder zu neuen Höhen. Jedes Mal, wenn sie wieder zu Atem kamen und entspannt nebeneinander lagen, flackerte das Feuer erneut auf. Erst in den frühen Morgenstunden fielen sie erschöpft in den Schlaf.

Kapitel 3

Als Petra erwachte, war es schon fast Mittag. Anja lag neben ihr und drehte ihr den Rücken zu. Sie brummte etwas Unverständliches, als Petra sich bewegte.

Jetzt, bei Tageslicht, schien der leidenschaftliche Zauber gebrochen. Die Ereignisse der Nacht waren mit einem Mal unwirklich, verschwommen, so als hätten sie in einer anderen Wirklichkeit stattgefunden. Hier und jetzt wurde Petra dagegen überdeutlich, dass ihre Zeit mit Anja sich dem Ende entgegenneigte.

Anja drehte sich schwerfällig zu ihr um. Sie öffnete ein Auge und schenkte Petra ein schläfriges, aber dennoch hinreißendes Lächeln. Petras Herz wurde schwer wie ein Felsbrocken, als sie daran dachte, dass sie dieses Lächeln schon bald nicht mehr sehen würde.

Aber vielleicht ... vielleicht gab es ja doch eine Zukunft für sie beide ... hatte Anja nicht gesagt, dass sie sie liebe?

»Wir müssen bald los«, sagte sie. Und als Anja nicht antwortete, fügte sie hinzu: »Ich wohne übrigens in der Nähe von Frankfurt.«

Anja öffnete nun auch das andere Auge und sah sie interessiert an. »Sagst du mir auch genau wo?«

»Möchtest du es denn wissen?« Prüfend erwiderte Petra den Blick.

»Ja«, antwortete Anja, jetzt offenbar ganz wach und mit fester Stimme, »ich möchte es sehr gern wissen.«

»In Heusenstamm.«

»Darf ich dich dort einmal besuchen?«

Besuchen. Mal vorbeischauen. Mal kurz Hallo sagen und dann wieder gehen. Ganz unverbindlich. Petra starrte sie an, und plötzlich hielt sie es in diesem Bett nicht länger aus. Brüsk sagte sie: »Ich gehe duschen, wir haben ja nicht mehr viel Zeit.« Damit löste sie sich von Anja, stand auf und lief ins Bad, wo sie die Tür hinter sich abschloss.

Unter der Dusche liefen Petra heiße Tränen über das Gesicht. Anjas Frage hatte mit einem Schlag allen zaghaft aufkeimenden Hoffnungen auf eine mögliche gemeinsame Zukunft ein Ende bereitet. Sie wollte sie nur besuchen ... Vor zwei Tagen hatte sie Anja noch nicht gekannt. Doch jetzt war es, als liege ihre Welt in Trümmern, als habe sie alles verloren, das ihrem Leben Sinn verliehen hatte.

Du bist ein Vollidiot, schalt sie sich. *Es hat nie einen Grund gegeben anzunehmen, dass Anja mehr von dir will. Was willst du eigentlich?*

Die Tränen strömten weiter über ihr Gesicht. Was sie wollte, diese Frage war noch am einfachsten zu beantworten: Sie wollte Anja. Sie wollte mit ihr zusammen sein, für immer. Fast verlor sie die Balance, als diese Erkenntnis sie zum ersten Mal in dieser Deutlichkeit traf; sie musste sich am Wasserhahn der Dusche festhalten. Ja, es war nicht zu leugnen: Sie hatte sich in die junge Pilotin verliebt, bedingungslos, mit Haut und Haar. Weniger als »für immer« war da einfach keine Option.

Doch bevor sie noch mehr Gefühle in eine offensichtlich sehr ungewisse Zukunft investierte, war es wohl besser, die Sache jetzt und hier zu beenden. Um sich zu schützen – und auch um Anjas willen. Die steckte immerhin in einer Beziehung, die zwar kaputt sein mochte, aber in jedem Fall erst einmal geklärt werden musste. Mit diesen Gedanken schniefte Petra ein letztes Mal kurz, atmete dann ein paarmal tief ein und aus und drehte die Dusche ab.

Als sie aus dem Bad trat, stand Anja bereits in Uniform am Fenster und sah auf den Strand hinaus. Sie drehte sich nicht um, als sie die Tür hörte, so als habe sie Angst vor Petras nächster Äußerung und wage nicht, sie anzusehen.

Petra trat hinter sie, ohne sie zu berühren. Leise sagte sie: »Ich denke, es ist besser, wenn du jetzt gehst.«

Sie bemühte sich sehr, ihre Stimme nicht allzu kalt klingen zu lassen. Aber natürlich mussten die Worte auch in sanftem Tonfall wie ein Schlag in den Magen wirken.

Langsam wandte Anja sich nun doch zu ihr um. In ihren Augen stand helle Verzweiflung, aber auch Verständnislosigkeit und Verwirrung. War ihr wirklich nicht bewusst, warum Petra so handelte? Petra musste den Blick abwenden. Sie wäre in Tränen ausgebrochen, wenn sie noch einen Moment länger mit diesem tief verletzten Ausdruck konfrontiert gewesen wäre, hätte alles rückgängig gemacht und Anja angefleht, nicht zu gehen ... Aber es war ja klar, dass sich dann alles unweigerlich wiederholen würde.

Den Blick zu Boden gerichtet, nahm Petra aus dem Augenwinkel wahr, dass Anja ihren Koffer griff und langsam davonging. Sie ließ nichts zurück als eine dumpfe, quälenden Leere.

Wie in Trance saß Petra auf dem Bett, ohne etwas zu denken oder zu fühlen, bis das Telefon sie aufschreckte. Es war der automatische Weckruf des Hotels, der ihr ansagte, dass sie in einer Stunde abgeholt werden würde. Mechanisch stand sie auf, zog sich eine frische Bluse an, schminkte sich sorgfältig und packte die paar Kleinigkeiten in den Koffer, die sie tatsächlich herausgenommen hatte.

Kurz vor der Abfahrtszeit ging sie nach unten in die Hotelhalle, wo die meisten Kollegen schon versammelt waren. Sie erzählten von ihren Shoppingtouren oder von dem fantastischen Strand, doch Petra hörte bestenfalls halbherzig zu. Sie konnte nicht verhindern, dass ihre Augen automatisch nach Anja suchten. Da war sie … sie stand bei den beiden anderen Piloten. So bezaubernd sah sie aus, so jung und auch so verletzlich. Petras Herz krampfte sich zusammen, und ein Seufzer entfuhr ihr.

Anja musste ihren Blick bemerkt haben, denn sie unterbrach ihre Unterhaltung und kam auf sie zu. Doch Petra hätte es nicht ertragen, mit ihr zu sprechen. Sie drehte sich von ihr weg und ging nach draußen. In der Hitze zu stehen schien ihr in diesem Moment das kleinere Übel.

Im Bus zum Flugzeug setzte sich Petra in die erste Reihe und hoffte, dass Anja sich nicht wieder zu ihr setzen würde. Die stumme Botschaft kam offenbar an: Nach kurzer Zeit konnte Petra sie weiter hinten im Bus mit den anderen Kollegen scherzen hören. Unvermittelt stieg Wut in ihr auf. *Sieh einer an, so schnell kann sie wieder fröhlich sein …* Aber wenn sie ehrlich war, dann war sie vor allem wütend auf sich selbst. Weil sie die Nacht mit Anja verbracht hatte, obwohl sie kaum etwas von ihr gewusst hatte und auch nicht wissen konnte, was sich daraus entwickeln würde. Weil sie zum ersten Mal in ihrem Leben nicht nachgedacht hatte. Sie hatte sich von ihrer Leidenschaft führen lassen, hatte einem nie vorher empfundenen Verlangen nachgegeben, das sie vielleicht auch nie wieder spüren würde. *Du alte Närrin,* dachte sie. *Verlangen und Leidenschaft, eine flotte Nacht – das war alles, was sie wollte. Wie konntest du nur darauf hereinfallen. Sie will dich einmal besuchen, warum wohl? Damit sie sich eine weitere Nacht voller Lust holen kann, ohne weiter gehende Folgen und Verpflichtungen? Ohne mich.*

Zugegeben, Petra hatte noch nie in ihrem Leben solch traumhaften Sex erlebt. Doch solange Anja aus dieser Nacht nicht dieselben Hoffnungen ableitete wie sie selbst – eine Beziehung, Liebe, das ganze Paket –, war ihre Entscheidung richtig. Sie biss die Zähne zusammen und sah aus dem Fenster.

Der Flug schien dieses Mal überhaupt nicht vorbeigehen zu wollen. Der Service war schnell erledigt, und die meisten Passagiere schliefen auch gleich danach ein. So blieb wenig zu tun – und zu viele Stunden übrig, in denen Petras Gedanken immer wieder zu der vergangenen Nacht zurückkehrten und zu all den wunderbaren wie schmerzhaften Erinnerungen, die sie so gern einfach aus ihrem Gedächtnis getilgt hätte.

Irgendwann kam wieder ein Anruf aus dem Cockpit, der der Küchencrew den Wunsch der Piloten nach einem Imbiss übermittelte. Petra wollte den Gang dorthin eigentlich unter allen Umständen vermeiden. Aber da ihre Kollegin gerade anderweitig beschäftigt war, machte sie sich schließlich müde und frustriert doch auf den Weg.

Wieder saßen die beiden Männer allein im Cockpit. Petra übergab ihnen die Mandeln und Kekse und ging dann leise wieder hinaus. Nachdem sie die Tür hinter sich geschlossen hatte, blieb sie einen Moment stehen. Sie glaubte Anjas Gegenwart zu spüren, und die Erinnerung an den Hinflug ließ die Hitze in ihre Wangen steigen …

Da trat Anja ihr in den Weg. Ihre braunen Augen sahen sie sanft an.

»Ich möchte mit dir sprechen, Petra«, sagte sie leise. »Ich bitte dich, gib mir eine Chance.«

Petras erster Gedanke war: *Weglaufen!* Ihr zweiter: *Was gibt es denn jetzt noch zu besprechen?* Und da war es schon zu spät, um den ersten Gedanken in die Tat umzusetzen, denn Anja schob sie sanft, aber bestimmt in den Ruheraum.

Mit einem Seufzer wandte Petra sich langsam zu ihr um. »Also gut, ich höre.«

In Anjas Augen schimmerten Tränen, und sie musste ein paarmal ansetzen, um die Worte herauszubekommen. »Ich … es … es tut mir so leid. Ich weiß nicht, was ich falsch gemacht habe, dass du mich auf einmal nicht mehr sehen willst. Aber was immer es auch war – ich wollte dir auf keinen Fall wehtun, und ich hoffe, dass du mir verzeihen kannst.«

»Ich weiß nicht, wovon du sprichst«, sagte Petra kühl. Allzu leicht würde sie es Anja ganz bestimmt nicht machen.

Anja zuckte zusammen, sah zu Boden. »Ich habe einen Fehler gemacht ... und ...«

Ach, so ist das also, dachte Petra, und die Wut kehrte zurück. »Einen Fehler?« Ihre Stimme überschlug sich beinahe. »Gestern Abend hat das aber noch anders geklungen. Was ist denn jetzt eigentlich dein Problem? Du hattest deinen Spaß, oder etwa nicht? Also, was gibt es da groß zu diskutieren? Du fährst nachher nach Köln und ich nach Hause, und die Sache ist gegessen. Wir werden uns nie wieder sehen, und falls doch – ich bin Profi genug, dass ich trotzdem mit dir arbeiten kann, und erwarte, dass auch du das hinkriegst. Und ich erwarte auch keine Besuche von dir.«

Erschüttert sah Anja sie an, sie war bleich geworden. »Ich verstehe dich nicht«, brachte sie mit sichtlicher Mühe hervor. »Ich dachte, dass du ... dass wir ...« Ihre Stimme brach. Die Tränen begannen aus ihren Augen zu quellen, und sie senkte den Blick. »Aber okay ... wenn es das ist, was du willst.«

Petra hörte kaum zu, sie dachte nur daran, so schnell wie möglich zu verschwinden. »Ja, das scheint mir das Allerbeste zu sein«, sagte sie. »Da es ja wohl auch das ist, was du willst.«

Damit drückte sie sich an Anja vorbei und hatte die Tür schon fast wieder erreicht, als Anjas Stimme hinter ihr erklang – verzweifelt, aber mit überraschender Festigkeit. »Ich will *dich,* Petra, nur dich. Und ich liebe dich von ganzem Herzen. Bitte hör mir zu!«

Petra fuhr herum und starrte sie an, nicht sicher, ob sie ihren Ohren trauen konnte. Doch ihre Wut verflüchtigte sich keineswegs. Sie setzte zu einer scharfen Erwiderung an, aber da sprach Anja schon weiter, leise, aber immer noch sehr bestimmt.

»Ich habe mich in dich verliebt. Ich habe es nicht darauf angelegt, aber es ist passiert.« Ihre Stimme erstarb zu einem Flüstern. »Ich habe mich noch nie so wohlgefühlt wie in den letzten Stunden mit dir. Du bist ein ganz besonderer Mensch, und ich wünsche mir nichts mehr, als dich näher kennenzulernen und mehr Zeit mit dir zu verbringen. Am liebsten mein ganzes Leben.«

Sie sah auf und direkt in Petras Augen. Ihr Gesicht war jetzt tränenüberströmt. Sie räusperte sich, bevor sie fortfuhr.

»Ich werde nachher nach Köln fahren, das ist wahr. Aber ich fahre nur dorthin, um meine Sachen zu packen und Beate für immer zu verlassen. Diese Beziehung war ein großer Fehler, und ich habe jetzt endlich den Mut gefunden, es mir einzugestehen und die Konsequenzen zu ziehen. Das verdanke ich dir.« Nun wurde ihr Blick flehentlich: »Ich weiß nicht, was ich vorhin im Hotel falsch gemacht habe, was ich gesagt habe, dass du so wütend auf mich bist. Was immer es war, bitte verzeih mir. Ich wollte dir auf keinen Fall wehtun – dir am allerwenigsten. Bitte, Petra, gib mir eine Chance, dich von meinen Gefühlen für dich zu überzeugen. Gib *uns* eine Chance. Ich liebe dich und möchte mit dir zusammen sein.«

Petras Zorn war verraucht. Niemand bat so nachdrücklich um eine Chance, warf sich jemand anderem so demütig zu Füßen, dem es nicht wirklich ernst war. Und das, worum Anja sie hier bat, war ja im Grunde nur das, was sie selbst wollte, so sehr wie nichts anderes auf der Welt ... Aber es schien zu plötzlich zu kommen, war noch zu schön, um wahr zu sein. »Ist das wirklich dein Ernst?«, fragte sie zaghaft.

Anja nickte nachdrücklich. »Ich war mir noch nie so sicher wie jetzt.«

Petra trat auf sie zu und nahm ihre Hände, obwohl sie sie viel lieber fest in den Arm genommen hätte. »Auch, was deine Beziehung angeht? Ich möchte nicht zwischen dir und Beate stehen.«

Mit ebenso viel Nachdruck schüttelte Anja den Kopf. »Das tust du nicht, ganz sicher nicht.« Ihr Blick wurde ängstlich. »Aber sagst du mir jetzt auch, was ich vorhin falsch gemacht habe?«

Petra seufzte tief. »Du hast gefragt, ob du mich einmal besuchen kannst. Das klang für mich so, als würdest du vielleicht mal vorbeischauen wollen ... als wäre ich nicht wichtig für dich.« So ganz war ihr immer noch nicht klar, wie Anjas Besuchsabsicht zu ihren Liebesschwüren passte.

Mit entsetzter Miene sah Anja sie an. »Oh Petra, so hatte ich das nicht gemeint. Ich will nur dich, das ist mir klargeworden. Aber ich hatte Angst, dass ich dich mit meinen Gefühlen überfallen würde … dass es dir vielleicht zu schnell gehen würde. Ich hatte Angst, dass du mich dann nicht mehr sehen willst.«

Petra wagte eine Hand zu heben und ihr sanft über das Gesicht zu streicheln. »Ist das wahr?«

Anja nickte schüchtern. »Ja, es ist wahr.«

»Dann war das nur ein bescheuertes Missverständnis?«

»Sieht so aus.«

Anjas warme Augen waren immer noch unverwandt auf Petra gerichtet, immer noch mit diesem ängstlichen Ausdruck, aber auch voller Zuneigung und Hoffnung. Petra versuchte darin zu lesen, wünschte sich, ihrer beider Zukunft in dem goldgesprenkelten Braun erkennen zu können. Sie seufzte erneut.

»Es tut mir leid, Anja. Ich hätte dich gleich danach fragen sollen, aber in dem Moment hat es einfach so wehgetan … ich dachte wirklich, dass du mich nur für die eine Nacht wolltest. Ich habe mich so benutzt und dreckig gefühlt.«

Anja starrte sie fassungslos an. »Das dachtest du von mir? Dass ich dazu fähig bin? Ich spiele nicht mit dir, Petra, das schwöre ich dir. Ich liebe dich, mehr als ich jemals geliebt habe. Bisher wusste ich gar nicht, was diese Worte bedeuten. Aber mit dir, mit dir ist auf einmal alles klar und gut. Bitte, Petra glaube mir – und noch viel wichtiger, vertrau mir.«

Nachdenklich musterte Petra das ernste Gesicht der jungen Frau. »Weißt du, das war alles sehr intensiv … ich bin ganz schön aufgewühlt. Im Moment weiß ich selbst nicht mehr, was ich will oder wo ich stehe. Es tut mir leid. Bitte gib mir etwas Zeit, okay? Ich muss das alles erst einmal sacken lassen, um entscheiden zu können, wie es mit uns weitergehen soll.« Sie gab Anja einen sanften Kuss auf die weichen Lippen. Dann verließ sie den Ruheraum.

Auf dem Weg zu ihrer Küche ging sie noch schnell in die kleine Toilettenkabine. Aus dem Spiegel blickte ihr ein müdes Gesicht entgegen, mit tiefen Ringen unter den Augen und Falten um den Mund, die sonst nicht so ausgeprägt waren. Das künstliche Licht ließ sie noch älter erscheinen. Mit einem Mal fühlte sie sich wie zerschlagen.

Prüfend betrachtete sie ihr Spiegelbild und ging in Gedanken das ganze Gespräch noch einmal durch. Konnte sie Anja wirklich glauben? Wollte sie ihr glauben?

In jener Situation, in der sie sich so von ihr verletzt gefühlt hatte, hatte sie ihre eigene Unsicherheit Anja gegenüber bestätigt gesehen, und diese Erniedrigung ließ sich nicht so einfach abschütteln. Ganz im Ernst, was sollte diese junge Frau von ihr wollen? *Wem versuche ich hier etwas vorzumachen?* Sie musterte ihr Spiegelbild noch einmal kritisch. *Anja ist viel zu jung für mich. Und selbst wenn sie sich von ihrer Freundin trennt – sie findet sofort jemanden anderen, mehr in ihrer Altersklasse. Auf mich ist sie doch überhaupt nicht angewiesen.*

Plötzlich traten ihr Tränen in die Augen.

Den restlichen Flug brachte sie nur mit Mühe hinter sich. Sie war dankbar, dass ihre Kolleginnen nicht zu viele Fragen und Forderungen an sie hatten und der Service ruhig lief.

Bei der Verabschiedung in Frankfurt versuchte Petra sich schnell davonzustehlen. Sie sehnte sich nach ihren eigenen vier Wänden, nach Ruhe – und nach einem guten Kaffee, nicht der Brühe aus dem Flugzeug.

Doch ehe sie sich versah, trat Anja ihr in den Weg. Leise und eindringlich sagte sie, noch bevor Petra ihrerseits den Mund aufmachen konnte: »Ich meine es wirklich ernst mit dir, Petra. In meinem ganzen Leben habe ich noch nie so für eine andere Person empfunden. Würdest du noch einen Kaffee mit mir trinken, bevor du nach Hause fährst? Bitte ... ich möchte jetzt nicht sofort allein sein. Und danach lasse ich dir so viel Zeit, wie du brauchst.«

Ihr tieftrauriger Blick rührte Petras Herz und erweckte ihren Beschützerinstinkt zu neuem Leben. Auch Anja sah erledigt aus. Falls es stimmte, was sie gesagt hatte – dass sie sich von ihrer Freundin trennen würde –, dann waren ihre gedrückte Haltung und der Schmerz in ihren Augen auch nur allzu verständlich.

Na gut, dachte Petra, *um ihretwillen.* Aber wenn sie ganz ehrlich zu sich selbst gewesen wäre, hätte sie nicht leugnen können, dass auch sie sich nach Anjas Gesellschaft sehnte. »Für einen

Kaffee habe ich sicher noch Zeit«, meinte sie. »Wann geht denn dein Zug?«

Anja zuckte die Schultern. »Es gehen dauernd Züge. Ich nehme irgendeinen heute Abend.«

Verblüfft starrte Petra sie an. »Es ist jetzt acht Uhr morgens, warum willst du bis heute Abend warten?«

Der Ausdruck, die daraufhin in Anjas Augen trat, war so mitleiderregend, dass Petra sie fast in den Arm genommen hätte.

»Ich möchte das Unvermeidliche noch etwas hinauszögern«, murmelte sie. »Es wird schlimm genug werden. Beate verliert nicht gern. Sie wird mir den Auszug zur Hölle machen.«

Petra sah sie nachdenklich an. Dann sprach sie aus, was ihr durch den Kopf ging, bevor sie es richtig zu Ende gedacht hatte: »Warum fahren wir nicht zu mir nach Hause, und du erzählst mir in Ruhe alles. Und ich fahre dich dann später zum Bahnhof.«

Die Panik in Anjas Blick wich einer tiefen Erleichterung. »Das wäre sehr schön ... ich ...« Sie stotterte. »Das wäre wirklich großartig.«

»Na, dann komm, lass uns fahren. Der Kaffee hier ist eh nicht so der Hit, bei mir zu Hause gibt's besseren.«

Kapitel 4

Schweigend folgte Anja Petra in die Tiefgarage, wo sie das Gepäck in Petras Subaru verstauten und losfuhren. Auch auf dem Weg sprachen sie wenig. Petra musste sich nach zwei zermürbenden Flügen und relativ wenig Schlaf – und ohne Kaffee! – sehr auf das Fahren konzentrieren, und Anja hatte sich auf dem Beifahrersitz mit angezogenen Knien zusammengekauert und schien in Gedanken versunken. Oder vielleicht, dachte Petra, auch voller Angst vor dem bevorstehenden Zusammentreffen mit ihrer Noch-Freundin.

Petra wohnte in einem kleinen Haus in einer Neubausiedlung am Rande von Heusenstamm. Sie lebte hier schon eine ganze

Weile und liebte dieses Haus: Es war hell, offen gestaltet und geräumig und bot mehr als genug Platz für eine Person. Außerdem war die Gegend ruhig und bei guter Anbindung nach Frankfurt gleichzeitig schon sehr ländlich. Sie parkte das Auto in ihrer Garage, und sie brachten ihr Gepäck ins Haus. Drinnen musste Petra lächeln, als sie bemerkte, wie Anja sich staunend umsah.

»Alles ist so hell und freundlich hier«, sagte Anja entschuldigend. »So ganz anders als zu Hause ... ich meine, bei Beate. Da hab ich immer das Gefühl, nicht mal genug Luft zum Atmen zu haben.«

Petra zog ihre Uniformjacke aus und hängte sie auf einen Bügel, während sie fragte: »Möchtest du dich vielleicht umziehen?«

»Das wäre schön. Ich fahr nicht gern in Uniform mit dem Zug, da werde ich zu oft nach dem Zugfahrplan gefragt oder sogar wegen der vielen Verspätungen angemacht.« Anja lächelte zaghaft.

Petra wies auf die kleine Wendeltreppe: »Komm mit nach oben, ich zeige dir das Bad. Handtücher sind im Schrank, falls du duschen möchtest.«

»Danke«, murmelte Anja, »das ist wirklich sehr lieb von dir.« Sie nahm einige Sachen aus ihrem Koffer und stieg hinter Petra die Treppe hinauf.

Oben gab es, im Gegensatz zu dem großen offenen Bereich im unteren Stockwerk, einzelne Räume, deren Türen geschlossen waren. Petra öffnete eine davon und machte eine einladende Geste. »Hier ist das Bad. Fühl dich wie zu Hause, ich mache uns in der Zwischenzeit schon mal einen Kaffee.«

Anja brauchte nur wenige Minuten für ihre Dusche. Petra starrte sie fasziniert an, als sie mit noch feuchten Haaren die Treppe hinunterkam. Anja trug jetzt eine schwarze Hose, die ihre schlanke Figur noch mehr betonte als die Pilotinnenuniform; dazu einen hellbraunen Pullover, der sich eng an ihren Körper schmiegte. Ihre langen Haare wellten sich sanft um ihr Gesicht. Petra musste schlucken, als sie sie so beobachtete. Wirklich, Anja war eine wunderschöne Frau. Schnell senkte sie den Blick, damit Anja ihre hingerissenen Blicke nicht auffielen.

Doch die junge Frau schien sich ihrer Wirkung auf Petra gar nicht bewusst zu sein. Verschüchtert saß sie vor ihr am Tisch und umfasste mit beiden Händen ihre Kaffeetasse.

»Ich wusste nicht, ob du Milch oder Zucker nimmst«, bemerkte Petra.

»Weder noch, danke.«

»Gut, dann geh ich auch kurz unter die Dusche.« Damit stand Petra auf und ging nach oben in ihr Schlafzimmer, um sich frische Wäsche aus dem Schrank zu nehmen.

Sie zog sich die restliche Uniform aus und hatte sich gerade auch die Unterwäsche abgestreift, als Anjas Stimme an der Tür sie zusammenfahren ließ: »Du hast einen wunderschönen Körper.« Gleich darauf kam verschämt hinterher: »Entschuldige, dass ich einfach hier reinplatze, aber ich wollte unten nicht allein sein ... und du hattest die Tür offen gelassen.«

Petra hatte in einer Reflexreaktion die Arme vor ihren Körper gelegt. Sie hatte nicht mit Anjas Auftauchen gerechnet. Natürlich hatte diese sie bereits nackt gesehen, doch das war in einem Hotel in Miami gewesen, nicht hier in ihrem eigenen Haus ... Nur zögernd ließ sie die Arme wieder sinken. »Das stimmt doch gar nicht«, flüsterte sie.

»Doch, Petra, und wie es stimmt. Du bist eine begehrenswerte Frau.«

Jetzt lag in Anjas Blick unverhohlenes Verlangen. Ihre Blicke brannten auf Petras nackter Haut. Langsam trat Anja näher, und mit jedem Schritt versteiften sich Petras Brustwarzen etwas mehr. Unfähig, sich zu rühren, stand sie einfach nur da und sah ihr entgegen.

Dann stand Anja dicht vor ihr und strich ihr vorsichtig einige Haare aus der Stirn. »Ich möchte dich gern küssen ... darf ich?«

Petra stand noch immer wie erstarrt, dafür tobten in ihrem Inneren Gefühle und Gedanken umso heftiger. Es war völlig klar, was passieren würde, wenn sie Anja gewähren ließ. Aber sie wollte es ja, sie verzehrte sich danach mit jeder Faser ihres Körpers. Und Anja war ihr so nah, dass sie ihre Wärme spüren konnte, den ganz leichten, zarten Duft, der von ihr ausging und der ihr den Verstand raubte ... Wie von selbst senkte und hob sich ihr Kopf zu einem leichten Nicken.

Anja nahm sie zärtlich in ihre Arme und küsste sie ganz sanft, es war mehr ein Hauch als ein wirklicher Kuss. Ihre Zunge glitt vorsichtig über Petras noch geschlossene Lippen, schob sich sachte dazwischen, zwang sie auseinander. Mit einem tiefen Seufzer ließ Petra Anjas Zunge ein. Während Anja Petras Mundhöhle abtastete, schob sie Petra vorsichtig in Richtung Bett und drückte sie sanft darauf nieder. Anschließend löste sie sich von ihr – aber nur, um sich schnell auszuziehen und sich dann dicht neben sie zu legen. Sie küssten sich immer wieder, ließen sich unglaublich viel Zeit, ihre Münder ausführlich zu erforschen. Währenddessen ließ Anja ihre Hände ganz langsam über Petras Körper wandern. Bis sie nach einer Ewigkeit ihre Brust erreichte, sie umfasste und ganz sanft ihre Brustwarze massierte, die sich ihr bereits hart und geschwollen entgegenreckte.

Petra stöhnte vor Verlangen auf. Sie hatte Anjas Hände nun schon so oft auf ihrem Körper, ihren Brüsten gespürt, aber die Intensität der Empfindung ließ nicht nach, sondern steigerte sich im Gegenteil noch. Lodernde Hitze wallte durch ihren ganzen Körper, und die Quelle zwischen ihren Beinen begann zu strömen. Alles um sie herum versank in dieser Lust, die sie förmlich verschlang.

Mit einem letzten süßen Kuss verabschiedete sich Anja von Petras Lippen und ließ ihren Mund über Petras Hals nach unten gleiten. Als sie die Brust erreichte, nahm sie eine der hoch aufgerichteten Knospen in den Mund und leckte darüber. Sie wechselte von einer zur anderen Seite, immer die eine Brustwarze mit ihrer Hand liebkosend, die andere mit ihrem Mund verwöhnend. Petra wand sich unter ihr, und ihr Atem ging heftig und keuchend. Sie war schon lange so weit, dass sie Anja am liebsten um Erlösung angebettelt hätte. Doch Anja machte sowieso, was sie wollte – es hätte also gar keinen Sinn gehabt, den Atem zu verschwenden.

Da schob sich Anjas Hand zwischen Petras Beine. Petra stöhnte laut, als sie durch die Nässe glitt und dabei neue Feuer entfachte.

»Du bist so wunderschön, mein Schatz ... und so unglaublich nass«, murmelte Anja, den Mund an Petras Bauch. Dann strich Anjas Zunge sanft über ihren Bauch nach unten, legte sich auf ihre Scham, strich durch die feinen Locken und fing an, die Perle zu reizen. Immer schneller leckte Anja über die Murmel, und gleichzeitig schoben sich ihre Finger in Petras feuchte Höhle. Petra zuckte heftig; sie konnte spüren, wie sich ihr heißes, pulsierendes Fleisch fest um Anjas Finger schloss, und mit Macht hob sie ihr Becken an, um Anja noch tiefer in sich zu spüren, sie nie wieder loszulassen.

Doch Anja machte es ihr nicht so leicht. Sie kreiste mit den Fingern in ihrem Innern, zog sie ein wenig zurück, bis Petra vor Begierde fast laut aufgeschrien hätte – um dann wieder tief in sie hineinzustoßen. Jetzt schrie Petra wirklich, als der Orgasmus sie mit sich riss wie eine Flut. Anja ließ sich indessen nicht bremsen. Schneller und schneller, im Gleichklang von Fingern und Zunge, brachte sie Petra zu einem Höhepunkt nach dem anderen.

Petra hatte sich ein Kissen vor den Mund gedrückt, um ihre Schreie zu dämpfen, und irgendwann sackte sie entkräftet zusammen. Anja blieb zwischen ihren Beinen liegen und hauchte zarte Küsse auf ihre Scham.

»Bitte«, stammelte Petra atemlos, »ich kann nicht mehr … bitte gönn mir eine Pause.«

Anja hob den Kopf und lächelte sie zärtlich an, dann rutschte sie an ihr hoch und legte sich neben sie. »Meine Süße … du musst mir verzeihen, aber ich kann einfach nicht genug von dir bekommen. Dein Duft ist so süß, und dein Nektar schmeckt noch viel besser.« Sie leckte genüsslich über ihre Finger und ließ dann die Hand noch einmal zwischen Petras Beinen hindurchgleiten. Petra zuckte nur ein wenig zusammen, aber ansonsten war sie zu erschöpft, um auch nur einen Muskel zu rühren.

Nicht lange danach übermannte sie beide der Schlaf. Es war zwar mitten am Tag, aber der anstrengende Flug und nicht zuletzt die vielen, vielen Male, die sie sich gegenseitig zur Ekstase getrieben hatten, machten sich nun doch stark bemerkbar.

Das Klingeln eines Handys riss sie aus ihren Träumen. Schlaftrunken sah Petra, wie Anja aufstand, zu ihrer Tasche ging und das Telefon herausnahm. Sie schaute auf das erleuchtete Display, ohne eine Taste zu drücken.

»Willst du nicht abnehmen?«, fragte Petra verwundert.

Anja warf ihr einen Blick zu, in dem sich Angst mit Resignation mischte, und klickte auf Annahme. Petra konnte sich schon denken, dass es wohl Beate sein musste. Anjas Gesichtsausdruck und ihre gepresst hervorgebrachten Antworten bestätigten diese Vermutung.

»Ich bin noch in Frankfurt. Nein, ich weiß nicht, wann ich komme.«

Das sagte sie noch einige weitere Male in verschiedenen Variationen, bis sie schließlich die Schultern straffte und ihre Stimme lauter wurde. »Hör mir jetzt endlich einmal zu, Beate. Das mit uns funktioniert doch schon lange nicht mehr. Ich werde mich jetzt von dir trennen, endgültig. Das hätte ich schon längst tun sollen. Ich werde nur noch einmal vorbeikommen, um meine Sachen abzuholen. Du brauchst nicht zu schreien, es ist mein Ernst, und du wirst mich nicht wieder umstimmen können. Du wirst mich nicht weiter tyrannisieren. Wenn ich meine Sachen holen komme, kannst du mir ja sagen, was du noch zu sagen hast – wobei von meiner Seite aus bereits alles gesagt ist.«

Es gab eine kurze Pause, in der Anja zusammenzuckte. Petra konnte jetzt ganz deutlich eine keifende Frauenstimme am anderen Ende hören, die Anja offenbar sehr unschöne Dinge an den Kopf warf. Diese legte irgendwann einfach auf und schaltete dann das Handy aus.

Müde setzte sie sich auf das Bett neben Petra, seufzte und wandte sich ihr zu. »Es tut mir leid, dass du das mit anhören musstest. Beate verliert halt nicht gern. In den letzten vier Jahren war ich ihr Eigentum. Sie hat mit mir gemacht, was sie wollte, und als ich gemerkt habe, wie sie tickt, war es zu spät. Ich musste alles hinnehmen, sonst hat sie mich terrorisiert. Ich dachte zuerst, dass ich sie lieben würde – dass sie sich durch meine Liebe ändern könnte. Aber es wurde nur noch schlimmer.« Wieder seufzte sie, dann richtete sie sich auf und drückte den Rücken durch, und ihre Stimme nahm einen entschlossenen Ton an. »Aber jetzt ist Schluss damit. Es ist mein Leben, und ich werde es nicht weiter an jemanden verschwenden, der es nicht verdient.«

Sie lächelte Petra warm an. »Ich dachte, dass ich niemals den Mut aufbringen würde, mich von ihr zu lösen. Sie hat mir immer eingeredet, dass sie die Einzige für mich sei und dass ich niemals jemanden finden würde, der mich so lieben würde wie sie. Aber auf das, was sie Liebe nennt, kann ich gern verzichten. Dennoch ... ich hatte immer Angst vor dem endgültigen Schritt. Ein paarmal habe ich sehr halbherzig versucht, sie zu verlassen, bin dann aber immer wieder zu ihr zurückgegangen. Ich war lieber in einer unglücklichen Beziehung mit ihr als allein. Bis du kamst, mein rettender Engel.« Ihr Lächeln wurde zum Strahlen. »Zum ersten Mal in meinem Leben weiß ich, dass ich wirklich liebe – und dass das nichts mit Beates Manipulation zu tun hat. Und es ist unglaublich ... du bist unglaublich.«

Petra hatte ihr stumm und mit wachsender Bestürzung zugehört. Was Anja von dieser Beate erzählte, klang nach mehr als den alltäglichen Beziehungsproblemen – es klang wie eine ausgewachsene Persönlichkeitsstörung. Sie nahm Anja in die Arme. »Es ist schön, dass du dein Leben in die Hand nehmen willst. Das ist auf jeden Fall die richtige Entscheidung, und ich werde dir gern dabei helfen. Aber ... vielleicht solltest du erst einmal lernen, allein klarzukommen? Ich halte es nicht für eine gute Idee, wenn du aus so einer ungesunden Beziehung, dieser Abhängigkeit, gleich wieder in eine neue Beziehung rutschst. Meinst du nicht, dass du jetzt erst mal deine Freiheit genießen und dir dein Leben neu einrichten solltest? Neue Leute kennenlernen, die dir guttun? Und dann später vielleicht potentielle Partnerinnen – Frauen in deinem Alter?«

Anja sah sie liebevoll an, und ihre Augen wurden ganz dunkel. »Ach, Petra. Du bist nicht zu alt für mich. Normalerweise würde ich dir ja zustimmen, aber jetzt habe ich dich nun mal kennengelernt. Du bist ein wunderbarer Mensch, und ...« Sie brach ab, sah kurz zur Seite, dann schaute sie mit Tränen in den Augen wieder zu Petra. »Ich liebe dich, Petra.«

Als Antwort streichelte Petra ihr sanft den Rücken. Dann schob sie sie ein wenig von sich weg, um ihr tief in die Augen zu sehen. »Für mich ist es durchaus von Bedeutung, dass ich fünfzehn Jahre älter bin als du, auch wenn du das im Moment nicht so siehst. Du hast noch so viel zu lernen und zu erleben. Ich möchte dir nicht im Wege stehen. Über kurz oder lang werde ich dir zu langweilig sein.«

Anja versuchte zu widersprechen, doch Petra ließ sie nicht zu Wort kommen. »Du bist unwahrscheinlich süß ... und was du mit mir machst, da fehlen mir einfach die Worte. Trotzdem denke ich, dass es besser ist, wenn du dir Zeit lässt. Deine Jugend genießt – und deine neue Freiheit.«

Da fing Anja an zu schluchzen. Petra zog sie wieder an sich und drückte sie fest. »Nicht weinen, mein Engel. Ich möchte doch nur, dass du nichts überstürzt. Du sollst doch sehen, dass es da draußen viele nette Menschen gibt ... dass nicht alle so sind wie Beate. Bitte, Kleines, nicht weinen.«

Doch Anjas Schluchzen wurde nur noch stärker. »Ich liebe dich so sehr.«

Petra seufzte leise und voller Mitgefühl. Es war ja keineswegs so, dass sie Anjas Dilemma nicht nachvollziehen konnte; schließlich betraf es sie selbst ebenso sehr. »Ich liebe dich doch auch, mein armer kleiner Schatz«, flüsterte sie Anja ins Ohr. »Es bricht mir das Herz, dich weinen zu sehen. Vielleicht musst du jetzt erst mal zur Ruhe kommen, ein bisschen Abstand gewinnen ...« Sie löste sich wieder von Anja, stand vom Bett auf und zog Anja mit sich nach oben. »Komm, lass uns etwas essen und dann in aller Ruhe über alles reden.«

Sie zogen sich an und gingen nach unten in die Küche.

»Worauf hast du Lust?«, fragte Petra, während sie sich zu vergegenwärtigen versuchte, was sie überhaupt im Haus hatte. Sie konnte sich nicht erinnern, wann sie das letzte Mal eingekauft hatte. Reis müsste noch da sein, und einige Packungen Gemüse im Tiefkühlfach. Und zur Not konnten sie immer noch das Pizzataxi anrufen.

Anja hatte inzwischen ihre Tränen getrocknet und ihren gewohnten, schelmischen Humor zurückgewonnen. »Du würdest mir gut schmecken.« Damit trat sie auf Petra zu und küsste sie erst leicht, dann ganz plötzlich mit einer Härte und einer Leidenschaft, die Petra völlig aus dem Gleichgewicht warf.

Ein weiteres Mal musste Petra kapitulieren. Sie war einfach macht- und willenlos unter Anjas Berührungen, schmolz dahin in dem Feuer, das Anja in ihr entzündete und das auch nur sie wieder löschen konnte. Also gab sie sich erneut ihrem Verlangen hin.

Zu ihrer Überraschung hob Anja sie hoch, so dass Petra nun auf der Arbeitsplatte saß. Dann knöpfte sie Petras Bluse auf und schob sie ihr von den Schultern. Petra stöhnte ganz leise, als Anjas Handflächen sich über ihre Brüste legten und sanft hin und her glitten. Der feine Stoff des BHs reizte ihre Brustwarzen noch mehr.

»Oh mein Gott, du machst mich wahnsinnig«, keuchte sie.

»Gefällt es dir nicht?« Flugs schob Anja ihre Finger in den BH, befreite die Brüste aus ihrem engen Gefängnis und begann an einer Knospe zu saugen, während sie die andere Brust mit der Hand massierte. Gleich darauf ließ sie die Hand zwischen Petras Beine gleiten. Den Rock schob sie nach oben, und ihre Finger strichen erst über das knappe Höschen, dann seitlich darunter. Petra begann lauter zu stöhnen und drückte ihren Unterleib gegen Anjas Hand. Schon hatte Anjas Daumen ihre Perle aus dem Versteck gereizt, und ihre Finger fuhren sachte über die heißen Schamlippen. Petra drückte Anjas Kopf fest an sich und umklammerte sie mit den Beinen – sonst würde sie gleich zerplatzen, da war sie sicher. Immer heftiger zuckte sie und kam schließlich mit einem rauen Stöhnen.

Anja hielt sie mit einem Arm fest, und ihr bedeutungsvolles Grinsen zeigte, dass sie noch lange nicht fertig war. Sie hob Petra ein wenig an und zog ihr mit einem Ruck das Höschen herunter. Danach ging sie vor ihr auf die Knie und legte den Kopf zwischen ihre Beine. Sie atmete tief den Duft von Petras Nässe ein, ließ ihre Zunge zwischen ihre Falten gleiten und leckte so tief es eben möglich war, als wolle sie auch noch den letzten Tropfen in sich aufnehmen. Petra keuchte und wimmerte und versuchte Anjas Kopf festzuhalten, doch Anja wusste genau, was Petra wollte und brauchte. Sie reizte ihre Perle immer stärker, dann tauschte sie die Position von Fingern und Zunge. Während sie heftig an der Murmel saugte und sogar leicht hineinbiss, stieß sie mit ihren Fingern tief zwischen Petras Schamlippen. Ihre Finger kreisten in Petras Innern, und ihre Bewegungen wurden schneller und schneller.

Petra hatte ihre Beine über Anjas Schultern gelegt und hielt sich an einem der Schränke über ihr fest – sonst hätte sie das Gleichgewicht verloren. Sie wusste kaum noch, wo oben und unten war, und ihr Innerstes brannte wie glühende Lava. Woge um Woge brachen weitere Orgasmen über sie herein, bis sie zusammensackte und beinahe von der Platte fiel. Anja fing sie gerade noch auf und hielt sie zärtlich in ihren Armen fest.

Es dauerte einige Zeit, bis Petra wieder zu Atem kam. Sie lächelte Anja liebevoll an. »Oh Göttin ... Wenn du so weitermachst, bringst du mich noch um.« Sie rutschte von der Arbeitsplatte herunter. »Ich habe jetzt richtig Hunger. Wobei ich schon genau weiß, was ich dann zum Nachtisch möchte.«

»Klingt vielversprechend«, sagte Anja grinsend. »Was soll ich kochen?«

Petra sah sie verdattert an. Anjas Grinsen wurde noch breiter.

»Ja, ich bin nicht nur im Bett zu gebrauchen, sondern kann tatsächlich kochen. Nicht so richtig gut, aber bisher hat es auf jeden Fall gereicht.«

»Wow. Ich glaube, ich bin die glücklichste Frau der Welt«, flachste Petra, der die Vorstellung, sich nicht selbst an den Herd stellen zu müssen, äußerst attraktiv erschien. »Wie wäre es mit Reis und Gemüse? Ich habe allerdings kein frisches Gemüse, nur im Tiefkühlfach. Oder ich geh noch schnell einkaufen, was immer dir lieber ist.«

Anja winkte ab. »Tiefkühlgemüse ist prima. Und wir haben uns jetzt beide eine Stärkung verdient, meinst du nicht?«

»Absolut«, stimmte Petra zu. »Einkaufen können wir auch morgen noch, gleich wenn wir aus Köln zurück sind.«

Anja hatte gerade nach dem Kochtopf greifen wollen, der auf einem Regalbrett stand, aber jetzt erstarrte sie mitten in der Bewegung. »Wie meinst du das?«

»Na, was denkst du denn?« Petra hatte sich die Sache eigentlich noch nicht wirklich genau überlegt, aber jetzt, da sie es aussprach, fühlte es sich richtig an. Ruhig, aber bestimmt fuhr sie fort: »Ich fahre mit dir nach Köln und helfe dir, deine Sachen zu holen. Mein Gästezimmer steht dir zur Verfügung.« Sie stockte und errötete leicht: »Wobei ich nicht weiß, ob du das überhaupt willst.«

Da trat Anja vom Herd zu ihr, legte ihr einen Finger unters Kinn und drehte ihr Gesicht zu sich herum. Die goldenen Punkte in ihren Augen tanzten, als sie fragte: »Ist das dein Ernst?«

Petra lächelte sie an, immer sicherer, dass sie das Richtige tat. »Ich weiß nicht, was das ist zwischen uns und was daraus wird, aber du hast mich völlig verzaubert – und ich würde mich glücklich schätzen, wenn du bei mir einziehen würdest. Das dritte Zimmer oben steht dir zur Verfügung, so dass du auch deinen Freiraum hast, wenn du das möchtest.«

»Und was möchtest du?« fragte Anja sanft, während ihre funkelnden Augen Petra nicht losließen.

Petra schluckte. »Ich ...« Sie brach ab. Dann straffte sie sich und sah Anja fest in die Augen. »Ich möchte, dass du hier bei mir bist. Möchte dich in meiner Nähe haben, auch wenn ich überzeugt bin, dass du mich irgendwann umbringen wirst.«

Anja lachte ein glockenhelles Lachen. »Aber wäre das nicht ein schöner Tod?« Dann wurde sie wieder ernst. »Danke, Petra, das ist sehr, sehr großzügig von dir. Und ich nehme dein Angebot sehr gern an. Obwohl ich nicht sicher bin, ob ich dein Gästezimmer benutzen möchte.«

Petra wurde schon wieder rot.

Mit einem Grinsen küsste Anja sie liebevoll auf den Mund. »Du bist so süß, wenn du verlegen bist. Aber jetzt sterbe *ich* langsam, wenn ich nicht bald was in den Magen bekomme. Wo ist das Gemüse und wo der Reis?«

Kapitel 5

Nachdem Petra Anja erklärt hatte, wo sie Vorräte und Utensilien finden konnte, dauerte es nicht lange, bis es in der Küche herrlich zu duften begann. Anja brutzelte und rührte fröhlich und plauderte dabei so witzig, dass Petra mehrmals vor Lachen die Tränen in die Augen traten. Schließlich begann Petra den Tisch zu decken und brachte eine Flasche Wasser aus der Speisekammer. Es war eine harmonische, heimelige Atmosphäre, die Petra schon lange nicht mehr erlebt hatte; sie ergänzten sich in der Küche ebenso gut wie im Bett. *Alltagstauglich,* dachte Petra.

»Hmm, das schmeckt wirklich sehr gut«, lobte sie, als sie sich die erste Gabel von Anjas Reispfanne auf der Zunge zergehen ließ.

»Danke«, sagte Anja geschmeichelt. »Es hat Spaß gemacht, mal wieder zu kochen. Das habe ich schon sehr lange nicht mehr getan. Beate wollte es nie, sie hat die Küche immer als ihr Reich betrachtet, in das ich keinen Zutritt hatte – außer zum Abwaschen. Und ... man widersetzt sich ihr nicht.«

»Also, ich habe deine Kochkünste sehr genossen«, erklärte Petra, »und ich verspreche, beim nächsten Mal helfe ich auch etwas mehr mit. Es macht doch so viel mehr Spaß, oder?«

Anja nickte und strahlte sie an. »Auf jeden Fall. Du bist ein richtiger Engel, weißt du das? Ich fühle mich zum ersten Mal seit langem wieder lebendig und glücklich, wie aus einem Gefängnis befreit. Und das nur durch ein bisschen Kochen! Das verdanke ich ganz allein dir.«

Gerührt fasste Petra über den Tisch hinweg nach Anjas Hand und hielt sie fest. Minutenlang sahen sie sich stumm an, versanken förmlich in den Augen der anderen. Es bedurfte keiner Worte – Petra wusste, dass Anja auch so spürte, was ihr Geständnis Petra bedeutete. Dass Anja fühlte, dass sie schon jetzt nicht mehr aus Petras Leben wegzudenken war ...

Für einen kurzen Moment zogen tief in Petras Innern dunkle Wolken auf, versuchte ihre alte Unsicherheit, die Angst vor dem Verlassenwerden und der Enttäuschung sich Bahn zu brechen. Doch sie schluckte sie energisch hinunter. Anjas ausdrucksvolle braune Augen mit den glitzernden Goldsprenkeln waren eine wirksame Medizin.

Nachdem sie die Mahlzeit beendet und das Geschirr abgespült hatten, nahmen sie ihre Wassergläser und setzten sich im Wohnzimmer auf die Couch.

»Willst du wirklich morgen mitfahren nach Köln?«, fragte Anja, während sie ein Bein unter das andere zog. »Das ist eine weite Strecke, hin und her. Ich könnte auch den Zug nehmen.«

Petra winkte ab. »Das ist doch Unsinn. Ich weiß zwar nicht, wie viel Gepäck du haben wirst, aber das mit dem Zug hierherzuschleifen, ist doch viel zu umständlich. Ich habe schließlich frei und auch keine anderen Pläne. Außer natürlich –«, sie musterte Anja nachdenklich, »– du möchtest nicht, dass ich mitgehe. Ich kann auch gern irgendwo in der Nähe warten, falls dir das lieber ist.«

Da streckte Anja sich lang auf der Couch aus und legte ihren Kopf in Petras Schoß. Von unten her sah sie Petra liebevoll an.

»Nein, warum sollte ich das nicht wollen. Ich habe nur Angst, was Beate sagen wird. Sie kann sehr böse werden, und ... ich möchte nicht, dass sie dir wehtut. Sie wird dir die Schuld geben, dass ich sie verlasse. Und das macht mir wirklich Angst.«

Petra streichelte ihr über die Haare, strich sanft mit der Hand über ihren Arm und ihre Seite. »Hab keine Angst, mein Schatz. Ich bin nicht aus Zucker – so leicht lasse ich mich nicht ängstigen. Ich möchte dir nur helfen und denke, dass es am schnellsten geht, wenn wir zusammen mit dem Auto fahren.«

Anjas zärtliches Lächeln war Antwort genug.

Lange blieben sie so sitzen, wechselten manchmal ein paar Worte, sahen sich aber manchmal auch nur minutenlang stumm in die Augen, berührten, spürten einander. Petra konnte sich nicht erinnern, sich jemals mit jemandem so uneingeschränkt wohlgefühlt zu haben, so gut aufgehoben. Sie hätte ewig weiter so dasitzen können, in Anjas wunderschöne Augen und ihr Lächeln versunken. Doch plötzlich musste sie gähnen.

»Komm, mein kleiner Schatz, lass uns zu Bett gehen«, sagte sie. »Du schuldest mir nämlich noch meinen Nachtisch.«

Anja begann zu grinsen. »Heißt das, dass ich nicht im Gästezimmer schlafen muss?«

Petra zuckte gespielt gleichgültig die Achseln: »Wenn dir das lieber ist, dann richte ich gern das Bett dort her. Aber um deine Verpflichtung kommst du nicht rum.«

Anja lachte ihr glockenhelles Lachen und begann Petra zu küssen. Aber Petra stand auf und zog Anja mit sich hoch und die Treppe hinauf. Oben angekommen, hob sie Anja mit einer einzigen, kraftvollen Bewegung auf ihre Arme und trug sie ins Schlafzimmer. Anja keuchte überrascht auf, doch ihr Körper entspannte sich rasch, und sie kuschelte sich an Petra. Die legte sie ganz sanft auf das Bett und ließ sich neben ihr nieder. Dann ließ sie endlich zu, dass Anja sie küsste.

Sie küssten sich immer wieder, immer leidenschaftlicher, gingen ganz auf in den süßen Berührungen ihrer Zungen. Petra schob ihre Hände unter Anjas Pullover, bemerkte zu ihrer Freude, dass diese keinen BH trug, und streichelte über die weichen Brüste. Behutsam schob sie den Pullover ganz nach oben, und Anja richtete sich kurz auf, so dass sie ihn ihr über den Kopf ziehen konnte. Petra drückte sie sanft auf die Matratze zurück und küsste jede erreichbare Stelle von Anjas zarter Haut. Sie konnte ihren Herzschlag spüren, der immer schneller wurde, und Anjas Brüste hoben und senkten sich ebenfalls in einem immer schnelleren Rhythmus. Petras Hände und ihr Mund glitten sanft über die weichen Hügel, streichelten die zarten Knospen, ließen sie anwachsen und sich nach oben strecken. Sie reizte sie mit der Handfläche, kreiste mit der Zunge um eine der Brustwarzen und nahm sie in den Mund, um sanft daran zu saugen und schließlich ganz zärtlich hineinzubeißen. Anja stöhnte auf, drängte sich ihr entgegen. Doch Petra ließ sich viel Zeit, kostete den Duft und das Gefühl der zarten Haut unter ihren Händen und Lippen aus. Nur ganz langsam küsste sie sich nach unten, über den flachen Bauch, Millimeter für Millimeter. Sie öffnete Anjas Hose und schob sie mit Anjas ungeduldiger Hilfe hinunter, den Slip gleich hinterher.

Fasziniert starrte Petra auf die glattrasierte Scham, die nun offen vor ihr lag. Sie hatte Anja zwar schon nackt gesehen, sie aber noch nie so genau betrachtet, gestand sie sich ein. Ihre Finger strichen sanft über den Hügel. Es war kaum mehr als der Hauch einer Berührung, doch selbst das reichte aus, um Anja zum Stöhnen zu bringen.

»Bitte, mein Engel, lass mich nicht zu lange warten, ich möchte dich so gern in mir spüren …« Verlangend reckte Anja ihren Unterleib nach oben.

Petra küsste sie zart auf ihre Mitte und lächelte sie an – verträumt, aber auch ein wenig schalkhaft. »Du bist wunderschön, mein Schatz. Ich könnte dich auf ewig so ansehen und streicheln.«

Ihre Finger glitten sanft zwischen Anjas Beine, in die Nässe hinein. »Dich küssen …« Ihr Mund strich über die Scham, und ihre Zunge suchte nach der Lustperle.

Anja stöhnte lauter und begann sich unter ihr zu winden.

»Jetzt, bitte ... ich brauche dich.«

Petra atmete tief ihren süßen Duft ein. Nie zuvor hatte sie die Liebe so intensiv erlebt; es war, als seien all ihre Sinne viel empfindsamer, wenn sie mit Anja zusammen war. Ihre Zunge glitt zwischen die Falten und leckte zart über die Schamlippen. Sie saugte die Nässe in sich hinein, schmeckte sie.

»Hmm, du schmeckst so gut, mein Schatz.«

Anja bäumte sich auf und begann leise zu wimmern. Sie stand ganz offensichtlich kurz vor der Explosion und hielt es nicht mehr lange aus.

Petras Zunge suchte erneut nach ihrer Perle, die sich ihr schon willig entgegenstreckte. Dann schob Petra vorsichtig ihre Finger in die heiße, nasse Höhle hinein. Sie wusste ja nun schon, dass Anja mehr zu nehmen gewohnt war, doch sofort ihre ganze Hand in sie hineinzuschieben, das traute sie sich dann doch nicht.

Doch Anja wimmerte nur und flehte, dass sie sie doch endlich ganz ausfüllen solle. Nach kurzem Zögern drückte Petra auch ihren Daumen zu ihren Fingern hinzu. Mit einem zufriedenen Stöhnen nahm Anja ihre Hand in sich auf. Sie begann ihren Unterleib hin und her zu drehen, keuchte laut, als Petra wieder mit ihrer Zunge über die Murmel glitt, und kam schließlich mit einem heiseren Schrei. Petra spürte, wie sich ihr Inneres um ihre Hand zusammenzog und ihre Finger förmlich zu zerquetschen drohte. Lange setzten sich die Kontraktionen fort, an- und abschwellend, bis die Orgasmen langsam verebbten. Erschöpft lag Anja in den Laken, und ihr Atem ging noch immer schnell und heftig. Als Petra ganz vorsichtig ihre Hand in ihr drehte, schrie Anja sofort wieder auf.

Erschrocken hielt Petra mitten in der Bewegung inne. »Entschuldige, ich wollte dir nicht wehtun ... Ich weiß nur nicht, wie ich aus dir herauskann, ohne dass du Schmerzen hast.«

Zu ihrer Überraschung lachte Anja atemlos. »Nicht schlimm, das tut nicht weh. Es ist nur ein irres Gefühl – und wenn du dich bewegst, dann bringst du mich sofort wieder zu einem Orgasmus.«

»Hm, dann sollte ich vielleicht noch eine Weile so liegen bleiben und ab und zu ...« Damit drehte Petra ihre Hand von neuem ein wenig hin und her. Anja reagierte sofort mit einem tiefen Stöhnen. Petra konnte die Nässe fühlen, die an ihrer Hand nach außen lief.

»Ich werde jetzt die Hand rausziehen, okay?«

Anja nickte und spannte ihren Körper an, um sich für die erneute Stimulierung zu wappnen. Mit einem sanften Ruck glitt Petra aus ihr heraus, einen Wasserfall an heißer Feuchtigkeit mit sich ziehend. Anja keuchte noch einmal kurz.

Petra sah sie zärtlich an und strich ihr die Haare aus dem schweißnassen Gesicht. »Das ist ein unglaubliches Gefühl, weißt du das? Ich habe im Hotel schon gestaunt, dass du meine ganze Hand aufnehmen kannst. Du bist doch so schlank und schmal.« Sie stockte einen Moment, um dann flüsternd hinzuzufügen: »Danke, dass ich das erleben darf.«

Anja stieß einen Laut aus, der halb Keuchen, halb Lachen war. »Ach, mein süßer Engel, *ich* danke *dir*. Ich habe noch nie jemanden getroffen, der es mir so machen wollte und auch konnte. Bis du kamst . . . Ich liebe dich, Petra.«

Sie hielten sich eng umschlungen, küssten sich immer wieder und schliefen schließlich zufrieden ein.

Am nächsten Morgen war Petra als Erste wach. Eine Weile blieb sie still liegen und betrachtete die schlafende Anja. Wie schön sie war, und so schutzlos im Schlaf . . . Petra schüttelte den Kopf. Noch vor wenigen Tagen hätte sie sich nie träumen lassen, dass sie eine fast fremde junge Frau, mit der sie bei Licht betrachtet nicht mehr verband als unglaublicher Sex (aber das war eine ganze Menge, fand Petra), so ohne Weiteres bei sich einziehen lassen würde. Aber der Wunsch, Anja zu beschützen, war immer noch sehr stark. Es war richtig, ihr auf diese Weise zu helfen – das wusste Petra mit einer Sicherheit, die sie fast selbst erstaunte.

Leise stand sie auf, ging beschwingt die Treppe hinunter und setzte schon einmal den Kaffee für sich und Anja auf, bevor sie unter die Dusche ging.

Gerade als sie ihre kurzen Haare trocken rubbelte, trat Anja zu ihr ins Bad. »Guten Morgen, meine Retterin, hast du gut geschlafen?« Sie schlang ihre Arme fest um Petra und küsste sie sanft auf die Wange.

Petra fühlte, dass Anja nervös war angesichts der anstehenden Konfrontation mit ihrer Ex. Aber sie sagte nur: »Wie ein Baby. Möchtest du duschen? Der Kaffee ist schon fertig. Was frühstückst du gern?«

Anja ließ ihre Zunge über Petras Wange zu ihrem Ohr gleiten und knabberte sanft an ihrem Ohrläppchen. »Dusche und Kaffee klingt gut. Frühstück ist nicht meine starke Seite – mach dir bitte keine Umstände.«

Die zärtlichen Berührungen entfachten Petras Leidenschaft aufs Neue. Ein leiser Seufzer entfuhr ihr.

Als wisse Anja genau, was in ihr vorging, fuhr sie mit leiser, lockender Stimme fort: »Vielleicht möchtest du ja mit mir duschen?«

»Ich habe doch schon«, versuchte Petra zu entgegnen. Doch jeder Widerstand war zwecklos, als Anja eine Hand über ihre Brust schob und liebevoll über ihre Knospe strich.

»Es würde dir sicher gefallen, glaube mir.« Anjas Tonfall wurde noch verführerischer.

Da schmolz Petra endgültig dahin. Gemeinsam stiegen sie in die Duschwanne, und Anja stellte das Wasser auf eine angenehme Temperatur ein. Dann nahm sie den Schwamm, gab etwas Duschöl darauf und fing an, Petra einzuseifen. Sie ließ den Schwamm vorsichtig über ihren Körper kreisen, bei den Schultern beginnend, über den Rücken nach unten zu ihrem Po und über den Bauch wieder nach oben zurück. In sanften Schwüngen fuhr sie über Petras feste Brüste. Die Brustwarzen reckten sich ihr längst erwartungsvoll entgegen.

»Du bist so unsagbar schön«, flüsterte Anja fast ehrfürchtig.

Petra lehnte sich gegen die Wand, schloss die Augen und gab sich ganz der Empfindung hin. Eine Empfindung, für die sie keine Worte hätte finden können – es war höchste, pure körperliche Leidenschaft, aber doch auch so viel mehr.

Anja ging inzwischen vor ihr auf die Knie und ließ den Schwamm über ihre Scham gleiten, strich durch ihre Beine hindurch und begann mit ihren Fingern die Schamlippen zu massieren. Petra stöhnte vor Lust, und Anja ersetzte ihre Finger flugs mit ihrer Zunge. Sie glitt tief in Petra hinein, saugte an den zarten Lippen. Während ihre Zunge immer tiefer in sie vordrang, kreiste ihre Hand über den Venushügel, was Petra immer lauter stöhnen ließ. Anjas Liebkosungen raubten ihr fast die Sinne, und der einzige Gedanke, den ihr Hirn noch zustande brachte, war, wie unfassbar es war, dass es immer noch etwas Schöneres geben konnte – selbst nachdem sie sich nun schon so oft geliebt hatten und jedes einzelne Mal ihr wie der absolute Höhepunkt erschienen war, nach dem es keine Steigerung mehr gab ...

Schließlich sank Petra erschöpft neben Anja auf dem Boden der Dusche nieder. Die küsste sie liebevoll.

»Guten Morgen, mein Engel. Ich liebe dich.«

Petra lächelte sie selig an. »Ich liebe dich auch, Anja ... sehr sogar. Komm, lass uns frühstücken. Wir haben einen langen Tag vor uns.«

Sie trockneten sich gegenseitig ab und zogen sich an. Zum Frühstück teilten sie sich eine Schüssel Cornflakes und schlürften den heißen Kaffee. Petra fiel auf, dass Anja still geworden war.

»Bist du bereit?«, fragte sie behutsam.

Anja nickte, seufzte kurz und gab sich einen Ruck. »Du musst wirklich nicht mit, wenn du nicht möchtest.«

»Aber ich möchte«, betonte Petra. »Ich dachte, wir hätten das schon geklärt.«

»Ja, entschuldige. Ich wollte nur noch einmal sichergehen, dass du nicht denkst, du müsstest es für mich tun.« Anja lächelte Petra mit strahlender Dankbarkeit an.

»Aber ich mach es doch für dich«, sagte Petra mit einem Grinsen. »Und ich mach es gern. Schließlich habe ich es dir angeboten, mich dir regelrecht aufgedrängt.«

Auf der Fahrt plauderte Petra über alle möglichen – wie sie hoffte – erfreulichen Themen, um Anja abzulenken. Sie machte Pläne für die kommenden Tage und fragte Anja über deren Dienstplan aus, um herauszufinden, wann sie wie viel Zeit miteinander haben würden. Sie selbst hatte noch fünf Tage frei, Anja dagegen musste in vier Tagen schon wieder los: nach San Francisco. Sie erzählte Petra von ihren bisherigen Erlebnissen dort und wie sehr sie die Stadt mochte, und Petra registrierte mit Erleichterung, dass ihre Aufmunterungsstrategie offenbar funktionierte.

Kurz vor Köln schaltete Anja ihr Handy wieder ein, das sofort zu piepsen begann und eine ganze Reihe an verpassten Anrufen und Textnachrichten anzeigte.

»Alle von Beate«, kommentierte Anja mit einem Seufzer und steckte das Handy wieder weg. »Aber ich werde den Teufel tun und die jetzt alle abrufen. Das kriege ich wahrscheinlich eh gleich alles persönlich zu hören.«

Nachdem Petra, Anjas Anweisungen folgend, einige Minuten durch Köln gekurvt war, parkte sie den Subaru schließlich in einer Seitenstraße mit kleinen, einzeln stehenden Häusern.

»Hier ist es, das grüne Haus da vorn.« Anja zeigte darauf. Als sie ausgestiegen waren und auf das Haus zugingen, stutzte Petra: Auf der kleinen Rasenfläche vor dem Haus lagen einige Koffer, Taschen und andere Gegenstände.

»Anja, hat sie etwa ...?«

Anja nickte nur traurig. Ihr Blick blieb an einem Fahrrad hängen, das zertrümmert inmitten des Chaos lag.

»Ja, das passt zu ihr«, sagte sie leise, mit gedrückter Stimme. »Sie ist sauer auf mich. Dann macht sie so was. Lass uns die Taschen einpacken und gehen, ich will hier nicht länger als nötig bleiben.«

Eilig luden sie die Koffer und Taschen in den Kofferraum und auf die Rückbank des Subaru. Sie waren fast fertig, und Petra dachte schon, dass sie unbehelligt von Beates Zorn davonkommen würden, als die Tür des Hauses aufging und eine keifende Furie herausstürmte.

Beate war noch etwas kleiner als Anja und so dünn, dass man den Eindruck gewinnen konnte, ein Windstoß würde sie davonfliegen lassen. Wenigstens konnte sie sich so den Besen sparen, dachte Petra mit einem flüchtigen Grinsen. Die schwarzen Haare waren so kurzgeschoren, dass an manchen Stellen die Kopfhaut durchschimmerte. Sie rannte durch den kleinen Vorgarten auf sie zu, wilde Verwünschungen ausstoßend, und Petra betrachtete sie mit wachsender Verblüffung. Irgendwie hatte sie mit einem riesigen Monstrum gerechnet, doch diese kleine, beinahe ausgehungert wirkende Person ...

In diesem Moment brüllte Beate gerade besonders laut los, und Petra zuckte heftig zusammen.

»Du undankbares Miststück!« Schrill schnitt die zeternde Stimme durch die mittägliche Vorortstille. »Was denkst du dir eigentlich? Glaubst du wirklich, dass du so einfach abhauen kannst? Nach allem, was ich für dich getan habe? Ich habe dich bei mir aufgenommen, dir alles gegeben, es hat dir doch an nichts gefehlt. Wie kannst du es wagen, mich zu verlassen. Niemand verlässt mich.« Ihr Ton wurde mit jedem Satz hysterischer, und ihre Augen schossen wütende Blitze. Erst als sie die beiden schon fast erreicht hatte, schien ihr Petras Anwesenheit aufzufallen. Sie hielt in ihrer Raserei inne und baute sich vor Petra auf.

»Ist das etwa deine neue Schlampe?« Sie zischte jetzt voller Boshaftigkeit.

Petra schluckte. *Schlampe,* so hatte sie noch niemand genannt. Doch sie ballte nur die Hand in ihrer Hosentasche fest zu einer Faust, sah Beate gleichgültig an und ließ sich nichts anmerken.

Die wandte sich nun direkt an sie. »Sie wird nicht bei dir bleiben, das tut sie nie. Sie kommt immer zu mir zurück. Das wird sie auch dieses Mal tun – mach dir also keine Hoffnungen. Sie gehört mir. Obwohl ich nicht weiß, ob ich sie noch einmal zurücknehmen werde, wenn ich so drüber nachdenke – das verlogene Miststück.«

In diesem Moment stellte Anja sich zwischen Petra und Beate – mit dem Ergebnis, dass nun wieder sie Beates Zorn abbekam.

»Du hast mich betrogen, du Schlampe«, zischte Beate leise, aber mit eisiger Schärfe. »Und ich werde es dir zeigen, wenn du wieder angekrochen kommst.«

Mit fester Stimme entgegnete Anja: »Ich habe dich noch nie betrogen, aber du hast mir ja nicht geglaubt.«

Da holte Beate aus und gab Anja eine schallende Ohrfeige. Petra blieb fast das Herz stehen. Vor Schreck war sie sekundenlang unfähig, sich zu rühren, sonst hätte sie Anja sofort von Beate weggezogen. Auch Anja stand stocksteif da, wie festgewachsen.

Beate holte erneut aus und hätte auch ein zweites Mal zugeschlagen, aber nun kam wieder Leben in Petra. Mit einer raschen Bewegung riss sie Anja aus der Gefahrenzone. Dabei funkelte sie Beate an, so wütend, dass ihre Augen förmlich Feuer sprühten.

»Wage es nicht, sie noch einmal zu schlagen.« Sie schrie nicht, legte aber dennoch unmissverständlich ihren ganzen Zorn in ihre Stimme. »Sonst bekommst du es mit mir zu tun.« Damit drehte sie sich um und führte die noch immer starre Anja zu ihrem Auto zurück. Die schien gar nicht wahrzunehmen, dass Petra sie auf den Beifahrersitz bugsierte und sie anschnallte. Hastig sprang Petra dann selbst ins Auto und verriegelte die Türen, bevor sie Anja besorgt musterte.

»Bist du in Ordnung?«

Keine Antwort. Anja starrte nur stumm geradeaus.

»Anja, sag doch bitte etwas.« In Petras mitfühlenden Tonfall mischte sich Panik. »Hat sie dir sehr wehgetan?«

Auf einmal lösten sich dicke Tränen aus Anjas Augen und strömten über ihre Wangen. Sie schluchzte, sagte aber immer noch nichts.

Petra beugte sich vom Fahrersitz zu ihr hinüber, nahm sie tröstend in den Arm und strich ihr sanft über den Rücken. Beruhigend sprach sie auf sie ein: »Schsch ... alles ist gut, mein kleiner Schatz, ich bin hier. Sie kann dir nichts mehr tun. Ich werde es nicht zulassen, hörst du?«

Anja hob den Kopf ein wenig und sah sie unter Tränen an, als müsse sie sich vergewissern, dass Petra ihre Worte ernst meinte. Petra erschrak, als sie die Pein in den Augen der jungen Frau sah. Sie begann zu ahnen, dass da noch einiges mehr war, das Anja belastete.

Sanft strich sie ihr über die noch stark gerötete Wange. Anja zuckte heftig zusammen.

»Sie hat dich schon öfters geschlagen, oder?«

Es war mehr eine Feststellung als eine Frage. Und Anja nickte schwach.

»Am Anfang war es ein Missverständnis«, flüsterte sie. Gott sei Dank, sie sprach wieder. »Es tat ihr leid. Sie hat sich tausendmal entschuldigt. Dann kam es immer öfter vor, am Schluss beinahe täglich. Und ich habe es zugelassen ... ich habe immer gedacht, es ist nur eine Phase. Oder sie ist gerade besonders gereizt. Manchmal habe ich sogar gedacht, dass es meine Schuld wäre, weil ich sie provoziert hatte.« Sie schluchzte auf. »Dabei ist das Einzige, woran ich wirklich schuld bin, dass ich es so lange habe geschehen lassen.«

Petra drehte ihren Kopf zu sich herum, so dass sie ihr in die Augen sehen konnte. »Du bist gar nicht schuld, Anja. Sie hat dich geschlagen. Das darf man einem anderen Menschen nicht antun, das ist einfach nicht normal. Du hast mir schon einmal gesagt, dass sie dich als ihren Besitz betrachtet hat, und auch das ist nicht normal. Ich bin sehr froh, dass du das nicht noch länger erdulden musst. Anstatt dir Vorwürfe zu machen, solltest du dir eigentlich gratulieren, dass du den Absprung geschafft hast.«

Anja schluchzte leise und ließ sich von Petra in den Armen wiegen, aber es dauerte einige Minuten, bis sie sich beruhigt hatte. Dann straffte sie die Schultern, warf den Kopf zurück, und ein schmales Lächeln erschien auf ihrem Gesicht.

»Vielleicht hast du recht. Ich bin endlich frei von ihr ... Das fühlt sich so gut an.«

Sie drehte ihren Kopf zu Petra, und in ihren braunen Augen lag tiefe Zuneigung. »Ich danke dir sehr, dass du mir geholfen hast, dieser Hölle zu entfliehen. Lass uns nach Hause fahren. Ich möchte schnell weg von hier, bitte.«

Nach Hause ... in unser Zuhause, dachte Petra, und plötzlich fühlte sie sich so leicht wie ein Luftballon. So als sei es gar nicht Anja, die gerade aus einer Hölle entflohen war, sondern sie selbst.

Die Fahrt zurück schwiegen sie die meiste Zeit, jede hing ihren eigenen Gedanken nach. Aber wenn sie sich ab und zu von der Seite ansahen, war es Petra, als schaue sie direkt in die aufgehende Sonne.

Kapitel 6

In Heusenstamm angekommen, schleppten sie Anjas Koffer und Taschen gemeinsam in die Wohnung und legten alles im Gästezimmer ab.

»Möchtest du auspacken?«, erkundigte sich Petra, als sie fertig waren und den stattlichen Haufen Gepäck begutachteten. »Der Schrank hier ist leer. Ich kann dir aber auch Platz im Schlafzimmerschrank machen, wenn du das lieber möchtest.«

Anja sah sie mit glitzernden Augen und scheinbarer Überraschung an. »Was? Ist das dein Ernst? Du bietest mir dauerhaft einen Platz in deinem Schlafzimmer an?«

Petra wurde rot und setzte schon zu einer relativierenden Antwort an, als sie den Schalk in Anjas Augen blitzen sah.

»Du bist eine wunderschöne Frau, Petra«, sagte Anja, jetzt wieder ganz ernst, während ihre Augen Petras mit einem tiefen Blick gefangen hielten, »und ich bin mehr als glücklich, dass du mich hier wohnen lässt. Ich weiß, dass du einige Bedenken hast wegen unseres Altersunterschiedes – und auch weil ich jetzt frei bin und du denkst, dass ich vielleicht jemand anderen kennenlernen möchte oder sollte.«

Sie machte eine Pause, und Petra konnte nichts als Liebe und Zuneigung in dem intensiven Blick erkennen. Ihr wurde ganz warm ums Herz.

Anja sprach leise weiter: »Es stimmt, dass ich noch nicht viele Beziehungen hatte. Einige Freundschaften und Affären vor längerer Zeit, aber so richtig zusammen war ich bisher nur mit Beate ... und die Geschichte kennst du ja. Ich habe sie in all den Jahren nicht betrogen. Und ich habe auch nicht vor, dich zu betrügen, falls dir das Angst macht. Ich liebe dich wirklich sehr, und ich möchte es dir gern beweisen. Ich werde alles für dich tun – alles, was du möchtest.«

Erneut sah Petra die Liebe in Anjas Augen leuchten, die ihre leisen Ängste und Zweifel zwar nicht ausschalten, aber doch sehr stark abdämpfen konnte. Sie lächelte liebevoll.

»Du musst mir nichts beweisen, Anja. Ich weiß, dass du es ernst meinst – das bedeutet mir sehr viel, und für den Moment ist mir das auch genug. Alles Weitere wird die Zeit zeigen. Aber ich möchte, dass du weißt, dass du ein freier Mensch bist ... und dass ich dich zu nichts zwingen und dir nichts befehlen werde. Ich habe mich in dich verliebt, und ich möchte gern so viel Zeit wie möglich mit dir gemeinsam verbringen – aber wir sollten das beide wollen, verstehst du? Du musst deine Entscheidungen jetzt vor allem für dich selbst treffen, nicht für mich. Ich werde dich dabei gern unterstützen und dir auch nie im Wege stehen, aber abnehmen werde ich dir die Entscheidungen auch nicht. Du hast jetzt eine neue Verantwortung für dich selbst.«

Anja liefen ein paar Tränen über das Gesicht, die Petra sanft mit dem Finger wegwischte. »Ja«, flüsterte sie, »das weiß ich. Aber gerade das verdanke ich ja dir, dass ich überhaupt in der Lage bin, diese Verantwortung zu erkennen. Und ich werde sie annehmen, das verspreche ich, ich werde mich nicht wieder abhängig machen. Aber du würdest das auch gar nicht zulassen, das weiß ich. Du bist eine wunderbare Frau, und ich kann dir gar nicht sagen, wie tief ich für dich empfinde.«

Petra drückte sie fest an sich. Lange standen sie so eng umschlungen zwischen Anjas Taschen und Koffern, bis mit einem Mal Anjas Magen laut zu knurren anfing. Sie lösten sich voneinander und lächelten sich zärtlich an.

»Das war ein eindeutiges Signal, dass wir endlich einkaufen gehen sollten«, sagte Petra. »Was meinst du? Kommst du mit?«

Anja strahlte. »Sehr gern, wenn ich darf?«

Petra musterte sie mit gespielter Strenge und erklärte: »Aber nur, wenn du ab jetzt meinen Regeln folgst, schließlich wohnst du jetzt bei mir.«

Anja zuckte leicht zusammen, und ihr eben noch so vergnügter Blick umwölkte sich. Sofort bereute Petra ihren dummen Scherz. Nichts hätte sie weniger gewollt als Anja das Gefühl zu geben, sie sei von einer Hölle in die nächste geraten. Schnell drückte sie ihre junge Geliebte wieder an sich und sagte: »Entschuldige, das war daneben von mir. Aber eins meine ich ganz ernst: Ich möchte nicht, dass du alles von mir abhängig machst – mich bei jeder Kleinigkeit um Erlaubnis fragst. Verstehst du? Also lautet die einzige Regel, die du unbedingt befolgen musst, dass der Satz ›wenn ich darf‹ ab sofort verboten ist. Okay?«

Anja lachte schon wieder. »Okay. Ich denke, diese Regel kann ich mir merken.«

»Super. Und um zum Thema Einkaufen zurückzukommen: Ich würde mich sehr freuen, wenn du mich begleiten würdest. Dann kannst du auch gleich sagen, was du gern essen magst die nächsten Tage.«

Da trat ein vielsagendes Grinsen auf Anjas Gesicht. Petra nahm ein Kissen vom Gästebett und gab ihr damit einen zarten Klaps.

»Du bist unmöglich, mein Schatz. Wir müssen auch mal an echte Nahrung denken. Wäre doch traurig, wenn wir verhungern würden und uns dadurch selbst um kostbare gemeinsame Zeit brächten!«

Dieses Argument überzeugte Anja, und Arm in Arm brachen sie zum Supermarkt auf. Der kurze Weg führte sie am Rathaus des kleinen Ortes vorbei. Petra betrachtete es nachdenklich.

»Du solltest dich vielleicht auch bald schon ummelden«, sprach sie aus, was ihr durch den Sinn ging. »Und auch der Firma deine neue Adresse mitteilen.«

Eine Sekunde lang lauschte sie ihren Worten nach: Diese Schritte würden Anjas Einzug bei ihr eine neue Bedeutung verleihen, ihn sozusagen in Stein meißeln. Anja und sie würden ganz offiziell zusammen wohnen, mit Stempel und Unterschrift ... Aber auch das fühlte sich richtig und gut an. Sogar so gut, dass eine prickelnde Freude in ihr aufstieg.

Und noch viel besser fühlte sich an, dass Anja ihre Hand nahm, sie an ihren Mund führte und einen zarten Kuss daraufhauchte. »Das ist eine hervorragende Idee, das kann ich gleich morgen früh machen. Außerdem brauch ich ein neues Bankkonto. Bisher hatte ich ein gemeinsames mit Beate, das muss ich ändern.«

Im Supermarkt füllten sie zusammen den Einkaufswagen und alberten die ganze Zeit fröhlich miteinander herum. Das Wort *alltagstauglich* schoss Petra wieder durch den Kopf. Sie grinste Anja an: »Versprichst du mir, dass wir ab jetzt nur noch zusammen einkaufen gehen?«

Mit mehreren prall gefüllten Einkaufstaschen – Petra hatte sich trotz Anjas heftigem Protest die schwersten davon genommen, doch Anja hatte schließlich einsehen müssen, dass Petra tatsächlich stärker war – kehrten sie kurze Zeit später nach Hause zurück. Sie verstauten die Einkäufe im Kühlschrank und in der Speisekammer, und Petra stellte mit einem Blick auf die Küchenuhr fest, dass es Zeit zum Abendessen war.

»Was sollen wir kochen? Pasta oder Hühnerbrust oder beides?«

Anja grinste, sie hatte sich augenscheinlich bereits entschieden: »So ein leckeres Brüstchen wäre genau das Richtige.« Dabei griff sie sanft von hinten um Petra herum und begann ihre Brüste zu massieren. »Hmm, so weich und doch so fest ... tatsächlich, genau richtig.«

Petra seufzte leise auf, als ihre Warzen sofort auf die Reizung reagierten und sich den sanften Berührungen entgegenhoben. Anja knöpfte ihr die Bluse auf und schob die Hände über Petras Spitzen-BH. Ihre Finger glitten über die darunter deutlich hervorspringenden Warzen, bevor sie unter den BH wanderten und den direkten Kontakt suchten. Petra stöhnte nun schon etwas lauter und lehnte sich mit dem Rücken gegen Anja. Deren Handflächen rieben über die aufgerichteten Knospen und machten sie noch härter und steifer, während sie mit ihrer Zunge über Petras Hals fuhr. Sie knabberte an Petras Ohrläppchen und flüsterte ihr leise ins Ohr: »Ich kann einfach nicht genug von dir bekommen. Ich möchte dich immer streicheln und küssen ... mit meiner Liebe verwöhnen ... deinen süßen Duft einatmen und den noch viel süßeren Nektar trinken.« Sie drehte Petra sanft zu sich herum und sah ihr tief in die Augen. In ihrem Blick lag ein tiefes Glühen, als sie fragte: »Darf ich?«

Petra hob nur mit halber Kraft den Finger, um Anja scherzhaft für diese Frage zu tadeln. Doch sie war schon lange nicht mehr fähig, einen klaren Gedanken zu fassen – zu sehr brannten ihre Brüste, und in ihrem Inneren tobte ein Vulkan. Die Feuchtigkeit zwischen ihren Beinen begann sich auszubreiten. Sie spürte nur noch Anjas Nähe und ihre eigene Begierde nach mehr.

Wilder und lustvoller als sie es selbst je für möglich gehalten hätte, begann sie Anja zu küssen und dirigierte sie gleichzeitig in

Richtung Treppe. Schon unterwegs rissen sie einander die Kleider vom Leib, die eine deutliche Spur ins Schlafzimmer bildeten. Nackt fielen sie schließlich in die Laken.

»Ich möchte dich in mir spüren«, bat Petra mit vor Verlangen zitternder Stimme. »Bitte, Anja, ich brauche dich.«

Sie wand sich unter den zarten Händen, die überall zugleich zu sein schienen. Schon nahte die Explosion ... Fast verzweifelt drückte sie ihren Unterleib Anja entgegen. »Bitte ... jetzt ...« Sie konnte nur noch stammeln.

Anja erfüllte ihren Wunsch, indem sie Petras Lustperle mit ihren Lippen umschloss und gleichzeitig ihre Hand tief zwischen Petras Schamlippen schob, um sie ganz tief in ihrem Inneren zu reizen. Ihre Finger glitten hinein und hinaus in einem immer schneller werdenden Rhythmus, ihre Zunge bewegte sich im Takt dazu über die Klitoris, und schon bald kam Petra mit einem mächtigen Schrei. Anja bewegte sich weiter nach unten und leckte nun ganz sanft die Nässe auf, die aus Petras heißer Höhle strömte. Es folgten noch einige weitere heftige Orgasmen. Anja ließ sich unendlich viel Zeit, trieb Petra nicht unmittelbar nach einem Höhepunkt schon wieder zum nächsten, sondern wartete, bis das Feuer fast erloschen war, um es von neuem anzufachen.

Schließlich drehte sie sich auf Petra um, so dass sie beide die Grotte der anderen direkt vor sich hatten. Begierig machte sich Petra daran, nun auch Anja mit sanften Zungenschlägen und dann zusätzlich mit den Fingern zu verwöhnen, während diese nicht müde wurde, die Flammen von Petras Lust weiterhin am Leben zu erhalten ...

So vergingen Stunden, in denen sie noch viele Male den Himmel der höchsten Lust erreichten, manchmal einzeln, manchmal gemeinsam. Alles um sie herum war vergessen, bedeutungslos; es gab nur noch sie beide und dieses unbeschreibliche Feuer, das auf geradezu magische Weise nie ganz zum Erliegen kam. Erschöpft, aber überglücklich schliefen sie schließlich dicht aneinandergeschmiegt ein.

Ein köstlicher Duft weckte Petra am nächsten Morgen. Ihre Hand tastete nach Anja, doch der Platz neben ihr war leer.

Rasch stand sie auf, zog sich ein langes T-Shirt an und ging hinunter in die Küche.

Dort stand Anja am Herd und sang leise vor sich hin, während sie in einer Pfanne rührte. So sorglos und selbstvergessen wirkte sie, dass es Petra vor Rührung fast Tränen in die Augen trieb. Sie trat hinter ihre junge Geliebte und legte ihre Arme um sie.

»Hmm, das duftet köstlich.«

Anja drehte sich kurz zu ihr um und strahlte sie an, bevor sie ihre Aufmerksamkeit wieder der Pfanne zuwandte. »Nicht ganz so köstlich wie dein Duft«, sagte sie dabei. »Aber ich dachte, wir sollten wirklich einmal etwas essen.«

Petra bekam rote Ohren. Was Anja merkwürdigerweise trotz ihrer Konzentration nicht entging, denn sie kicherte und drückte ihr einen zarten Kuss auf den Mund. »Du bist so unglaublich süß, wenn du verlegen bist. Möchtest du den Tisch decken? Ich bin gleich fertig.«

Als sie sich zum Essen hinsetzten, bemerkte Petra erst, wie hungrig sie war. Anja schien es nicht anders zu gehen, und eine ganze Weile widmeten sie sich schweigend dem von Anja zubereiteten Omelett. Es war wirklich köstlich.

»Du bist eine tolle Köchin, Anja«, lobte Petra, als sie endlich genussvoll, aber nicht mehr ganz so gierig die letzten Krümel auf ihrem Teller zusammenkratzte. »Dein Essen ist hervorragend. Danke, das konnte ich jetzt wirklich gebrauchen.«

Anja schenkte ihr ein glückliches Strahlen. »Meine Mama hat mir das Kochen beigebracht, also verdient eigentlich sie dieses Lob. Ich habe es immer gern gemacht, nur die letzten Jahre durfte ich es ja nicht.«

Petra schüttelte verständnislos den Kopf, dann lächelte sie spitzbübisch. »Ich würde mich sehr freuen, wenn du weiter kochen magst. Ich lasse mich sehr gern verwöhnen.« Zu spät wurde ihr die Zweideutigkeit dieser Formulierung bewusst, und sie wurde wieder einmal feuerrot. »In vielen Varianten«, fügte sie leise hinzu.

Anja beugte sich zu ihr und begann sie ganz sanft zu küssen. »Du bist es wert, verwöhnt zu werden«, sagte sie zärtlich, als sie ihre Lippen von Petras löste. »Und ich bin die glücklichste Frau der Welt, wenn ich das übernehmen darf. In allen möglichen Varianten.« Sie hauchte Petra noch einen weiteren zarten Kuss auf die Lippen. »Ja, ja, ich weiß, ich darf nicht ›darf‹ sagen, aber dieses eine Mal muss ich es noch. Weil es wirklich ein unglaubliches Glück ist, dass ich dich gefunden habe, und eine große Ehre, dass du mich auch noch bei dir haben willst.«

Petra hatte diesmal gar keine Anstalten gemacht, Anja für den Gebrauch der Phrase *ich darf* zu »tadeln«. Sie war zu sehr damit beschäftigt, die Tränen wegzublinzeln. Anjas Worte bewegten sie mehr, als sie hätte zugeben wollen.

Unterdessen hatte sich Anja wieder in ihrem Stuhl zurückgelehnt und sagte nachdenklich: »Ich muss Mama unbedingt anrufen, am besten heute noch. Die letzten Jahre hatten wir keinen so guten Kontakt mehr.«

Petra sah sie interessiert an. Anja hatte ihre Mutter bisher nur ein paarmal erwähnt, aber ihre wenigen Bemerkungen hatten Petras Neugier geweckt – auch wenn sie sich schon denken konnte, warum die Beziehung der beiden in letzter Zeit gelitten hatte.

»Sie mochte Beate von Anfang an nicht«, fuhr Anja auch ganz richtig fort, »und ich wollte lange nicht einsehen, dass sie recht haben könnte. Als Beate anfing, mich zu schlagen, bat meine Mutter mich, nach Hause zurückzukommen ... sie meinte, ich sollte endlich weg von dieser Frau. Aber ich konnte einfach nicht. Es wäre mir wie ein totales Versagen vorgekommen. All die Jahre hatte ich doch immer wieder behauptet, dass ich erwachsen sei, für mich selbst verantwortlich, und dass überhaupt alles in Ordnung wäre. Aber natürlich habe ich mich nur selbst belogen ... und es Beate damit immer leichter gemacht, mich weiter zu demütigen und zu misshandeln. Mama wird sehr froh sein, wenn ich ihr erzähle, dass es damit vorbei ist. Und dass ich stattdessen eine ganz wunderbare Frau kennen- und lieben gelernt habe.« Sie strahlte.

Petra lächelte ebenfalls. »Ich finde es gut, dass du den Kontakt wieder aufnehmen willst. Es braucht Mut, zuzugeben, dass die andere recht hatte und man selbst sich getäuscht hat. Aber ... wird deine Mama nicht entsetzt sein, dass ich so viel älter bin als du?«

Verwundert schüttelte Anja den Kopf. »Nein, warum sollte

sie? So viel älter bist du doch gar nicht.«

»Fünfzehn Jahre sind eine ganze Menge«, murmelte Petra. Die Zweifel und die Unsicherheit in ihr zeigten schon wieder ihre hässlichen Fratzen und ließen sich nicht so leicht wieder vertreiben. »Sie wird sicher denken, dass du dir eine Freundin in deinem Alter suchen solltest. Und wahrscheinlich hat sie damit auch recht.«

Da stand Anja auf und kniete sich neben Petra auf den Boden. Mit einem Ausdruck inniger Verbundenheit sah sie zu ihr auf. »Petra, mein kleiner süßer Engel, das hatten wir doch alles schon mal. Und ich wiederhole mich gern: Ich weiß nicht, was ich mit jemand anderem soll. Alles, was ich mir je erträumt habe, habe ich mit dir gefunden. Mit dir kann ich einfach ich selbst sein, lachen und herumalbern, wenn mir danach ist, aber genauso auch weinen, und ich brauche mich meiner Tränen nie zu schämen. Ich genieße jede Minute mit dir – unsere Gespräche genauso wie die Zeit, wenn wir schweigen. Mit dir ist nichts peinlich oder unnatürlich. Da ist eine Ruhe in mir, so etwas habe ich noch nie erlebt, und ich kann dir gar nicht sagen, was mir das bedeutet. Und ...« Ein Lächeln huschte über ihr Gesicht. »Ich kann auch nicht abstreiten, dass ich mit dir die sensationellste Zeit im Bett erlebt habe. Du bist eine einfühlsame Frau und nimmst so viel Rücksicht darauf, was ich möchte und brauche. Und jedes Mal, wenn ich dich ansehe, dich spüre – oh Göttin, ich könnte sofort wieder über dich herfallen. Dich zu lieben, von dir geliebt zu werden, ist das schönste Geschenk, das ich je erhalten habe. Ich habe mich immer nach einer Frau wie dir gesehnt. Einer Frau zum Reden und zum Schweigen, zum Albern und zum Ernstsein, zum Lachen und zum Weinen. Und eine Frau zum Lieben. Mit dir ist alles Liebe, eine so unglaubliche und vor allem gegenseitige Liebe und Leidenschaft ... etwas, das ich eigentlich noch nie hatte.«

Diese kleine Ansprache hatte Petra erneut Tränen der Rührung in die Augen steigen lassen. Aber diesmal, ermutigt durch Anjas Worte, versuchte sie sie nicht zurückzudrängen. Mit feuchten Augen zog sie Anja vom Boden hoch und umarmte sie stürmisch.

»Ach, mein kleiner Schatz ... das hast du wunderschön ausgedrückt. Ich könnte es nicht besser sagen, aber genau so fühle ich auch für dich. Noch nie habe ich mich mit jemandem so wohlgefühlt in meinem Leben. Mit dir ist einfach alles richtig, gut und schön.«

Sie sahen sich fest in die Augen. *Vielleicht,* dachte Petra, sich in dem warmen Braun verlierend, aus dem ihr so tiefempfundene Liebe entgegenleuchtete, *vielleicht ist der Altersunterschied ja wirklich nicht so wichtig, wenn wir in unseren Gefühlen so sehr übereinstimmen ... wenn sie das sagt, was ich selbst auch empfinde, bis ins letzte Detail.*

Die hässlichen Fratzen wurden undeutlich, verschwanden schließlich ganz.

»Ich werde jetzt auf jeden Fall Mama anrufen«, unterbrach Anja ihre Gedanken, »und ihr sagen, dass ich eine neue Adresse und Telefonnummer habe. Die darf ich ihr doch geben, oder? Auch die Nummer?«

»Wie war das mit dem ›darf ich‹?« Petra sah sie streng an. »Natürlich gibst du ihr die Adresse und die Telefonnummer. Das sind doch jetzt auch deine.«

Sie sah, dass Anja schlucken musste, und bereute ihre Derbheit schon wieder. Es war klar, dass Anja traumatisiert war durch ihre Erfahrungen mit Beate. Petra nahm sich fest vor, in Zukunft noch behutsamer mit ihr umzugehen.

Ganz leise erklärte Anja: »Beate hat es mir nicht erlaubt. Sie wollte nicht, dass ich mit meiner Mutter telefoniere ... und wenn, dann nur vom Handy aus, nicht vom Festnetz. Auch besucht habe ich Mama schon sehr lange nicht mehr.«

Petra blieb der Mund offen stehen. Fast hätte sie ihre fassungslose Wut herausgeschrien, doch damit hätte sie Anja nur noch mehr verschreckt. Energisch ging sie nach nebenan, holte das schnurlose Telefon und drückte es Anja in die Hand: »Du rufst jetzt sofort deine Mama an, und nächste Woche fahren wir zu ihr! Was hältst du davon? Wir werden schon einen Tag finden, an dem es klappt.«

In diesem Moment klingelte das Telefon. Anja sah auf das Display, reichte den Hörer an Petra und murmelte: »Die Firma.«

Petra seufzte und meldete sich: »Fuchs.«

»Guten Tag, Frau Fuchs, die Planverwaltung«, klang es durch

die Leitung. »Ich möchte Sie bitten, Ihren nächsten Einsatz einen Tag früher anzutreten. Statt Ihres geplanten Fluges nach Dallas würde ich Sie einen Tag früher nach San Francisco schicken. Ist das machbar? Ich weiß, es ist sehr kurzfristig, Sie würden mir aber einen großen Gefallen tun.«

Während des Gesprächs hatte sich Petras miesepetrige Miene immer mehr aufgehellt. Nun strahlte sie über das ganze Gesicht. »Nach San Francisco? Ist das Ihr Ernst? Kein Witz?«

»Nein, das ist kein Witz. Also, können Sie es einrichten?«

»Ja, ja natürlich, das passt sogar supergut!« Petra hätte fast laut gejubelt. Stattdessen sagte sie schnell noch mit mühsam beherrschter Höflichkeit: »Vielen Dank und schönen Tag noch.«

»Das wünsche ich Ihnen auch, und danke Ihnen.«

Anja hatte das Gespräch verfolgt und natürlich längst erraten, worum es ging. Vor Freude sprang sie vom Stuhl auf und fiel Petra um den Hals. »Dann fliegen wir ja wieder zusammen! Wie toll ist das denn?«

»Ich weiß. Das Glück ist uns hold.« Petra konnte gar nicht aufhören zu grinsen. Dann schob sie Anja ein Stückchen von sich weg und hielt ihr den Hörer wieder hin. »Also ruf deine Mama an und frag sie, wann wir kommen dürfen. Ab Donnerstagmittag sind wir ja wieder hier.«

Kapitel 7

Während Petra den Tisch abräumte und begann, den Abwasch zu machen, sprach Anja mit ihrer Mutter. Sie schaltete das Gespräch auf den Lautsprecher, so dass Petra mithören konnte.

»Hallo, Mama, wie geht es dir?«

Eine aufgeregte, sehr überraschte Stimme klang aus dem Telefon: »Wo bist du, mein Kind? Ich habe schon so lange nichts mehr von dir gehört und habe mich nicht getraut, dich anzurufen.«

»Es tut mir leid, Mama. Ich wollte nicht, dass du dir Sorgen machst. Ich bin ausgezogen und wohne jetzt in Heusenstamm – das ist bei Frankfurt. Und wenn du etwas zum Schreiben hast, dann gebe ich dir die Adresse und auch die Telefonnummer. Wir werden jetzt viel öfter miteinander sprechen.«

Es war deutlich zu hören, dass Anjas Mutter in Tränen ausbrach. »Das ist die schönste Nachricht überhaupt. Meine kleine Tochter hat sich endlich von diesem Scheusal gelöst! Ich bin so stolz auf dich!«

»Mama, es tut mir wirklich leid, dass ich dir so viel Kummer bereitet habe«, sagte Anja, nachdem sie ihrer Mutter die Adresse und Telefonnummer durchgegeben hatte. »Ich weiß, dass du es nur gut gemeint hast. Aber ich brauchte Zeit, um diese Entscheidung zu treffen ... und jetzt war es soweit.«

»Das ist schön, Anja. Du glaubst gar nicht, wie sehr ich mich freue, wirklich. Wohnst du denn jetzt allein?«

Petra spitzte die Ohren.

»Nein«, hörte sie Anja antworten, »ich wohne bei einer Freundin. Und wenn ich mich nicht ganz dumm anstelle, dann wird sie hoffentlich bald *meine* Freundin.«

Nun konnte Petra nicht mehr anders, sie musste sich zu Anja umdrehen. Die grinste leicht zu ihr hinüber.

»Sie ist eine ganz tolle Frau«, fuhr sie fort und sah Petra weiter unverwandt an, »und ich bin überzeugt, dass du sie mögen wirst. Sie hat mir gezeigt, dass es tatsächlich auch schön sein kann, wenn man zusammen wohnt. Überhaupt, was schön ist im Leben. Ich verdanke ihr eine ganze Menge, vor allem, dass sie mich aus Beates Klauen befreit hat.«

»Ist sie ...« Die Stimme am anderen Ende klang nun leiser, zögerlich: »Ist sie denn anders als Beate, oder ...« Sie brach ab. Doch Petra wusste auch so, was Anjas Mutter meinte.

»Sie ist ganz anders als Beate«, erklärte Anja fest und bestimmt. »Sie tut mir gut, und ich liebe sie von ganzem Herzen. Mama, ich habe noch nie in meinem Leben so für einen Menschen empfunden. Und ich hoffe sehr, dass ich sie von meinen Gefühlen überzeugen kann.«

Wieder Zögern am anderen Ende: »Aber ... ihr wohnt doch zusammen, oder? Ich meine, weiß sie denn nicht, was du für sie empfindest?«

»Doch, ich habe es ihr schon gesagt, sie möchte mir aber meine Freiheit lassen.« Anja schoss neuerlich ein kleines Lächeln zu Petra hinüber. »Vor allem, da ich gerade aus dieser unglücklichen Beziehung mit Beate rauskomme. Sie meint, dass sie zu alt für mich wäre. Sie ist 42. Und ich glaube, sie denkt auch, dass ich mir noch ein paar Hörner abstoßen muss oder will. Aber da täuscht sie sich. Ich habe kein Interesse an anderen Frauen, egal welchen Alters, und sie ist einfach etwas ganz Besonderes. Du wirst sie kennenlernen, Mama – wir kommen dich nächste Woche besuchen. Wenn es dir recht ist, natürlich.«

Das glückliche Schluchzen der Mutter war Antwort genug. »Du hast mir ja schon eine große Freude mit deinem Anruf gemacht, mein Kind«, klang es schniefend aus dem Hörer, »aber dass du mich besuchen kommen willst ... oh, wie schön, Anja. Damit machst du mich sehr glücklich.«

»Es war Petras Idee, dass wir zu dir runterfahren«, stellte Anja klar. Petra lächelte in sich hinein. Anja war wirklich süß, sie ließ nichts aus.

Anjas Mutter reagierte erfreut: »Dann sag ihr doch bitte vielen Dank von mir. Und ich freue mich schon darauf, sie kennenzulernen.«

»Das mach ich, Mama. Dann pass du mal auf dich auf. Und ich ruf dich Donnerstagabend wieder an – dann kommen wir von der Tour zurück, und du sagst uns, an welchem Tag wir kommen dürfen.«

»Ach, Kind, jeder Tag ist gut, Hauptsache, ihr kommt!«

»Dann überlegen wir es uns. Bis Donnerstag, Mama! Und du kannst auch jederzeit hier anrufen, nur ab Montag sind wir auf Tour. Ich liebe dich, Mama.« Mit einem Lächeln legte sie auf.

»Na, was sagst du jetzt?«, wandte sie sich an Petra. »Meine Mutter hat überhaupt nichts zu deinem Alter gesagt. Machst du dir immer noch Sorgen?« Ihre Stimme wurde ganz sanft. »Ich liebe dich wirklich von ganzem Herzen, mein süßer Engel. Du bist das Beste, was mir je passiert ist, und ich bin dir für all das Gute, das du in mein Leben gebracht hast, sehr, sehr dankbar.«

Sie war dicht an Petra herangetreten und streichelte ihr zärtlich über das Gesicht.

»Du bist so unglaublich schön, mein Engel.« Sachte küsste sie

Petra auf den Mund, ließ die Zunge nur kurz über ihre Lippen gleiten, dann nahm sie Petra fest in ihre Arme. »Ich weiß, ich sage das andauernd, aber ich könnte dich ewig festhalten und küssen, und ich möchte dich immer berühren – ist das schlimm? Du bedeutest mir so viel. Und ich hoffe, dass du mir das glauben kannst.«

Petra hob Anjas Gesicht ein wenig an, sah tief in die warmen braunen Augen und lächelte. »Aber das tue ich doch. Ich sehe es in deinen Augen, wenn du mich ansiehst.« Ihr Lächeln verschwand, und leise fuhr sie fort: »Ich habe nur Angst, dass ich dir etwas vorenthalten könnte ... dass du vielleicht noch mehr sehen möchtest, ausprobieren, erfahren. Das wäre dein gutes Recht, du bist noch so jung, und ich möchte dir da nicht im Weg stehen. Ich habe mich in dich verliebt, Anja, das gebe ich offen zu – doch ich möchte dich bitten, dir Zeit zu lassen mit deiner Entscheidung, was uns betrifft. Ich werde dir nicht davonrennen, und ich werde dich nicht aufhalten. Aber du solltest mich erst richtig kennenlernen und dir deiner Entscheidung sicher sein.«

Das goldene Glitzern in den braunen Augen erlosch. Anja runzelte die Stirn. »Das macht für mich keinen Sinn. Du sagst, dass du mich liebst – und ich liebe dich. Warum kann ich dann nicht sagen, dass du meine Freundin bist?«

Sanft, aber entschlossen strich Petra ihr übers Haar. »Weil du gerade erst von der einen Freundin losgekommen bist und vielleicht etwas warten solltest, bevor du die nächste hast. In so einer Situation trifft man oft unüberlegte Entscheidungen.«

»Hm, also für mich macht es immer noch keinen Sinn«, meinte Anja, »aber wenn es dir damit besser geht, dann ist das okay für mich. Ich liebe dich trotzdem, da ist nichts unüberlegt. Und ich werde auch nicht nach einer anderen Frau Ausschau halten.« Ein Grinsen trat auf ihr Gesicht. »Das könnte ich auch gar nicht, nach allem, was ich bereits mit dir erlebt habe. Und jetzt auch noch ein Flug nach San Francisco mit dir. Ist das nicht der Hammer? Hast du Pläne, was du gern machen würdest?« Das Glitzern war in ihre Augen zurückgekehrt, und voller freudiger Erwartung strahlte sie Petra an.

Petra lächelte zurück. Ob sie nun offiziell zusammen waren

oder nicht – dieser gemeinsame Flug war in jedem Fall ein Grund zur Vorfreude. »Ich war schon lange nicht mehr da«, sagte sie, »aber ein bisschen zu den Seelöwen an Fisherman's Wharf wäre schon schön.«

»Und wir könnten mit dem Motorrad an der Küste entlangfahren, das ist eine echt tolle Tour.« Anja war Feuer und Flamme. »Ich kann Eddie eine E-Mail schreiben, dass er uns eine nette Harley reserviert ... das ist ein Kumpel von mir. Würde dir so etwas gefallen?«

Bei dem Wort *Motorrad* hatte Petra schlucken müssen. »Ich weiß nicht ... Ich bin noch nie gefahren, die Dinger sind mir eigentlich viel zu laut und schnell.«

Anja lachte. »Aber doch die Harley nicht. Damit fährt man ganz gemütlich, keine Raserei – ich verspreche es dir. Großes Indianerehrenwort!«

Das brachte Petra doch wieder zum Lachen. »Wie auch immer, ich freue mich sehr, dass wir zusammen fliegen werden. Ganz egal, was wir unternehmen wollen, Hauptsache, wir sind zusammen.«

Sie wollte sich wieder der Spüle zuwenden, doch Anja hielt sie fest. »Kann ich dich noch etwas fragen?«

»Natürlich, mein Liebling, was gibt es denn?«

»Wie offen bist du?«

Petra sah sie verwundert an. »Du meinst, ob ich mich geoutet habe?«

Anja nickte. »Ja. Zum Beispiel bei deiner Familie oder auch in der Firma.«

Nun musste Petra etwas weiter ausholen. »Meine Mutter ist vor 20 Jahren gestorben, da hatte ich selbst noch gar nicht richtig verstanden, dass ich lesbisch bin. Es gab dann nur noch meinen Vater und mich. Papa war ein toller Mensch, er hat mir sehr viel beigebracht und mich immer unterstützt. Als mir irgendwann auffiel, dass ich mich immer in Mädchen und dann Frauen verliebt habe, da habe ich es ihm erzählt. Er hat gelacht, mich in den Arm genommen und gemeint, dann haben wir ja noch etwas gemeinsam – wir lieben beide Frauen. Damit war für ihn alles gesagt, und ich konnte so sein, wie ich wollte. Meine Freunde wissen es alle, und sie haben auch schon einige Male versucht, mich zu verkuppeln. Allerdings erfolglos ... Du wirst sie mögen. Es sind ein paar ganz Verrückte dabei und auch ein paar ganz Normale.«

Sie lachte fröhlich. Anja hing fasziniert an ihren Lippen.

»Und in der Firma wissen es auch ein paar«, fuhr Petra fort. »Ab und an kam es mal zur Sprache, und dann verstecke ich mich auch nicht. Ich bin so wie ich bin, und entweder sie nehmen mich so oder nicht. Für die Bosse ist es eh kein Thema, und sonst habe ich auch noch nie Probleme bekommen. Und du? Warum hast du überhaupt gefragt?«

Über Anjas hübsches Gesicht zog sich das spitzbübische Grinsen, das Petra nun schon so gut kannte. »Na, ich wollte doch wissen, ob ich dich vor versammelter Mannschaft auch küssen darf!«

»Ach so, nur deshalb, klar, warum auch nicht.«

Anja duckte sich gerade noch rechtzeitig, als der feuchte Wischlappen auf sie zugeflogen kam. Sie umarmte Petra stürmisch. Diese klaubte schnell den Lappen wieder auf und legte ihn neben die Spüle, bevor sie sich von ihr ins Wohnzimmer schieben ließ.

»Du bist meine Traumfrau, weißt du das?«, sagte Anja, während sie Petra neben sich aufs Sofa zog.

Petra setzte sich, doch ohne Anja zu umarmen oder ihre Hand zu halten. Sie senkte den Blick. »Du kennst mich doch noch gar nicht so richtig, Anja.«

»Ach, Petra. Alles, was für mich wichtig ist, das habe ich schon längst gesehen. Du bist ein wunderbarer, einfühlsamer Mensch. Du hast das Herz am rechten Fleck und bist mehr als hilfsbereit. Du hast mich nach Köln gefahren, mir in diesem schweren Moment beigestanden ... Ohne dich hätte Beate mich noch mehrmals geschlagen, und ich hätte mich einschüchtern lassen und mich nicht gewehrt. Du hast mich bei dir hier in der Wohnung aufgenommen, dabei kennst *du* mich eigentlich gar nicht richtig. Du hast mir ein Vertrauen entgegengebracht, das ich so noch nie erlebt habe, und du hast es irgendwie hinbekommen, dass sowohl meine Mama als auch ich wieder glücklich in die Zukunft sehen können.« Ihre Stimme war immer leiser geworden, aber auch immer eindringlicher. »Petra, ich brauche keine anderen Leute kennenzulernen, denn niemand könnte auch nur annähernd das für mich bedeuten, was du für mich bist. Und auch wenn es dir schwerfallen mag, bitte ich dich, mir zu glauben: Ich liebe dich, Petra. Und ich möchte mit dir für immer zusammen sein.« Die letzten Worte sprach sie sehr langsam, jede einzelne Silbe betonend.

Für immer ... Petra schluckte heftig. »Das ... das meinst du wirklich ernst?«

»Ja, das ist mein voller Ernst.« Anja legte ihren Arm um Petras Schultern und zog sie sanft zu sich heran.

Petras Blick war nach wie vor auf den Boden gerichtet, und sie ließ sich nicht vollständig auf Anjas Umarmung ein. Als sie sprach, war auch ihre Stimme sehr leise. »Vielleicht brauche ich selbst noch etwas Zeit, um mit dieser Situation umzugehen. Das ist alles so neu für mich ... Ich war so lange allein. Meine letzte Beziehung liegt schon einige Jahre zurück, und sie ist an unserem Altersunterschied zerbrochen. Daher auch meine Angst, dass ich zu alt für dich bin und dass das nicht funktionieren kann. Ich habe das schon einmal erlebt, und es war eine schmerzhafte Angelegenheit.«

»Das wusste ich nicht«, sagte Anja betroffen und strich ihr sanft über den Rücken. »Und es tut mir sehr leid. Aber was immer damals der Grund war – ich bin nicht deine Ex. Für mich ist unser Alter nicht wichtig. Wichtig ist nur, wie wir miteinander umgehen und was ich dir geben kann, und du mir.«

Statt einer Antwort schlang Petra nun endlich ihre Arme um Anja. Sie saßen eng aneinandergeschmiegt auf dem Sofa und hielten sich minutenlang nur fest.

Dann gab Petra sich einen Ruck und beschloss, die neue Realität zu akzeptieren – auch wenn dieser Vorgang noch einige Zeit dauern mochte. »Wir haben eine ganze Menge zu erledigen«, sagte sie mit normaler Stimme, »was meinst du? Sollen wir zum Rathaus und zur Bank?«

Voller Tatendrang sprang Anja auf. »Ja, lass es uns gleich offiziell machen.« Sie grinste Petra schelmisch von oben an: »Vielleicht erst noch duschen?«

Petra wurde wieder einmal feuerrot im Gesicht. »Du kleiner Nimmersatt!« Sie stand auf und küsste Anja spielerisch auf die

Nasenspitze, dann sagte sie: »Aber im Ernst – lass uns erst alles erledigen, dann haben wir es hinter uns und können so viel duschen wie wir wollen, ja? Hast du schon eine Idee, bei welcher Bank du gern dein Konto hättest?«

Zu ihrer Überraschung schüttelte Anja mit ratloser Miene den Kopf. »Nein, darüber habe ich mir noch keine Gedanken gemacht . . . wo hast du denn deins?«

»Ich bin bei der hiesigen Sparkasse und auch sehr zufrieden mit den Beratern. Das heißt aber nicht, dass du dort auch ein Konto haben musst. Vielleicht ist dir ja eine andere Bank lieber.« Petra sah Anja forschend ins Gesicht. Konnte die junge Pilotin tatsächlich derart planlos sein?

»Nein, Sparkasse ist sicher okay«, sagte Anja, ohne groß zu überlegen. »Ich muss das auch sofort der Firma melden, dass sie das nächste Gehalt gleich auf das neue Konto überweisen und nicht wieder an Beate. Sie hat sich bisher um meine Finanzen gekümmert. Wir hatten ja auch ein gemeinsames Konto.«

Das erklärt einiges, dachte Petra. *Ich möchte wissen, ob es irgendwas gibt, worum diese Beate sich nicht »gekümmert« hat.*

Hand in Hand gingen sie wenig später zum Heusenstammer Rathaus. Dort mussten sie nicht lange warten, und die Formalitäten waren schnell erledigt. Die Adressänderung für die Firma würden sie dann zu Hause am Computer erledigen. Anschließend gingen sie zur Bank. Kaum hatten sie den gemütlichen kleinen Schalterraum betreten, kam eine Beraterin auf Petra zu und begrüßte sie freudig.

»Hallo, Frau Fuchs! Schön, Sie zu sehen. Wie kann ich Ihnen helfen?«

Petra schüttelte ihr die Hand. »Hallo, Frau Martin.« Sie deutete auf Anja. Erst bei dem kurzen Seitenblick, der die Geste begleitete, merkte sie, dass diese sie mit einem halb schüchternen, halb bewundernden Gesichtsausdruck ansah. War es so ungewöhnlich für sie, dass man bei der Bank persönlich begrüßt wurde?

»Das ist Frau Zimmermann«, stellte Petra vor, »sie würde gern ein Konto bei Ihnen eröffnen.«

Anja schüttelte ebenfalls die dargebotene Hand und erwiderte Frau Martins strahlendes Lächeln, wenn auch etwas zaghafter.

»Das ist schön, dann kommen Sie doch bitte mit an meinen Schreibtisch.«

Sie nahmen Frau Martin gegenüber Platz, und diese legte gleich ein neues Konto für Anja an. Während sie Anja nach den notwendigen persönlichen Daten fragte, verlor sich Petra in Anjas Anblick. *Sie ist wirklich wunderschön. Unfassbar, dass sie mich liebt ...*

Auf einmal fing sie Anjas hilfesuchenden Blick auf und stolperte nur langsam in die Wirklichkeit zurück. Entschuldigend sah sie die beiden Frauen an.

»Es tut mir leid, ich war gerade in Gedanken ... was war die Frage?«

Anja schluckte, und Frau Martin übernahm die Erklärung. »Wir wollten wissen, ob es ein gemeinsames Konto sein soll oder ob Sie nur eine Vollmacht erhalten werden.«

Petra bemühte sich, nicht allzu überrascht auszusehen. »Es ist dein Konto, Anja ... ich weiß nicht, ob du mir wirklich eine Vollmacht geben solltest.«

Frau Martin sah von einer zur anderen. »Sie können das auch jederzeit später noch entscheiden. Gibt es denn Daueraufträge, die Sie umschreiben möchten?«

Anja dachte kurz nach und zuckte dann betreten mit den Schultern. »Ich habe keine Ahnung ... auf mich läuft nur mein Handy, und da muss ich nur die Änderung der Daten melden. Ansonsten ... bin ich mir nicht ganz sicher.«

»Das macht nichts, auch das können wir später noch regeln.« Frau Martin lächelte ermutigend. »Möchten Sie denn eine Kreditkarte für ihr Konto?«

Erneut warf Anja Petra einen hilfesuchenden Blick zu. Die schüttelte leicht den Kopf. »Da bekommen wir sehr gute Konditionen bei unserer Firma, das ist praktischer. Sie können sich ja vielleicht erinnern, dass ich selbst meine Karte bei Ihnen deshalb wieder abgegeben habe.«

Frau Martin nickte und gab die entsprechenden Angaben in den Computer ein. Schließlich druckte sie die Formulare aus, schob sie Anja zu und erklärte noch einmal alles. »Die Bankkarte und Geheimzahl gehen Ihnen dann mit getrennter Post zu«, schloss sie die Erläuterungen ab, »das wird ein paar Tage dauern.

Möchten Sie von Ihrem alten Konto Geld auf das neue überweisen?«

Petra konnte sehen, dass Anja trocken schluckte. Sie sah regelrecht traurig aus, als sie neuerlich die Schultern hob. Mit leiser Stimme antwortete sie: »Ich weiß nicht einmal, wie viel Geld auf dem Konto überhaupt mir gehört ... oder ob Beate schon alles abgeräumt hat.«

»Zumindest den Kontostand können wir prüfen, wenn Sie das möchten?«, bot Frau Martin hilfsbereit an.

Anja nickte langsam, worauf Frau Martin den Browser startete und die entsprechende Bankseite aufrief. Dann drehte sie den Bildschirm und die Tastatur zu Anja herum, so dass diese die Geheimzahl eingeben konnte.

Einen Moment später lachte Anja bitter auf. Petra konnte die Anzeige auf dem Bildschirm zwar nicht sehen, aber sie hatte mehr als nur eine Ahnung, welchen Betrag Anja soeben gelesen hatte.

Anja drehte sich zu ihr um. »Es tut mir leid, ich kann erst Ende des Monats einen Beitrag zur Wohnung leisten. Wobei ich noch etwas Geld auf dem Spesenkonto habe – das könnte ich dir geben.«

Petra sah sie mit liebevoll-tadelndem Blick an. »Warum willst du mir etwas geben? Das Haus gehört mir doch. Und du schuldest mir auch nichts, Anja. Ich bin froh, dass wir das heute gleich in Angriff genommen haben, so dass du dein nächstes Gehalt für dich bekommst. Und später kannst du dann darüber nachdenken, wie du dein Geld in Zukunft verwalten möchtest. Ich bin sicher, dass Frau Martin hier einige gute Ideen für dich hat.«

Frau Martin, die sich dezent im Hintergrund gehalten hatte, nickte nun bestätigend. »Selbstverständlich stehe ich Ihnen gern zur Verfügung. Haben Sie denn derzeit irgendwelche Versicherungen auf sich laufen? Oder zusätzliche Rentenabsicherung?«

Anja schaute schüchtern von Petra zu Frau Martin und wieder zurück. »Ich ... ich glaube nicht. Es tut mir so leid.«

Eine Welle des Mitgefühls überkam Petra, als sie Anja so hilflos dasitzen sah. Normalerweise war sie eher zurückhaltend in der Öffentlichkeit, doch nun nahm sie Anja fest in den Arm.

»Mach dir keine Sorgen, mein Engel – alles wird gut. Du bist hier in den besten Händen.« Sie wandte sich an Frau Martin, ohne Anja loszulassen. »Können Sie uns vielleicht ein paar Informationen über verschiedene Absicherungen mitgeben? Dann sehen wir uns das in Ruhe einmal durch. Ich habe ja einiges bei Ihnen abgeschlossen, vielleicht ist da das eine oder andere auch für Anja interessant.«

Frau Martin nickte. »Das ist überhaupt kein Problem. Warten Sie einen kleinen Moment, ich bin sofort wieder da.«

Damit stand sie auf und ließ die beiden Frauen allein. Petra hielt Anja noch immer fest umschlungen und streichelte sacht über ihren Rücken. Nach einer Weile hob Anja kurz den Kopf und warf ihr einen halb dankbaren, halb beschämten Blick zu. »Ich fühle mich wie ein kleines Kind«, murmelte sie. »Ich habe keine Ahnung von all dem, weiß noch nicht mal, was Beate die letzten Jahre mit meinem Geld gemacht hat. Es tut mir so leid, Petra. Du musst sehr enttäuscht von mir sein.« Ihre Stimme zitterte.

Petra legte einen Finger unter Anjas Kinn und zwang sie so, sie wieder anzusehen. Sanft und zärtlich sagte sie: »Ich bin alles andere als enttäuscht, mein Schatz. Überrascht vielleicht – das gebe ich zu. Es wird Zeit, dass du dein Leben selbst in die Hand nimmst. Aber genau deswegen sind wir ja hier. Das Konto und vielleicht die eine oder andere Absicherung für später sind der Anfang.« Und als Anja nickte, tastete sie sich noch ein wenig weiter vor: »Hast du eigentlich ein Auto?«

Diesmal schüttelte Anja den Kopf und schluckte wieder.

»Ich verstehe, Beate wollte es nicht ... Vielleicht sollten wir nach einem Auto für dich sehen. Wir werden nicht immer zusammen fliegen können, und dann wäre ein zweites Auto nicht schlecht. Was meinst du?«

Da kehrte endlich Anjas Lächeln zurück. Verschmitzt meinte sie: »Ein Motorrad wäre mir ja lieber, aber da bekomme ich den Koffer so schlecht drauf!«

Petra knuffte sie liebevoll in die Seite und lachte sie an. »Scherzkeks.«

In diesem Moment kam Frau Martin wieder um die Ecke. Anja und Petra bemerkten sie erst, als sie sich mit ihrem professionellen Lächeln wieder hinter ihren Schreibtisch setzte und Anja die Papiere reichte.

»Hier sind die Formulare für Ihre eigenen Unterlagen – und hier auch noch die Broschüren für einige Versicherungen. Sehen Sie sich alles in Ruhe durch, und wenn Sie Fragen haben, dann zögern Sie bitte nicht, mich anzurufen. Oder kommen Sie einfach vorbei. Ich würde mich freuen, wenn ich Ihnen bei der Auswahl behilflich sein könnte.«

Sie standen auf und gaben Frau Martin erneut die Hand.

»Danke für Ihre Hilfe, Frau Martin.«

»Gern geschehen, und ich wünsche Ihnen beiden noch einen schönen Tag.«

»Danke, Ihnen auch.«

Hand in Hand verließen Petra und Anja die Bank. Frau Martin blieb noch einige Augenblicke stehen und sah ihnen nach.

»Was für ein schönes Paar«, sagte sie zu ihrer Kollegin im Nachbarbüro. »So unglaublich liebevoll miteinander, und sie behandeln sich mit größtem Respekt. Ich wünschte, das könnte ich von meinem Mann auch behaupten.«

»Ja, das sieht man leider viel zu selten«, pflichtete die Kollegin bei.

Sie sahen sich seufzend an, dann ging Frau Martin wieder an ihren Schreibtisch zurück.

Kapitel 8

Nachdem nun die ersten Schritte für Anjas neues Leben getan waren, gingen sie erst einmal wieder nach Hause zurück. Nun galt es noch, die Firma zu informieren und sich nach einem kleinen Auto umzusehen.

»Möchtest du einen Kaffee?« fragte Petra, als sie das Haus betraten.

»Das wäre sehr nett, danke.«

Also gingen sie in die Küche. Anja setzte sich auf einen Stuhl. Auf einmal sah sie so verloren und traurig aus, dass es Petra schier das Herz brach. Sie kniete sich vor Anja hin und nahm sie sanft in die Arme. Anja schluckte ein paarmal heftig, kämpfte sichtlich mit einer Flut widersprüchlicher Emotionen. Sie ballte die Fäuste, um dann in der nächsten Sekunde in Tränen auszubrechen. Petra streichelte sie ihr vorsichtig von den Wangen.

»Schsch ... es ist alles gut, mein Engel. Nicht weinen, Anja, alles ist gut.«

Anja schluchzte laut auf. »Nein, nichts ist gut. Ich bin so ein verdammter Idiot. All die Jahre hat sie mich ausgenutzt, erniedrigt, verhöhnt. Sie hat mich völlig unter ihrer Fuchtel gehabt, und ich habe es zugelassen. Sie hat sich um alles gekümmert und hat mir so vieles verboten, und auch das habe ich hingenommen. Was bin ich nur für eine jämmerliche Frau, dass ich so die Kontrolle über mein Leben abgegeben habe? Und dann auch noch an jemanden, der es nicht einmal gut mit mir meint? Ich bin ein Versager.« Verachtung und Wut schwangen in ihrer Stimme mit. »Was willst du nur von mir? Ich habe dir doch nichts zu bieten. Ich bin völlig pleite und kann dir nicht einmal einen Beitrag zum Leben geben.«

Petra strich ihr sanft die Haare aus der Stirn und legte ihr einen Finger unter das Kinn. »Sieh mich an, Anja, bitte. Du fragst, was ich von dir will? Deine Liebe, deine Freundschaft, deinen Respekt, deine Gegenwart und eine gemeinsame Zukunft. Dein Lächeln und dein Lachen, deine Kochkünste und –«, nun errötete Petra ganz leicht und flüsterte nur noch, »– deine Leidenschaft und die gegenseitige Befriedigung unserer Wünsche und unseres Verlangens.«

Anja hatte sie tatsächlich angesehen, und während Petra sprach, waren die Tränen nach und nach versiegt und einem zuerst zaghaften, dann immer glücklicheren Lächeln gewichen.

Lange sahen sie sich voller Liebe und Zuneigung an. Mit einem Mal wusste Petra mit absoluter Sicherheit, dass sie eine gemeinsame Zukunft vor sich hatten – eine schöne Zukunft, voller Liebe und Erfüllung. Es war wie eine Erleuchtung, die auch ihr nun Tränen der Rührung in die Augen trieb.

Ohne ein weiteres Wort erhob sie sich aus ihrer knienden Haltung, zog Anja mit sich hoch, und gemeinsam gingen sie nach oben. Im Schlafzimmer zogen sie einander langsam aus und legten sich nebeneinander. Sie streichelten sich zärtlich, erforschten ihre Körper aufs Neue, küssten sich liebevoll – immer noch schweigend, die umfassende Vertrautheit mit allen Sinnen auskostend. Nur allmählich wurden ihre Berührungen heftiger, leidenschaftlicher und wilder. Sie ließen sich viel Zeit, dehnten jede Liebkosung und jede Stimulierung so weit wie möglich, tranken, atmeten die Nähe der anderen und die ungezügelte Lust . . .

Viele Höhepunkte später hielten sie sich erschöpft und glücklich zugleich in den Armen. Erst jetzt brach Anja das Schweigen.

»Das war wunderschön. So sanft und liebevoll zugleich. Du bist eine unglaubliche Liebhaberin.« Sie schenkte Petra ein seliges Lächeln.

»Du bist noch viel unglaublicher«, murmelte Petra. »Ich hatte keine Ahnung, dass ich zu solchen Empfindungen fähig bin. Solche intensiven Gefühle habe ich noch nie erlebt.«

»Ich doch auch nicht.«

Sie lächelten einander an, dann löste Petra sich vorsichtig aus Anjas Armen. »Wir sollten den Computerkram erledigen, deine Änderungen eingeben . . . was denkst du?«

»Okay.«

»Während du das machst«, ergänzte Petra verheißungsvoll, »koche ich für uns.«

Anja sah sie mit freudigem Erstaunen an – schließlich hatte Petra ihr bisher ihre eigenen Kochkünste noch nicht offenbart. »Was gibt es denn?«

»Lass dich überraschen. Der Computer steht im Arbeitszimmer. Brauchst du etwas?«

Anja schüttelte den Kopf. »Danke, ich habe alle Daten zur Hand und auch den Code, um meine Seiten aufzurufen.« Erneut sah sie Petra tief in die Augen, aber diesmal ohne zu lächeln. »Ich bin dir wirklich sehr dankbar – für alles, was du schon für mich getan hast. Ich weiß wirklich nicht, wo ich ohne dich heute wäre. Vielleicht hätte sie mich krankenhausreif geschlagen. Das hat sie ab und zu getan, wenn ich aufmüpfig war, wie sie das nannte.« Sie wich Petras betroffenem Blick aus und schüttelte den Kopf. »Ich kann wirklich nicht verstehen, wie ich das all die Jahre zulassen konnte. Und das, wo ich sogar genau weiß, dass sie mich immer wieder betrogen hat. Nicht nur mit ihren Kolleginnen, sondern auch mit einigen von der Firma. Kannst du dir vorstellen, dass sie auch mit Andreas ein Verhältnis hat?«

Petras Betroffenheit wandelte sich zu ungläubigem Staunen. »Du meinst unseren Piloten?«

»Ja, genau den ... und noch so einige andere. Sie hat eine ganz spezielle Art und bekommt alles und jeden. Du hast sie so nicht kennengelernt, das ist auch gut so, aber es kann sehr, sehr schwer sein, ihrem Charme und ihren Manipulationen zu widerstehen. Ich bin so froh, dass ich weg von ihr bin. Über kurz oder lang hätte sie mich oder ich mich selbst umgebracht.«

Petra nahm sie fest in die Arme. »Das ist vorbei, mein kleiner Engel. Jetzt bist du frei und hast dein Leben wieder für dich. Und vergiss nicht, dass ich immer an deiner Seite sein werde.«

Sie gab Anja noch einen zärtlichen Kuss und ging dann nach unten in die Küche, während Anja sich im Arbeitszimmer an den Computer setzte. Sie blieb relativ lange dort, und irgendwann konnte Petra hören, wie sie telefonierte.

Als Anja endlich zu ihr in die Küche kam, brutzelte bereits das Hähnchenfleisch, in feine Streifen geschnitten, in einem Wok, und Petra warf gerade das Gemüse dazu. Auf einer anderen Platte kochte der Reis vor sich hin. Petra hatte Anjas Schritte gehört und drehte sich zu ihr um. Im nächsten Moment bekam sie ganz weiche Knie, so viel Liebe strahlte ihr aus Anjas warmen, braunen Augen entgegen.

Anja trat langsam auf sie zu. »Du siehst hinreißend aus, wenn du so in der Küche stehst.«

Sie küssten sich ganz zärtlich, dann wandte Petra sich wieder dem Wok zu, und Anja begann den Tisch zu decken. Sie stellte Wasser für sie beide auf den Tisch. Petra hatte schon mit Freude festgestellt, dass Anja genau wie sie selbst wenig Alkohol trank und Wasser das Getränk ihrer Wahl war – eine weitere Übereinstimmung, die sie alltagstauglich machte. Petra lächelte.

»Ich habe die Änderungen gemacht«, meldete Anja, während sie das Besteck bereitlegte. »War ein bisschen kompliziert. Ich musste mit Hamburg telefonieren und alle möglichen Erklärungen abgeben, damit sie das Gehalt auch wirklich auf das neue

Konto überweisen. Aber jetzt ist alles klar.«

»Das ist doch super, Anja.« Petra drehte sich wieder zu ihr um und strahlte. »Dann bist du jetzt offiziell bei mir gemeldet, da haben wir ja richtig was zu feiern.«

Sie war überrascht, als Anjas Blick sich verdunkelte.

»Ich hoffe nur, dass Beate nichts Dummes tut«, murmelte Anja. »Sie kennt so viele Leute in der Firma, dass es für sie ein Leichtes sein wird, meine neue Adresse zu erfahren – und damit auch deine. Ich habe Angst, dass sie dir etwas antun könnte.«

Petra schaltete den Herd ab, trat zu ihr und umarmte sie. »Sie kann mir nichts tun«, sagte sie fest. »Bitte, mach dir keine Sorgen. Wenn sie wirklich so viele Affären hat, dann wird sie dich schnell ersetzen und jemand anderen quälen.«

Doch Anjas Bedenken ließen sich nicht so leicht aus der Welt schaffen. »Du kennst sie nicht. Ich war ihr Eigentum, das nimmt man ihr nicht weg. Und man verlässt sie auch nicht so einfach. Wenn überhaupt, dann schmeißt sie einen weg, wenn man ihr nicht mehr nützlich ist. Sie wird dir die Schuld geben und Rache wollen, und sie ist zu allem fähig. Ich mache mir wirklich große Sorgen.«

Nachdenklich sagte Petra: »Vielleicht könnten wir mit unseren Chefs sprechen und Bescheid sagen ... dass wir mit möglichen Problemen rechnen, und dass unsere persönlichen Daten vertraulich behandelt werden sollen.«

Anja nickte. Fürs erste beruhigt, setzte sie sich an den Tisch und sah Petra bei den letzten Handgriffen zu. Der aromatische Duft ließ ihren Magen laut knurren. Petra musste kichern, aber auch sie hatte großen Hunger: Die letzten Tage hatten sie beide kaum etwas gegessen, dafür umso mehr Zeit mit ihren Liebesspielen verbracht. Nun forderten zwei Mägen ihr Recht.

Genießerisch widmeten sie sich dem Essen, das Petra wirklich gelungen war, und setzten sich anschließend wieder zusammen aufs Sofa. Petra legte eine CD ihrer Lieblingssängerin, Lara Fabian, auf. Anja kuschelte sich in ihre Arme.

»Schön. Die mag ich auch sehr«, kommentierte sie die Musik. »Was machst du denn eigentlich sonst so in deiner Freizeit?« Sie löste sich ein wenig von Petra, um sie neugierig anzusehen.

Petra musste grinsen. War das nicht eine Frage, die man normalerweise beim ersten Date stellte – und nicht erst, wenn man schon zusammen wohnte? »Ich bin Mitglied hier im Fitnessstudio«, antwortete sie bereitwillig, »und gehe auch gern ins Schwimmbad. Ansonsten lese ich viel und treffe mich ab und zu mit meinen Freunden. Die kenne ich teilweise noch von ganz früher, aus der Schule. Das ist aber leider nicht immer so leicht, weil sie normale Arbeitszeiten haben und sich meistens am Wochenende treffen, und da arbeite ich ja oft.« Nun sah sie ihrerseits Anja erwartungsvoll in die Augen: »Und du? Welche Hobbys hast du denn so, Anja?«

»Ich bin immer gern mit meinem Mountainbike durch die Wälder gefahren. Alles, was zwei Räder hat, finde ich klasse.« Ihr enthusiastischer Blick verdüsterte sich, und sie ließ den Kopf sinken. »Aber leider hat Beate ja jetzt mein Fahrrad zerstört.«

Petra griff ihr vorsichtig unter das Kinn und hob ihr schönes, aber trauriges Gesicht wieder zu sich an. »Dann müssen wir eben ein neues für dich kaufen. Wenn du möchtest, dann machen wir das gleich morgen früh. Und überhaupt, wir sollten auch nach einem Auto für dich schauen.«

Anjas Augen füllten sich mit Tränen. »Aber ich kann mir das nicht leisten, Petra. Und ich nutze deine Hilfsbereitschaft schon viel zu sehr aus. Das muss einfach warten, bis ich meine Finanzen wieder im Griff habe.«

Behutsam strich Petra ihr die Tränen aus den Augenwinkeln. »Du nutzt mich nicht aus, Anja. Ich helfe dir sehr gern. Und falls dir das Sorge macht – ich rechne das auch nicht auf oder erwarte irgendeine Gegenleistung.«

Anjas sah sie verschreckt an. »Das wollte ich damit nicht andeuten ... tut mir leid, dass du das dachtest. Es ist nur ...« Erneut sank ihr Kopf nach unten, und als sie weitersprach, war ihre Stimme leise und verzweifelt. »Ich fühle mich so hilflos und dumm. Ich würde dir gern Geld für die Wohnung geben, dabei kann ich nicht einmal die Einkäufe im Supermarkt bezahlen.«

»Du brauchst dir keine Sorgen zu machen.« Zärtlich strich Petra ihr übers Haar. »Wie schon gesagt, das Haus gehört mir und ist auch bereits bezahlt. Und alles andere werden wir regeln – du kannst mir das Geld, das wir jetzt für größere Anschaffungen ausgeben, ja später irgendwann zurückzahlen. Ich finde nur, es hat keinen Sinn, aus falschem Stolz zu lange zu warten. Du brauchst hier einfach ein Auto, wenn meins in Frankfurt am Flughafen steht. Und mir würde es sicher auch guttun, mal wieder Fahrrad zu fahren.« Sie lächelte Anja an: »Natürlich nur, falls du Lust darauf hast und ich mit dir mitkommen darf.«

Da hob Anja den Kopf und grinste endlich wieder. Mit gespielt strenger Miene hob sie einen Zeigefinger: »Hey, wie war das mit dem ›wenn ich darf‹? Diese Regel gilt für dich genauso wie für mich!«

Kichernd verschloss Petra ihr den Mund mit einem zärtlichen Kuss.

Sie verbrachten einen großen Teil des Nachmittags auf dem Sofa, hörten sich durch Petras CD-Sammlung und unterhielten sich über Bücher und Literatur. Dabei stellten sie fest, dass sie beide Krimifans waren, und sie wurden nicht müde, sich über alle möglichen Autoren auszutauschen. So verging die Zeit wie im Flug, bis plötzlich das Telefon klingelte und sie aus ihrer friedlichen Zweisamkeit riss.

Petra nahm den Hörer und meldete sich. Es war eine ihrer Freundinnen, die Petra kurzfristig zu einem Treffen heute Abend einladen wollte.

»Klingt super, Corinna«, sagte Petra. »Ich komme gern – aber nur wenn ich meine Freundin mitbringen kann.«

Aus dem Hörer kam ein lautes Kreischen. Petra hielt ihn ein wenig von ihrem Ohr weg und grinste Anja an, der der Unterkiefer heruntergefallen war. *Meine Freundin* – es war Petra durchaus bewusst, welche Bedeutung diese zwei kurzen Wörter für sie beide hatten.

»Wir sind gleich da«, sagte Petra noch und verabschiedete sich.

»Bist du sicher, dass du mich mitnehmen möchtest?«, fragte Anja, kaum dass Petra das Gespräch beendet hatte.

Fast hätte Petra wieder von der *wenn ich darf*-Regel angefangen. Aber dann sah sie ein, dass sie selbst sich bisher die meiste Zeit von der Idee einer richtigen, offiziellen Beziehung distanziert hatte und Anjas Frage daher nicht ganz grundlos war. Also sagte sie: »Ich gehe nur mit dir oder gar nicht. Und ich hoffe, du bist mir nicht böse, dass ich einfach für uns beide zugesagt habe. Du wirst meine Freunde mögen, da bin ich mir sicher – und ich weiß, dass sie dich lieben werden.«

Die Clique traf sich in Frankfurt, in einem netten kleinen Café am Mainufer. Als Petra und Anja dort eintrafen, hörten sie schon von draußen lautes Gelächter.

»Ich sollte dich vielleicht vorwarnen«, meinte Petra, »sie sind sehr laut und albern, dafür haben sie alle das Herz am rechten Fleck. Und sie werden dich sicherlich mit Fragen löchern.«

Aber sie stellte erleichtert fest, dass Anja gar nicht nervös, sondern vielmehr voller Vorfreude schien. Sie küssten sich zärtlich und gingen dann Hand in Hand hinein.

Die Geräuschkulisse hatte auf mehr Leute schließen lassen, doch das Café war zu der nicht mehr ganz frühen Uhrzeit nur spärlich besetzt: An einem Tisch in der Ecke saßen vier Frauen und zwei Männer, die ihnen erwartungsvoll entgegenblickten. Dann sprangen sie alle auf einmal auf und umarmten Petra – und Anja gleich mit. Sie sprachen wild durcheinander, und es dauerte einige Zeit, bis sich alle beruhigt hatten und friedlich um den Tisch herum saßen. Oder doch nicht ganz so friedlich, denn wie Petra vorausgesagt hatte, wurden sie jetzt erst einmal mit Fragen bombardiert.

»Erzählt schon, woher kennt ihr euch? Seit wann seid ihr zusammen? Ist es was Ernstes ...?«

Petra drückte zärtlich Anjas Hand, die sie immer noch festhielt. Dann verkündete sie: »Es ist sehr ernst, wir kennen uns seit fünf Tagen und haben uns auf einem Flug kennengelernt. Sonst noch Fragen?«

»Ach so, fünf Tage schon, und wann heiratet ihr? Auf einem Flug, wie romantisch ... gemeinsam die Welt erobern ...« Wieder redeten und lachten alle durcheinander. Petra schaute verstohlen zu Anja hinüber. Die lachte lauthals mit und machte den Eindruck, als kenne sie Petras Clique schon ewig. Petra wurde warm vor Freude.

Irgendwann begannen die anderen Anja über ihre Herkunft und ihren Beruf auszufragen, und sie antwortete auf alle Fragen mit Schlagfertigkeit und Witz. Petra sah sie immer wieder an, voller Glück und Stolz. Diese Traumfrau liebte sie, wollte mit ihr zusammen sein ... Es schien immer noch unfassbar.

Der Abend wurde richtig lustig. Erst als die anderen beschlossen, noch in eine andere Kneipe zu gehen, verabschiedeten sich Petra und Anja. Sie mussten versprechen, sich in der nächsten Woche wieder zu treffen, dann traten sie den Heimweg an.

»Deine Freunde sind echt eine lustige Truppe«, sagte Anja im Auto und kicherte. »Ich habe so viel gelacht wie schon lange nicht mehr. Vor allem Markus und Tobias sind ein tolles Paar. Ich freue mich schon auf das nächste Mal.«

Petra strahlte. »Es macht mich wirklich glücklich, dass du dich so wohlgefühlt hast. Ich konnte sehen, dass dich alle mögen. Das wundert mich auch nicht, denn schließlich liebe ich dich ja auch!«

Zu Hause angekommen, gingen sie gleich nach oben ins Schlafzimmer, zogen sich aus, legten sich ins Bett und hielten sich fest in den Armen.

»Das Leben ist schön«, flüsterte Anja und sprach damit aus, was Petra schon den ganzen Abend empfunden hatte. Sie küsste Anja voller Leidenschaft, und es dauerte dann noch etliche lustvolle Stunden, bis sie aneinandergekuschelt einschliefen.

Den nächsten Tag verbrachten sie damit, nach einem Auto für Anja zu suchen. Sie gingen zu Petras Subaruhändler und sahen sich die Jahreswagen an. Als Anja die Preise sah, schluckte sie schwer und nahm Petra zur Seite.

»Petra, ich kann mir das wirklich nicht leisten. Du weißt, wie es auf meinem Konto aussieht ... und auch das Spesenkonto gibt nicht so viel her. Und finanzieren –«, sie stockte und schaute auf den Boden. Die nächsten Worte waren fast unhörbar: »Ich weiß noch nicht einmal, was ich tatsächlich verdiene. Ich schäme mich so ... ich bin echt ein Loser.«

Petra hob ihr Gesicht zu sich an und sah ihr ernst in die Augen. »Sag das nie wieder, denn es stimmt nicht. Du bist alles andere als ein Loser. Und für den Moment habe ich wirklich genug auf meinem Konto. Wenn du dich besser damit fühlst, dann kannst du mir den Betrag später in kleinen Raten zurückzahlen, wenn du wieder eigenes Geld hast.«

Anja sah so überrascht aus, dass Petra lachen musste.

»Schau, mein kleiner Engel. Mein Vater war ein erfolgreicher Manager, und er konnte auch sehr gut mit seinem Geld umgehen.« Ein Schatten legte sich auf ihr Gesicht. »Er ist viel zu früh gestorben. Ich bin sicher, dass er dich lieben und sich für uns beide freuen würde. Jedenfalls hat er mir einiges vererbt, und ich habe dadurch das Haus kaufen können und habe immer noch genug auf meinem Konto. Das Auto ist also wirklich kein Problem.«

Anja ließ sich schließlich überzeugen, und wenig später besprachen sie alle nötigen Formalitäten mit dem Händler. Petra bestand darauf, dass das Auto auf Anja zugelassen wurde. Sie sollte auf keinen Fall von Petra abhängig sein und sich auch nicht so fühlen.

Anschließend fuhren sie gleich eine kleine Spritztour mit dem Impreza, und Anja war total begeistert. Wie ein kleines Mädchen strahlte sie, während sie mit kühnem Schwung durch die engen Straßen kurvte. Petra sah sie von der Seite an, und ihr ging das Herz auf.

Am nächsten Tag, dem Sonntag, spazierten sie nach einem gemütlichen Frühstück zusammen durch Heusenstamm. Petra zeigte Anja Geschäfte, Arztpraxen und sonstige wichtige Punkte; schließlich würde es ihnen nicht immer möglich sein, ihre Flüge gemeinsam anzutreten, so dass Anja sich auch allein zurechtfinden musste. Das Fitnessstudio war ganz in der Nähe, und sie meldeten Anja dort auch gleich an. Nachdem sie noch in Petras Lieblingscafé am Marktplatz einen Kaffee getrunken hatten, machten sie sich wieder auf den Weg nach Hause, denn es war Zeit, ihre Koffer für den morgigen Flug zu packen.

»Was meinst du, sollen wir einen Koffer nehmen, oder brauchen wir zwei?«, überlegte Petra, während sie ihren größten Koffer aus der Abstellkammer holte und auf das Bett wuchtete. »Der hier reicht auf jeden Fall für uns beide.«

Anja sah auf das riesige Ungetüm und lachte laut los. »Was willst du denn alles mitnehmen? Da passe ich ja glatt selbst rein. Ich verstehe schon: Du schämst dich für mich und möchtest mich wegpacken, damit mich niemand mit dir sieht.«

Sie ließ sich kichernd neben dem Koffer aufs Bett sinken und sah Petra herausfordernd an. Die rächte sich umgehend, indem sie sich auf Anja warf und sie zu kitzeln begann, bis Anja sich quietschend unter ihr wand und atemlos um Gnade bat. Doch Petra saß fest auf ihr und ließ sie nicht so schnell davonkommen. Sie griff Anjas Hände mit einer Hand und hielt sie über deren Kopf fest, während sie triumphierend auf sie hinuntersah und mit ihrer freien Hand zu einer neuen Kitzelattacke ausholte.

Da wurde Anja plötzlich ganz ruhig. In dem Blick, der Petra traf, lag nackte Angst.

Zutiefst erschrocken ließ Petra sofort ihre Hände los. »Entschuldige bitte. Ich wollte dir nicht wehtun ... es tut mir so leid. Ich werde dir niemals wehtun, mein kleiner Engel, niemals, hörst du? Oh Anja, bitte vergib mir, ich wollte dich nicht ängstigen.« Sie schluchzte beinahe.

Ein wahrer Felsbrocken fiel ihr vom Herzen, als sich die Panik in Anjas Augen auflöste und Erleichterung wich. Petra neigte den Kopf und berührte Anjas Lippen mit ihren, unendlich sanft, wobei sie ihr immer wieder murmelnd versicherte, dass sie ihr nie etwas zuleide tun würde. Schließlich küsste sie sie voller Zärtlichkeit und Hingabe.

Als sie sich voneinander lösten, sagte Anja: »Du brauchst dich nicht zu entschuldigen. Du hast mir ja nichts getan – außer dass du mich beinahe zu Tode gekitzelt hättest. Es tut mir leid, dass ich so reagiert habe ... denn eigentlich vertraue ich dir doch. Das war wohl nur so ein Reflex, der noch übriggeblieben ist von früher.«

Sie sagte das leichthin, so als spreche sie nur über eine unwesentliche Kleinigkeit. Aber Petras Hände zitterten noch, so tief saßen Schreck und Reue ihr in den Knochen. Sie rief sich noch einmal nachdrücklich ins Gedächtnis, dass Anja traumatisiert war und ihre schlimme Vergangenheit nicht innerhalb weniger Tage abschütteln konnte.

Eigentlich ein Wunder, dachte sie, *dass sie in dieser Situation überhaupt noch irgendwem vertrauen kann ... und jemanden lieben. Ich bin so ein Glückspilz.*

Bei diesem Gedanken wurde ihr ganz warm ums Herz.

Kapitel 9

Nachdem sie es doch noch geschafft hatten, den Koffer fertig zu packen, und danach wieder einen großen Teil der Nacht damit verbracht hatten, sich zärtlich und hingebungsvoll zu lieben, erwachten sie am frühen Morgen voller Tatendrang und Freude auf ihren gemeinsamen Flug. Mit Petras Auto machten sie sich auf den Weg zum Flughafen, parkten den Wagen in der Tiefgarage und checkten am Computer für den Dienst ein. Petra war noch damit beschäftigt, sich ihre Papiere auszudrucken, als Anja zu ihr trat.

»Ich geh schon mal zu meinen Computern hoch und suche meine Kollegen. Leider ist wieder Andreas dabei. Ich bin mal gespannt, ob Beate ihm etwas gesagt hat ... Aber wenigstens ist der Chefpilot ein guter Freund von mir, da kann ich sicher sein, dass Andreas sich zusammenreißen wird.«

Sie gab Petra einen leichten Kuss auf die Wange, lächelte sie noch einmal strahlend an und ging leise vor sich hinsummend davon. Petra sah, dass einige Kollegen – vor allem männliche – ihr nachschauten, und musste grinsen. Anja war sich ihrer Wirkung gar nicht bewusst. Aber sie war *ihre* Freundin und Geliebte, da konnten die anderen noch so viel glotzen. Ihr Grinsen wurde noch breiter, als sie sich auf den Weg zum Besprechungsraum machte.

Beladen mit ihren Papieren und ihrer Tasche kam Petra dort genau in dem Moment an, als auch die meisten Kollegen sich einfanden und die große Begrüßungsarie losging. Einige der Kollegen kannte sie; das machte die Aussicht auf die anstehende Tour noch schöner.

»Marco!«, begrüßte sie freudestrahlend einen alten Kumpel aus der Ausbildung. »Das ist ja ein Ding. Wir sind ja schon ewig nicht mehr zusammen geflogen.« Sie umarmte ihn.

»Und dann auch noch nach San Francisco«, sagte Marco begeistert. »*Gay Capital of the World.* Mensch, ich kann's gar nicht erwarten, mit dir zusammen Castro unsicher zu machen!«

»Äh«, machte Petra. »Da gibt es etwas, das du wissen solltest, bevor du alles bis ins Letzte durchplanst. Ich würde nämlich noch jemanden mitnehmen.«

Er starrte sie mit ungläubig-fasziniertem Blick an. »Sag bloß, du hast . . .?«

»Ja«, bestätigte Petra mit feinem Grinsen. »Ich habe.«

»Und sie ist . . . sie wohnt in San Fran?« Marcos Stimme überschlug sich beinahe, obwohl er sich sichtlich Mühe gab, nicht laut herauszuschreien.

Petras Grinsen verbreiterte sich. »Nein, viel besser. Sie ist mit an Bord. Es ist Anja, die Pilotin.«

Marco sah aus, als würde er gleich ohnmächtig werden. »Das gibt es ja nicht«, keuchte er. »Eine lesbische Pilotin. Dann musst du mir aber versprechen, dass wir in San Fran alle zusammen losziehen. Unbedingt! So ein seltenes Exemplar muss ich schließlich auf jeden Fall genauer unter die Lupe nehmen.«

Petra nickte, lächelte und setzte zu einer Antwort an, aber in diesem Moment wurde sie von einer jüngeren Kollegin angesprochen und musste ihr mit dem Ausfüllen der Formulare helfen. Also verabschiedete sie sich mit einem Augenzwinkern von Marco und setzte sich zu ihrer Kollegin.

Als die drei Cockpitkollegen hereinkamen, musste Petra sich schwer zusammennehmen, um nicht aufzuspringen und Anja in die Arme zu schließen. Sie sah so unglaublich süß aus in ihrer Uniform. Die beiden strahlten sich an, als die Piloten ihre Runde machten. Aber Petra entging nicht, dass Andreas sie und Anja aufmerksam beobachtete und dass ein Grinsen auf seinem Gesicht lag, das nicht gerade freundlich wirkte.

Als er sie erreicht hatte und ihr zur Begrüßung die Hand schüttelte, drückte er ihre Finger zusammen, als wolle er ihre Hand zerquetschen. Doch Petra hielt dem Druck ebenso wie seinem scheinheiligen Blick stand und ließ sich nichts anmerken: Er konnte ihr die Freude auf die Tour nicht verderben.

Nach dem üblichen Prozedere an den Sicherheitskontrollen fanden sich Anja und Petra wieder nebeneinander im ersten Bus. Sie hielten sich unauffällig an den Händen und sprachen leise miteinander. Es galt, diese letzte kurze Phase der Zweisamkeit vor dem langen Flug auszukosten – denn obwohl sie sich im selben Flugzeug aufhielten, würden sie sich kaum sehen können. Immer wieder versicherten sie sich ihrer Vorfreude auf die gemeinsame Zeit in San Francisco.

Dann erreichten sie die Maschine. Anja verschwand im Cockpit, und Petra machte sich fröhlich pfeifend an ihre Arbeit. Ihre Routine und Ruhe, aber auch ihre gute Laune wirkten auf die Kollegen geradezu ansteckend, und so wurde es ein richtig schöner Flug. Alle freuten sich auf zwei Tage in San Francisco, und die beinahe elf Stunden Flug vergingen sehr schnell.

Anja kam während ihrer Pause nach oben, um nach Petra zu sehen. Allerdings war Petra gerade mit ihren Vorbereitungen beschäftigt und bemerkte sie erst, als sie sich irgendwann zum Gang umdrehte. Da stand Anja in der Ecke und schaute sie liebevoll an. Petra war es, als gehe die Sonne auf und tauche die ganze Bordküche in gleißendes Licht, und auch sie selbst strahlte wie eine Sonne, als sie langsam auf Anja zuging. Sie sprachen nicht, sahen sich nur an, und in Anjas Blicken konnte Petra tiefe Zuneigung und überschäumendes Glück lesen.

Da kam Marco um die Ecke. Er betrachtete die beiden Frauen und grinste breit: Da hatten sich ganz offensichtlich zwei gefunden. Anja und Petra, tief ineinander versunken, hatten von seiner Anwesenheit gar nichts mitbekommen. Er musste sich laut räuspern, um Petras Aufmerksamkeit auf sich zu ziehen.

Petra schrak auf und warf Anja einen entschuldigenden Blick zu, worauf diese sich lächelnd umdrehte und wieder nach unten ging. Marco stupste Petra in die Seite, und sein Grinsen reichte fast bis zu den Ohren.

»Das ist sie, oder?«

Petra konnte nur nicken. Ein Teil von ihr sah immer noch nichts als Anjas Augen, dieses tiefe, warme Braun mit den glitzernden Goldpunkten.

»Ihr seid ein hübsches Paar, und so voller Liebe füreinander«, schwärmte Marco. »Das ist so schön zu sehen.«

Petra begann wieder zu strahlen und nickte, diesmal nachdrücklicher. »Ja, sie ist eine wunderbare Frau. Ich bin total happy.«

Marco umarmte sie kurz. »Das freut mich sehr für euch!« Dann brachte er sein Anliegen vor, dessentwegen er den romantischen Moment hatte stören müssen – er brauchte einige Utensilien für den zweiten Service. Petra half ihm gern. Es tat gut, stellte sie fest, ihre Freude mit anderen zu teilen. Nicht, dass sie nicht ohnehin schon überglücklich gewesen wäre. Aber ihre Gefühle mitzuteilen, schien ihr Glück noch zu verfestigen, es wirklicher zu machen.

Nach der Landung, als die Crew gemeinsam über den Flughafen und zu den Pass- und Einreisekontrollen ging, waren Anja und Petra endlich wieder vereint. Anja wollte sich den großen Koffer nehmen, den sie zusammen gepackt hatten, doch Petra war schneller. Sie grinste Anja frech an.

»Es ist eh meiner. Außerdem ist das meiste an Inhalt von mir, also nehm ich ihn.«

Anja streckte ihr die Zunge heraus und nahm sich dafür Petras Handgepäck, das ebenfalls Rollen hatte, so dass sie ihre kleine Tasche daraufstellen konnte. »Ich kann eh nicht verstehen, dass wir so viel mitnehmen mussten«, beschwerte sie sich, aber sie grinste dabei. »Ich glaube, ich muss dir mal beibringen, was in so einen Koffer muss und was nicht.«

Sie kicherten. Spätestens jetzt mussten die Kollegen, die das lustige Geplänkel verfolgten, zumindest ahnen, dass die beiden ein Paar waren. Aber das war in Ordnung; sie hatten ja schon besprochen, dass sie sich nicht verstecken würden.

Während sie auf den Bus zum Hotel warteten, fiel Petra etwas ein. Sie flüsterte kurz mit Anja und trat dann zu der jungen Kollegin heran, der sie in Frankfurt mit den Papieren geholfen hatte. Sie hatte Petra bei dieser Gelegenheit erzählt, dass sie ihre Eltern auf die Tour mitnahm.

»Hör mal, Maike – falls ihr möchtet, dann könnt ihr eins unserer Zimmer haben. Wir brauchen nur eines. Dann hättet ihr mehr Raum für euch.«

Das Gesicht der jungen Frau leuchtete. »Im Ernst? Das wäre ja super. Wir hatten schon überlegt, ob wir ein Zimmer dazubuchen sollen, aber das Hotel ist ziemlich ausgebucht, und die Preise sind ganz schön hoch für zwei Nächte.«

»Nein, nein, das braucht ihr doch nicht. Wir können das nachher gleich an der Rezeption regeln.«

Wieder zurück bei Anja, sagte sie lächelnd: »So, jetzt schlafen wir ganz offiziell im selben Zimmer.«

Im Bus saßen sie wieder nebeneinander und diskutierten die

Gestaltung der zwei Tage in San Francisco. Das Motorrad hatte Anja für den nächsten Tag bestellt. Heute war also Zeit, sich in der Stadt umzusehen. Petra war so lange nicht mehr hier gewesen, dass sie aufgeregt war wie ein kleines Kind.

Nach einer schnellen Dusche machten sie sich auf den Weg nach Fisherman's Wharf, dem alten Hafenviertel. Sie fuhren mit dem Cable Car über den Hügel. Es war wunderschönes Wetter, schon richtig warm für die Jahreszeit, aber noch nicht allzu überlaufen von Touristen. Hand in Hand schlenderten sie von einem Pier zum anderen und verweilten ein paar Minuten bei den Seelöwen, die sich in der Sonne räkelten. Danach nahmen sie die Straßenbahn der Linie F bis zur Endstation in Castro, dem berühmten Schwulen- und Lesbenviertel San Franciscos – schon von weitem durch seine vielen Regenbogenfahnen zu erkennen. Anja schien sich hier recht gut auszukennen, stellte Petra fest, als sie neben ihr durch die Straßen spazierte. Schließlich setzten sie sich ins Café Flore, Anjas Lieblingsadresse in der Stadt, wie sie sagte. Es gab einen gemütlichen, begrünten Innenhof, der fast wie ein kleiner Garten angelegt war und in dem sie noch einen Platz fanden. Anja ging zielstrebig hinein, um sich um Kaffee und Essen für sie beide zu kümmern. Wenig später kam sie mit dem Kaffee und einer Bestellnummer für das Essen wieder zu Petra zurück, die noch dabei war, staunend die Umgebung in sich aufzunehmen.

»Es ist sehr schön hier«, sagte sie, als Anja sich neben sie setzte.

Verblüfft sah Anja sie an. »Warst du noch nie hier?«

Petra schüttelte den Kopf. »Nein, ich war überhaupt noch nie in Castro.«

Nun war Anja regelrecht sprachlos. Petra lächelte schief, fast ein wenig schüchtern.

»Ich bin nicht so der Nachtmensch«, erklärte sie, »und die Jungs, die hierher gehen, die wollen halt in die Disco und in Clubs, das war mir immer zu spät. Und allein habe ich mich nicht getraut. Ich wusste ja nicht wohin. Da bin ich lieber an den Pier und habe in der Sonne gesessen und gelesen.«

Anja schmunzelte und nahm ihre Hand. »Dann wird es aber Zeit, dass ich dir noch andere schöne Seiten von San Francisco zeige. Hierher kannst du auch gut allein gehen. Gerade mit der Straßenbahn, der *F Line,* ist es so einfach, zumal die ja direkt bei unserem Hotel abfährt. Das Café Flore war schon immer mein Lieblingsplatz. Das Essen ist gut, die Leute supernett, und außerdem kann man so richtig schön in der Sonne sitzen – und das stundenlang. Das mache *ich* nämlich sonst, wenn ich allein hier bin. Und bei Regen oder im Winter sitze ich dann drinnen, das ist auch immer nett.«

In diesem Moment kam eine Kellnerin, stellte zwei riesige Teller vor sie und nahm die Karte mit der Nummer wieder mit.

»Guten Appetit!« Anja beugte sich zu Petra hinüber und küsste sie zärtlich, bevor sie sich dem Essen zuwandte. Sie hatte einen Burger und ein Club Sandwich bestellt mit Kartoffelschnitzen und einem kleinen Salat. Sie naschten von beiden Tellern – Petra fand alles köstlich – und ließen sich die warme Sonne auf den Rücken scheinen.

Auf einmal stand Marco vor ihrem Tisch. »Na, ihr zwei Turteltauben«, begrüßte er sie fröhlich, »ihr seid ja doch ohne mich abgedüst. Habt ihr denn noch ein Plätzchen für mich, oder möchtet ihr lieber allein sein?«

Anja erwiderte sein Grinsen und zeigte auf den freien Stuhl. »Setz dich ruhig zu uns. Du kannst uns sicher noch den einen oder anderen Tipp geben, was wir uns hier in Castro ansehen können. Ich bin sonst fast immer nur hier im Flore, und Petra kennt sich auch nicht aus.«

Marco ging nach drinnen, um sich ein Bier zu besorgen und ebenfalls Essen zu bestellen. »So, was wollt ihr euch denn ansehen?«, erkundigte er sich, als er wieder an ihren Tisch zurückkam. »Eine Show, eine Disco oder einen Club?«

Anja grinste ihn neuerlich an. »Aha, ich hatte also recht, dass du dich auskennst. Was kannst du denn empfehlen?«

Marco begann eine lange Aufzählung, die Petras Augen immer größer werden ließ. Aber mittendrin unterbrach ihn Anja: »Was mir gerade einfällt – die meisten Clubs laufen doch wahrscheinlich erst ziemlich spät so richtig an. Und wir zwei haben morgen einiges vor und werden sicherlich nicht so lange wach bleiben. Aber für das nächste Mal kommen wir auf jeden Fall auf dich zurück.«

Nun wurde Marco neugierig. »Was wollt ihr denn morgen machen?«

»Wir haben eine Harley gemietet«, verkündete Anja, sichtlich voll Stolz und Vorfreude, »und wollen damit über die Golden Gate Bridge fahren. Dann an der Küste hoch durch die Wälder bis nach Point Reyes, zu dem berühmten Leuchtturm aus dem Horrorfilm *Nebel des Grauens,* dann über das Napa Valley zurück. Da müssen wir früh los.«

Nun war es Marco, der große Augen bekam. In seinem Blick mischten sich Ehrfurcht und Verlangen. »Was für eine tolle Tour. Das wollte ich auch schon lange mal machen. Kann ich mitfahren? Bitte, bitte, bitte!«

Die beiden Frauen tauschten einen schmunzelnden Blick. Dann sagte Anja: »Ich kann gleich mal Eddie anrufen und sehen, ob er noch ein Motorrad für dich hat. Du hast doch einen Führerschein, oder?«

Marco nickte strahlend.

»Du weißt aber auch, dass es nicht gerade billig ist?«, fügte Anja hinzu. »Es kostet so um die 100 Dollar, mit allen Steuern und Versicherungen und den Leihsachen, also Helm und Jacke und so.«

Marco nickte wieder. »Ich weiß. Ich habe mich ja selbst schon erkundigt, weil ich das schon so oft machen wollte, aber nie jemanden finden konnte, der mitmacht. Oder die Cockpitkollegen sind gefahren, aber ... da wollte ich nicht unbedingt mit.«

Anja schaute ihn fragend an. Er wurde ein wenig rot im Gesicht. »Na ja ... Als schwuler Kollege bin ich nicht immer gern bei den Piloten gesehen. Manche haben da echt Schwierigkeiten und Berührungsängste, und aufdrängen will ich mich ja auch nicht. Also auch euch nicht, falls ihr lieber allein fahren wollt.«

Anjas Blick ruhte immer noch auf ihm, aber er war jetzt ernst geworden. »Es war mir nicht bewusst, dass manche meiner Kollegen so drauf sind. Das tut mir echt leid, das ist mies. Wir beide würden uns sehr freuen, wenn du mit uns mitfährst, oder, Petra?« Und als Petra bekräftigend nickte, ergänzte sie: »Vielleicht finden wir noch jemanden und sind dann zu viert, dann wird es für dich auch nicht ganz so teuer. Ich ruf jetzt Eddie direkt mal an wegen dem Motorrad.«

Damit zückte sie ihr Handy, wählte eine Nummer und führte ein kurzes Gespräch in flüssigem Englisch. Nach einigen Minuten legte sie das Telefon wieder auf den Tisch und grinste Marco an.

»Geht klar. Er hat noch eine für uns auf der Seite stehen gehabt, dachte sich schon, dass ich vielleicht noch jemanden dazu finde. Eddie ist einfach ein Schatz.«

Marco sah aus, als sei ihm soeben eine Millionenerbschaft verkündet worden. Er hatte sogar Tränen in den Augen, stellte Petra fest. Aber Anja kehrte schnell wieder zum Praktischen zurück.

»Vielleicht verschiebst du deine Clubtour dann auf ein anderes Mal«, schlug sie vor. »Wir wollen um acht Uhr in der Früh losfahren. Eddie holt uns ab, und dann können wir bei ihm die Maschinen holen und bekommen von ihm das nötige Equipment.«

Nach dem gemeinsamen Essen trennten sich ihre Wege. Anja und Petra wollten noch ein wenig durch das Castro-Viertel schlendern. Als sie an einem Sexshop vorbeikamen, fragte Anja unvermittelt: »Warst du schon einmal in einem amerikanischen Sexshop?«

Petra hatte beim Vorbeigehen bewusst in eine andere Richtung geschaut. Nun wurde sie feuerrot im Gesicht und schüttelte den Kopf.

Anja trat ganz nah zu ihr und gab ihr einen sanften Kuss. »Hättest du denn Lust, einmal hier reinzugehen? Vielleicht finden wir das eine oder andere Spielzeug.«

Petra wurde noch eine Nuance dunkler. Sie hatte noch nie ein Spielzeug benutzt und eigentlich auch kein Bedürfnis danach. Warum war Anja so beharrlich? In ihrem Liebesleben fehlte es doch wahrhaftig an nichts.

Anja hielt sie fest in ihren Armen und küsste sie noch einmal zärtlich. »Du brauchst keine Angst zu haben. Lass uns einfach mal reingehen und uns alles anschauen. Wenn uns etwas gefällt, dann können wir es ja kaufen. Und wenn nicht, dann ist das auch okay . . . Was meinst du?«

Anjas sanfte Berührungen ließen Petras Widerstand dahinschwinden. Was war schon dabei? Wer weiß, vielleicht könnten solche Hilfsmittel sogar tatsächlich eine Bereicherung sein? Mit Anja schien jedenfalls alles möglich.

Ein wenig zögerlich und verlegen, aber nicht mehr mit dem brennenden Wunsch wegzulaufen, folgte Petra Anja in den Laden. Im Innern herrschte eine sehr schummrige Beleuchtung. Petras Blick glitt nach rechts und links, und sie musste schlucken. Mit den meisten der ausgestellten Teile konnte sie nichts anfangen, konnte sich auch nicht vorstellen, dass sie einem Spaß bereiten sollten.

Anja ging zielsicher an eine Wand und besah sich die Dildos und Vibratoren, die dort ausgestellt waren. Solche Gegenstände kannte Petra dann doch – vom Hörensagen, doch sie hätte sich nie träumen lassen, in einem Geschäft danach zu stöbern. Auch ihre frühere Partnerin hatte keine Vorlieben für derartiges Spielzeug gehabt. Petra schluckte erneut.

Unterdessen hatte Anja eines der Objekte in die Hand genommen und drehte sich grinsend zu Petra um. »Was meinst du zu dem?«

Das Ding war riesig. Petra starrte darauf, und ihr stockte der Atem. Anja, die ihr Erschrecken bemerkt haben musste, sagte rasch: »Wir können auch den kleineren nehmen, wenn dir das lieber ist.«

Petra schüttelte den Kopf und flüsterte: »Ich glaube, du kannst das besser beurteilen. Mach du nur. Ich schau mich lieber noch ein wenig um.«

Damit drehte sie sich zur Seite und ging langsam durch den Laden. Einige der ausgestellten Artikel erfüllten sie mit Entsetzen: Es sah ganz so aus, als würden sie eher Schmerzen als Lust bereiten. Petra schüttelte sich. Als Anja, eine Tüte in der Hand, wieder zu ihr trat, stand sie gerade vor einer großen Faust aus Gummi.

Anja folgte Petras entgeistertem Blick. Sie lächelte nachsichtig. »Es gibt viele, die solche Dinge mögen ... und nicht jeder hat eine verständnisvolle Partnerin oder einen verständnisvollen Partner. Dafür gibt es dann solches Spielzeug. Komm, lass uns zurück ins Hotel fahren. Und dann sehen wir mal, ob dir meine Spielsachen gefallen.«

Sobald sie in ihrem Zimmer angekommen waren, nahm Anja

Petra in den Arm und streichelte sie liebevoll. »Du brauchst keine Angst zu haben. Ich werde nichts tun, das du nicht ausdrücklich willst. Wenn dir das unheimlich ist, dann sag es einfach, und wir lassen es. Wir haben schließlich auch so viel Spaß . . . das war vielleicht eine dumme Idee von mir.«

Petra war ein wenig angespannt gewesen, aber unter Anjas liebkosenden Händen lockerten sich ihre Muskeln, und auch ihre Gedanken beruhigten sich. Sie küsste Anja und lächelte. »Es tut mir leid, dass ich mich wie eine dumme Gans benehme. Aber ich habe noch nie mit solchen Sachen gespielt . . . und bis ich dich kennengelernt habe, war ich auch eher konservativ beim Sex.« Sie sah zu Boden, und ihre Stimme wurde ganz leise. »Es war eher immer nur ein schneller Akt. Nie so schön wie mit dir, oder so abwechslungsreich. Du hast mir schon so viel gezeigt, wovon ich vorher nicht einmal geträumt hätte. Und wenn du gern diese Sachen ausprobieren möchtest und denkst, dass das Spaß machen kann, dann zeig es mir.«

Anja antwortete nicht, sondern strahlte sie nur an. Sie nahm sie erneut in den Arm und küsste sie sanft. Ihre Zunge strich zärtlich über Petras Lippen und drang sachte in ihren Mund ein. Sie küssten sich mit wachsender Leidenschaft und begannen gleichzeitig, einander auszuziehen. Als sie nackt waren, ließ sich Petra auf das Bett sinken, und Anja legte sich auf sie. Sie sah Petra ernst an.

»Ich möchte, dass du mir immer sagst, was du magst und was nicht. Ich liebe dich und werde niemals etwas tun, dass du nicht auch willst oder das dir womöglich wehtut. Bitte, versprich mir das.«

Der liebevolle Ausdruck in Anjas Augen war alles, was Petra brauchte, um sich sicher zu fühlen. Sie lächelte ihre junge Geliebte zärtlich an. »Bisher mochte ich alles, was du mit mir getan hast – sehr sogar. Vielleicht gefallen mir deine Spielsachen also auch. Wir können es ja mal ausprobieren.«

Anja strahlte sie an und stand noch einmal auf. Während sie die Tüte auf dem Bett ausleerte und die einzelnen Gegenstände aufsammelte, hing Petras Blick wie gebannt an ihrem schlanken Körper.

»Ich bin gleich wieder da«, raunte Anja ihr zu und verschwand mit den gesamten Inhalt der Tüte im Bad. Nach einigen Minuten kam sie zurück, legte die Spielsachen neben Petra auf das Bett und legte sich wieder zu ihr. Sie küssten sich wieder und wieder, und Petra vergaß alle Ängste und Unsicherheit und gab sich ganz ihrer wachsenden Leidenschaft hin. Und Anja war eine Meisterin darin, die Lust ganz allmählich immer weiter anzufachen, ein Verlangen zu wecken, das Petra vor ihrem Kennenlernen tatsächlich noch nie erlebt hatte. Ihre Hand glitt sachte über Petras Brüste und streichelte über die immer größer werdenden Brustwarzen. Ihre Zungen umschlangen sich immer wilder, tanzten miteinander – aber noch hielt sich Anja von Petras Mitte fern, und Petra wurde fast wahnsinnig vor Erregung. Endlich, endlich strichen Anjas Finger über ihren Venushügel und glitten sanft zwischen ihren Falten hindurch. Petra keuchte laut, aber Anja war nicht willens, ihre Begierde so rasch zu befriedigen. Sie tauchte nur kurz in die Nässe ein und nahm Petras Murmel sanft zwischen Daumen und Zeigefinger, um sie noch stärker zu reizen. Gleichzeitig küsste sie abwechselnd Petras Brüste und ließ die Finger am Rand ihrer feuchten, heißen und sehnsuchtsvoll geweiteten Höhle kreisen. Petra stöhnte immer lauter und wand sich unter Anjas geübten Fingern.

Auf einmal spürte sie ein sanftes Brummen an ihrer Klit. Für einen Moment verharrte sie in ihrer Bewegung, aber sofort sandte die Vibration heiße Wellen durch ihren Körper, und sie entspannte sich wieder. Immer heftiger zog sich ihr Unterleib zusammen. Die Wellen durchströmten sie mit einer Intensität, die sie gar nicht fassen konnte, und sie keuchte und stöhnte wild, ohne sich dessen bewusst zu sein.

Nun schob Anja den Vibrator zwischen Petras Schamlippen und ließ ihn tief in die Höhle gleiten. Fast sofort spürte Petra den Orgasmus in sich aufsteigen und zog sich ein Kissen vor das Gesicht, um ihre Schreie zu dämpfen. Und schreien tat sie – vor allem, als Anja nun auch noch mit ihrer Zunge über Petras Lustperle leckte, während sie den Vibrator immer tiefer in sie hineinschob. Petras Körper zuckte wild hin und her, sie bäumte sich auf, fast schwanden ihr die Sinne. Doch zum Glück nur fast, denn Anja war noch lange nicht fertig. Sie lag in einer günstigen Position zwischen Petras Beinen und fuhr voller Hingabe fort,

Petras Lust weiter anzustacheln, immer wieder zu erfüllen und neu zu wecken.

Nach einiger Zeit ebbten die wilden Zuckungen langsam ab, und Anja zog vorsichtig den Vibrator heraus. Sich genüsslich ihren Weg nach oben küssend, kam sie auf Petra zu liegen. Die hatte die Augen geschlossen und reagierte kaum, als Anja sanft ihre Lippen küsste.

»Ist alles in Ordnung, mein Schatz?« Alarmiert drang Anjas Stimme in ihr Ohr. »Geht es dir gut? Bitte, Petra, sprich mit mir!«

Da öffnete Petra langsam die Augen und starrte Anja an, als blicke sie geradewegs ins Paradies.

»Das war unglaublich«, flüsterte sie. »Ich hatte keine Ahnung, dass ich zu solchen Gefühlen fähig bin. Was in aller Welt war das?«

Anja lächelte erleichtert und glücklich. »Nur ein kleiner Vibrator. Möchtest du ein anderes Spielzeug ausprobieren?«

Bedächtig griff sie neben sich. Petra schaute entgeistert auf das lange, schlanke, U-förmige Objekt, das sie in der Hand hielt.

»Um Gottes Willen, was ist das?«, flüsterte sie.

Anja grinste fröhlich. »Es ist ein Doppeldildo. Der Name sagt eigentlich schon alles ... Es ist fast besser, wenn ich es dir zeige, statt es zu erklären.« Sie wedelte mit dem Spielzeug vor Petras Nase herum und machte ein verführerisches Gesicht.

Petra konnte gar nicht anders, sie musste lachen. »Du bist echt unmöglich, mein kleiner Engel.« Aber die Liebe und Zuneigung, die sie in Anjas Augen sah, hatten sie den ersten Schrecken schon vergessen lassen, und sie sah Anja auffordernd und erwartungsvoll an.

Die begann sie erneut zu küssen und sanft zu streicheln, und Petras Erregung wuchs schon wieder, als sie Anjas zarte, heiße Haut unter ihren Fingern spürte. Immer intensiver und fordernder wurden die Liebkosungen. Dann merkte Petra, wie Anja das eine Ende des Doppeldildos in ihre eigene Höhle einführte, und Sekunden später schob sie sich vorsichtig auf Petra – und damit auch in sie hinein. Petra stöhnte laut auf, als sie den Dildo in sich eindringen spürte. Nun sank Anja ganz auf sie, und

Petra konnte ihre Scham auf ihrer eigenen spüren. Beide keuchten nun im Gleichklang, als Anja sich vorsichtig auf Petra bewegte, sich immer stärker an ihr rieb, bis sie einen gemeinsamen Rhythmus gefunden hatten. Petra wusste gar nicht, wie ihr geschah, wusste nicht, was ihre Erregung stärker antrieb – diese neue Empfindung, Anjas Mitte auf ihrer zu spüren und zugleich selbst ausgefüllt zu sein, oder Anjas lustvolles Stöhnen an ihrem Ohr, im Takt mit ihren eigenen Lustschreien – und dann wuchs die Leidenschaft schier ins Unermessliche an, und sie kamen beide gleichzeitig zu einem gewaltigen Orgasmus. Petra spürte Anjas Zuckungen, synchron mit ihren eigenen – was sofort weitere Wellen auslöste, immer neue Orgasmen folgen ließ. Wieder und wieder kamen sie gemeinsam, stöhnten, schrien, vergingen fast in ihrer rasenden Begierde, die gar nicht enden wollte. Erst nach unzähligen Eruptionen lösten sie sich voneinander, und Anja zog den Dildo vorsichtig aus ihnen heraus.

»Das war ein unglaubliches Erlebnis«, sagte Petra überwältigt. »Ich hätte nie gedacht …« Sie brach ab und begann zu schluchzen.

Anja nahm sie erschrocken in die Arme. »Warum weinst du denn, mein Liebling? Ich dachte, es hätte dir auch gefallen. Warum hast du denn nichts gesagt?«

»Nein … ich meine, ja … es hat mir doch gefallen. ›Gefallen‹ ist eigentlich noch untertrieben.« Petra lachte unter Tränen. »Ich schäme mich nur, weil ich so wenig weiß und so unerfahren bin. Es tut mir leid, dass ich es dir so schwer mache.«

»Was redest du denn da?«, sagte Anja ungläubig, geradezu schockiert. »Du machst es mir doch nicht schwer, ganz im Gegenteil. Du bist die verständnisvollste Liebhaberin und Partnerin, die ich je hatte. Ich bin dir sehr dankbar, dass du dieses Spielzeug mit mir ausprobiert hast, obwohl du es zuerst nicht wolltest. Dass du meine Gier nach dir so geduldig erträgst – und mir eine Befriedigung verschaffst, die ich selbst noch nie erfahren durfte.« Sie lächelte Petra liebevoll an.

Unter diesem so warmen, vertrauten Blick, der seine Wirkung auf Petra nie verfehlte, trockneten deren Tränen im Nu. Sie erwiderte das Lächeln und kuschelte sich in Anjas Arme, und eng umschlungen und glücklich schliefen sie schließlich ein.

Kapitel 10

Es war früh am Morgen, eigentlich noch Nacht, als Petra aufwachte. Sie hielt Anja noch in ihren Armen. Eine Weile lauschte sie dem ruhigen und gleichmäßigen Atem der jungen Frau und strich ihr über den Rücken – ganz sachte, um sie nicht zu wecken –, während sie über den vergangenen Abend nachdachte.

Es waren unglaublich intensive Stunden gewesen. Sie lächelte in die Dunkelheit: Stunden, wie sich das anhörte. Aber die Wahrheit war, dass sie noch nie so viel Liebe empfangen und gegeben hatte wie jetzt mit Anja. Der Gedanke an ihre Liebesspiele, an all die schönen Dinge, die Anja ihr gezeigt hatte, ließ sie erröten. Mit unglaublicher Zärtlichkeit und Hingabe hatte Anja ihr zum ersten Mal ein wirklich erfülltes Liebesleben gezeigt.

Petra wandte den Kopf; in dem fahlen Licht, das die Straßenbeleuchtung von draußen in das Hotelzimmer warf, konnte sie das Spielzeug erkennen, das neben ihnen auf dem Bett lag. Da waren die zwei Teile, die sie gestern schon verwendet hatten, aber auch noch ein paar andere Sachen, von denen sie sich fragte, wozu sie wohl gut sein mochten. Plötzlich ertappte sie sich bei dem Wunsch, sie könnten den Tag im Bett verbringen und noch mehr ausprobieren. Sie brannte mit einem Mal regelrecht darauf, noch mehr zu erfahren und zu lernen – über sich selbst und ihren Körper, aber auch über Anja, was ihr guttat und was sie sich von ihr wünschte.

»Guten Morgen, mein Liebling«, hörte sie plötzlich Anjas schlaftrunkene Stimme. Sie hatte gar nicht gemerkt, dass Anja aufgewacht war. Petra wandte den Kopf wieder in die andere Richtung und sah direkt in Anjas wunderschöne, braune Augen. Sie fühlte die Hitze in ihre Wangen steigen.

Auf Anjas Gesicht breitete sich ein Grinsen aus. Zweifellos war ihr klar, worauf Petras Blick geruht hatte, bevor sie sich zu ihr umgedreht hatte. »Willst du noch ein Teil ausprobieren?«, fragte sie verschmitzt.

Petra lachte. »Vielleicht sollte ich dich zur Abwechslung einmal etwas testen lassen.«

Doch Anja schüttelte den Kopf. »Ich kenne das ja alles schon. Jetzt bist du mein Testobjekt – und ich habe noch ganz viele Ideen für neue Spiele, du wirst schon noch sehen.« Auf einmal stutzte sie. Ihr war nicht entgangen, dass Petras Augen sich verdunkelt hatten.

»Habe ich etwas Falsches gesagt?«

Petra schluckte. Es war schwer, die richtigen Worte zu finden. Um Zeit zu gewinnen, küsste sie Anjas Haar und strich ihr sanft über den Rücken.

Doch Anja löste sich von ihr und stützte sich auf einem Arm ab, damit sie Petra in die Augen sehen konnte. »Sprich mit mir, Liebling, dir liegt doch etwas auf dem Herzen. Sag es mir, bitte.«

»Du kennst all das schon ...« Petras Stimme war kaum mehr als ein Hauch.

Anja nickte und sah Petra erwartungsvoll an, doch die senkte den Blick und schwieg. Nach einigen Sekunden der Stille mutmaßte Anja: »Und nun fragst du dich, woher ich diese Sachen alle kenne und woher ich weiß, was man damit tut.«

Petra hatte die Augen geschlossen, sie wagte nicht, Anjas Blick zu begegnen. Anja blies ihr vorsichtig ein paar Haarsträhnen aus dem Gesicht. »Sieh mich bitte an, Petra«, hörte Petra ihre sanfte, aber feste Stimme. »Na komm, öffne deine schönen Augen. Wenn du die Wahrheit hören möchtest, dann musst du mich ansehen.«

Folgsam öffnete Petra die Lider wieder und tauchte ein in die wärmsten, schönsten braunen Augen der Welt, die sie sonst immer sofort beruhigen konnten. Doch jetzt schluckte sie trocken und wollte den Kopf gleich wieder senken. Anja verhinderte das, indem sie ihr den Finger unter das Kinn legte, ihr Gesicht zu sich anhob und Petra dadurch zwang, sie anzusehen.

»Einer der Gründe, warum ich so lange bei Beate geblieben bin«, erklärte sie, »war unser Sexleben. Sie hat mir alles beigebracht, was ich weiß, und mich auch mit diversem Spielzeug bekannt gemacht. Es gab da einiges, das mir gefiel, und auch einiges, das ich nicht mochte. Aber das hat sie dann weniger gestört. Ihr ging es einzig und allein um ihr Vergnügen, und was andere dabei erdulden mussten, war ihr egal. Solange sie Spaß hatte, tat sie, was sie wollte, und Widerspruch hat sie nicht akzeptiert.«

Während sie sprach, war das Strahlen aus Anjas Augen verschwunden, und Petra sah betroffen die Pein in ihrem Blick. Sanft strich sie ihr über das Gesicht. Anja schmiegte ihre Wange gegen Petras Handfläche.

»Es hat oft wehgetan«, fuhr sie fort. »Von Lust und Verlangen konnte irgendwann keine Rede mehr sein. Es war ein Machtspiel, und sie hat immer gewonnen. Ich bin nicht stolz darauf, was ich sie alles habe mit mir machen lassen ... aber ich weiß nur zu gut, wie man sich dabei fühlen kann. Daher kann ich dir auch versichern, dass ich dich niemals zu etwas zwingen oder dir wehtun werde – niemals, niemals.«

Eine Träne löste sich aus ihrem Auge. Petras Kehle war wie zugeschnürt. Sie zog Anja zu sich herunter und hielt sie ganz fest in ihren Armen. »Mein süßer kleiner Engel ... ich weiß das doch, und ich vertraue dir. Es tut mir weh, dass du so viel Leid erfahren hast. Aber ich danke dir, dass du es mir erzählt hast. Ich werde nicht zulassen, dass dir noch einmal jemand wehtut. Das verspreche ich dir, mein Schatz.«

Sie küssten sich zärtlich und hielten sich eine ganze Weile fest umschlungen, umhüllt von tiefem Vertrauen und starker Verbundenheit.

Gegen sechs Uhr riss der Wecker sie aus ihrer Umarmung. Sie gingen zusammen unter die Dusche, beschränkten sich aber wegen des engen Zeitrahmens auf das gemeinsame Waschen. Wenig später betraten sie den Frühstücksraum. Marco saß schon dort mit einer Kollegin, die er mit ausdrucksstarken Gesten offensichtlich von etwas zu überzeugen versuchte. Er begrüßte Anja und Petra mit einem strahlenden Lächeln: »Melanie überlegt, ob sie vielleicht mitfährt. Das wäre doch toll, oder?«

Petra und Anja setzten sich dazu und ermunterten Melanie, sich ihnen anzuschließen. Sie hatte viele Fragen, die Anja während des Frühstücks geduldig beantwortete, und schließlich sagte Melanie zu. Nachdem sie alle noch einmal kurz auf ihre Zimmer gegangen waren, trafen sie sich mit ihren Kameras bewaffnet in der Eingangshalle.

Dort wartete Eddie schon auf sie: ein kräftiger Mann im Biker-Outfit, der aber eher aussah wie ein gutmütiger Bär. Er schloss Anja begeistert in seine riesigen Arme, umschlang auch Anja, Melanie und Marco und lud alle vier dann in seinen Pickup, mit dem sie zu seinem Geschäft fuhren. Die Formalitäten dort waren schnell erledigt, und nachdem sie die passenden Helme ausgewählt, Motorradjacken und Handschuhe bekommen und sich bei ein paar Runden im Hof kurz mit den Maschinen vertraut gemacht hatten, konnte es losgehen. Eddie gab ihnen noch ein paar Ratschläge zur Strecke, und dann erfüllte der satte Ton der beiden Harleys die ruhige, kühle Morgenluft.

Sie fuhren langsam aus der Stadt hinaus, in Richtung der Golden Gate Bridge. Zuerst klammerte Petra sich ängstlich und völlig verkrampft an Anja fest, doch nach einigen Minuten gewöhnte sie sich an die Sitzhaltung und das Fahrgefühl und begann sich zu entspannen. Wie Anja gesagt hatte, war die Fahrt keineswegs halsbrecherisch oder rasant, sondern angenehm ruhig und gleichmäßig. Als sie über die Golden Gate Bridge rollten, wagte sie sogar schon, eine Hand von Anja zu lösen, nach ihrer Kamera zu greifen und fleißig zu knipsen.

Kurz darauf fuhren sie auf einen Parkplatz, von dem aus man einen wunderbaren Blick auf die Brücke und die Stadt hatte. Sie stiegen von den Maschinen und stellten sich an die Mauer, um ehrfürchtig die Aussicht zu genießen. Petra stand hinter Anja und hielt sie mit ihren Armen umschlungen. Melanie und Marco fotografierten unterdessen wie verrückt und machten auch einige Aufnahmen von Anja und Petra, aber die bekamen kaum etwas mit von der Welt um sie herum. Das Panorama war einfach atemberaubend, und noch viel atemberaubender war, dass sie es gemeinsam erlebten.

»Ich liebe dich«, flüsterte Petra in Anjas Ohr.

Die drehte sich zu ihr herum und küsste sie. »Ich liebe dich auch, sehr sogar. In diesem Moment bin ich die glücklichste Frau der Welt. Danke, danke, dass du bei mir bist – und danke, dass du mich aus meinem Elend befreit hast.«

Petra stiegen die Tränen in die Augen, und sie musste kräftig schlucken. Sie drückte Anja an sich, wie um sie nie wieder loszulassen – und das hatte sie auch wirklich nicht vor, jedenfalls im metaphorischen Sinn.

Ein Hüsteln neben ihnen ließ sie aus ihrer Versunkenheit aufschrecken. Marco und Melanie grinsten sie an; sie wollten gern weiterfahren. Petras Gesicht war wieder einmal feuerrot geworden. Aber da sich auch Melanie, die sie am wenigsten kannte, nicht an ihren öffentlich ausgetauschten Zärtlichkeiten störte, beruhigte sie sich schnell wieder, und sie bestiegen ihre Maschinen.

Nun rollten sie durch die Berge an einer schmalen Küstenstraße entlang. Die Baumlandschaft war wunderschön, zumal jetzt im Frühling alles in sattem Grün erstrahlte. Darüber hinaus war die Straße nur wenig befahren, und es war eine ruhige, fast meditative Fahrt durch beinahe unberührte Natur.

In einem kleinen Städtchen hielten sie an, um Obst, Brot, etwas Käse, ein paar Kekse und Getränke für ein Picknick einzukaufen. Mit vollgepackten Satteltaschen fuhren sie dann weiter Richtung Point Reyes. Der Leuchtturm an der Spitze der Halbinsel präsentierte sich tatsächlich in dichtem Nebel, genau wie in *Nebel des Grauens.* Sie konnten zwar die Sonne sehen, die sich einen Weg hindurchzubahnen suchte, aber da ihnen schnell zu kalt wurde, beschlossen sie noch ein Stück weiter zu fahren und in der Sonne zu rasten. Schnell ließen sie den Nebel hinter sich und fanden einen kleinen, sonnigen Platz mit Blick auf die unter ihnen liegende Küste, wo sie sich zum Essen niederließen. Petra saß gegen einen Stein gelehnt, während Anja vor ihr saß und sich an sie anlehnte, von Petras Armen umfangen.

Nach dem bescheidenen Mahl gingen Marco und Melanie auf einen kleinen Spaziergang, um sich die Beine zu vertreten und noch mehr Fotos zu machen. Petra nutzte sofort die Gelegenheit, um Anja noch ein wenig fester an sich zu ziehen und ihr den Nacken zu küssen.

»Du bist so wunderschön, mein süßer kleiner Engel«, flüsterte sie in Anjas Ohr.

Anja seufzte leise und schmiegte sich noch enger an sie. »Es ist so schön, das hier mit dir zu teilen«, murmelte sie. »Aber wenn du nicht sofort damit aufhörst, dann werde ich über dich herfallen, und es ist mir egal, ob Marco und Melanie es sehen oder nicht.«

Petra lachte leise auf, ließ sich aber keineswegs davon abhalten, weiter sanfte Küsse auf Anjas Nacken zu pusten. Bis diese sich mit einem Ruck umdrehte und ihre Arme um Petra schlang. Sie küsste sie so voller Leidenschaft, dass Petra die Luft wegblieb.

Natürlich bogen genau in diesem Moment Melanie und Marco um die Ecke und begannen sogleich laut zu pfeifen und zu johlen. Petra, mal wieder feuerrot im Gesicht, versuchte sich von Anja zu lösen, doch die hielt sie fest und küsste sie weiter. Nur langsam ließ sie sie dann los und grinste frech. »Ich habe dich gewarnt, mein Schatz, aber du wolltest ja nicht hören!« Damit sprang sie auf und hielt Petra die Hand hin, um ihr aufzuhelfen.

Anschließend setzten sie ihre Fahrt durch das Napa Valley fort. Sie besichtigten das Weingut von Francis Ford Coppola und bestaunten die Filmrequisiten, die dort im ersten Stock ausgestellt waren. Auch bei ein paar anderen Weingütern hielten sie an, doch hauptsächlich um Fotos zu machen. Da Marco und Anja fahren mussten, verzichteten sie auf die Weinproben, und Melanie und Petra schlossen sich ihnen gern an.

Die letzte Etappe der Fahrt führte sie wieder in die Stadt zurück. Es gab bedeutend weniger Verkehr als befürchtet, und sie kamen um sechs Uhr bei Eddie an, der sie in ihr Hotel zurückfuhr. Da sie nun alle richtig ausgehungert waren, beschlossen sie, den Tag noch gemeinsam ausklingen zu lassen – in der *Cheesecake Factory,* einer Restaurantkette, die neben einer fantastischen Vielfalt an Käsekuchen auch besonders reichhaltige Mahlzeiten anbietet. Eine Filiale befand sich nur wenige Minuten von ihrem Hotel entfernt, auf dem Dach des Kaufhauses Macy's. Dort saßen sie im Freien unter Heizstrahlern und hatten bald so riesige Portionen vor sich stehen, dass es unmöglich war, mehr als die Hälfte zu verdrücken.

»Ihr müsst uns unbedingt eure E-Mail-Adressen geben«, sagte Marco, »damit wir euch die Fotos schicken können.«

Unverzüglich zückte Anja ihr Handy, um ihrerseits Marcos und Melanies Kontaktdaten einzutragen. »Auf jeden Fall«, sagte sie dabei. »Schließlich habt ihr beiden die ersten offiziellen Fotos von uns geschossen.«

»Ach, dann kennt ihr euch noch gar nicht so lange?«, erkundigte sich Melanie interessiert.

Anja und Petra grinsten sich an. Ohne den Blick von Anjas wunderschönen Augen zu lösen, antwortete Petra: »Genau neun Tage. Aber es fühlt sich an wie ein ganzes Leben.«

Gesättigt, zufrieden und erfüllt von schönen Erlebnissen in netter Gesellschaft betraten die beiden wenig später ihr Hotelzimmer. Anja zwinkerte Petra verführerisch zu. »Was hältst du von einem Schaumbad?«

»Hmm«, seufzte Petra, »das klingt sehr verlockend. Vor allem da ich das Gefühl habe, total durchgefroren und steif zu sein vom langen Sitzen.«

Sie ließen heißes Wasser einlaufen und zogen einander aus. Die Wanne war groß genug, dass sie sich bequem gegenübersitzen konnten. Anja nahm einen Schwamm und die Seife und tastete unter Wasser nach Petras Fuß. Sie hob ihn aus dem Wasser, schäumte ihn zärtlich ein und bewegte den Schwamm langsam in kleinen Kreisen über Petras Bein nach oben. Dann nahm sie Petras anderen Fuß und wiederholte die Waschaktion. Schließlich bedeutete sie Petra, sich umzudrehen und sich mit dem Rücken gegen sie zu lehnen. Während Petra sich mit einem wohligen Seufzer an sie kuschelte, ließ Anja den Schwamm über ihre Schultern kreisen und schob sie kurz ein Stückchen von sich weg, um ihr sachte den Rücken einzuseifen. Ihre Hände glitten Petras Seiten entlang und über ihren Bauch, dann wieder nach oben, umkreisten sanft ihre Brüste, bis eine Hand nach unten zwischen Petras Beine wanderte. Petra zog scharf die Luft ein. Sie spürte Anjas Scham, die sich gegen sie drückte, und schob ihre Hand nach hinten, um ihre Finger gegen Anjas weichen Hügel zu drücken. Nun keuchte auch Anja auf. Im warmen Wasser sitzend, streichelten sie sich gegenseitig über Lustperlen und Schamlippen, ließen ihre Finger spielerisch ein wenig in die heiße Höhle der anderen hineingleiten ... So steigerten sie ihre Erregung langsam und sanft.

Irgendwann stand Petra auf, zog auch Anja aus dem Wasser in die Höhe und trocknete sie zärtlich ab, bevor sie ihre junge Geliebte auf ihre Arme hob und auf das Bett trug. Sie legte sich auf sie und küsste sie mit wilder, brennender Leidenschaft. Rasch sprang das Feuer auf Anja über, und sie zog Petra noch fester auf sich. Ihre Hügel drückten sich aneinander, und sie begannen sich zu bewegen, aneinander zu reiben in einem sich schnell beschleunigenden Rhythmus, der sie nach wenigen Minuten zu einem gemeinsamen Höhepunkt trieb.

Atemlos lag Petra anschließend auf Anja, nahm ihre Nähe mit jeder Pore in sich auf. Und plötzlich glitt ihr Blick wieder zu den Spielsachen, die neben ihnen auf dem Bett lagen.

»Möchtest du etwas ausprobieren?«, fragte Anja sie leise.

Petra hob den Kopf, sah sie an und nickte langsam.

»Dreh dich um«, forderte Anja sie mit sanfter Stimme auf.

Ein erwartungsvolles Prickeln breitete sich in Petra aus, als sie sich auf den Bauch drehte. Anja setzte sich auf sie, und ihre Scham rieb sich an Petras Po. Einen Moment später spürte Petra eine kühle, ölige Flüssigkeit auf ihren Rücken tropfen, gefolgt von Anjas sanften, aber kräftigen Händen, die sie zu massieren begannen. Von den Schultern ausgehend, ließ Anja die Hände über Petras Rücken gleiten und verteilte das Massageöl gleichmäßig über ihren Körper. Ihre Fingerspitzen schoben sich an Petras Seiten entlang nach oben zurück und griffen sachte um sie herum, um ihre Brüste zu umfassen. Petra schob sich ein wenig auf Knie und Ellbogen hoch, damit Anja ihre Brüste besser erreichen konnte. Das kühle Gefühl des Öls auf ihren sensiblen Knospen ließ sie leise stöhnen. Dann ließ Anja plötzlich von ihr ab. Petra war wie auf Entzug und begann zu zittern und zu wimmern.

»Gleich mein Schatz, gleich«, hörte sie Anjas zärtliche Stimme. »Ich bin sofort wieder bei dir, um dich weiter zu verwöhnen.«

Es dauerte wirklich nur einen Moment, dann spürte sie Anja wieder hinter sich und fühlte ihre Hände, die neuerlich über ihren Rücken strichen. Mit einer Hand umfasste Anja Petras Brust, mit der anderen fuhr sie über ihren Po und glitt durch ihre Mitte hindurch. Petra stöhnte leise – und dann etwas lauter, als Anjas Finger sich vorsichtig in sie hineinschob und sie sanft zu weiten begann. Dann spürte Petra auf einmal etwas Hartes über ihren Po streichen und zwischen ihre Beine gleiten.

Bevor sie Anja fragen konnte, was sie vorhatte, drückte diese sich schon fester gegen sie und schob den Dildo, den sie sich umgeschnallt hatte, tief in sie hinein. Petra zuckte heftig zusammen, entspannte sich aber rasch wieder, als Anja sie beruhigend streichelte, ihre Hüften enger an sich zog und dann beide Hände über ihre Brüste legte. Während sie Petras Brüste massierte, drückte sie ihr Becken immer wieder gegen Petras Po und trieb damit den Dildo immer tiefer in sie hinein, schneller und schneller. Schließlich ließ sie eine Hand über Petras Bauch gleiten und legte sie von vorn auf ihre Scham. Sie fand die Perle, reizte sie aus ihrem Versteck – und dann griff sie kurz zur Seite und hatte plötzlich ein neues Teil in der Hand, das sie gegen Petras hervorstehende Murmel legte. Ein leises Surren ertönte, und sanfte Vibrationen ließen Petra laut aufschreien. Der Minivibrator und die gleichzeitige Penetration mit dem Dildo brachten sie binnen Sekunden zu einem intensiven Höhepunkt, dem noch etliche weitere folgten, bis sie nach vorn in die Laken sackte und heftig keuchte.

Anja hatte sie die ganze Zeit fest von hinten umklammert. Nun schnallte sie sich den Dildo ab und legte sich zwischen Petras Beine, drückte sie ganz vorsichtig auseinander und strich mit ihrer Zunge über die nassen, geschwollenen Schamlippen. Sie drang tief in sie ein und saugte vorsichtig ihre Nässe in sich auf. Schon begann Petra wieder zu zucken und zu stöhnen. Sie hatte keine Energie mehr, um sich verständlich zu artikulieren, aber Anja spürte auch so, dass sie noch mehr wollte. Sie drehte Petra vorsichtig um und begann ihre Perle mit der Zunge zu verwöhnen, um gleichzeitig ihre Hand über Petras Mitte gleiten zu lassen und dann einen Finger nach dem anderen in die heiße, nasse Höhle zu schieben. Und Petra war weit, so weit wie noch nie, sie brauchte alles.

Anja hob den Kopf und sah sie fragend von unten her an. »Petra, darf ich weitermachen?«

Petra erwiderte ihren Blick mit vor Begehren und Lust getrübten Augen. Sie konnte nur ganz leicht nicken.

Vorsichtig begann Anja ihre Finger neu zu platzieren und stieß dann mit dem Daumen dazu. Mit sanftem Druck verschwand ihre ganze Hand in Petras Nässe. Petra keuchte auf, richtete sich ein wenig auf und umklammerte Anjas Arm, drückte sich gegen sie, zog sie damit noch tiefer in sich hinein. Mit einem lauten Stöhnen fiel sie dann auf die Matratze zurück. Ihr Atem ging immer heftiger, und ihr Unterleib begann zu beben.

Ganz behutsam bewegte Anja ihre Hand in ihr, während sie zarte Küsse auf Petras Venushügel hauchte. Jede Bewegung ihrer Finger testete sie millimeterweise aus, spürbar darauf bedacht, Petra nicht wehzutun. Aber die spürte nur Lust, wilde, animalische Lust. Mit einem lauten Schrei kam sie schließlich zu einem letzten, gewaltigen Orgasmus, zuckte sekunden-, fast minutenlang heftig und brach dann erschöpft zusammen, die Augen geschlossen.

Anja küsste sie zärtlich auf den Bauch und bat sie liebevoll: »Du musst noch einmal deine Muskeln anspannen, mein kleiner Liebling, damit ich aus dir heraus kann, ohne dir wehzutun.«

Mit letzter Kraft spannte Petra ihre Bauch- und Beckenmuskeln an, und Anjas Hand glitt mit einem sanften Ruck aus ihr heraus. Anja schob sich sanft an ihr nach oben und legte sich neben sie.

»Geht es dir gut, mein Liebling?«, flüsterte sie besorgt, als Petra sich nicht regte. »Ich habe dir doch nicht wehgetan?«

Petra versuchte zu antworten, aber sie war so kaputt, dass ihr Körper und ihre Stimme ihr einfach nicht gehorchen wollten. Unterdessen wurde Anja immer unruhiger.

»Liebling, Petra? Bitte sprich mit mir! Du machst mir Angst.«

Da gelang es Petra endlich, langsam die Augen zu öffnen. Tiefe Liebe und überwältigende Freude strahlten aus ihrem Blick und spiegelten sich in Anjas warmen braunen Augen. Und obwohl sie immer noch kein Wort herausbekam, verstand Anja. Die Betroffenheit in ihrem Blick machte einem glücklichen Strahlen Platz, und sie hielt Petra fest mit ihren Armen umschlungen, bis diese wenig später entkräftet in den Schlaf sank.

Kapitel 11

Beim Aufwachen am nächsten Morgen spürte Petra wieder als Erstes Anjas Körper, der sich eng an sie schmiegte. Draußen wurde es schon hell, und sie betrachtete lächelnd Anjas im Schlaf entspannte Gesichtszüge. Dann löste sie sich ganz vorsichtig von ihr und ging unter die Dusche, denn nach den intensiven Erlebnissen des vergangenen Abends sehnte sie sich doch sehr nach Wasser und Seife.

Als sie in ein Badetuch gewickelt aus der Dusche kam, schlief Anja immer noch. Grinsend spritzte Petra ihr etwas Wasser ins Gesicht.

»Willst du gar nicht aufstehen, du Langschläferin?«

Mit einem Satz sprang Anja aus dem Bett und umschlang Petra mit ihren Armen. Sie küsste sie wild und voller Leidenschaft, drehte sie mit Schwung zum Bett herum und warf Petra darauf. Die war viel zu überrascht von der zärtlichen Attacke, um Widerstand zu leisten. Das Handtuch hatte sich gelöst und war auf den Boden gefallen, und Anja betrachtete liebevoll den nackten Körper vor ihr.

»Du bist so wunderschön, mein Liebling. Ich kann mein Glück gar nicht fassen, dass du mein bist.«

Ihre Finger strichen sanft die Konturen von Petras Körper entlang, streichelten die festen Brüste und schoben sich dann sanft zwischen ihre Beine, glitten in die heiße Nässe, die sich dort bereits wieder sammelte. Petra stöhnte leise und versuchte Anja auf sich zu ziehen. Doch die entkam ihrem Griff und ließ sich zwischen ihre Beine sinken. Sie presste ihren Mund auf Petras Hügel und leckte zart über ihre Perle, biss zärtlich hinein und entlockte Petra einen kleinen Lustschrei. Abwechselnd saugte und leckte sie, während ihre Finger tief in Petra eindrangen. Es dauerte nicht lange, bis sich Petras Becken hob und die Wellen ihres Orgasmus durch ihren Körper peitschten. Während Petra glücklich seufzte und ihr Atem sich langsam beruhigte, schob sich Anja an ihrer Seite nach oben und kuschelte sich in ihre Arme.

»Ich liebe dich, mein Engel.«

Damit schloss sie die Augen und war schon wieder eingeschlafen.

Petra sah sie zärtlich an. *Ich kann mein Glück kaum fassen,* hatte Anja gesagt ... Genau so ging es ihr auch beim Anblick dieses hinreißenden Gesichts, bei der Erinnerung an die Leidenschaft, die Anja in ihr entfachte. Aber sie war jetzt einfach zu wach, um neben ihrer Geliebten liegenzubleiben. Sanft rutschte sie von Anja weg, stand auf und zog sich schnell an, um für sie beide Frühstück zu holen.

Im Coffeeshop gleich neben dem Hotel kaufte sie ein paar Sandwichs und zwei Kaffee. Als sie zufrieden lächelnd die Zimmertür wieder öffnete, flog Anja auf sie zu und warf sich ihr heftig schluchzend an den Hals. Erschrocken hielt Petra sie fest und schaffte es gerade noch, den Kaffee und die Tüte mit den Broten beiseite zu stellen, ohne die Balance zu verlieren.

»Um Gottes Willen, Anja, was ist denn passiert? Warum weinst du denn so?«

Anja schob sich ein Stück von ihr weg und sah sie aus verquollenen Augen an. »Ich bin aufgewacht –«, sie schluchzte laut auf, »– ich bin aufgewacht, und du warst nicht da. Nicht im Bad, nirgendwo. Ich hatte solche Angst, dass du weg sein würdest, ich hatte solche Angst, dich zu verlieren.«

Petra wurde das Herz schwer vor Mitgefühl. Sie zog Anja wieder ganz fest an sich. »Mein armer kleiner Engel ... ich habe doch nur Frühstück für uns geholt.« Sie legte ihren Finger unter Anjas Kinn und hob ihr Gesicht an, um ihr ernst in die Augen zu sehen. »Sieh mich an, mein kleiner Schatz, bitte. Ich werde dich niemals verlassen, niemals. Ich liebe dich so sehr – und jeden Tag, den ich mit dir verbringe, liebe ich dich noch mehr. Du bist alles für mich: meine Freundin, meine Partnerin und meine Geliebte ... und vielleicht, wenn du es auch möchtest – vielleicht wirst du auch meine Frau!«

Es war das erste Mal, dass sie davon sprach – oder auch nur daran dachte. Fast überraschte es sie selbst ein wenig. Aber nun, da es ausgesprochen war, wusste sie, dass es richtig war. Sie wollte Anja an ihrer Seite, für immer – sie war sich noch nie in ihrem Leben über irgendetwas so sicher gewesen – was lag also näher, als das »für immer« standesamtlich zu dokumentieren?

Voller Liebe und auch Erwartung sah sie Anja an, hielt ihren Blick fest. Die schien völlig verdattert und musste augenscheinlich erst verarbeiten, was Petra da soeben gesagt hatte.

»Heißt das . . . meinst du . . .«, stammelte sie.

»Ja, genau das heißt es.« Ein tiefes, umfassendes, überwältigendes Glücksgefühl breitete sich in Petra aus, als sie fragte: »Willst du mich heiraten, Anja?«

Da schluchzte Anja wieder auf, dieses Mal aber ganz offensichtlich vor Freude. Sie schlang ihre Arme um Petras Nacken und küsste sie wild.

»Ja, ich will, natürlich will ich – und wie ich will!«

Außer sich vor Glück hob Petra sie hoch und wirbelte sie im Kreis herum, und dann konnten sie beide eine ganze Zeitlang nicht klar denken oder sprechen. Sie lachten, umarmten sich, tanzten durchs Zimmer, küssten sich immer wieder und redeten wirr durcheinander. Bis Petra irgendwann doch wieder auf die Stimme der Vernunft hörte, Anja neben sich auf das Bett zog und ihr einen der Kaffeebecher entgegenhielt.

»Hier, mein Engel, trink einen Kaffee und iss etwas. Es wird ein langer Flug nach Hause, und wir brauchen unsere Kräfte für die Arbeit heute Nacht.«

Doch Anja war so aufgeregt, dass sie kaum einen Bissen schlucken konnte. Sie trank brav ihren Kaffee, würgte von ihrem Sandwich aber nur ein paar Stücke hinunter – und das auch nur, weil Petra nicht lockerließ. Nach dem Frühstück packten sie rasch ihren Koffer und zogen sich die Uniformen an, und dann klingelte auch schon das Telefon und übermittelte den Weckruf, der zum Aufbruch mahnte.

Als sie nach dem Auschecken unten auf Straße standen, um vor der Busfahrt zum Flughafen noch ein wenig frische Luft zu schnappen, gesellten Marco und Melanie sich zu ihnen, die immer noch von ihrer Motorradtour schwärmten. Aber irgendwann bemerkten sie, dass Anja und Petra nicht richtig bei der Sache waren und die ganze Zeit nur grinsten.

»Was ist denn mit euch los?«, fragte Marco. »Ihr schwebt ja zwei Meter über dem Boden. Ich will ja nicht indiskret sein, aber von dem Zeug, das ihr genommen habt, möchte ich auch was.«

Petra warf Anja einen kurzen, fragenden Blick zu, und die nickte glücklich.

»Wir haben beschlossen zu heiraten.«

»Nein ... das glaub ich jetzt nicht ... das ist ja der Wahnsinn!« Marco und Melanie riefen begeistert durcheinander und umarmten die beiden überschwänglich. »Das sind ja tolle Neuigkeiten, herzlichen Glückwunsch. Ihr seid ein wunderbares Paar ... es freut mich so sehr!«

Der fröhliche Lärm hatte die Kollegen neugierig gemacht, und allmählich kamen immer mehr von ihnen dazu und stimmten freudig in die Glückwünsche ein. Nur einer blieb in einiger Entfernung stehen und sah missmutig zu ihnen hinüber: Andreas. Dann sah Petra, wie er sein Handy zückte und telefonierte. Sie hätte wetten können, dass er mit Beate sprach. Doch sie wollte Anja nicht mit diesem Thema belasten, und so drehte sie sich von ihm ab und wandte sich wieder den strahlenden Gratulanten zu.

Während der Arbeit an Bord schwebte Petra auf Wolken. Sie erledigte ihre Aufgaben zwar mit der üblichen Routine, aber es passierte doch mehr als einmal, dass sie mit entrücktem Lächeln irgendwo stehen blieb und eine der Kolleginnen sie anstupsen musste, um sie in die Realität zurückzuholen. Marco kam während seiner Wache zu ihr und umarmte sie heftig.

»Ich kann es immer noch nicht glauben«, erklärte er. »Ich freue mich so sehr für euch. Ihr seid wie füreinander geschaffen ... ich wünsche euch alles Glück auf Erden.« Er war so gerührt, dass er sogar Tränen in den Augen hatte. Petra sah es und musste lachen.

»Ich kann doch nichts dafür, dass ich so sentimental bin«, heulte Marco los.

Petra umarmte ihn und gab ihm einen Kuss auf die Wange. »Du bist echt süß, Marco. Danke für die Glückwünsche, das ist lieb von dir. Ich freue mich sehr, dass wir gerade jetzt endlich mal wieder zusammen geflogen sind ... Hoffentlich bald wieder!«

In Frankfurt erwartete die Crew am Flughafen gleich nach der Passkontrolle eine stichprobenartige Gepäckdurchsuchung durch den Zoll. Einige grummelten mehr oder weniger verhalten. Es war ein langer Flug gewesen, alle waren müde und wollten so schnell wie möglich nach Hause, und diese Kontrolle war das Letzte, was sie sich jetzt wünschten.

Petra fielen all die Spielsachen in ihrem Koffer ein, und das Blut schoss ihr ins Gesicht. Anja sah es und stieß sie sanft an.

»Ich weiß genau, woran du denkst. Aber mir ist es nicht peinlich. Lass mich mal ... schließlich ist es auch mein Koffer.« Sie grinste schelmisch, dann übernahm sie den Koffer und ging auf den nächststehenden Beamten zu.

»Guten Morgen, haben Sie etwas zu verzollen?«

Anja schüttelte den Kopf. »Nein, alles im grünen Bereich. Soll ich aufmachen?«

Der Zöllner nickte, und Anja wuchtete den Koffer auf die Ablage, zwischen die anderen geöffneten Koffer der Kollegen. Sie zog den Reißverschluss auf, hob den Deckel – und zog plötzlich scharf die Luft ein.

Petra sah ihr über die Schulter und wurde bleich. Obenauf, in einer durchsichtigen Tüte gut erkennbar, lagen eine ganze Menge Pillenschachteln.

Es war klar, dass ihnen hier übel mitgespielt wurde. Und Anja war offenbar auch genauso klar, wer dafür verantwortlich war. Sie drehte sich suchend um, entdeckte Andreas und stürmte wütend auf ihn zu.

»Das hast du doch getan, gib es zu! Das ist genau deine Handschrift und die von Beate. Ist das ihre Rache an mir oder was? Los, sag schon – hat sie dich dazu angestiftet?« Sie gab sich keine Mühe, leise zu sprechen, sondern brüllte ihn regelrecht an.

Andreas stieß sie von sich weg. »Was bildest du dir denn ein?«, sagte er verächtlich. »Ich habe mit solchen Sachen nichts zu tun.« Lässig pfeifend stiefelte er davon.

Petra bekam die Auseinandersetzung mit halbem Ohr mit, während sie versuchte, dem Zöllner zu erklären, dass sie und Anja diese Pillen nicht in den Koffer gepackt hatten und auch nicht wussten, wie sie dort hineingeraten waren. Dabei zitterte ihre Stimme vor Nervosität. Eine solche Situation hatte sie noch nie erlebt und auch nie damit gerechnet, sie je zu erleben. Doch der Zöllner hörte ihr kaum zu. Er rief eine Kollegin hinzu, die

Petra und Anja in einen angrenzenden Raum führte, um noch eine Personenkontrolle durchzuführen. Petra und Anja mussten sich komplett ausziehen, und die Beamtin untersuchte ihre Uniformen. Natürlich fand sie keine weiteren Pillen und auch keine Rechnungen für die Schachteln im Koffer.

»Wir haben diese Pillen nicht gekauft«, versuchte Petra ihr Glück bei der Frau. Anjas Nähe beruhigte ihre Angst ein wenig, und nach dem ersten Schreck schöpfte sie nun wieder zaghaft Hoffnung, dass sich alles schnell aufklären würde. »Ganz ehrlich, wir wissen nicht, wie sie in unseren Koffer kommen.«

»Doch«, fiel ihr Anja ins Wort, »natürlich wissen wir, wie die Pillen in den Koffer gekommen sind. Das muss Andreas veranlasst haben. Davon abgesehen, dass er Beate kennt, weiß ich auch, dass er immer wieder irgendwo illegal Anabolika einkauft. Die verkauft er dann in seinem Fitnessstudio. Ich kann es nicht fassen, dass er das getan hat. Und Beate ... dieses elende Miststück ... ich könnte sie umbringen.« Ihre Stimme war immer leiser geworden, aber auch immer zorniger.

Die Beamtin betrachtete sie aufmerksam. Als Anja ihrem Blick begegnete, errötete sie und griff nach ihrer Kleidung. Auch Petra wurde sich schlagartig ihrer Nacktheit bewusst. Rasch zog sie sich wieder an, dann trat sie auf Anja zu und nahm sie in den Arm.

»Es tut mir leid, mein Liebling«, murmelte sie in Anjas Ohr. »Ich hätte nicht gedacht, dass sie so etwas tun könnte. Ich hätte besser auf dich hören sollen.« Sie drehte sich zu der Beamtin um und sah ihr ruhig in die Augen. »Wie können wir unsere Unschuld beweisen? Es ist unser gemeinsamer Koffer, und wir haben diese Pillen nicht besorgt. Wenn Sie es genau wissen wollen –«, sie zögerte nur ganz kurz, sprach dann aber mit fester Stimme weiter, »dann haben wir ein paar Spielsachen für uns eingekauft, aber niemals irgendwelche Pillen. Nur wie sollen wir es beweisen?«

Statt zu antworten, sagte die Beamtin nur: »Warten Sie bitte einen Moment.« Dann öffnete sie die Tür und winkte ihren Kollegen wieder herbei. Anja und Petra konnten einen Blick auf sein grinsendes Gesicht erhaschen, bevor die Beamtin die Tür schloss, um sich draußen mit ihm zu besprechen.

Petra seufzte. »Und jetzt?«

»Hast du das Grinsen von dem Typen gesehen?«, fragte Anja zurück. »Jede Wette, dass er unser Spielzeug im Koffer gefunden hat. Das sollte den beiden klarmachen, dass wir überhaupt keine Zeit hatten, irgendwelche Pillen einzukaufen.« Nun grinste sie selbst.

Doch Petra war nicht nach Scherzen. »Aber wir können nichts beweisen«, murmelte sie.

»Hey ...« Nun nahm Anja Petra fest in den Arm. »Auch wenn es noch keine Beweise gibt, bin ich sicher, dass die Zöllner nicht von unserer Schuld überzeugt sind. Die Pillen lagen so schön säuberlich obendrauf – das hätte doch niemand so eingepackt, der das Zeug wirklich hätte schmuggeln wollen. Das wissen die auch. Deswegen bin ich auch sicher, dass sie noch nach anderen Hinweisen suchen werden. Und ich könnte mir vorstellen, dass sie bei Andreas mehr finden als bei uns.«

Petra seufzte erneut. Was Anja sagte, ergab zwar Sinn, aber die Pillen waren nun mal in ihrem Koffer gefunden worden – und das Einzige, was die Beamten auf Andreas' Spur bringen konnte, waren ihre, Anjas und Petras, Aussagen. Sehr beweiskräftig war das nicht. Und was würde überhaupt mit ihnen beiden passieren, solange keine anderen Hinweise vorlagen? Würden sie verhaftet werden? In Untersuchungshaft genommen? Plötzlich fühlte Petra Panik in sich aufsteigen.

Anja spürte ihr Zittern. Sie streichelte Petra liebevoll über den Rücken und sprach beruhigend auf sie ein. »Es tut mir so leid, mein Engel. Wenn ich geahnt hätte, dass sie so etwas versuchen würde, hätte ich darauf bestanden, dass wir zwei Koffer nehmen. Dann hätte Andreas es sicher in meinen Koffer gelegt, und du würdest jetzt keinen Ärger wegen mir bekommen.«

Da wand sich Petra aus ihren Armen los und sah sie beinahe wütend an. »Das ist doch Quatsch. Den Ärger bekomme ich nicht wegen dir, sondern wegen dieser miesen Ratte Andreas und, noch viel schlimmer, diesem elendigen Miststück Beate. *Ich* bin froh, dass wir nur einen Koffer genommen haben. Ich würde es nicht ertragen, wenn du das hier allein durchstehen müsstest.«

Plötzlich nahm sie eine Bewegung an der Tür wahr, und als sie den Kopf in diese Richtung wandte, sah sie die Zöllnerin dort stehen. Sie hatten beide nicht mitbekommen, dass sie den Raum wieder betreten hatte. Petra fragte sich, wie viel von ihrer Unterhaltung sie wohl mit angehört hatte.

»Sie müssen mit in unser Büro kommen«, erklärte die Beamtin nun, und ihr Tonfall war nicht unfreundlich, »damit wir ein Protokoll aufnehmen können. Der Verdacht steht natürlich gegen Sie, denn es ist Ihr Koffer. Ich kann Ihnen aber jetzt schon sagen, dass wir beide den Eindruck gewonnen haben, dass Sie wirklich unschuldig sind und Ihnen die Schmuggelware untergeschoben wurde. Das können wir alles in das Protokoll aufnehmen, und dann sehen wir weiter.« Jetzt lächelte sie sogar.

Eine zentnerschwere Last schien von Petras Schultern zu fallen. Vielleicht würden sie und Anja schon bald wieder zu Hause auf dem Bett liegen, nur einander und ihre Leidenschaft spüren und über die Geschichte mit den Pillen lachen ...

Aber ganz so schnell ging es dann doch nicht. Sie fuhren zunächst mit dem Dienstwagen der Zollbeamten zum Zollbüro. Die Beamtin führte sie in einen kleinen Raum, wo sie ihnen bedeutete, auf den bereitstehenden Stühlen Platz zu nehmen, und sich selbst hinter einen Computer setzte. Sie tippte einiges ein und fragte sie dann nach ihren Personalien: Namen, Geburtstag und -ort, Wohnadresse ... Bei dieser Gelegenheit fiel Petra und Anja auf, dass sie einander noch nie nach ihren Geburtstagen gefragt hatten. Petras war im Juni, Anjas im September.

Anschließend ließ die Beamtin sich die ganze Geschichte erzählen. Anja berichtete, wie sie sich von Beate getrennt hatte und dass sie Andreas verdächtigte, mit ihr unter einer Decke zu stecken. Sie gab an, des Öfteren schon mitbekommen zu haben, dass Andreas Anabolika einkaufte, um diese dann in Köln an seine Fitnesskollegen zu verkaufen. Beweise hatte sie natürlich keine, aber sie war sicher, dass entsprechende Ermittlungen schnell zu konkreten Indizien führen würden.

Die Beamtin schrieb eifrig mit und hakte mit gezielten Fragen nach. Auch ihr Kollege kam wieder dazu und stellte ein paar zusätzliche Fragen. Es dauerte zwei volle Stunden, bis sie endlich zufrieden schienen und den beiden das Protokoll zur Unterschrift vorlegten.

»Und was passiert jetzt?«, fragte Petra schüchtern.

Die Beamtin lächelte ihr aufmunternd zu. »Wir werden einige Nachforschungen betreiben und auch die Kollegen in Köln hinzuziehen. Es kann sein, dass wir noch einmal auf Sie zukommen werden. Wir glauben Ihnen zwar, aber dennoch müssen wir den Fund an Ihren Arbeitgeber melden, und da wird es einen Eintrag in Ihre Akten geben. Von unserer Seite her sollten Sie aber keine weiteren Probleme bekommen.«

»Aber was ist, wenn uns sonst niemand glaubt?«, wandte Petra ein und ballte die Fäuste in hilfloser Wut. »Die Beweislast liegt doch jetzt bei uns, und wir stehen da wie Schwerverbrecher. Dabei habe ich noch nie so etwas gekauft, werde ich auch nie, ich wüsste noch nicht einmal wo.«

Mit einem verständnisvollen Nicken meinte die Beamtin: »Ich kann Ihren Ärger nachvollziehen, doch wir tun auch nur unsere Arbeit. Und leider haben wir die Anabolika nun mal in Ihrem Koffer gefunden. Aber die von Ihnen geschilderte Situation ist sehr glaubhaft, und das werden sicherlich nicht nur wir so sehen.« Ihre Stimme nahm nun wieder einen geschäftsmäßigen Tonfall an: »Es muss Ihnen aber klar sein, dass wir noch weitere Schritte unternehmen müssen. Unter anderem werde ich mit Ihnen nach Hause fahren und Ihre Wohnung durchsuchen.«

»Dürfen Sie das denn?«, fragte Anja, überrascht und auch ein wenig misstrauisch.

Die Beamtin lächelte. »Mit Ihrer Erlaubnis ja, ansonsten müsste ich mir eine richterliche Erlaubnis einholen. Doch wenn Sie Ihre Unschuld beweisen wollen, dann wäre es in Ihrem eigenen Interesse, sich kooperativ zu verhalten.«

Petra legte ihre Hand auf Anjas Arm. »Hör mal, das ist doch eine prima Idee. Wir haben nichts zu verbergen und ganz sicher keine solchen Pillen im Haus. Sie haben ja unsere Adresse, also können Sie eigentlich sofort loslegen mit der Durchsuchung ... wir müssen ja erst noch auf die Basis zurück und unser Auto holen.«

»Ich fahre Sie rüber, dann geht es schneller.« Die Beamtin stand auf und nickte ihrem Kollegen zu, der daraufhin den Raum verließ. Auch Anja und Petra erhoben sich und folgten der Beamtin aus dem Büro.

»Wie heißen Sie überhaupt?«, fragte Anja, etwas genervt und offensichtlich nicht bereit, ihre negative Haltung gegenüber der Zollbeamtin so schnell aufzugeben.

»Maria Wagner«, antwortete diese mit einem nachsichtigen kleinen Lächeln. »Aber Maria reicht.«

Petra reichte ihr die Hand: »Danke, dass Sie uns glauben und uns helfen wollen. Damit hatte ich nicht gerechnet. Überhaupt habe ich mich noch nie mit so einer Situation befassen müssen und fühle mich so hilflos ... Auf einmal steht so viel auf dem Spiel, und dabei haben wir überhaupt nichts getan.« Plötzlich traten ihr Tränen in die Augen. Die Strapazen der letzten Stunden hatten sie doch mehr mitgenommen, als sie sich eingestanden hätte.

Anja nahm sie zärtlich in den Arm. »Es tut mir so leid, mein Schatz. Ich hätte nie geglaubt, dass so etwas tatsächlich passieren könnte. Ich habe Beate völlig unterschätzt und leider auch ihre Kontakte zu Andreas und einigen anderen.«

Maria beobachtete die beiden Frauen. Wenn diese nicht so ineinander versunken gewesen wären, hätten sie feststellen können, dass in Marias Blick sehr viel Mitgefühl und Verständnis lag.

Auf der Basis stieg Anja aus dem Kombi aus und nahm Petras Autoschlüssel an sich. Sie wollte noch ein paar Dinge erledigen und dann mit Petras Auto nach Hause fahren, während Petra mit Maria schon vorfuhr für die Hausdurchsuchung.

»Kannst du bitte auch mein Postfach checken?«, bat Petra sie. Dann küsste sie Anja noch einmal innig durch das Autofenster, bevor Maria aufs Gas trat.

Kapitel 12

Anja sah dem Kombi hinterher und seufzte tief. Was für ein Schlamassel. Wenn sie Andreas oder Beate in die Finger kriegen würde – jetzt gerade hatte sie das Gefühl, zu einem Mord fähig zu sein. Wie konnten sie ihnen das nur antun! Sie hatte zwar damit gerechnet, dass Beate noch eine

Racheaktion starten würde, doch so etwas hatte sie dann doch nicht für möglich gehalten. Wenn die Beamten ihnen nun doch nicht glauben würden, dann gäbe es ein Zoll- und Strafverfahren, das sie beide ihren Job kosten würde. Und das, obwohl sie sich nicht das Geringste hatten zuschulden kommen lassen.

Anja beschloss, gleich zu ihrem Chef zu gehen und ihm Bericht zu erstatten. Es war sicher besser, ihm die Sache selbst zu melden, als dass er aus anderer Quelle davon erfahren und sie zu sich beordern würde. Sie nahm die Dienstpost aus ihrem und auch aus Petras Postfach und ging in den fünften Stock des Gebäudes, wo ihr Chef sein Büro hatte.

Zum Glück war er gerade an seinem Schreibtisch und sah erfreut von seiner Arbeit auf, als sie ihm ein »Morgen, Klaus!« entgegenschmetterte. Sie hatten schon immer ein gutes Verhältnis gehabt – für Anja war er fast so etwas wie ein väterlicher Freund. Er sprang auf, umarmte sie und schob sie dann ein Stück zur Seite, um sie prüfend zu mustern.

»Ich freue mich sehr, dich mal wieder zu sehen, Anja. Aber was hast du auf dem Herzen? Ich seh doch, dass dich etwas belastet.«

Sie nahmen nebeneinander Platz, und Anja erzählte noch einmal die ganze Geschichte – angefangen mit ihrer unschönen Trennung von Beate über die Pillen in ihrem Koffer bis zu ihrem Verdacht gegen Andreas. Klaus hörte ihr aufmerksam zu, machte sich einige Notizen und stellte hier und da eine Zwischenfrage. Zu Anjas Verblüffung und Erleichterung schien er ihren Verdacht nicht nur zu akzeptieren, sondern sich sogar selbst schon entsprechende Gedanken gemacht und Ermittlungen angestellt zu haben.

Als sie geendet hatte, sah er ihren fragenden Blick und atmete tief durch.

»Ich kann dir noch nicht alles sagen«, begann er, »aber wir sind im Kontakt mit den Zollbehörden und auch der Polizei. In der letzten Zeit gab es häufiger Funde von Anabolika in Crewgepäck, und in den meisten davon konnten die betroffenen Kollegen glaubhaft versichern, nichts mit der Sache zu tun zu haben. Und immer war Andreas als Pilot dabei. Das hat uns stutzig gemacht. Die Polizei hat uns schon um Mithilfe gebeten. Jetzt sind wir am Überlegen, wie wir es am besten anstellen, dass er uns in die Falle geht.« Er schaute nachdenklich auf seine Notizen: »Wenn du nun aber sagst, dass vielleicht auch diese Beate damit zu tun hat, dann sollten wir das den Behörden melden und vielleicht da ansetzen.«

Anjas Augen waren immer größer geworden. Schließlich begann sie zu strahlen. »Ich bin so froh, dass ich zu dir gekommen bin, Klaus«, sagte sie. »Ich hatte wirklich Sorge, dass diese Geschichte Petra und auch mich unsere Jobs kosten könnte. Wir haben nichts getan, stehen aber beide als Verbrecher da und können unsere Unschuld nicht wirklich beweisen ... Petra war völlig fertig mit den Nerven, und es hat mir sehr wehgetan, sie so zu sehen. Und alles wegen mir.« Ihre Miene verdunkelte sich, und sie senkte den Kopf.

Klaus legte tröstend den Arm um sie. »Das ist doch nicht wahr. Das weiß sie, und du weißt das auch. Fahr nach Hause und kümmere dich um deinen Schatz. Ich freue mich sehr für dich, dass du endlich eine gute Partnerin gefunden hast und von diesem Biest los bist. Sie hat dir noch nie gutgetan – das Wenige, das du die letzten Jahre über sie hast durchsickern lassen, hat das schon mehr als deutlich gezeigt. Und alles andere wird sich klären. Eins kann ich dir jedenfalls versichern: Ich stehe voll und ganz hinter dir, und weder du noch Petra werdet Ärger bekommen. Ganz im Gegenteil – jetzt können die Behörden noch viel besser ermitteln, da du ihnen weiterführende Hinweise geben kannst. Du kennst Beate besser als jede andere und kannst bestimmt auch einiges über mögliche Kontakte sagen. Wenn sie die untersuchen, dann wird sich die ganze Geschichte bald aufklären.«

Aus diesem Blickwinkel hatte Anja die Sache noch gar nicht betrachtet. Aber Klaus hatte recht: Wenn die Ermittler die Verbindung zwischen Andreas und Beate noch gar nicht entdeckt hatten und sie, Anja, sie darauf hinweisen konnte, war es eigentlich fast ein Glücksfall, dass die Drogen in ihrem Koffer gelandet waren. Sie sah Klaus dankbar an, verabschiedete sich und ging dann langsam nach unten in die Garage.

Dort schaute sie nach links und rechts und brach schließlich in Lachen aus. Da Petra auf dem Hinweg gefahren war, hatte sie selbst überhaupt nicht aufgepasst, wo sie geparkt hatten. Sie nahm das Handy heraus und wählte Petras Nummer.

»Hallo, mein Schatz ... entschuldige bitte ... in welchem Stock steht denn unser Auto?«

Sie konnte Petras Grinsen förmlich vor sich sehen. »Mein kleiner Engel, du bist so süß. Wir stehen auf 3.4, und es ist der blaue Subaru, falls dir das auch entfallen sein sollte. Ich hatte mich schon gewundert, wo du bleibst. Wir sind schon längst zu Hause und warten auf dich.«

»Ich war noch bei Klaus, meinem Chef – und habe interessante Neuigkeiten von ihm, die auch Maria betreffen. Sobald ich das Auto gefunden habe, mach ich mich auf den Weg. Ich liebe dich, Petra.«

Damit legte sie auf und begab sich noch weiter nach unten, ins dritte Untergeschoss. Das Auto stand auf der Ebene vier, genau wie Petra es ihr beschrieben hatte. Sie stieg ein, fuhr langsam aus der vollgeparkten Garage hinaus und machte sich auf den Weg nach Heusenstamm.

Seit sie mit Klaus gesprochen hatte, war ihr Herz viel leichter. Sie hatte es Petra gegenüber geschickt überspielt, aber sie hatte sich wirklich große Sorgen gemacht. Gar nicht so sehr um ihrer selbst willen, auch wenn sie ihren Job liebte und natürlich auch nicht verlieren wollte – nein, ihre Sorgen galten vielmehr Petra. Ihrer geliebten Petra, die gar nichts mit dieser Sache zu tun hatte, sondern nur durch sie selbst hineingezogen worden war.

Die Wut auf Beate kochte wieder in ihr hoch. Sollte Beate Petra je wieder etwas antun, indirekt wie jetzt durch Andreas oder gar körperlich – Anja wüsste nicht, wozu sie dann fähig wäre.

Während Anja auf der Basis mit Klaus sprach, fuhren Maria und Petra nach Heusenstamm. Sie sprachen wenig während der Fahrt; Petra gab nur kurze Richtungsanweisungen. Nachdem Maria schließlich den Wagen vor Petras Haus geparkt hatte, trug sie das Handgepäck ins Haus, während Petra den Koffer schleppte. Sie ließ ihn im Flur stehen, bedeutete Maria, die kleineren Taschen ebenfalls abzustellen, und ging erst einmal in die Küche, um einen Kaffee zu kochen.

»So«, sagte sie, als sie die Kaffeemaschine eingeschaltet hatte, »wo möchten Sie mit Ihrer Suche beginnen?«

Maria, die ihr in die Küche gefolgt war, lächelte freundlich. »Ich glaube nicht, dass ich hier etwas finden werde. Ehrlich gesagt war das Ganze nur ein Vorwand, um mit Ihnen und Anja allein reden zu können.«

Petra starrte sie an. Hatte sie sich verhört? Und wenn nicht – was sollte das? Hoffte die Beamtin am Ende doch noch auf ein Geständnis, wenn Petra und Anja sich in Sicherheit wiegen würden? Verwirrt stotterte sie: »Macht ... macht es Ihnen etwas aus, wenn ich mich schnell umziehe? Ich würde gern etwas Bequemeres anziehen.«

Maria schüttelte den Kopf. »Nein, natürlich nicht, gehen Sie nur. Kann ich hier etwas tun?«

»Wenn Sie schon mal den Tisch decken möchten ...« Petra zeigte auf den Hängeschrank, in dem sich das Geschirr befand. »Milch ist im Kühlschrank«, fügte sie noch hinzu. Dann ging sie die Treppe nach oben, zog ihre Uniform aus und setzte sich in Unterwäsche auf die Bettkante.

Die Gedanken rasten in ihrem Kopf, chaotisch und undurchsichtig wie ein wabernder Nebel, der sie gefangen hielt. Am klarsten war ihr noch bewusst, dass sie tatsächlich ihren Job verlieren könnte. Unschuldig oder nicht – die Beweislast lag bei ihr und bei Anja, und wie ließ sich beweisen, dass man tatsächlich nichts mit der Schmuggelware zu tun hatte? Wenn die Beamtin ihnen nun doch nicht glaubte, dann könnte es richtig böse für sie enden.

Sie wusste nicht, wie lange sie so dasaß, spürte gar nicht, wie ihr Tränen über das Gesicht liefen. Verzweifelt versuchte sie, optimistisch zu sein und sich zu sagen, dass alles gut enden würde, dass die Gerechtigkeit siegen würde – doch es wollte ihr einfach nicht gelingen.

Auf einmal legte sich ein Arm um ihre Schultern. »Nicht weinen«, hörte sie Marias Stimme. »Es kommt alles in Ordnung, ich glaube euch doch. Sobald Anja da ist, reden wir über alles, dann wirst du sehen, dass du dir keine Sorgen machen musst.«

Petra versteifte sich. Maria, die Zollbeamtin, hielt sie im Arm, und sie trug nur Unterwäsche ... Sie schämte sich ihrer unzureichenden Bekleidung und auch ihrer Tränen. Doch durch den sanften Druck von Marias warmer Hand und den freundlichen, beruhigenden Klang ihrer Stimme verlor sie ganz allmählich ihre Scheu und entspannte sich ein wenig. Als sie langsam den Kopf hob, sah Maria sie mitfühlend an.

»Wieder okay? Es tut mir leid, normalerweise spaziere ich den Leuten nicht einfach ins Schlafzimmer. Aber ich habe mir Sorgen gemacht, als du so lange nicht wiedergekommen bist. Wenn es dir besser geht, dann geh ich wieder runter und gieß schon einmal den Kaffee ein. Nimmst du Milch und Zucker?«

»Nur Milch, bitte«, stotterte Petra verdattert. »Anja trinkt ihren ohne alles.«

Maria stand auf und ließ sie allein. Petra nahm sich frische Sachen aus dem Schrank und war gerade ins Bad gegangen, als sie die Türklingel hörte.

»Kannst du bitte aufmachen?«, rief sie nach unten.

Gleich darauf drangen gedämpfte Stimmen durch die Badezimmertür, aber Petra konnte keine Worte verstehen.

Als sie einige Minuten später die Treppe hinunterging, erwartete Maria sie in der Küche mit einer anderen Frau. Maria stellte die Fremde vor: »Petra, das ist Sabine, meine Partnerin – und zugleich auch meine Frau. Ich habe ihr deine Adresse durchgegeben, damit wir hier zusammen das weitere Vorgehen planen können.«

Petra musste wohl völlig verblüfft ausgesehen haben, denn die beiden Frauen lachten. Dann trat Sabine Petra entgegen und hielt ihr die Hand hin. »Freut mich, dich kennenzulernen, Petra. Maria hat mir schon alles berichtet. Vielleicht können wir mit eurer Hilfe endlich die Bande schnappen. Das wäre ein Hammer, nach so vielen Misserfolgen.«

Ungläubig und verwirrt schaute Petra von einer zur anderen und setzte sich matt auf einen Stuhl. »Ich habe keine Ahnung, wovon ihr sprecht. In meinem Kopf dreht sich alles ... ich glaub, ich muss erst mal eine Kleinigkeit essen. Irgendwie bin ich an Bord nicht dazu gekommen, und die ganze Aufregung schlägt mir jetzt auf den Magen.«

»Wenn du mir sagst, was du essen willst, dann mach ich es dir«, bot Maria hilfsbereit an.

Petra warf ihr einen dankbaren Blick zu. »Toast wäre gut, mehr bekomme ich sicher nicht runter. Ist alles in der Speisekammer.« Sie wies auf die Tür.

In dem Moment klingelte ihr Handy, und Anja erkundigte sich, wo denn das Auto geparkt sei. Petra musste grinsen. Ihr süßer kleiner Engel. Sie konnte es kaum erwarten, sie in den Armen halten zu können – wenn Anja erst wieder bei ihr wäre, würde es ihr sofort besser gehen.

Maria und Sabine hatten inzwischen ein paar Scheiben Brot getoastet, dünn mit Butter bestrichen und den Teller vor Petra auf den Tisch gestellt. Sie knabberte an einer Scheibe und spürte gleich darauf ein unschönes Ziehen in der Magengegend. Hastig sprang sie auf und rannte ins Gästebad. Sie schaffte es gerade noch, den Toilettendeckel hochzuklappen, dann würgte sie ihren gesamten spärlichen Mageninhalt nach oben. Der Würgereiz ließ lange nicht nach, obwohl schon bald nichts mehr kam und sie nur noch den bitteren Geschmack der Galle spürte. Sie keuchte. Tränen vernebelten ihr den Blick, und sie fürchtete schon, ohnmächtig zu werden.

Ein kühler Schwamm wurde ihr sanft in den Nacken gepresst. Durch den Tränenschleier blickte sie in Marias einfühlsame Augen und versuchte ein klägliches Lächeln.

»Es tut mir leid«, flüsterte sie schwach.

Doch Maria schüttelte nur den Kopf. »Ist schon in Ordnung. Lass alles raus, das ist besser.«

Petra beugte sich wieder über die Schüssel und musste noch ein wenig weiter würgen. Währenddessen rieb Maria ihr vorsichtig über den Nacken und die Schultern, und nach einigen Minuten konnte Petra wieder aufstehen. Maria wusch den Schwamm aus und hielt ihn Petra hin, die sich damit über das Gesicht wischte. Als sie langsam zurück in die Küche gingen, öffnete sich die Haustür, und Anja kam herein.

Beim Anblick der kreidebleichen Petra, die sich kraftlos gegen Maria stützte und der noch immer Tränen über die Wangen liefen, trat blankes Entsetzen in ihre Augen. Mit einem Satz war sie bei Petra und schloss sie fest in ihre Arme. Gleichzeitig schossen ihre Augen scharfe Blitze in Marias Richtung. »Was haben Sie mit ihr getan?« fauchte sie sie an.

»Nein, es ist alles okay«, wehrte Petra schwach, aber bestimmt ab. »Sie hat mir nichts getan, ganz im Gegenteil. Ich musste mich übergeben, und sie hat mir geholfen.«

Anja war nicht ganz überzeugt und blickte immer noch wütend drein, als Sabine neben Maria trat. Sie grinste Anja fröhlich an. »Der wahre Beschützerinstinkt. Gefällt mir.«

Nun fiel Anja die Kinnlade herunter. Misstrauisch von einer zur anderen schauend, fragte sie: »Was ist denn hier los? Und wer ist das?«

Maria lächelte freundlich und setzte zu einer Erklärung an, aber Petra löste sich sanft aus Anjas Armen und kam ihr zuvor. »Es tut mir leid, dass ich dich erschreckt habe, mein Schatz. Maria hat mir wirklich geholfen. Möchtest du dich schnell umziehen? Wir warten hier mit dem Kaffee auf dich, und dann sprechen wir über alles, okay? Ich weiß selbst auch noch nicht in allen Einzelheiten, was die beiden eigentlich von uns wollen, aber sie sind auf unserer Seite.«

Statt einer Antwort küsste Anja sie sehr zärtlich und wandte sich dann mit nachdenklicher Miene in Richtung der Treppe nach oben.

Als sie sich umgezogen hatte und in die Küche zurückkam, saßen die anderen mit ihren Kaffeetassen am Tisch, und Petra knabberte an einer trockenen Scheibe Toast. Anja setzte sich neben sie, gab ihr einen Kuss und legte den Arm um ihre Schultern. Erst nach dieser liebevollen Begrüßung sah sie die beiden fremden Frauen herausfordernd an und fragte: »Also, was ist hier los?«

Maria schob ihr eine Tasse schwarzen Kaffee hin und einen zweiten Teller mit ein paar Toastscheiben. »Du solltest auch eine Kleinigkeit essen.«

Überrascht und immer noch ein wenig argwöhnisch nahm Anja das »Du« zur Kenntnis, aber sie griff folgsam nach einem Toast und biss hinein. Kauend verschränkte sie die Arme vor der Brust, lehnte sich zurück und wartete auf die Erklärung.

»Wie wir Petra schon erzählt haben«, begann Maria, »sind Sabine und ich Partnerinnen bei der Zollfahndung. Dazu sind wir auch verheiratet, aber das ist für diesen Fall nicht wichtig.« Sie lächelte Sabine liebevoll an, und die lächelte zurück.

Maria nahm einen Schluck Kaffee und fuhr fort: »In der letzten Zeit haben wir öfter verbotene Substanzen bei den Crewkontrollen eurer Fluggesellschaft entdeckt. Immer Anabolika – die Pillen, die wir auch in eurem Koffer gefunden haben. Die betroffenen Mitarbeiter waren meistens genauso schockiert wie ihr heute, und bis auf den einen oder anderen haben wir auch das Gefühl, dass sie tatsächlich nichts mit der Sache zu tun hatten. Also haben wir uns mit eurer Firma in Verbindung gesetzt und versucht herauszufinden, welchen gemeinsamen Nenner alle diese Kollegen haben. Ein Name tauchte von da ab immer wieder auf . . . das war der Pilot Andreas Maier.«

Petra blickte zu Anja hinüber. Zu ihrer Überraschung nickte die nur und meinte: »Das hat mir auch Klaus erzählt.«

Maria berichtete weiter: »Dazu kommt, dass die meisten der betroffenen Kollegen in Köln oder Umgebung wohnen, genau wie Andreas ja auch. Wir haben die Polizeikollegen dort herangezogen, und man hat einige Razzien in verschiedenen Fitnessstudios durchgeführt. Dabei wurden auch weitere Pillen gefunden, aber keiner konnte oder wollte sagen, wo sie herkamen.«

Sie machte eine Pause, nippte wieder an ihrem Kaffee und fasste dann zusammen: »Also haben wir folgende Fakten. Immer wieder bringen eure Kollegen, wissentlich oder unwissentlich, Drogen nach Deutschland. Für uns gilt es herauszufinden, wie die Dealer die Drogen in Empfang nehmen. Vor allem aus den Koffern der Kollegen, die gar nicht wissen, dass sie Drogen schmuggeln.«

»Dazu gibt es einige Vermutungen«, warf Sabine nun ein, »und die wahrscheinlichste ist, dass auch einige Zollbeamte damit zu tun haben. Deshalb hat Maria auch im Büro nicht mehr zu eurem Verdacht gesagt und den Vorwand der Hausdurchsuchung benutzt, damit wir mit euch in Ruhe reden können.«

Petra und Anja tauschten einen bestürzten Blick. Offenbar waren sie in einen richtig ernsten Kriminalfall hineingeraten. Anjas Miene wurde wieder misstrauisch, als sie sich den beiden Frauen vor sich zuwandte.

Doch Maria kam ihrem Einwand zuvor, hob die Hände und lachte. »Ich weiß, ich weiß: Das könnte auch bedeuten, dass *wir* damit zu tun haben.« Schlagartig wurde sie wieder ernst: »Ich kann euch nur bitten, uns zu vertrauen, so wie wir euch vertrauen. Wir sind aus Berlin abgeordnet worden, um die schwarzen Schafe, die wir bei der Zollbehörde vermuten, herauszufiltern. Dafür brauchen wir eure Hilfe.«

Wieder sahen Petra und Anja einander an. Aus Anjas Blick war das Misstrauen gewichen. Dafür las Petra nun etwas wie ernste Entschlossenheit darin und auch noch etwas anderes, Dunkleres, fast ein wenig Beängstigendes, das sie nicht deuten konnte.

Maria wandte sich nun direkt an Anja: »Was kannst du uns über Andreas erzählen? Kennst du sein Studio, oder hast du eine Ahnung, wer noch mit ihm unter einer Decke stecken könnte?«

Anja dachte nach. »Er trainiert in einem der großen Studios in der Kölner City. Er hat immer damit geprahlt, dass er dort auch Kampfsport betreiben kann, also muss es ein Kombistudio sein. Zu seinen Kontakten kann ich nicht viel sagen. Ich weiß nur, dass er mit meiner Exfreundin Beate ein Verhältnis hat ... und dass ich es ihr durchaus zutrauen würde, der Kopf hinter dieser Geschichte zu sein. Andreas nicht. Der erscheint mir einfach nicht helle genug, sich so eine verzwickte Geschichte auszudenken – und vor allem traue ich ihm nicht zu, dass er Zollbeamte auf seine Seite ziehen kann.«

Maria und Sabine tauschten nun ihrerseits einen Blick. Offensichtlich waren diese Informationen sehr interessant für sie.

»Was kannst du uns über Beate erzählen?«, fragte Maria.

Petra legte einen Arm um Anja. Sie fühlte, wie sie sich versteifte, spürte ihren Widerstand dagegen, sich mit den unangenehmen Erinnerungen auseinandersetzen zu müssen. Sanft küsste Petra sie auf die Wange, um ihr zu zeigen, dass sie bei ihr war und sie unterstützte.

»Beate kann unglaublich sanft und einfühlsam sein«, begann Anja leise, »bis sie bekommen hat, was sie will, und sie einen nicht mehr braucht. Dann wird sie kalt, böse, ja, sogar grausam. Was man ihr nicht freiwillig gibt, das nimmt sie sich ... und wenn es gar nicht anders geht, dann kauft sie es sich. Sie benutzt Menschen, egal ob Männer oder Frauen. Und wenn sie ihr nicht mehr nützen, dann wirft sie sie weg.«

Petra spürte die Qual, die diese Konfrontation mit ihren schlimmen Erlebnissen Anja bereitete, und ihr Herz wurde schwer. Wie gern hätte sie ihrer Freundin diese Pein erspart. Sie schlang nun auch ihren anderen Arm um Anja und wiegte sie sanft hin und her.

Anja sah sie dankbar an, dann lächelte sie tapfer und fuhr fort: »Am Anfang war sie sehr liebevoll und aufmerksam zu mir. Ich habe sie geliebt, dachte, sie würde auch mich lieben. Doch nach einiger Zeit habe ich gemerkt, dass Beate nur sich selbst liebt. Sie ist zu echten Gefühlen gar nicht fähig … ich glaube, man nennt das einen Narzissten. Da ich ja immer wieder weg war auf meinen Flügen, hat es viel zu lange gedauert, bis ich das verstanden habe. Und dadurch habe ich auch lange nicht gemerkt, dass sie mich ständig betrogen hat. Mit Männern wie mit Frauen. Beate bat mich immer wieder darum, Kolleginnen einzuladen. Immer wenn ich jemanden aus der Gegend von Köln kennengelernt habe, dann sollte ich sie nach Hause mitbringen. Ich habe lange nicht kapiert, dass Beate mit allen geschlafen hat.«

Sie warf Petra einen schmerzerfüllten Blick zu. Petra drückte sie noch etwas fester.

»Ich war blind und dumm«, sprach Anja mit gepresster Stimme weiter, »und dann hat sie angefangen mich zu schlagen. Wenn ich niemanden nach Hause brachte, dann wurde sie wütend, ich sei unfähig und so weiter. Ich wusste überhaupt nicht, warum sie das so aufgeregt hat. Es gibt ja tatsächlich Flüge, da ist niemand aus Köln dabei. Dann habe ich Andreas kennengelernt und ihn mitgenommen. Beate war erst erstaunt, dann amüsiert – und letztendlich hat sie mit ihm geschlafen, vor meinen Augen. Sie hat mich gezwungen zuzusehen und gedroht, mir sehr wehzutun, wenn ich die Augen schließen würde. Andreas fand das cool. Er hat mich seither immer wieder damit aufgezogen. Ich weiß, dass er oft bei Beate war, wenn ich geflogen bin, und inzwischen weiß ich auch, dass viele der Kolleginnen, die ich mitgebracht hatte, bei ihr waren. Aber lange Zeit habe ich die Augen davor verschlossen. Wenn ich vom Flug kam und sie war guter Laune, dann hat sie mich wenigstens nicht geschlagen. Ab und zu ist sie weggefahren, hat sich mit einigen Leuten getroffen, da durfte ich aber nie mit. Ich kann euch also nicht sagen, wen sie getroffen hat oder warum.«

Erschöpft brach Anja ab und kuschelte sich in Petras Arme.

Petra streichelte sie zärtlich. Unterdessen wechselten Maria und Sabine fragende Blicke.

»Was weißt du über ihre Finanzen?«, erkundigte sich Sabine vorsichtig. »Gab es da Unregelmäßigkeiten?«

»Ich weiß es nicht. Beate hat unser Konto verwaltet ... ich hatte gar keinen Zugriff darauf.«

Sabine sah sie verblüfft an. »Aber du musst doch eine Berechtigung gehabt haben. Es war doch auch dein Geld, oder nicht?«

Anja nickte schwach. »Schon, aber Beate meinte, ich brauch das nicht. Zu Hause ging ich ja nicht weg – und wenn, dann hat Beate immer bezahlt. Und unterwegs, da habe ich ja das Spesenkonto, das musste reichen.«

Petra sah das ungläubige Staunen in den Augen der beiden Beamtinnen.

»Man widersetzt sich Beate nicht«, murmelte Anja. »Ich war ihr Eigentum, ihr Besitz. Mehr als einmal bin ich abgehauen, und mehr als einmal hat sie mich gefunden und zurückgeholt ... zurückgeprügelt. Ich musste zweimal ins Krankenhaus deswegen. Irgendwann habe ich aufgegeben und alles über mich ergehen lassen. Ich konnte und wollte nicht mehr, aber ich hatte große Angst vor ihr.« Ihre Stimme wurde immer leiser, und sie starrte mit leerem Blick auf die Tischplatte. »Ich habe mehrfach darüber nachgedacht, mich umzubringen. Das wäre der einfachste Weg gewesen. Doch irgendwie hing ich auch an meinem Leben. Ich habe an meine Mutter gedacht und welche Qual ich ihr mit einem Selbstmord bereiten würde. Sie hat von Anfang an immer wieder versucht, mich von Beate loszueisen. Aber wie das so ist – ich war eigensinnig, wollte ihr nicht glauben, dass Beate ein schlechter Mensch sei. Und als die Schläge dann beinahe täglich auf mich einprasselten, da war ich zu feige, mein Versagen einzugestehen. Ich habe viel Zeit auf der Basis verbracht. Fand immer neue Ausreden, warum ich früh los musste und spät nach Hause kam. Und dann ...« Auf einmal wurde ihre Stimme wieder kräftiger. »... habe ich Petra getroffen.«

Sie warf Petra einen zärtlichen Blick zu, den diese ebenso liebevoll erwiderte. Anja war so stark, so tapfer ... Petra versuchte ihren ganzen Stolz in ihre Augen zu legen. Unaufhörlich streichelte sie Anja über den Rücken.

Anjas Tonfall war nun wieder fast normal, als sie fortfuhr: »Ich habe in ihre Augen gesehen und wusste, dass ich es schaffen konnte. Ich habe Beate noch von der Basis aus angerufen, wollte ihr sagen, dass ich mich trenne, doch sie hat mich nur beschimpft und dann ausgelacht. Auch aus Miami habe ich angerufen, da hat sie mich dann angeschrien. Und als wir zurück waren, da habe ich mich endgültig von ihr getrennt. Petra war die ganze Zeit für mich da. Sie ist mit mir nach Köln gefahren, und wir haben meine Sachen abgeholt.« Sie lachte bitter auf. »Es war ja nicht viel. Ich habe ja nie etwas gekauft – wovon auch. Das Konto hat sie inzwischen leergeräumt, da ist nichts mehr drauf, das haben wir schon festgestellt.«

»Sie hat Anja noch einmal geschlagen«, warf Petra ein, »vor meinen Augen. Dann habe ich sie weggezogen, und wir sind losgefahren.«

»Hattest du danach noch einmal Kontakt mit ihr?«, erkundigte sich Sabine.

Anja nickte leicht. »Sie hat noch ein paar Nachrichten geschickt und auch versucht anzurufen. Die Anrufe habe ich weggedrückt, die SMS habe ich noch – falls ihr die sehen wollt.«

»Das wäre nicht schlecht.«

Eine Pause entstand, und Petra sah von einer zur anderen. »Und jetzt ... was habt ihr jetzt vor?«

Maria und Sabine sahen einander kurz an, dann fixierte Maria Anja. »Wir wollen die Hintermänner, die Dealer fangen. Auch wir glauben nicht, dass Andreas als Kopf der Bande in Frage kommt. Dazu fehlen ihm einfach die Kaltblütigkeit und auch die Kontakte. Aber Beate scheint uns sehr geeignet – vor allem nach deiner Schilderung. Sie hat sehr wohl die Qualitäten und Möglichkeiten und ist unsere Hauptverdächtige.«

Petra sah sie unverwandt an. »Du hast meine Frage nicht beantwortet.«

Da richtete Maria ihren Blick auf Petra. Die brauchte nur den Bruchteil einer Sekunde, um zu erraten, was in Marias Kopf vorging. Sie wurde blass. »Nein, das kommt überhaupt nicht in Frage. Das lasse ich nicht zu. Niemals. Schlagt euch das aus dem Kopf.«

Kapitel 13

Anja hob den Kopf, sah Petra überrascht an und dann zu Maria hinüber. Auch sie schien die unausgesprochene Antwort verstanden zu haben – ihr Körper versteifte sich in Petras Armen, und sie schluckte hart.

Petra waren inzwischen heiße Tränen in die Augen gestiegen, liefen über ihre Wangen und tropfen in Anjas Haar. Sie wusste, sie spürte, dass Anja es tun wollte, und bei dem bloßen Gedanken krampfte sich alles in ihr zusammen. Sie drehte Anja zu sich herum.

»Ich kann das nicht zulassen«, flüsterte sie verzweifelt. »Sie bringt dich um, wenn sie merkt, dass du ein Spitzel bist. Und auch so möchte ich mir gar nicht vorstellen, was sie dir antun wird, wenn du zu ihr zurückgehst.«

Ihr Blick ging wieder zu Maria. »Ihr könnt das nicht von ihr verlangen ... bitte.« Ihr Tonfall wurde flehend.

Gleichzeitig ahnte sie, dass es aussichtslos war. Dies war die perfekte Möglichkeit, Beate das Handwerk zu legen. Aber warum war es ausgerechnet Anja, ihre Anja, die sich dabei in Gefahr bringen sollte ... Das durfte einfach nicht sein.

Anja hatte den Blick ruhig auf Maria gerichtet. »Wie stellt ihr euch das vor? Was genau soll ich tun?«

»Anja, bitte nicht«, flehte Petra sie an.

Da wandte Anja sich wieder ihr zu und sah ihr tief in die Augen. Ihr Blick war ernst. »Verstehst du nicht, mein Schatz ... ich muss es einfach tun. Nur so werden wir ein für allemal Ruhe vor ihr haben. Außerdem wäre es für mich eine große Genugtuung, wenn sie ins Gefängnis müsste. Ich bin sicher, dass Maria und Sabine hier auf mich aufpassen werden, oder?«

Sie sah wieder zu den beiden Frauen, die sofort bestätigend nickten.

»Wir lassen dich nicht allein«, stellte Maria klar, »und das Ganze wird auch vorher sorgfältig abgesprochen und geplant. Wir werden ein paar Tage brauchen, bis alles geklärt ist. Vor nächster Woche passiert also erst einmal nichts.«

Anja schaute zu Petra zurück und lächelte. »Dann können wir

morgen zu Mama fahren und ein paar ruhige Tage zusammen verbringen. Das ist doch schön, oder?«

Petra schluckte krampfhaft. Plötzlich zog sich ihr Magen wieder zusammen, und Speichel sammelte sich in ihrem Mund. Neuerlich sprang sie auf und rannte ins Gästebad. Anja lief hinterher und setzte sich zu ihr auf den Boden. Sie legte ihr ein feuchtes Tuch in den Nacken und sprach beruhigend auf sie ein.

»Es ist alles gut, mein Schatz. Nichts wird passieren. Die beiden wissen, was sie tun, und werden auf mich aufpassen. Nur ein paar Tage, dann sollte alles erledigt sein – und wir können in Ruhe heiraten und unser gemeinsames Leben genießen.«

Doch es dauerte etliche Minuten, bis Petra aufhörte zu würgen und zu schluchzen und sich soweit beruhigte, dass Anja sie in den Arm nehmen konnte. Sie wiegte sie sanft hin und her und streichelte ihr das Haar und den Rücken. Sie blieben lange so sitzen. Petra wimmerte leise. Irgendwann erschien Maria in der Tür und fragte, ob sie etwas tun könnte, doch Anja schüttelte nur stumm den Kopf.

»Gut, dann werden wir mal gehen«, sagte Maria. »Ich hoffe, Petra geht es bald besser. Können wir dich über dein Handy erreichen?«

Wieder sagte Anja nichts, sondern nickte nur.

»Alles klar. Ich weiß nicht, wie lange es dauern wird – wir müssen sehr vorsichtig sein, wen wir mit einbeziehen. Noch wissen wir ja nicht, wer von unseren Kollegen da mit drinhängt, und wir wollen kein Risiko eingehen. Und vor allem müssen wir natürlich dich schützen. Aber sobald alles steht, melden wir uns bei dir, und dann legen wir dieser Bande das Handwerk.«

Sie wollte sich augenscheinlich schon zum Gehen wenden; Petra konnte hören, wie sie ihre Jacke anzog. Dann kam sie noch einmal zurück: »Bist du sicher, dass alles in Ordnung ist und ihr keine Hilfe braucht?«

»Ja, wir schaffen das schon«, sagte Anja. »Danke, Maria, für alles!«

Maria murmelte einen Abschiedsgruß. Sekunden später konnten sie die Tür hören, die sich hinter den beiden Frauen schloss.

Petra konnte nicht anders, sie begann wieder lauter zu

schluchzen. Anja umarmte sie fester.

»Schsch, mein kleiner Engel ... schsch. Alles wird gut – ich versprech es dir, alles wird gut.«

Langsam stand sie auf und zog auch Petra nach oben, vorsichtig prüfend, ob Petras Gleichgewicht und ihre Beine ihr gehorchten. Als Petra sicher stand, führte Anja sie die Treppe hinauf ins Schlafzimmer. Dort legte sie Petra auf das Bett und zog sie ganz sanft und behutsam aus. Dann setzte sie sich neben sie und betrachtete sie zärtlich. Ihre Finger strichen liebevoll über Petras Gesicht, über ihren Hals und ihre Schultern, berührten die Brüste und glitten sacht über die sich aufrichtenden Knospen.

Petra seufzte leise; von Schluchzen war nun keine Rede mehr. Sie zog Anja zu sich herunter, um sie mit langsam erwachender, dann immer stärker entflammender Leidenschaft zu küssen. Anja schob ihre Hände über Petras Brüste und massierte die Brustwarzen, was Petra aufstöhnen ließ. Ihre Lippen wanderten über Petras Hals nach unten, lösten eine der Hände ab und begannen verlangend an ihrer Warze zu saugen.

Petra stöhnte lauter, wand sich unter Anjas Berührungen, ihren Küssen, jeder einzelne Kontakt schien Stromstöße durch ihren Körper zu jagen. »Nimm mich«, flehte sie Anja an, »jetzt sofort ... ich sterbe ...«

Anjas Hand glitt durch Petras Mitte hindurch, zog die heiße Nässe mit sich. Ihre Finger schoben sich zwischen die Falten und berührten Petras Innerstes, während ihr Mund tiefer glitt und ihre Perle gefangennahm. Sie saugte und leckte mit zarten Zungenschlägen. Petra stöhnte wie von Sinnen, bebte und zuckte – doch Anja ließ sich wie gewohnt viel Zeit, war ungemein zärtlich und hauchte immer wieder sanfte Küsse zwischen ihre Schamlippen, ohne ganz in sie einzudringen. Erst als Petra ihr Becken nach oben drückte, um ihr näher zu kommen, schob sie ihre Finger tief in sie hinein und biss gleichzeitig ganz zart in ihre Lustperle. Petra kam fast sofort mit einem lauten Schrei.

Ermattet lag sie dann auf dem Bett, Tränen der Erfüllung liefen über ihre Wangen. Doch Anja war noch nicht fertig; sie verharrte zwischen Petras Beinen, küsste weiter zärtlich ihren Hügel und bewegte ihre Finger schließlich wieder vorsichtig hin und her. Es dauerte nicht lange, bis Petra erneut kam, dann noch einmal, wieder und wieder. Anja hob Petras Becken an und legte ihren Mund über ihre heiße Mitte, um die Zunge tief in Petra hineingleiten zu lassen und ihren Nektar aufzusaugen. Erneut schrie Petra laut auf.

»Oh Göttin, Anja ... du bringst mich um ... lass mich leben, bitte!«

Da endlich verließ Anja ihre Position, legte sich neben Petra und kuschelte sich an sie.

»Mein kleiner, süßer Engel«, sagte sie liebevoll und knabberte zärtlich an Petras Ohr. »Du kannst viel mehr ertragen als du denkst, aber ich werde dir eine Pause gönnen, bevor ich Runde zwei einleite.«

»Runde zwei?« Petra sah sie entgeistert an. »Das waren doch schon Runde eins bis fünf – mindestens.«

Anja grinste fröhlich. »Na und? Ich könnte das den ganzen Tag tun.«

Und schon glitt ihre Hand wieder zwischen Petras Beine. Noch immer empfindsam und reizbar, stöhnte diese sofort wieder auf, doch in diesem Moment klingelte das Telefon und rettete Petra vor weiteren »Angriffen«. Sie wälzte sich zur Seite, angelte nach dem Apparat auf dem Nachttisch und meldete sich.

Es war Anjas Mutter. »Entschuldigen Sie vielmals, dass ich störe ... Sie müssen müde sein von Ihrem Flug ... ich hoffe, ich habe Sie nicht geweckt.«

»Nein, nein, Sie stören überhaupt nicht«, versicherte Petra. »Einen Moment, ich gebe Sie gleich an Anja weiter.«

Damit reichte sie den Hörer an Anja und schmiegte sich grinsend wieder an sie.

»Hallo Mama, wie geht es dir?«

Während Anja mit ihrer Mutter plauderte, begann Petra langsam, ihre Bluse aufzuknöpfen. Als sie Anjas kleine, feste Brüste entblößt hatte, ließ sie ihre Finger ganz leicht darüberfahren und liebkoste die hoch aufgerichteten Brustwarzen. Anja versuchte sich unter ihren Händen hervorzuwinden, doch Petra legte sich halb auf sie und verwehrte ihr damit die Flucht. Sie blies zarte Küsse auf ihre Brüste. Dann nahm sie eine der Knospen zwischen ihre Lippen, knabberte sanft daran und spürte, wie Anja zusammenzuckte. Aber Petra dachte gar nicht daran aufzuhören; sie lachte Anja nur frech an, bevor sie ihre Lippen über den flachen Bauch wandern ließ und langsam Anjas Hose öffnete. Anja machte bittende Gesten, doch Petra schüttelte nur grinsend den Kopf und hob Anjas Hüften ein wenig an, um ihr mit einem Ruck die Hose und auch den Slip nach unten zu ziehen. Nun zog Anja scharf die Luft ein, und Petras Grinsen wurde noch breiter, als sie sie sagen hörte: »Nein, nein, es ist alles in Ordnung, Mama. Ich habe mich nur am Bett gestoßen.«

Petra hob noch einmal den Kopf, um Anja einen schelmischen Blick zuzuwerfen, dann legte sie sich zwischen Anjas Beine. Die Küsse, die sie auf Anjas Scham pustete, waren kaum mehr als ein Hauch, die Wirkung dafür umso stärker.

»Okay, Mama, ich ... wir müssen jetzt ganz schnell weg ... aber wir sehen uns ja morgen. Gleich nach dem Frühstück fahren wir los, ich ruf dich vorher noch schnell an, ja? Du, ich muss jetzt wirklich ... bis morgen, Mama, ich freu mich.«

Damit legte Anja auf und stieß einen Laut aus, der halb Seufzen, halb tiefes Stöhnen war. »Das wirst du mir büßen, mein Schatz!«

»Das werden wir ja sehen«, murmelte Petra undeutlich, da sie gerade Anjas Perle in den Mund nahm. Gleichzeitig glitten ihre Finger zwischen ihre Schamlippen und tief in sie hinein. Anja stöhnte laut auf, ihr Becken hob sich nach oben, drückte sich Petras Mund entgegen. Deren Zunge tanzte zärtlich über die Murmel, die immer stärker anzuwachsen schien. Sie hatte vier Finger in Anjas nasser, heißer Höhle und ahnte schon, dass ihre junge Geliebte mehr brauchen würde. Vorsichtig schob sie ihren Daumen dazu, und mit einem kleinen Ruck war ihre ganze Hand in Anja verschwunden. Die bäumte sich vor Lust auf, drückte Petras Hand damit noch tiefer in sich hinein und stöhnte wie ein wildes Tier.

»Ahhh ... das ist so schön ... ohhh ... ich liebe, was du mit mir machst. Du bist unglaublich.«

»Und ich liebe dich«, flüsterte Petra in Anjas Mitte hinein. »Was immer dir dein Verlangen erfüllt – ich werde es tun.«

Sie schloss ihre Lippen fest um Anjas Perle, was eine heftige Explosion verursachte. Eine ganze Weile blieb sie dann so liegen, ihre Hand tief in Anja verborgen, immer weiter ihre Klit mit Zunge und Lippen liebkosend. Damit brachte sie nun auch Anja zu einer ganzen Serie weiterer Höhepunkte, bis diese kraftlos alle Viere von sich streckte und sie anbettelte, ihr eine Pause zu gönnen. Vorsichtig zog Petra ihre Hand aus Anja heraus, atmete tief den Duft von Anjas Mitte ein und leckte sanft die Nässe auf. Abermals stöhnte Anja auf und flehte um Erbarmen, doch Petra ließ sich nicht beirren und schleckte weiter.

»Hmm, du schmeckst so gut, mein kleiner Engel ... so süß und doch auch so herb ...«

Anja keuchte leise, dann wieder lauter, und Petra spürte, wie neue Wellen der Lust durch ihren Unterleib schossen ...

Viel später lagen sie nebeneinander, hielten sich in den Armen und küssten sich voller Liebe und Zärtlichkeit.

»Ich liebe dich, Anja«, flüsterte Petra. »Du bist eine unglaublich schöne Frau. So sinnlich und begehrenswert. Ich werde nie genug von dir bekommen.«

Anja lächelte sie schwach an. »Das kann ich nur zurückgeben, mein Liebling. Du bist eine wunderbare Liebhaberin und Partnerin. Ich liebe dich so sehr.« Die letzten Worte murmelte sie nur noch, dann war sie eingeschlafen.

Petra lächelte und hielt sie fest umschlungen, bis auch sie bald darauf zufrieden einschlief.

Am nächsten Morgen packten sie nach einem kurzen Frühstück eine kleine Tasche und brachen zu ihrer Reise in den Schwarzwald auf. Anja hatte ihre Mutter schon angerufen, und sie rechneten mit etwa zwei bis drei Stunden Fahrt. Sie fuhren mit Anjas neuem Auto, und nachdem Anja zu Beginn noch ein wenig nervös und sehr auf das neue Fahrgefühl konzentriert gewesen war, hatte sie sich schnell daran gewöhnt und fuhr bald ganz entspannt.

Petra hatte beim Frühstück mehrfach den Versuch unternommen, mit Anja noch einmal über den Plan der Zollbeamtinnen zu reden, doch Anja hatte immer wieder abgeblockt. Sie wolle nicht darüber nachdenken, hatte sie erklärt, solange nichts definitiv abgesprochen war. Bis dahin habe sie die Absicht, einfach nur ihre gemeinsame Zeit zu genießen. Doch Petras Gedanken, ihre Sorgen und Ängste ließen sich durch bloßes Ignorieren nicht aus der Welt schaffen, und sie saß mit umwölktem Blick auf dem Beifahrersitz und war ungewöhnlich still.

Um sie abzulenken, begann Anja ihr Geschichten aus ihrem Leben zu erzählen – von ihrer Kindheit, von der Schönheit und den Sehenswürdigkeiten des Schwarzwaldes und besonders ihrer schönen Heimatstadt Gengenbach. Petra seufzte zwar noch ein paarmal, aber je länger sie der sanften Stimme ihrer Geliebten lauschte, desto mehr hellte sich ihre Miene auf, und irgendwann lachte sie sogar wieder. Anja konnte wunderbar fesselnd und witzig erzählen, und ihre lustigen Anekdoten ließen Petra ihre düsteren Gedanken tatsächlich vergessen.

Als sie etwa zwei Stunden gefahren waren, bemerkte Petra mit Erstaunen Schilder, die auf Straßburg und das nahe Elsass hinwiesen. Wenig später fuhr Anja von der Autobahn ab.

»Ich wusste gar nicht, dass du aus der Nähe des Elsass kommst«, sagte Petra. »Ist Straßburg schön?«

»Ja, sehr sogar. Saverne ist auch eine tolle Stadt, kleiner und richtig schnuckelig. Das ganze Elsass bietet sehr viel ... Vielleicht können wir einmal eine kleine Motorradtour durch die Vogesen machen, was meinst du?« Sie warf Petra einen fragenden Seitenblick zu.

»Klingt gut. Jetzt, da du mir meine Angst vor dem Motorradfahren ausgetrieben hast ...« Dann fiel Petra etwas ein: »Sag mal, wann hast du eigentlich Urlaub? Das ist ja für solche Reisepläne nicht ganz unwesentlich.«

»Gute Frage, lass mal überlegen ... Ich habe drei Wochen Ende Juni, Anfang Juli und dann noch einmal drei Wochen im November. Und du?«

»Das passt ja super«, sagte Petra begeistert, »Ende Juni habe ich auch Urlaub und im November ebenso. Ein paar Tage kann ich sicher hin- und herschieben, so dass wir die ganze Zeit zusammen sein können ... wenn du das möchtest.«

»Und ob ich das möchte. Das wäre wundervoll.« Anja warf ihr einen liebevollen Blick zu. Dann musste sie sich wieder auf den Weg konzentrieren. »Hier vorn kommt jetzt gleich Ortenberg mit der Jugendherberge auf dem Schloss«, bemerkte sie, »und danach kommt auch gleich schon Gengenbach.«

Petra sah mit großen Augen auf die große, rote Burg, die links von ihnen über den Weinbergen thronte. »Wie schön es hier ist.«

Anjas Augen strahlten. »Meine Mama würde sich sicher sehr freuen, wenn wir öfters mal vorbeikommen. Sie hat nicht viel von mir zu sehen bekommen in den letzten Jahren, und ich würde das gern ändern.«

Petra legte ihr die Hand auf den Arm: »Mich würde das auch sehr glücklich machen ... sofern deine Mama mich mag.«

»Ich bin überzeugt«, erklärte Anja, »dass Mama dich lieben wird. Immerhin bringst du mich zu ihr. Das allein ist Grund genug.« Sie machte eine kleine Pause, dann kam wieder ein Seitenblick, diesmal bittend: »Ich wäre dir dankbar, wenn du ihr nichts von Marias Plan erzählen würdest. Da würde sich Mama nur große Sorgen machen, das möchte ich nicht.«

Petra schluckte hart. »Und ich? Ich mach mir doch auch große Sorgen. Zählt das denn nicht?«

»Doch, natürlich zählt es«, beeilte sich Anja zu antworten. »Ich weiß ja, dass du dir Gedanken machst ...«

»Gedanken? Ich habe Angst, große Angst. Jetzt, wo ich weiß, wozu Beate fähig ist ... Sie könnte dich umbringen, wenn sie erfährt, dass du sie aushorchen sollst.« Petra konnte nicht weitersprechen. Sie sah zum Fenster hinaus und wischte sich verstohlen eine Träne aus dem Auge.

Neben sich hörte sie Anja seufzen. »Es tut mir leid, Petra, wirklich. Aber ich muss das einfach tun, verstehst du das denn nicht? Sie wird uns sonst nie in Ruhe lassen. Und wie viele andere werden auch noch unter ihr leiden müssen?«

»Das ist mir egal«, entgegnete Petra störrisch. »Ich habe genug Geld für uns beide. Wir könnten einfach wegziehen – hierher zum Beispiel. Weg von der Firma. Dann wird sie uns schon in Ruhe lassen.«

»Ich kann nicht, Petra«, sagte Anja, und nun klang sie fast verzweifelt. »Dafür ist schon zu viel passiert. Ich habe es dir zu verdanken, dass ich mein Leben wieder im Griff habe ... und jetzt werde ich nicht wieder davonlaufen. Dieser Prüfung muss ich mich stellen.«

Petra schluchzte auf. »Aber sie wird dir wieder wehtun ...

oder Schlimmeres.«

Da fuhr Anja auf den Seitenstreifen, schaltete den Warnblinker ein und stellte den Motor ab. Sie legte einen Finger unter Petras Kinn und drehte ihren Kopf zu sich. »Sie wird mir nie wieder wehtun«, sagte sie eindringlich und ließ dabei Petras Blick nicht los. »Das kann sie nicht mehr, weil ich es nicht mehr zulasse. Aber sie könnte *dir* wehtun. Und das kann ich erst recht nicht zulassen, verstehst du? Eher würde ich sie umbringen. Das ist mein voller Ernst. Maria und Sabine wissen schon, was sie mir zutrauen können. Ich werde sicher nicht allein dort sein und unter ständiger Beobachtung stehen. Da kann gar nichts passieren. Vertrau den beiden – und vertrau auch mir, bitte!«

Sie nahm Petra sanft in den Arm und gab ihr einen zärtlichen Kuss. Petra ließ es geschehen, erwiderte den Kuss und schmiegte ihre Wange an Anjas. Ihre Angst war zwar keineswegs besänftigt, aber sie sagte nichts mehr. Dann startete Anja den Wagen wieder, und sie fuhren die letzten paar Kilometer schweigend.

Kaum war das Auto vor einem hübschen Fachwerkhaus mit Blumen vor den Fenstern zum Stillstand gekommen, ging auch schon die Haustür auf, und eine kleine, schlanke Frau kam die Treppe heruntergelaufen. Sie rannte auf Anja zu, zog sie regelrecht aus dem Auto und nahm sie stürmisch in die Arme.

»Meine kleine Maus! Endlich! Ich freue mich so, dich zu sehen.« Sie hielt sie ein Stück von sich fern, musterte sie von oben bis unten. »Gut siehst du aus, Anja, richtig flott.« Sie lachte glücklich und umarmte ihre Tochter erneut. Anja musste ebenfalls lachen.

»Hallo, Mama, nun lass mich doch erst mal Luft holen. Du siehst aber auch flott aus. Hast du einen Verehrer, oder warum bist du so schick angezogen?« Dann nahm sie ihre Mutter bei der Hand und führte sie an die andere Seite des Autos, wo Petra sich gerade aus dem Beifahrersitz geschält hatte. »Mama, darf ich dir Petra Fuchs vorstellen, meine Freundin.«

Petra streckte Anjas Mutter die Hand entgegen, doch die schloss sie gleich in ihre Arme und drückte sie fest an sich. »Herzlich willkommen in Gengenbach, Frau Fuchs. Es ist schön, Sie kennenzulernen.«

»Bitte sagen Sie doch Petra zu mir, Frau Zimmermann«, sagte

Petra. Anjas Mutter war ihr sofort sympathisch: Sie hatte dieselben braunen Augen wie Anja und dasselbe unwiderstehliche Lächeln.

»Aber nur, wenn du Martina zu mir sagst!«

»Geht klar.« Petra lachte, dann fand sie sich erneut in Martinas Armen wieder. An ihre Sorgen wegen des Altersunterschieds dachte sie schon gar nicht mehr angesichts dieser herzlichen Begrüßung. Sogar die bedrückenden Gedanken an Beate lösten sich – zumindest für den Moment – in Luft auf.

»Kommt doch herein«, sagte Martina schließlich. »Ich habe dein Studio vorbereitet und auch den Kaffee schon fertig. Was möchtet ihr gern zum Essen? Und wisst ihr überhaupt schon, was ihr hier machen wollt? Es ist ja schon so lange her, dass du hier warst ...« Sie sprach in einem fort, wartete gar keine Antworten ab. Es war offensichtlich, dass sie einfach überglücklich war, ihre Tochter zu sehen. Aber irgendwann machte sie doch eine Pause und sah Anja lange an. »Ach, Kind, ich habe dich sehr vermisst.« Sie hatte Tränen in den Augen.

Anja nahm sie in die Arme. »Ich weiß, Mama ... du hast mir auch gefehlt. Es tut mir leid, dass ich mich so rar gemacht habe. Aber ich verspreche dir, dass das nicht mehr passieren wird – eher das Gegenteil. Petra kennt die Gegend hier nicht und würde gern mehr davon sehen. Das heißt also, dass wir noch viel öfter runterkommen werden.«

Martina strahlte Petra an. »Danke, Petra – danke, dass du mir meine verlorene Tochter wiedergebracht hast. Du hättest nichts Schöneres für mich tun können.«

Petra lächelte zurück, aber plötzlich spürte sie einen Kloß im Hals. *Meine verlorene Tochter* ... Wenn Martina wüsste, dass das Verlieren nicht bloß Vergangenheit war, sondern schreckliche Realität werden könnte ... Sie musste sich umdrehen, damit Anja und ihre Mutter die Tränen in ihren Augen nicht sahen.

Anja führte sie die Treppe unter das Dach hinauf, in ihr kleines Studio. Als sie die Tür geschlossen hatte, konnte Petra die Beherrschung nicht länger aufrechterhalten und warf sich Anja schluchzend an den Hals.

Beruhigend, aber auch ein wenig überrascht nahm Anja sie in die Arme und strich ihr über den Rücken. »Hey, was ist denn los? Ist ja gut . . . alles ist gut.«

»Nein«, schluchzte Petra, »nichts ist gut. Ich kann diese Gedanken nicht einfach abstellen. Ich liebe dich so sehr und habe noch viel mehr Angst davor, dich zu verlieren.«

»Warum solltest du mich denn verlieren?« Anja schob sie ein kleines Stück weg und sah sie entsetzt an.

»Weil ich nicht weiß, was Beate ... was Beate dir antun wird.« Petra stammelte; die so bedrohlich klingenden Worte wollten ihr kaum über die Lippen.

Anja zog sie wieder fest an sich. »Sie wird mir nichts tun, denn Maria und Sabine werden auf mich aufpassen. Die beiden wissen, was sie tun. Ganz bestimmt – alles wird gut, und dann sind wir sie für immer los. Und du, mein kleiner Engel, du wirst mich heiraten, und wir werden für immer zusammen sein.«

Sie küsste Petra voller Liebe, drückte sie an sich, küsste sie wieder. Ganz allmählich löste sich der Kloß in Petras Kehle. Aber sie hätte viel darum gegeben, Anja nie wieder loslassen zu müssen.

Als Anjas Mutter von unten nach ihnen rief, entließ Petra ihre Geliebte nur widerwillig aus ihren Armen.

»Komm, mein Liebling«, sagte Anja ermutigend, »lass uns einen Kaffee mit Mama trinken, und dann gehen wir hinauf aufs Bergle, und ich zeige dir meinen Heimatort.«

Kapitel 14

Nachdem Petra sich im angrenzenden Bad etwas frisch gemacht hatte, gingen sie Hand in Hand nach unten in die Wohnstube. Der Duft frischen Kaffees zog durch das ganze Haus, und auf dem liebevoll gedeckten Tisch stand ein selbstgebackener Apfelkuchen.

»Hmm, das duftet aber lecker.« Anja strahlte ihre Mutter an. »Deinen berühmten Apfelkuchen habe ich auch vermisst.«

Da Anja und ihre Mutter sich viel zu erzählen hatten, sagte

Petra bei Tisch nicht viel. Doch sie hielt sich gern im Hintergrund, um den beiden die Gelegenheit zu geben, ihre Beziehung zu erneuern, und ab und zu bezogen sie Petra auch in ihr Gespräch mit ein – besonders, als es um ihr Kennenlernen ging. Martina stellte ihr auch ein paar Fragen zu ihrer Arbeit und ihrem Wohnort. Sie wirkte ehrlich interessiert, stellte Petra fest, betrieb nicht nur Small Talk. Eine bessere Schwiegermutter konnte sie sich wirklich nicht wünschen.

Erst als Martina vorsichtig nach Beate fragte, wurde Petra wieder unruhig. Anja warf ihr einen besorgten Blick zu. Dann erklärte sie ihrer Mutter sehr bestimmt, dass Beate keine Rolle mehr in ihrem Leben spiele – und damit sei auch alles zu diesem Thema gesagt. Martina sah sie prüfend an, fragte aber nicht weiter nach. Petra konnte Anjas Erleichterung förmlich spüren.

Nach dem Kaffee schlenderten Petra und Anja Hand in Hand durch den hübschen, kleinen Ort. Anja zeigte ihr das historische Rathaus mit seiner klassizistischen Fassade und den 24 Fenstern.

»Im Dezember wird die Fassade zu einem riesigen Adventskalender. Jeden Abend öffnen sie ein Fenster, und ein Bild kommt zum Vorschein. Die Atmosphäre ist etwas ganz Besonderes.«

Petra schmiegte sich an sie. »Klingt traumhaft. Das würde ich gern einmal erleben.«

»Dann machen wir das dieses Jahr auch ... Mama wird sich freuen. Und ich auch.« Anjas Stimme bebte vor Glück. »Dann werde ich hier stehen, mit dir an meiner Seite, meiner Frau, meiner besten Freundin, meiner Partnerin. Ich liebe dich.«

Petra wurde warm ums Herz. Dann kam ihr plötzlich eine Idee. »Wann sollen wir denn eigentlich heiraten, und wo?«, fragte sie Anja.

Die sah sie ebenso fragend an. »Hast du dir darüber schon Gedanken gemacht? Wir müssen es auch meiner Mutter noch sagen. Ich denke, sie wird sich freuen.«

»Was hältst du davon«, sprach Petra ihren Einfall aus, »wenn wir hier heiraten?«

»Hier?« Anja war verblüfft. »Du meinst in Gengenbach?«

»Ja, klar, warum denn nicht? Es ist ein supersüßer Ort, und deine Mama könnte dann dabei sein, wenn sie das möchte. Das wäre doch schön, oder?«

»Ist das dein Ernst?« Nun hatte Anja plötzlich Tränen in den Augen.

Petra küsste sie sanft. »Ich könnte mir nichts Schöneres vorstellen.«

Anja führte sie durch die Weinberge zu der kleinen Kapelle auf dem Bergle. Der Ausblick von hier oben über das Städtchen und das Kinzigtal war atemberaubend.

»Es muss schön sein, hier aufzuwachsen«, sinnierte Petra, ganz in das Panorama versunken.

»Na ja ...« Anja seufzte. »Als ich zur Schule ging, war es schon okay. Aber es ist nicht so viel los. Höchstens zur Fasnachtszeit – dann lassen sie die Gengenbacher Hexen los. Oder Martinimarkt im November, das ist auch lustig. Ansonsten war es eher langweilig, denn es gab nicht so viele Lesben und schon gar keine Frauencafés oder so. Und immer nach Offenburg oder Freiburg war halt auch nicht drin. Da hatte ich in Köln auf jeden Fall mehr Auswahl.« Sie warf Petra einen liebevollen Blick zu: »Doch jetzt ist das gar nicht mehr wichtig, jetzt habe ich ja dich in meinem Leben. Wir können ja in unserem Urlaub austesten, ob es uns hier gefallen würde oder doch nicht. Und wenn ja, dann können wir uns vielleicht ein kleines Haus oder eine Wohnung suchen. Was denkst du?«

So konkret hatten sie noch nie über ihre gemeinsame Zukunft gesprochen. Ein warmes, tiefes Glücksgefühl stieg in Petra auf, und sie strahlte Anja an. »Klingt super. Die Gegend ist ein Traum ... und wir könnten viel Fahrrad fahren. Dann muss ich mir auf jeden Fall wieder eins kaufen.«

Sie hatten sich auf eine Bank gesetzt und saßen Arm in Arm nebeneinander. Schweigend sahen sie eine Weile auf die kleine Stadt hinunter. Petra hätte das Glücksgefühl gern noch länger festgehalten, aber sie konnte nicht verhindern, dass ihre Gedanken bald wieder zu Beate und Anjas beängstigendem Plan zurückkehrten. Ihr Körper versteifte sich.

Anja musste es gespürt haben, denn sie stand auf und sah ernst auf Petra herab. »Ich weiß, was du denkst, und es tut mir leid, dass es dich so belastet. Aber ich verspreche dir, dass ich auf mich aufpassen werde. Okay?«

Petra schluckte trocken. Die Sorge schnürte ihr die Kehle zu. Doch sie nickte tapfer, ergriff Anjas Hand und ließ sich von ihr von der Bank hochziehen.

Martina hatte schon mit dem Essen auf sie gewartet, und es schmeckte hervorragend. Petra tat es leid, dass sie zu sehr in ihre düsteren Gedanken versunken war, um es angemessen zu würdigen. So bekam sie auch nicht mit, dass Anja sie immer wieder fragend ansah. Erst als sie schon beim Dessert waren, erwiderte sie endlich Anjas Blick, in dem sich Aufregung und erwartungsvolle Freude spiegelten, und nickte ihr lächelnd zu.

Da nahm Anja die Hand ihrer Mutter. »Mama, wir wollten dir noch etwas sagen. Petra und ich haben beschlossen zu heiraten – und wir würden das gern hier in Gengenbach tun.«

Martina sah ungläubig von ihrer Tochter zu Petra, dann brach sie in Tränen aus. »Ist das euer Ernst? Ihr wollt hier heiraten?«

Petra nickte. »Wir hoffen natürlich, dich dabei zu haben. Außerdem gefällt es uns hier sehr gut, und wir überlegen, ob wir vielleicht sogar hierherziehen werden.«

Immer mehr Tränen strömten über Martinas Gesicht, und sie stand auf, um Anja und Petra nacheinander zu umarmen – und dann noch einmal beide zusammen. »Ihr macht mich so glücklich. Heiraten ... meine kleine Tochter wird heiraten ... ich kann es gar nicht glauben. Anja, ich freue mich so für euch.«

Als sie sich nach einer ganzen Weile ein wenig beruhigt hatte, holte sie eine Flasche Sekt aus dem Keller, und sie stießen miteinander an. Danach schmiedeten sie Pläne für die Hochzeit und suchten nach einem Termin. Natürlich erwähnten sie dabei mit keinem Wort, dass sie erst noch die Aktion gegen Beate abwarten wollten – zumal sie ja selbst nicht wussten, wann diese stattfinden sollte. Doch sie entschieden sich schließlich für einen Tag im Juni, wenn sie beide Urlaub hatten. Bis dahin waren es noch ein paar Wochen – genug Zeit, die Hochzeit zu beantragen und die übrigen Vorbereitungen zu treffen.

Als sie später oben in ihrem Zimmer waren, gab Anja zu bedenken: »Wir müssen uns etwas einfallen lassen, dass wir überhaupt hier in Gengenbach heiraten können und nicht nach Offenburg müssen.«

Petra sah sie verständnislos an.

»Nun ja, in Baden-Württemberg ist es leider immer noch so, dass gleichgeschlechtliche Ehen auf dem Landratsamt geschlossen werden, und das ist halt in Offenburg. Wir müssen mal mit Mama sprechen. Sie war viele Jahre Lehrerin hier und kennt alle möglichen Leute. Ich bin sicher, dass sie uns helfen kann.«

Inzwischen lagen sie Arm in Arm im Bett. Petra küsste Anja liebevoll. »Mir ist es eigentlich ziemlich egal, wo wir heiraten«, meinte sie. »Ich weiß nur, dass ich dich als meine Frau und Lebenspartnerin möchte – und das so bald wie möglich.«

Am nächsten Morgen weckte sie frischer Kaffeeduft. Rasch zogen sie sich an und gingen zum Frühstück nach unten. Martina griff sich gleich das Telefon, als Anja ihr von ihren Befürchtungen wegen der Heirat erzählte.

»Ich kenne da ein paar wichtige Leute, die mir noch einen Gefallen schulden. Das wäre ja gelacht, wenn wir nach Offenburg müssten, wo es hier so ein schönes Standesamt gibt ... Lasst das mal meine Sorge sein, ich regle das für euch.«

In diesem Moment klingelte Anjas Handy. Petra beobachtete sie aufmerksam, als sie den Anruf entgegennahm und ihr dann ein Zeichen machte, ihr nach oben in ihr Zimmer zu folgen. Dort schloss Anja die Tür und stellte den Lautsprecher an. Es war Maria.

»Hallo, Anja, wie geht es euch?«

Petras Herz raste. Sie hatte sich aufs Bett gesetzt, stand aber gleich wieder auf und ging im Zimmer hin und her; sie konnte einfach nicht ruhig sitzen bleiben.

Anja antwortete: »Wir sitzen hier sozusagen auf heißen Kohlen. Was gibt es denn Neues?«

Ein raues Lachen war zu hören. »Wir haben alle Formalitäten geklärt und würden jetzt gern so schnell wie möglich zuschlagen.«

»Was heißt das für uns?«, fragte Anja sachlich. Petra konnte kaum glauben, wie ruhig sie war.

»Wir müssen uns zusammensetzen und einen Plan ausarbeiten«, erläuterte Maria. »Wie können wir Beate überzeugen, dass Anja zu ihr zurückkommt, und wie kann Anja die Informationen, die wir brauchen, von ihr erfahren? Wir wollen vermeiden, dass Anja zu lange bei ihr bleibt, denn Beate neigt ja zu Gewalt ... das wisst ihr selbst. Anja darf nichts passieren, da sind wir uns, glaube ich, alle einig.«

Petra zog scharf die Luft ein. »Na, das will ich ja schwer hoffen.« Sie trat näher an Anja heran, damit Maria sie durchs Telefon hören konnte: »Werdet ihr denn in ihrer Nähe sein?«

»Auch das werden wir alles besprechen. Wo seid ihr denn im Moment?«

»Immer noch bei meiner Mutter in Gengenbach«, sagte Anja, »aber wir werden gleich nach dem Mittagessen losfahren. Sollen wir dich anrufen, wenn wir zu Hause sind?«

»Ja, das wäre eine gute Idee, dann könnten wir uns noch heute zusammensetzen. Je schneller, desto besser.«

»Gut, dann bis heute Abend.«

Anja legte auf und wandte sich zu Petra um. Diese sah sie traurig an.

»Ich bin immer noch nicht damit einverstanden, dass du den Lockvogel spielst. Und wenn Maria und Sabine nicht mit einem bombensicheren Plan aufwarten, dann lasse ich es nicht zu, dass du zu ihr zurückgehst.«

Anja trat auf sie zu, nahm ihre Hände und sah ihr fest in die Augen. »Bitte vertrau mir und den Mädels. Ich werde mich nicht in Gefahr begeben. Alles wird gut. Bestimmt.«

Aber Petra konnte einfach nicht über ihren Schatten springen; die Angst um Anja war zu groß. Gleichzeitig ahnte sie, dass sie Anja nicht von ihrem Plan abhalten konnte und es ihr nur noch schwerer machen würde, wenn sie sich querstellte. Sie seufzte tief und ließ sich in Anjas Arme sinken.

»Du musst mir versprechen, dass du alles tust, was Maria dir sagt«, murmelte sie dicht an ihrem Ohr. »Keine Extratouren, kein Heldentum.«

Anja nahm ihr Gesicht in beide Hände und lächelte sie an. »Großes Indianerehrenwort.«

Dann küsste sie Petra sehr behutsam und liebevoll, so als wolle sie mit diesem Kuss ihr Versprechen besiegeln.

Als die beiden wieder zu Martina in die Küche kamen, erwartete diese sie mit einem vielversprechenden Grinsen.

»Ich habe gute Nachrichten, Kinder. Durch die neue Landesregierung wurde gerade das Gesetz geändert, und nun könnt ihr auch hier in Gengenbach ganz offiziell heiraten. Ansonsten hätte ich aber auch noch einen Plan B gehabt – ein Bekannter vom Landratsamt hätte die Trauung hier übernommen.«

Anja umarmte ihre Mutter begeistert. »Mama, du bist einfach die Beste.« Über Martinas Schulter hinweg schaute sie Petra tief in die Augen. *Siehst du, das hat schon mal geklappt,* schien ihr Blick zu sagen. *Dann klappt der Rest auch. Du wirst sehen.*

Petra lächelte tapfer und umarmte dann ihrerseits Anjas Mutter. Sie wollte so gern daran glauben, dass Anja recht hatte.

Nach dem gemeinsamen Mittagessen machten sich die beiden Frauen auf den Heimweg. Sie sprachen wenig während der Fahrt. Beide wussten, dass sie über dasselbe nachdachten, doch für den Moment war dazu alles gesagt – es war sinnlos und schmerzhaft, wieder und wieder ihre unterschiedlichen Einstellungen durchzukauen.

Anja rief Maria von unterwegs an, und kaum waren sie zu Hause, klingelte es auch schon an der Tür. Petra bat Maria und Sabine herein und setzte Tee und Kaffee auf – es würde sicher ein langer Abend werden. Dann versammelten sie sich um den Küchentisch.

»Also«, begann Petra, entschlossen, für Anjas Sicherheit jede denkbare Garantie einzufordern, »wie wollt ihr es anstellen, dass Beate Anja vertraut?«

Maria warf ihr einen langen Blick zu, in dem sich Verständnis mit einer gewissen Unruhe mischte. »Das müssen wir Anja fragen, sie kennt sie besser als jede von uns und weiß, wie sie tickt. Wir haben uns aber Folgendes schon einmal überlegt.« Sie zückte ein Notizbuch und schlug es auf: »Bevor sie Beates Haus betritt, wird Anja von uns mit einem Sender ausgestattet, so dass wir von außen alles mithören können. Sobald wir ausreichend belastendes Material und hoffentlich auch einige Namen zusammen haben, werden wir eingreifen und Anja rausholen. Es gibt keinen Grund zur Sorge – wir werden die gesamte Zeit in ihrer Nähe sein, und auch die Polizei ist eingeweiht und wird mit einigen Männern bereitstehen. Für alle Fälle.«

»Wie lange soll das dauern?« Wieder war es Petra, die die Frage stellte.

Maria zuckte die Schultern. »Das kommt darauf an, ob Anja Beate gleich zum Reden bringt oder Beate sich erst stur stellt.«

»Das heißt, ihr wollt Anja zu ihrer gewalttätigen Exfreundin schicken und sie dort lassen? Womöglich sogar für mehrere Tage?« Petras Augen bohrten sich in Marias. »Das kommt überhaupt nicht in Frage. Sie wird sie wieder schlagen. Mindestens.«

Anja versuchte sie zu beruhigen: »Sie wird mir schon nichts tun ... ich muss nur total zerknirscht vor ihr stehen und sie anbetteln, mich zurückzunehmen. Das sollte ihr genug sein. Sie hat mich ja immer nur geschlagen, wenn ich nicht artig war.«

Sie versuchte Petra zu umarmen, doch die wehrte sie ab.

»Und wenn sie mit dir schlafen will? Was machst du dann? Lässt du es zu, damit sie hier ihre Informationen bekommen?« Ihre Augen blitzten jetzt vor Wut.

Anja machte ein betroffenes Gesicht und schluckte hart. Augenscheinlich hatte sie an dieses Szenario bisher noch gar nicht gedacht. Sie warf einen hilflosen Blick zu Maria und zu Sabine, aber die sahen sie genauso gespannt an wie Petra.

»Ich werde nicht mit ihr schlafen«, sagte sie fest, »nie wieder. Ganz egal, was ihr von mir wollt – das geht zu weit und wird nicht passieren.« Sie schaute Petra wieder an. »Das verspreche ich dir.«

Petra erwiderte ihren Blick mit Tränen in den Augen und begann zu schluchzen, ohne dass sie etwas dagegen tun konnte. »Ich habe solche Angst, dass sie dir wehtun wird«, stieß sie hervor. »Sie ist nicht dumm, das weißt du genauso gut wie ich – oder noch besser. Sie wird merken, dass du sie ausfragst. Das kann nicht gutgehen.«

Anja nahm sie nun doch in den Arm und streichelte sie tröstend, aber alle Liebkosungen und beruhigenden Worte prallten an Petra ab. Sie wusste einfach, dass sie recht hatte. Dass das ganze Unternehmen viel zu gefährlich war, und dass sie jetzt noch viel weniger damit einverstanden war als vorher. Deshalb konnte sie sich gar nicht beruhigen – Angst und Sorge hatten sie so fest im Griff, dass sie nichts anderes mehr fühlen konnte als blanke Panik.

Schließlich löste sie sich von Anja und ging nach oben ins Schlafzimmer. Vielleicht würde es helfen, sich gründlich auszuweinen – vielleicht würde sie anschließend eher in der Lage sein, die anderen zu überzeugen. Als heulendes Elend war sie es jedenfalls nicht. Sie sank aufs Bett nieder und ließ den Tränen freien Lauf.

Doch sie hatte nicht bedacht, wie erschöpft sie von der Reise und der permanenten Belastung war. Anstatt sich zu erholen, weinte sie sich in den Schlaf.

Mit einem Schrei schrak sie hoch. Sie hatte etwas Schlimmes geträumt, sie wusste nicht, was, aber Beklemmung und Angst schnürten ihr immer noch die Kehle zu. Es musste mitten in der Nacht sein. Ihre Hand tastete das Bett neben ihr ab, doch das Kissen und die Laken waren leer und kalt.

»Anja?«, rief sie leise. Nichts.

Sie stand auf, trat aus dem Zimmer, suchte das ganze dunkle Haus ab. »Anja, wo bist du?« Ihr Rufen wurde immer lauter und verzweifelter.

Schließlich ließ sie sich auf einen Stuhl sinken, unfähig, etwas zu denken oder auch nur zu fühlen. Sie war weg, ohne ihr etwas zu sagen, einfach gegangen. Petra konnte es nicht fassen, nicht glauben. Tränen liefen ihr über das Gesicht, doch sie spürte es nicht einmal. Wie in Trance ging sie wieder nach oben ins Schlafzimmer, sie wusste nicht, warum, es war egal, wo sie sich aufhielt, alles war egal.

Neben dem Bett lag ein Briefumschlag. Für einen Moment setzte ihr Herz aus, dann pochte es zum Zerspringen. Mit zitternden Händen, wie im Fieber öffnete sie den Brief und zog ein Blatt Papier heraus.

Meine geliebte Petra,
ich wollte es Dir persönlich sagen, doch Du schläfst so fest, und ich will Dich nicht wecken. Daher schreibe ich alles auf.
Ich liebe Dich von ganzem Herzen und möchte Dich bitten, dass Du mir glaubst und vertraust.
Ich hoffe, dass wir noch heute Abend wieder zusammen sein können.
Der ganze Einsatz ist genau geplant. Auch die Kölner Polizei ist mit von der Partie, nicht nur der Zoll. Du siehst also, es kann gar nichts schiefgehen! Sie werden alles hören können und sind immer in meiner Nähe, damit sie je-

derzeit eingreifen können. Mir kann gar nichts passieren, für meinen Schutz ist doppelt und dreifach gesorgt.
Es tut mir so leid, mein Schatz, dass ich mich einfach davonstehle. Ich weiß, dass das schrecklich für Dich sein muss. Doch hoffe ich, dass Du mir verzeihen kannst. Aufzuwachen und mich gehen zu sehen wäre vielleicht noch schlimmer für Dich gewesen, und ich wollte Dich nicht noch mehr aufregen.
Bis ganz bald,
in Liebe,
Dein kleiner Engel.

Kapitel 15

Nachdem Anja ihre Tasche gepackt, ihren Brief neben Petra auf den Boden gelegt und ihrer schlafenden Geliebten ein letztes Mal ganz sanft über die Haare gestreichelt hatte, fand sie sich hinter Maria und Sabine im Auto wieder, und sie fuhren durch die Nacht nach Köln.

Ihr war übel. Nicht so sehr vor Nervosität angesichts ihres riskanten Vorhabens, sondern weil sie sich für das hasste, was sie Petra antun musste. Sie wusste, wie sehr Petra sich sorgte und wie sehr sie dagegen war, dass Anja sich in Gefahr begab. Sie wusste auch, dass Petra verletzt und krank vor Angst sein würde, wenn sie aufwachte und den Brief fand.

Doch das änderte nichts daran, dass sie es tun musste. Denn alles andere hätte bedeutet, Petra in Gefahr zu bringen.

Sie sah aus dem Wagenfenster in die Dunkelheit hinaus und versuchte, ganz fest an Petra zu denken, ihr angenehme Träume zu schicken, Zuversicht und Hoffnung. Doch bald ertappte sie sich dabei, dass ihr Tränen über die Wangen liefen. Dann versuchte sie selbst ein wenig zu schlafen, aber es wollte ihr nicht gelingen.

In einer Seitenstraße in der Nähe von Beates Haus war die Fahrt zu Ende. Hier war bereits ein großer, weißer Van geparkt: die mobile Einsatzzentrale, von der aus Maria und Sabine das Treffen von Anja und Beate mitverfolgen würden. Sie parkten ihren Wagen noch eine Straße weiter weg und stiegen in den Van ein. Drinnen saß bereits ein junger Polizist an einem Schaltpult; er würde die Gespräche zwischen Beate und Anja aufzeichnen.

Es war noch dunkel, die Morgendämmerung brach gerade erst an. Also galt es noch ein wenig Zeit totzuschlagen.

Der junge Polizist bot ihnen Kaffee aus einer Thermoskanne an. Dann gaben die beiden Zollbeamtinnen Anja die letzten Instruktionen und versorgten sie mit dem Sender. Es war ein winziges Mikrofon, das sie an ihrer Uhr befestigten. Die Antenne wurde um das Armband gewickelt, so dass sie so gut wie unsichtbar war.

»Wir werden noch näher an das Haus heranfahren«, erklärte Maria, »um so schnell wie möglich zur Stelle zu sein, falls du unsere Hilfe brauchst. Wir haben uns auch ein Codewort ausgedacht, das du benutzen sollst, wenn es dir zu gefährlich wird oder du die Sache abbrechen willst – egal aus welchem Grund. Dieses Codewort ist für uns bindend und lautet ›Frau Wagner‹.«

Anja hörte stumm zu. Ihr Gesicht war bleich und ernst.

»Auch wenn es so aussieht, du bist da drin nicht allein«, fuhr Maria fort und sah sie ermutigend an. »Wir möchten, dass du dich wirklich sicher fühlst. Nur: da wir zuhören, aber nichts sehen können, sind wir auf deine Vernunft angewiesen. Sobald du also abbrechen willst oder Hilfe brauchst, dann sag einfach meinen Namen, und wir sind sofort bei dir. Spiel nicht die Heldin – wenn sie dir zu nahe kommt oder dir wehtut, dann brich ab. Verstehst du? Hast du noch Fragen?«

Anja nickte erst und schüttelte dann den Kopf. Sie nahm ihr Handy aus der Tasche und gab es Maria. »Für den Fall, dass Petra anruft ... ich denke, es ist besser, wenn Beate es nicht mitbekommt.«

Sie machten noch eine Sprechprobe mit dem Sender und ließen den jungen Polizisten eine Testaufnahme machen. Zufrieden mit dem Ergebnis schickten sie Anja schließlich los.

Anja stieg aus dem weißen Van, atmete tief durch und straffte die Schultern. Langsam ging sie um die Straßenecke und auf Beates Haus zu. Sie schluckte trocken. Erst jetzt kroch die Angst in ihr hoch. Gegenüber Petra und auch Maria und Sabine hatte sie es nie zugegeben, aber sie allein kannte Beate wirklich und wusste, wozu sie fähig war.

Doch nun stand sie hier vor ihrer Tür, und sie würde es durchziehen. Ihre einzige Chance, Beate für immer aus ihrem Leben zu verbannen.

Sie klingelte und hielt den Atem an. Sie wusste, dass sie einen zerknirschten und betrübten Eindruck machen musste – nur so würde Beate sie überhaupt ins Haus lassen. Und gerade in diesem Moment war ihr mehr als elend zumute. Sie musste also nicht einmal schauspielern.

Nach nur wenigen Sekunden öffnete sich die Tür, und Beate stand vor ihr.

Sie starrte auf Anja und lachte leise. »Mein Lämmchen, was treibt dich denn nach Hause zurück?«

Anja wagte nicht, ihr ins Gesicht zu sehen. Sie wusste, dass Beates Fröhlichkeit nicht echt war, und jetzt hatte sie wirklich Angst. Am liebsten hätte sie direkt auf dem Absatz kehrtgemacht und wäre davongerannt – so schnell und so weit wie möglich.

»Hallo, Beate«, flüsterte sie. »Es tut mir so leid.« Ihre Augen waren zu Boden gerichtet, ihre Schultern hingen nach unten.

»Was, mein Lämmchen, was tut dir leid?«

Beates Stimme klang noch immer fröhlich, und Anja traute sich, den Blick zu heben. Sie erstarrte, als sie die Wut und den Hass in Beates Augen sah.

»Ich habe alles falschgemacht«, brachte sie mühsam hervor, »und ich möchte zu dir zurückkommen. Bitte ...« Sie legte einen flehentlichen Ausdruck in ihren Blick. »Bitte, nimm mich wieder bei dir auf. Ich bin doch verloren ohne dich.«

Innerlich war Anja ganz schlecht. Doch offenbar spielte sie ihre Rolle überzeugend genug – jedenfalls zog Beate sie am Arm ins Haus hinein.

»Na, das ist nun wirklich eine große Überraschung, mein Lämmchen. Ich hätte nicht mehr erwartet, dass du wieder angekrochen kommst.«

Jetzt lag Verachtung in Beates Blick. Anja senkte die Augen wieder in Richtung Boden.

Da brüllte Beate: »Sieh mich an, wenn ich mit dir rede!«

Im Van sahen sich Maria und Sabine bestürzt an. Das klang gar nicht gut. Der dumpfe Schlag, der über die Kopfhörer zu hören war, sprach ebenfalls gegen die Weiterführung dieser Aktion. Doch Anjas Stimme klang fest und sicher, als sie wieder sprach.

»Es tut mir so leid, Beate. Ich weiß nicht, was über mich kam. Ich bin doch nichts ohne dich. Du hast mir gefehlt.«

Erneut klang Beates raues Lachen durch die Kopfhörer. »Und deine neue Freundin, was ist mit der?«

»Keine kann dir das Wasser reichen. Du bist die Einzige für mich, das habe ich jetzt erkannt. Bitte, sei mir nicht mehr böse ... ich werde alles tun, was du willst.«

»Alles?«

Anjas Stimme war nun kaum noch zu hören. »Ja, alles.«

»Na, dann werden wir einmal sehen, mein Lämmchen. Ich habe da so einige Ideen.«

Die Geräusche, die nun aus den Kopfhörern drangen, waren offenbar eine Mischung aus Schlägen, Küssen, Stöhnen und Wimmern. Sabine wurde immer unruhiger. Das Gespräch ging in eine Richtung, die ihr so gar nicht gefiel, und sie hoffte inständig, dass Anja entweder schnell die Kurve kriegen oder das Codewort benutzen würde, damit sie den Einsatz abbrechen konnten. Doch vorerst kam das Codewort nicht, und Anja sprach leise weiter.

»Du hast mir große Angst gemacht, aber das weißt du sicher.«

Beate lachte abermals ihr bösartiges, raues Lachen. »Was meinst du, mein Lämmchen?«

»Die Drogen in unserem Koffer und die Zollkontrolle – das warst doch sicher du. Oder sollte Andreas tatsächlich einmal etwas ohne dein Wissen getan haben?«

Alle im Van hielten den Atem an.

»Andreas«, spuckte Beate, »ist zu blöd, sich die Schuhe allein zu binden. Ich musste ihm ein paar Ratschläge geben, und den Zoll anonym zu informieren, das war ja nun sehr einfach. War doch eine schöne Sache, oder, mein Lämmchen?«

Petra las den Brief wieder und wieder. Aber Anjas Worte konnten die schreckliche Leere in ihrem Innern nicht ausfüllen, und schließlich zerknüllte sie das Blatt. Sie nahm das Telefon und wählte Anjas Handynummer. Doch nur die Mailbox antwortete ihr.

Lange saß sie auf dem Bett und starrte vor sich hin, immer noch nicht in der Lage, einen klaren Gedanken zu fassen. Bis sie irgendwann wusste, was sie tun musste.

Sie stand auf, zog sich an und ging zu ihrem Auto. Es war noch dunkel, als sie sich hinter das Steuer setzte, den Zündschlüssel drehte und losfuhr: auf die A3 Richtung Köln. In Anjas Nähe zu sein, selbst wenn sie nicht wirklich bei ihr sein konnte, das war das Einzige, was jetzt Sinn ergab.

Wie in Trance legte sie die Strecke nach Köln zurück. Dort musste sie sich mit etwas Mühe Anjas Wegbeschreibung ins Gedächtnis rufen, aber schließlich erreichte sie Beates Haus und parkte ihr Auto ein paar Meter davon entfernt. Eine Weile blieb sie bewegungslos sitzen, starrte nur auf das Haus und versuchte sich vorzustellen, dass Anja dort drinnen war, aber ihr Verstand weigerte sich, diesen Gedanken an sich heranzulassen.

Plötzlich wurde die Beifahrertür geöffnet, und sie zuckte heftig zusammen. Maria stieg ein und setzte sich neben sie.

»Petra, was denkst du dir eigentlich? Wir hatten das doch alles durchgesprochen. Du könntest die ganze Aktion gefährden – du könntest Anja gefährden ...«

Sie brach ab, als Petra den Kopf hob und ihr in die Augen sah.

»Was würdest du denn tun«, fragte sie tonlos, »wenn das da drinnen Sabine wäre?«

Maria gab keine Antwort. Stattdessen legte sie ihre Hand auf Petras Arm. »Okay, komm mit. Du kannst bei uns im Van sitzen und zuhören.«

Petra nickte. Leise stiegen sie aus und gingen zu dem großen, weißen Wagen hinüber, den Petra gar nicht bemerkt hatte, so unauffällig war er zwischen anderen Autos geparkt.

Sabine warf Maria einen fragenden Blick zu, als die beiden den Laderaum betraten, doch die zuckte nur die Schultern und setzte sich auf ihren Platz. Sie streifte sich ein Paar Kopfhörer über und gab Petra ein weiteres. Nachdem sie ihr gezeigt hatte, wie man die Lautstärke regelte, konnte Petra Anjas Stimme hören – so deutlich, als stehe sie direkt neben ihr. Sie klang sehr ruhig.

»Wie hast du Andreas nur dazu gebracht, die Pillen in meinen Koffer zu stecken?«

Dann ertönte Beates Stimme, so kalt und verächtlich, dass Petra ein Schauer über den Rücken lief. »Er sollte das Zeug ja nicht in deinen Koffer tun, sondern in den der kleinen Schlampe. Ich wusste ja nicht, dass deine Sachen bei ihr drin waren.«

»Und die Stichprobenkontrolle in Frankfurt, das habt ihr veranlasst?«

»Wir mussten ja sichergehen, dass sie geschnappt wird«, erklärte Beates eisige Stimme. »Zu gern hätte ich ihr dummes Gesicht gesehen.«

Petra ballte die Fäuste. Gespannt wartete sie auf Anjas Reaktion.

Deren Stimme war weiterhin ruhig, ohne jeden Vorwurf. »Warum hast du das getan? Warum wolltest du ihr wehtun? Du kennst sie doch gar nicht.«

Beates Stimme troff nun vor Wut: »Sie hat dich mir weggenommen, und niemand nimmt mir ungestraft etwas weg. Niemand, verstehst du?«

Die letzten Worte hatte sie gebrüllt, und man konnte deutlich einen Schlag hören. Petra fuhr zusammen und sah entsetzt zu Maria hinüber. Doch die hob beschwichtigend die Hand.

»Bisher hat sie ein paar Teller oder so was zertrümmert, aber Anja nicht angerührt.«

Den überraschten Blick, den Sabine ihrer Partnerin zuwarf, und den darauf folgenden stummen Austausch zwischen den beiden Frauen bekam Petra nicht mit. Sie zitterte am ganzen Körper.

Nach einer kurzen Stille drang wieder Anjas Stimme aus den Kopfhörern: »Ich könnte dadurch auch meinen Job verlieren.«

»Na und?«, gab Beate gehässig zurück. »Du wolltest doch weg von mir, ein neues Leben anfangen. Dann kannst du auch gleich ganz neu beginnen, oder nicht?«

Anjas Antwort klang beschwichtigend, sie schien Beate einlullen zu wollen: »Aber ich habe doch eingesehen, dass das ein Fehler war. Es hat mir gezeigt, wo mein Platz ist … und auch, wie sehr ich dich und deine Ideen bewundere.«

»Welche Ideen?« Beate schien plötzlich vorsichtig.

»Na, das mit den Drogen. Ich weiß doch, dass Andreas die öfters gekauft hat. Aber ich hatte immer gedacht, dass er sie in seinem Koffer mitnimmt und den dann nach Köln durchschickt, damit er in Frankfurt nicht vom Zoll kontrolliert wird ... Das ist doch ein großes Risiko, oder nicht?«

»Kann schon sein, aber was geht mich das an? Und warum interessiert dich das jetzt?« Beates Stimme klang lauernd und ein wenig unschlüssig, so als könne sie sich nicht entscheiden, ob sie misstrauisch sein oder mit ihren Fähigkeiten prahlen sollte.

Anja aber war noch immer so ruhig wie zuvor. »Ich habe mich einfach schon immer gewundert, wie Andreas das mit all den Pillen macht, die er so im Ausland kauft. Und vor allem, wie er das ganze Zeugs durch den Zoll bringt. Das kann er doch allein gar nicht schaffen, dafür ist er nicht clever genug – oder soll ich etwa glauben, dass er tatsächlich so viel Hirn hat?«

Beate lachte heiser. »Andreas und Hirn, haha, das ist mal ein guter Witz. Nein, nein. Irgendwann hat er mir erzählt, dass er für ein paar Leute in seinem Studio Anabolika besorgt und sich damit ein paar Euro nebenher verdient. Er hatte aber Angst, dass der Zoll es merken würde, daher hat er immer nur ganz wenig gekauft. Wir haben dann ein bisschen ... expandiert.«

Beate lachte wieder, laut und hämisch. Anja fiel in ihr Lachen ein.

»Clever ... und wie habt ihr das gemacht? Der Zoll ist doch nicht auf den Kopf gefallen?«

»Gibt es einen besonderen Grund, dass du dich auf einmal für meine Geschäfte interessierst, mein Lämmchen?« Obwohl Beates Tonfall sich nicht verändert hatte, war ihr Misstrauen deutlich zu spüren »Willst du etwa bei uns einsteigen? Oder hast du andere Gründe dafür – hat dich vielleicht jemand auf mich angesetzt? «

Petra wurde eiskalt. Ängstlich sah sie zu Maria hinüber, doch die schien völlig auf das Gespräch konzentriert. In dem Moment, als Petra etwas sagen wollte, ertönte wieder Anjas Stimme.

»Nein, aber ich bin doch noch nie so vom Zoll auseinandergenommen worden. Das war ganz schön beängstigend.«

Beate ließ wieder ihr heiseres Lachen hören. »Also ... was

willst du wissen, mein Liebling?«

Petra wagte wieder zu atmen, schöpfte zum ersten Mal ein winziges bisschen Hoffnung, dass diese Wahnsinnsaktion gut für Anja enden würde. Aber plötzlich hörte sie Geräusche durch die Kopfhörer, die sie an Küsse erinnerten. Ein scharfer Stich durchfuhr ihr Herz. Ihr Gesicht brannte.

Als sie sich langsam zu Maria und Sabine umdrehte, fing sie Sabines beruhigendes Lächeln auf.

»Anja macht das ganz prima. Wir haben schon einiges erfahren – Andreas ist definitiv am Ende seiner Karriere. Nun warten wir noch auf ein paar weitere Namen, dann brechen wir ab. Außerdem hat Anja ein Codewort, mit dem sie die ganze Aktion sofort beenden kann, wenn es heikel werden sollte.«

Erneut waren die seltsamen Geräusche zu hören, dann begann Anja wieder zu sprechen. Dieses Mal klang sie atemlos. »Also, wie stellt ihr es an, dass Andreas mehr als nur ein paar Pillen bringen kann? Habt ihr noch andere Helfer?«

Wieder ertönte Beates raues Lachen. »Erinnerst du dich an all die Kolleginnen, die du mit nach Hause gebracht hast? Sie sind unsere Packesel. Sie wissen es natürlich nicht, und ab und zu gibt es auch Schwund, wenn die eine oder andere von ihnen erwischt wird. Doch wir haben unsere Kontakte beim Frankfurter Zoll. So wissen wir, wann eine Crewkontrolle gemacht wird und wer Dienst hat.«

»Aber merken sie denn nicht, dass Andreas ihnen etwas in den Koffer legt? Und wie bekommt ihr die Pillen dann wieder?«

Beates Lachen wurde lauter. »Andreas schickt unseren Kontakten eine SMS mit den Namen der entsprechenden Kollegen, dann stehen Sandra und Bernd an der Zollkontrolle und nehmen die Kollegen zur Seite, wenn sie bei ihnen vorbeikommen. Koffer auf, kurze Ablenkung, und das Päckchen mit den Pillen ist draußen. Später geben sie es an Andreas, und der bringt es mir.«

»Ist das nicht riskant? Was ist zum Beispiel, wenn sie die Pillen für sich behalten, oder zumindest ein paar davon?«

Nun fauchte Beate: »Niemand betrügt mich. Sandra und Bernd wissen das sehr genau. Sie werden sich hüten, irgendeine Dummheit zu versuchen.«

Anja lachte leise. »Du hast alles durchdacht. Ich bin schwer beeindruckt.« Wieder entstand eine Pause, in der die Geräusche von vorhin wieder zu hören waren, lauter wurden. Petra glaubte eine Bluse rascheln zu hören. Der Stich in ihrem Herzen verstärkte sich.

»Das reicht doch, oder?«, wandte sie sich bittend an Maria und Sabine. »Ihr habt doch jetzt die Namen der Zöllner und wisst auch, welche Kollegen Andreas benutzt. Warum holt ihr Anja jetzt nicht raus?«

Maria warf ihr einen kurzen Blick zu. »Weil es doch eigentlich sehr gut läuft. Anja ist offensichtlich nicht in unmittelbarer Gefahr, und wir hätten gern noch mehr Informationen über die Abnehmer. Beate ist nur Mittelsmann, sie verkauft die Drogen, und wir wollen wissen, an wen. Es wäre großartig, wenn Anja ihr noch ein paar mehr Namen entlocken könnte.«

»Anja hält sich hervorragend«, bestätigte Sabine und trat zu Petra, um ihr beruhigend die Hand auf die Schulter zu legen. »Sie macht das fast wie ein Profi, und sie kann uns wirklich helfen. Sobald wir noch ein paar Namen haben, holen wir sie raus, versprochen.«

Der feste Druck von Sabines Hand wirkte ermutigend. Petra sah sie an und las die Bekräftigung des Versprechens in ihrem Blick. Sie konnte ihr vertrauen – im Grunde blieb ihr auch gar nichts anderes übrig. Also nickte sie nur kurz.

Anjas Stimme klang nun wieder durch die Kopfhörer. »Was machst du denn mit den Pillen? Ich wusste gar nicht, dass du Anabolika nimmst.«

Ein lautes Klatschen ertönte, das Petra zusammenzucken ließ.

»Sei nicht so dumm«, zischte Beate. »Natürlich nehme ich keine Anabolika, wozu auch. Wir haben gute Abnehmer, die täglich bei uns Schlange stehen.«

»Du meinst Bodybuilder und so?«

Erneut das scharfe Klatschen. Petra zuckte noch heftiger zusammen und hielt verzweifelt den Atem an.

»Nein, Dummchen, ich werde mich doch nicht mit so ein paar Losern abgeben. Wir verticken an die Großen – an die Besitzer der Sportstudios, die nehmen gleich in größeren Mengen ab. Da kommt viel mehr für mich heraus. Aber sag, mein

Lämmchen, jetzt, wo du wieder hier bei mir bist, da sollten wir unsere Zeit doch nicht mit solch öden Gesprächen vergeuden ... Hast du mich vermisst, mein kleiner Wildfang? Ich bin sicher, dass dir diese kleine Schlampe nicht das geben konnte, was du von mir bekommen hast, oder?«

Petras Inneres schien zu Eis zu werden. Sie war gar nicht sicher, ob sie Anjas Antwort hören wollte. Doch irgendwie brachte sie es nicht über sich, die Kopfhörer abzunehmen.

Anjas Stimme war nun kaum mehr als ein Flüstern. »Niemand kann mir das geben, was ich brauche ... nur du hast es immer geschafft, mich richtig zu befriedigen.«

Brennende Tränen lösten sich aus Petras Augen. War das jetzt immer noch gespielt, oder ...? Anja wusste ja nicht, dass sie, Petra, hier war und zuhören konnte. Sie hatte keinen Grund, Rücksicht auf sie zu nehmen.

Vielleicht genügte sie Anjas Ansprüchen nicht ... vielleicht fand Anja in ihrem Liebesleben tatsächlich nicht dieselbe Erfüllung wie sie selbst. Diese Gedanken setzten sich in Petras Kopf fest, ließen sich nicht vertreiben, vernebelten ihr die Sinne. Für einen Moment konnte sie dem Gespräch nicht mehr folgen. Alles, was sie wahrnahm, war Schmerz, Demütigung – und tiefe Einsamkeit.

Auf einmal hörte sie Anja aufschreien: »Aua, was soll das, du tust mir weh ...«

Das hallende Geräusch eines Schlags ließ sie verstummen, stattdessen fing sie leise an zu wimmern.

Beate brüllte sie an: »Was soll das alles hier? Hältst du mich für so blöd? Andreas hat mir erzählt, dass ihr heiraten wollt – wie glücklich ihr doch ausgesehen habt, als euch alle dazu gratuliert haben. Da glaubst du doch nicht im Ernst, dass ich auf deine kleine Komödie hier reinfalle. Bist du verkabelt? Los, zieh dich aus, du Schlampe, ich will sehen, ob du einen Sender an dir hast.«

Deutlich war das Zerreißen von Anjas Bluse zu hören.

Petra hielt nun nichts mehr. Sie sprang von ihrem Stuhl auf und hastete zur Tür, doch Maria fiel ihr in den Arm.

»Nicht – wir sind noch nicht so weit, bitte. Anja hat noch immer nicht das Codewort gesagt, also will sie weitermachen.

Sie kommt klar.«

Petra starrte sie an und hätte sie am liebsten geschüttelt. »Das kann nicht dein Ernst sein! Beate schlägt sie, und du willst nicht eingreifen? Ihr habt versprochen, dass ihr nichts passieren wird. Ihr könnt sie doch jetzt nicht so im Stich lassen.«

In diesem Moment konnten sie durch Sabines Kopfhörer Beates Kreischen hören. Sofort setzte Maria ihre wieder auf, um die Ereignisse im Haus weiter zu verfolgen. Petra hätte am liebsten laut geschrien, sie war hin- und hergerissen zwischen Mithören und Hinüberstürmen – aber schließlich zwang sie sich, das zu tun, was Maria und Sabine offenbar für das Beste hielten, und setzte ihre Kopfhörer ebenfalls wieder auf. Tränen liefen ihr über das Gesicht, als sie mit hämmerndem Herzen Beates irr zeternder Stimme lauschte.

»Wer hat dich auf mich angesetzt? Für wen schnüffelst du? Ist es Bastian? Oder vielleicht diese dumme Nutte Wiebke?«

Weitere Schläge hallten durch die Kopfhörer. Anjas Wimmern wurde immer lauter.

»Los, sag es mir endlich, für wen schnüffelst du hier rum? Für wen?«

Wieder und wieder schien sie auf Anja einzuprügeln. Maria und Sabine tauschten nun besorgte Blicke.

»Das reicht, Zugriff«, befahl Maria in ein Mikrofon an ihrer Uhr. Dann drehte sie sich noch einmal zu Petra um. »Du bleibst hier, ganz egal, was passiert – du rührst dich nicht von der Stelle, hast du gehört?«

Petra nickte. Es war die einzige Bewegung, zu der sie überhaupt in der Lage war, ihr ganzer Körper war wie erstarrt. Immer noch strömten Tränen über ihre Wangen, während sie weiter den Stimmen in ihrem Ohr lauschte. Unterdessen rannten Sabine und Maria zu Beates Tür und klingelten. Von allen Seiten kamen nun weitere Polizeibeamte zum Vorschein, wie Petra durch die Fenster in der Hintertür des Vans mitbekam – die beiden Zollbeamtinnen hatten also tatsächlich vorgesorgt. Auch ein Krankenwagen stand bereit.

»Wer ist das?«, brüllte Beate Anja an, und erneut schallte ein Hieb durch den Kopfhörer. Petra zuckte heftig zusammen. Sie musste sich auf den Finger beißen, um nicht ihrerseits laut zu wimmern.

Anjas Stimme war schwach und kraftlos geworden. »Woher soll ich das denn wissen? Vielleicht einer deiner Kunden oder Kuriere? Oder Andreas ... sieh doch einfach nach.«

Beate schlug offenbar wieder mit voller Wucht zu. »Ach was. Du weißt doch genau, wer da geklingelt hat. Los, sag schon, wer ist das?« Ihr Brüllen klang nun wirklich wie das einer Wahnsinnigen. Als sie keine Antwort bekam, überschlug sich ihre Stimme beinahe: »Ich – habe – dich – gefragt – wer – das – ist!« Mit jedem Wort hallte ein weiterer, kräftiger Schlag in Petras Ohren.

Damit hatte Petra endgültig genug gehört. Sie stürmte aus dem Wagen und war mit wenigen Schritten beim Haus. Sabine versuchte sie abzufangen, doch Petra stieß sie beiseite, rannte an den Beamtinnen vorbei und legte ihren Finger auf die Klingel. Gleichzeitig hämmerte sie gegen die Tür und schrie: »Mach auf, Beate, ich weiß, dass Anja bei dir ist. Mach sofort die Tür auf!«

Maria versuchte Petra von der Tür wegzuziehen, doch die hielt sich an der Klinke fest und schlug weiter gegen die Türfüllung. Durch den Lärm konnte sie nichts von dem hören, was im Haus geschah, doch die beiden Beamtinnen, die mit mobilen Empfängern weiter mithören konnten, wurden plötzlich bleich. Sie wechselten einen betroffenen Blick. Dann packte Maria Petra bei den Schultern und riss sie heftig zur Seite.

Im selben Moment ging die Tür auf, und Beate erschien mit einer Pistole in der Hand.

»Wo bist du, du elendes Miststück?«, kreischte sie. »Ich knall dich ab, du Schlampe.«

Ihr Blick wanderte umher und fiel auf Maria und Petra, als diese gerade um die Ecke des Hauses rannten. Sabine, die an der anderen Seite der Haustür gestanden hatte, war mit einem Satz an der Tür und versuchte in das Haus einzudringen, aber sie war nicht schnell genug – Beate hatte sich blitzschnell umgedreht und die Tür zugeschlagen.

Sabine sah sich hilflos um. Ohnmächtig stand sie nun vor der Tür, und da drinnen befand sich Anja in der Gewalt einer bewaffneten Kriminellen, die allem Anschein nach zu allem bereit war. Was sie über ihren Empfänger hören konnte, ließ ihre Gesichtsfarbe noch etwas blasser werden.

Der Einsatzleiter der Polizei trat zu ihr. »Sollen wir stürmen?«

»Was denken Sie denn?«, fragte Sabine zurück. »Sie hat eine Waffe, und sie hat das Mädchen. Hat sie gerade gefragt, ob sie sie wohl besser erschießen oder sie zu Tode prügeln soll. Und die meint das ernst. Verdammte Scheiße.«

Der Polizist nickte betroffen. »Darauf waren wir nicht vorbereitet. Wie konnten wir uns nur so irren?«

Verzweifelt versuchte Sabine, über ihr Funkgerät Maria zu erreichen. Wenn ihre Partnerin keine Idee hatte, wie sie die tobende Beate in den Griff bekommen konnten, ohne Anja noch mehr zu gefährden, sah es verdammt schlecht aus.

Hinter dem Haus löste sich Petra aus Marias hartem Griff und starrte sie wütend an.

»Warum habt ihr so lange gezögert? Warum habt ihr nicht auf mich gehört?« Sie schluchzte heiser. »Wir müssen sie da rausholen. Sie bringt sie sonst um.«

Wir müssen sie da rausholen ... Plötzlich war ihr, als lege sich in ihrem Innern ein Schalter um. Ihr Denken war mit einem Mal wieder völlig klar – und nur auf Anja gerichtet. Wie ferngesteuert rannte sie los, übersprang mühelos den kleinen Gartenzaun, der das Grundstück abgrenzte, und lief auf die Terrassentür zu. Maria hatte keine Chance, sie aufzuhalten.

Die Terrassentür stand ein kleines Stück offen. Was für ein Glücksfall. Vorsichtig schob sich Petra durch den Spalt. Sie merkte nicht, dass Maria über ihr Funkgerät mit ihren Kollegen sprach, Sabine warnte, dann hinter ihr herrannte. Ihre gesamte Aufmerksamkeit galt den Geräuschen im Haus.

Irres Gebrüll drang aus einem anderen Zimmer. Langsam ging sie dem Geschrei nach, hörte nun auch wieder Schläge, konnte sie beinahe selbst körperlich spüren. Übelkeit stieg in ihr hoch, aber nichts hielt sie auf. Sie hoffte nur, dass sie nicht zu spät kam.

Eine Bewegung an ihrer Seite ließ sie herumfahren – doch es war nur Maria, die ihr gefolgt war und nun versuchte, sie zum Stehenbleiben zu bewegen.

Petra schüttelte nur den Kopf, sie duldete keinen Widerspruch mehr. Maria packte sie am Arm und sah sie eindringlich an, doch Petra warf ihr einen einzigen, eisigen Blick zu, und sie ließ resignierend die Hand sinken. Stumm bedeutete sie Petra, hinter ihr zu bleiben, und gemeinsam näherten sie sich vorsichtig der Tür und spähten um die Ecke.

Beate stand mit dem Rücken zu ihnen. Sie fuchtelte mit ihrer Pistole herum und brüllte nach wie vor Anja an. »Weißt du, ich habe schon einmal eine dumme Kuh getötet«, erklärte sie gerade. »Die hat auch gedacht, dass sie schlauer sei als ich. Aber keine ist schlauer als ich. Sie hat genauso wimmernd vor mir gelegen wie du jetzt gerade. Sie hat mich um Gnade angebettelt. Willst du auch um Gnade bitten? Häh? Sprich lauter, ich kann dich nicht hören.«

Petra bekam die Worte kaum mit. Ihr Blick hing an Anja, und sie konnte nur mit Mühe ein lautes Schluchzen zurückhalten. Anja lag auf dem Boden, das Gesicht blutüberströmt und völlig verschwollen. Ihre Bluse war aufgerissen, und überall waren Prellungen und blaue Flecken sichtbar. Sie bewegte sich zwar, war aber offensichtlich zu schwach, um zu sprechen.

Maria wisperte ein paar Worte in ihr Mikrofon, wartete auf Sabines Antwort und wies Petra durch Gesten an, dass sie sich zurückhalten sollte. Dann richtete sie sich auf und trat in den Türrahmen. »Lassen Sie die Waffe fallen, oder ich schieße.«

Beate fuhr herum und starrte sie an. In ihrem Blick war ein bedrohliches Flackern zu erkennen. Sie lachte eiskalt. »Was willst du Witzfigur denn von mir? Mach, dass du aus meinem Haus kommst, oder ich knall dich ab.«

In diesem Moment erklang eine laute Stimme von außen. »Hier spricht die Polizei. Lassen Sie die Waffe fallen und kommen Sie mit erhobenen Händen heraus.«

Beate wandte sich wieder zu Anja um und versetzte ihr einen heftigen Tritt in die Rippen. »So, du hast mir also die Polizei auf den Hals gehetzt«, sagte sie mit gefährlicher Ruhe. »Dafür wirst du mir büßen.« Sie hob die Waffe und zielte auf Anjas Kopf.

Petra dachte nicht nach, traf keine Entscheidungen, handelte ganz automatisch. Mit einem lauten Schrei sprang sie hinter der Tür hervor. Sie rannte auf Beate zu, rammte sie mit ihrem Kopf und brachte sie beide damit zu Fall. Ein Knall ertönte, und Petra spürte einen scharfen Schmerz in der linken Schulter. Wie in Zeitlupe nahm sie wahr, wie Maria herbeisprang, Beate von ihr wegzog und ihr die Waffe aus der Hand wand. Kurz darauf kamen mehrere Polizisten hereingestürmt und legten Beate die Handschellen an. Dann kniete Maria bei ihr, drückte ihr ein Handtuch gegen die Schulter und sprach beruhigend auf sie ein.

Doch Petra konnte nichts hören, sah nur die Lippen, die sich bewegten. Ein dichter Nebel schien sie einzuhüllen. Das Einzige, woran sie denken konnte, war Anja. Sie wollte endlich zu ihr und sie in die Arme nehmen. Ihr Blick suchte nach ihrer Geliebten, sie sah sie in Reichweite am Boden liegen und sie aus halb zugeschwollenen Augen entsetzt anstarren, aber sie war nicht fähig, sich zu bewegen. Nur mit Blicken konnte sie ihr ihre Liebe versichern.

Gott sei Dank, du lebst, Anja, lautete die stumme Botschaft. *Ich bin okay. Es ist alles gut. Ich liebe dich.*

Kapitel 16

Als Sabine das Zimmer betrat, bot sich ihr ein Bild des Schreckens. Petra lag bewusstlos in einer Blutlache; daneben Anja, regungslos und offensichtlich schwer verletzt, aber immerhin bei Bewusstsein. Dicke Tränen liefen ihr über das zerschlagene Gesicht, und sie sah Sabine und Maria anklagend an.

Erst nach endlosen Sekunden kamen endlich die Sanitäter hereingestürmt und begannen gleich, Petras Wunde zu versorgen. Anja wurde auf eine Bahre gelegt. Sie versuchte sich gegen die helfenden Hände zu wehren, wollte offenbar zu Petra, doch eine Ärztin schob ihr eine Spritze in den Arm, und nach wenigen Sekunden war sie eingeschlafen und wurde nach draußen zum Krankenwagen gebracht. Neben Petra knieten inzwischen zwei Sanitäter mit einem Defibrillator. Anscheinend stand es nicht gut um sie.

Maria und Sabine standen mit gesenkten Köpfen nebeneinander. Wie hatte nur alles so entsetzlich schief laufen können? Petra wurde gerade zum zweiten Mal geschockt, und die Ärzte um sie herum riefen ihre Anweisungen. Die beiden Zollbeamtinnen konnten nichts mehr tun. Müde lehnte sich Maria gegen ihre Frau.

»Wir hätten früher eingreifen sollen«, murmelte sie. »Anja hatte überhaupt nicht vor, das Codewort zu benutzen. Sie wollte Beate endgültig fertigmachen. Und ich hätte das wissen müssen.«

Sabine strich ihr beruhigend über den Rücken. »Aber was hätte ein früheres Eingreifen gebracht? Beate ist ja völlig ausgerastet, damit haben wir einfach nicht rechnen können.«

Doch Maria ließ sich nicht besänftigen. »Wir hätten auf Petra hören sollen. Anja muss uns gestern Abend angelogen haben – sie wusste ganz genau, wie gewaltbereit Beate war, und trotzdem hat sie uns in dem Glauben gelassen, dass unsere Schutzmaßnahmen ausreichend wären. Scheiße.«

In diesem Moment trat der Einsatzleiter der Polizei zu ihnen und fragte nach den Abhörbändern. Sie führten ihn zu ihrem Van, wo er sich mit Hilfe des jungen Polizisten die wichtigsten Informationen auf den Bändern anhörte.

Er nickte anerkennend mit dem Kopf. »Sie haben gute Arbeit geleistet. Wir haben schon lange versucht, die Quelle hinter den illegalen Anabolika zu finden, doch bisher hat noch keiner geredet. Wenn ich das so höre, dann wundert mich das auch nicht. Diese Beate hatte alle gut im Griff.«

Maria schluckte hart. »Aber versagt haben wir trotzdem. Anja ist schwer verletzt, und wir wissen nicht, ob Petra überleben wird.«

»Das konnten Sie nicht vorhersehen«, meinte der Einsatzleiter. »Es wird sicher eine Untersuchung geben, doch angesichts dessen, was ich hier sehen und hören kann, haben Sie sich nichts vorzuwerfen.«

Er nickte ihnen zu und stieg aus dem Van. In diesem Moment fuhr der zweite Krankenwagen, der Petra transportierte, mit Sirene und Blaulicht davon. Die beiden Frauen stiegen rasch in ihr eigenes Auto um und folgten ihm zur Klinik.

Dort mussten sie sich durch diverse Stationen fragen, bis sie endlich – mit Hilfe ihrer Dienstausweise – konkrete Auskünfte erhielten. Anja war noch im OP. Soweit man auf den Röntgenbildern sehen konnte, hatte sie ein paar gebrochene Rippen und einen Nasenbeinbruch, dazu schwere Prellungen und Risswunden, aber nichts Lebensbedrohliches. Über Petra konnte ihnen die Schwester, mit der sie sprachen, allerdings nichts sagen, außer dass diese ebenfalls in einen OP eingeliefert worden war.

Es folgten weitere Stunden zermürbenden Wartens. Sie fragten jede Schwester, jede Ärztin und jeden Arzt, die vorbeikamen, nach Petra, jedoch ohne Ergebnis. Endlich kam die erste Schwester wieder auf sie zu.

»Ich habe mich für Sie erkundigt«, meldete sie. »Frau Zimmermann geht es so weit gut, sie ist inzwischen in einem Zimmer auf der Station. Es ist zwar schon sehr spät, und eigentlich braucht sie Ruhe, aber ich denke, ich kann es verantworten, wenn Sie nachher noch kurz bei ihr vorbeischauen. Frau Fuchs wurde eine Kugel aus der linken Schulter herausoperiert. Sie hatte eine Arterie verletzt und hat dadurch viel Blut verloren. Durch den Schock und die Verletzung kam es zum Kammerflimmern, doch der Defi hat sie wieder zurückgeholt. Die Ärztin ist guter Dinge, dass sie ihre schwere Verletzung überstehen wird. Die ersten Stunden sind aber auf alle Fälle noch sehr kritisch ... wir können nicht mehr tun als abzuwarten. Morgen wissen wir mehr. Es tut mir leid, dass ich Ihnen im Moment nicht mehr sagen kann.«

»Das ist schon sehr viel, vielen Dank«, sagte Maria. »Ist Anja ansprechbar?«

»Ja, sie hat schon mehrfach nach Frau Fuchs gefragt, doch ich konnte ihr bisher noch nichts sagen. Ich habe es selbst gerade erst erfahren.«

»Wir würden wirklich gern zu ihr.«

Die Schwester nickte. »Sie ist in Zimmer 114.«

Sie dankten ihr noch einmal, dann machten sie sich schweigend auf den Weg. Vor der Zimmertür blieben sie kurz stehen und sahen sich betreten an. Das hier würde nicht einfach werden. Mit einem tiefen Seufzer klopfte Maria schließlich kurz an und öffnete die Tür.

Anja sah ihnen entgegen. Ihr Kopf war bandagiert, und selbst unter der Bettdecke war zu erkennen, dass sie auch um die Rippen einen dicken Verband trug. Ein Auge war völlig zugeschwollen, und in dem anderen lag eine große Traurigkeit. Das Licht in dem Krankenzimmer machte sie noch bleicher als sie ohnehin war.

»Wie geht es dir?«, erkundigte sich Maria vorsichtig.

Anja erwiderte nur starr ihren Blick und machte gar keinen Versuch zu antworten.

»Wir haben gerade mit der Schwester gesprochen«, fuhr Maria fort. »Petra hat die Operation gut überstanden.«

Nun rollten dicke Tränen über Anjas Gesicht. Doch sie sprach immer noch nicht, sah sie nur weiter mit diesem tieftraurigen Ausdruck an.

Sabine trat dazu. »Die Kugel ist in Petras Schulter steckengeblieben und wurde herausoperiert«, erklärte sie, »aber wir sind sicher, dass du bald zu ihr kannst.«

Über Anjas Kopf hinweg warf Maria ihr einen leicht überraschten Blick zu, sagte aber nichts. Vielleicht war es besser, Anja nicht die ganze Wahrheit zu erzählen. Es war auch so schon schlimm genug für sie.

»Warum hast du die Aktion nicht abgebrochen?«, fragte Maria traurig, aber behutsam und ohne Vorwurf. »Du hättest nur das Codewort benutzen müssen. Warum hast du so lange gezögert? Sie hätte dich beinahe umgebracht. Wir haben dann den Zugriff befohlen, doch da war es schon fast zu spät.«

Anja schüttelte nur leicht den Kopf. Ihre gequälte Miene ließ die beiden Frauen ahnen, dass sie sich selbst mit starken Schuldgefühlen belastete. Sicher verfolgten sie die Erinnerungen, die schrecklichen Bilder von Petra und all dem Blut ... Doch sie konnten nichts tun, konnten nur hoffen, dass ihre Gesellschaft und ihr Mitgefühl ihr guttaten. Eine ganze Weile saßen sie an ihrem Bett, ohne viel zu sprechen – Anja sagte ohnehin nichts und gab nur die nötigsten Gesten als Antworten.

Erst als Maria und Sabine aufstanden und gehen wollten, wich Anjas Apathie ein wenig. Sie versuchte sich aufzusetzen, und zum ersten Mal sprach sie.

»Mama«, flüsterte sie.

Maria lächelte ihr ermutigend zu. »Sollen wir deine Mutter verständigen?«

Anja nickte mit dem Kopf. »Bitte.« Ihre Stimme klang heiser und gepresst, offenbar strengte sie das Sprechen sehr an.

Maria zog Anjas Handy aus der Tasche, das sie noch immer bei sich trug. »Natürlich, das mache ich sofort. Ist ihre Nummer in deinem Handy gespeichert?«

Wieder nickte Anja. Maria schaltete es ein und hatte Anjas Mutter im Verzeichnis schnell gefunden. Martina meldete sich nach dem zweiten Klingeln.

»Hallo, Schatz, da hast du aber Glück gehabt, ich wollte gerade zu Bett gehen. Ist alles in Ordnung? Wie geht es Petra?«

Maria schluckte trocken. »Entschuldigung, Frau Zimmermann, mein Name ist Maria Wagner. Ich bin Zollbeamtin und rufe Sie im Auftrag Ihrer Tochter an.« Martinas Stimme wurde ein ganzes Stück höher vor Aufregung. »Was ist mit meiner Tochter? Wo ist sie? Ist etwas passiert?«

»Anja ist hier im Krankenhaus in Köln, und Petra ebenso. Es geht Anja so weit gut, aber sie kann im Moment nicht reden, daher hat sie mich gebeten, Sie anzurufen.«

»Geben Sie mir die Adresse, und ich komme sofort mit dem nächsten Zug hoch«, erklärte Martina. »Was ist mit Petra, ist sie da?«

»Sie ist auch hier ... allerdings wurde sie noch schwerer verletzt und liegt in einem anderen Zimmer.«

»Schwer verletzt? Um Gottes Willen, was ist nur passiert? Bitte sagen Sie meiner Tochter, dass ich in wenigen Stunden da bin.«

Nachdem Maria ihr noch rasch die Adresse der Klinik durchgegeben hatte, legte Martina auch schon auf.

Maria hatte das Handy auf Lautsprecher gestellt, und Anja zeigte mit einem Nicken an, dass sie alles gehört hatte. Dann fixierte sie Maria erneut mit ihrem gesunden Auge.

»Petra«, krächzte sie.

»Es geht ihr gut, glaub mir«, sagte Maria beruhigend. »Die Verletzung ist schwer, aber sie wird es schaffen, ganz sicher.«

Anja schüttelte den Kopf; diesmal hatte Maria sie nicht richtig verstanden. »Warum ... Petra?«

Maria sah ratlos zu Sabine hinüber, doch dann begann sie zu ahnen, was Anja meinte.

»Petra ist uns nach Köln gefolgt. Sie hat ihr Auto vor Beates Haus abgestellt und ist darin sitzen geblieben. Ich habe sie in unseren Van geholt und sie mithören lassen.«

Anja zuckte zusammen, und ihr Auge weitete sich. »Wie lange?«

»Du warst gerade eine halbe Stunde bei Beate, als sie kam.«

Anjas Gesicht verzerrte sich gequält, und Maria sah sie mitfühlend an. Sie ahnte, dass es kein körperlicher Schmerz war, der die junge Frau peinigte. Ganz deutlich erinnerte sie sich an Anjas Worte durch den Kopfhörer: *Niemand kann mir das geben, was ich brauche ... nur du hast es geschafft, mich zu befriedigen.* Sie hatte einen kurzen Seitenblick auf Petra geworfen, deren zutiefst verletzten Gesichtsausdruck gesehen und sich gar nicht vorstellen mögen, in dieser Situation zu sein und Sabine diese Worte sagen zu hören ...

Aber Petra hatte die Äußerungen sicher als die Lügen erkannt, die sie waren – da war Maria zuversichtlich. Die Beziehung der beiden schien so liebevoll und von tiefem Vertrauen geprägt. Sie konnte nicht glauben, dass Petra wirklich annehmen konnte, Anja habe sie die ganze Zeit über ihre Gefühle angelogen.

Anja hatte die Augen geschlossen, doch nun sah sie Maria wieder an.

»Beate ... und ... Andreas?«

Diesmal antwortete Sabine, die Beates Abtransport beaufsichtigt hatte. »Beate ist schon in Untersuchungshaft. Dank dir haben wir viel Material, mit dem wir arbeiten können. Das Haus wird auch noch gründlich durchsucht. Andreas wird gleich bei seiner nächsten Ankunft in Frankfurt verhaftet, da warten dann schon die Kollegen auf ihn. Und unsere schwarzen Schafe beim Zoll haben bereits Bekanntschaft mit den eigenen Handschellen gemacht. Auch sie sind im Untersuchungsgefängnis und werden viel zu erklären haben. Außerdem hast du uns ja auch einige Hinweise auf Beates Abnehmer geliefert – da müssen wir nun zusammen mit der Polizei weiter ermitteln. Alles in allem war die Aktion ein Riesenerfolg.«

Sie verstummte und fuhr dann bedrückt fort: »Ich wünschte nur, dass du früher abgebrochen hättest. Petra ließ sich nicht mehr halten, die Sorge um dich hat sie um den Verstand gebracht … und wir haben das Risiko falsch eingeschätzt.« Sie sah Anja nun direkt in das zerschundene Gesicht. »Es tut mir sehr leid. Wir haben das wirklich nicht gewollt – ich hoffe, dass du mir das glaubst.«

Anja erwiderte den Blick und nickte langsam. In dem Blick ihres einzigen funktionsfähigen Auges wechselten in rascher Folge Vertrauen, Reue, ein Funken Hoffnung und wieder diese Traurigkeit, gepaart mit tiefer Erschöpfung.

Maria legte ihr die Hand auf den Arm. »Wir gehen jetzt, Anja. Die Schwester hat unsere Nummer und kann uns jederzeit verständigen. Und deine Mutter sollte schon bald hier sein.«

Anja nickte wieder leicht. Sabine trat neben Maria, und eine Weile sahen sich die drei Frauen stumm an, versuchten einander wortlos ihre Unterstützung und Loyalität zu versichern. Schließlich hielt Anja den beiden ihre Hand entgegen, und Maria und Sabine nahmen sie vorsichtig.

»Wir werden uns bald wiedersehen«, sagte Sabine, »dann können wir über alles noch einmal in Ruhe reden.«

Während sie abermals nickte, fielen Anja vor Erschöpfung die Augen zu. Leise verließen die beiden Zollbeamtinnen das Zimmer.

Als Anja erwachte, war es schon wieder heller Tag. Sie hatte keine Ahnung, wie lange sie geschlafen hatte, wusste auch nicht sofort, wo sie war. Doch obwohl es ganz still im Raum war, spürte sie, dass sie nicht allein war. Mit Mühe öffnete sie das eine Auge. Es dauerte einige Zeit, bis sich der Nebel lichtete, aber schließlich sah sie ihre Mutter, die an ihrer Seite saß. Sie griff nach Anjas Hand, als sie merkte, dass sie wach war.

»Mama …« Anjas Stimme klang heiser und rau.

»Hallo, mein Schatz, wie fühlst du dich?«

»Petra?«

Ihre Mutter sah sie betrübt an. »Ich konnte nicht viel erfahren, sie geben mir keine Auskunft. Weißt du, ob Petra noch Familie hat?«

Anja schüttelte leicht den Kopf. »Niemanden mehr.«

In diesem Moment ging die Tür auf, und die Krankenschwester trat ins Zimmer. Noch bevor sie einen Gruß aussprechen konnte, richtete Anja sich mit Mühe ein wenig auf und krächzte flehend: »Petra, bitte, wie geht es ihr?«

Die Schwester sah unschlüssig von Anja zu ihrer Mutter und zurück.

Nun ergriff Martina das Wort. »Hören Sie, Schwester Cordula ...« Sie hatte das Namensschild entdeckt. »Anja und Petra – Frau Fuchs – sind verlobt und werden heiraten. Petra hat sonst keine Familie mehr, wird aber bald meine Schwiegertochter sein. Haben Sie ein Herz und sagen Sie uns bitte, wie es ihr geht.«

Schwester Cordula schaute zwischen Martina und Anja hin und her und schien zu überlegen. »Also gut«, sagte sie schließlich. »Frau Fuchs hat die Operation gut überstanden. Die Kugel hatte eine Arterie getroffen, das hat zu einem großen Blutverlust geführt. Doch sie ist hier in den besten Händen und sollte in wenigen Tagen wieder fit sein.«

Anja stieß erleichtert die Luft aus – sie merkte erst jetzt, dass sie vor Sorge um ihre Geliebte den Atem angehalten hatte. Dankbar sah sie die Schwester an.

Martina sagte: »Vielen Dank, Schwester Cordula. Kann ich denn zu ihr?«

»Da muss ich mit der Ärztin sprechen. Außerdem sind Sie keine direkte Verwandte, das müssen wir erst offiziell klären.«

Martina seufzte. »Na, dann lassen Sie uns mal gehen und klären.« Sie drückte Anjas Hand, bevor sie sie losließ. »Ich bin gleich wieder hier, mein Schatz.« Sie folgte der Krankenschwester aus dem Zimmer.

Kaum war Anja allein, kehrten die Bilder zurück. Petra, die plötzlich hinter der Tür hervorstürzte und Beate umstieß. Petra reglos auf dem Boden liegend, all das Blut ... Sie schluckte schwer und schloss die Augen, aber die Bilder blieben. Tränen sickerten hinter ihren Lidern hervor.

Es ist meine Schuld, ganz allein meine Schuld. Wenn ich nicht so besessen davon gewesen wäre, Beate fertigzumachen, wäre das alles nicht passiert ... Ich hätte das Codewort gesagt, sie hätten den Einsatz abge-

brochen, und gegen Beate hätten sie trotzdem genug in der Hand gehabt, um sie ins Gefängnis zu bringen. Und Petra läge jetzt nicht hier.

Oh Göttin, was, wenn sie nicht überlebt ...

Heftiges Schluchzen schüttelte sie.

Und das war ja noch nicht einmal alles. Sie krampfte sich noch mehr zusammen, als ihr all die Dinge wieder einfielen, die sie gesagt hatte, um Beate Honig ums Maul zu schmieren, sie in Sicherheit zu wiegen – und die Petra hatte mit anhören müssen, wie Anja von Maria und Sabine erfahren hatte. Wie tief mochten diese Lügen Petra getroffen haben, auch wenn sie wissen musste, dass es Lügen waren?

Oh, Petra, bitte glaube mir, ich liebe nur dich und werde immer nur dich lieben ... ich hasse mich selbst für das, was ich zu Beate gesagt habe, aber du musst mir glauben, nichts davon war auch nur im Geringsten wahr. Ich liebe dich so sehr ...

Ich könnte es mir nicht verzeihen, wenn du wegen dieser verdammten Lügen auch nur eine Sekunde an meiner Liebe zweifelst.

Ich muss mit dir sprechen, dich sehen, jetzt ...!

Die Tür öffnete sich. Martina trat in Begleitung einer hochgewachsenen, schlanken Ärztin ins Zimmer.

»Um Himmels willen, was machen Sie denn da?« Die Ärztin stürmte an Martina vorbei auf Anja zu, die ihnen entgegenwankte, und schaffte es gerade noch, sie aufzufangen.

»Ich will endlich zu Petra«, stieß Anja hervor. »Bitte, lassen Sie mich zu ihr. Warum darf ich sie nicht sehen? Will sie mich nicht sehen? Bitte!« Tränen strömten ihr über das zerschundene Gesicht.

Die Ärztin hielt die schluchzende junge Frau in ihren Armen fest und klopfte ihr beruhigend auf den Rücken. »Frau Zimmermann, Sie helfen Ihrer Freundin nicht, wenn Sie nicht vernünftig sind. Sie brauchen noch viel Ruhe und sollten Ihre Verletzungen nicht so auf die leichte Schulter nehmen.« Sie führte Anja vorsichtig zu ihrem Bett zurück und drückte sie darauf nieder. Dann setzte sie sich auf einen der Stühle neben dem Bett, nahm Anjas Hand und drückte sie sanft.

»Ich bin Doktor Berger, die Ärztin Ihrer Freundin. Ihre Mutter hat mir schon erzählt, dass Sie heiraten werden. Nur deshalb kann ich Ihnen überhaupt Auskunft über sie geben – Ihre Mutter hat mich überzeugt, dass Sie als Verlobte ein Recht darauf haben.« Sie räusperte sich. »Frau Fuchs ist auf der Intensivstation. Sie hat die Operation gut überstanden, ist aber seitdem noch nicht wieder aufgewacht. Von unserer Seite her ist aber alles zur vollsten Zufriedenheit gelaufen, und wir kümmern uns um sie. Es sollten keine dauerhaften Schäden zurückbleiben.«

Anja starrte sie entsetzt an. *Intensivstation ... nicht wieder aufgewacht ... zur vollsten Zufriedenheit ...* wie passte das alles zusammen? »Aber ... warum ist sie dann immer noch bewusstlos?«

»Wir wissen leider viel zu wenig über die komplexen Abläufe des Gehirns, um diese Frage beantworten zu können. Es kann ein Schutzmechanismus sein, um den Heilungsprozess zu unterstützen«, erklärte die Ärztin geduldig. »Vielleicht hat es aber auch ganz andere Gründe ... Ich will nicht spekulieren und Ihnen auch nichts Falsches erzählen. Nach unserer Erfahrung sollte sie aber in den nächsten Stunden oder Tagen aufwachen.«

Anjas Gesichtszüge entgleisten noch mehr. »Tage?« Sie schaute hilfesuchend auf ihre Mutter, dann wieder zu Doktor Berger. »Bitte, ich möchte zu ihr. Vielleicht kann sie mich ja hören – oder spüren, wenn ich da bin. Lassen Sie mich zu ihr ... bitte.«

Frau Doktor Berger stand von ihrem Stuhl auf und lächelte sanft auf sie herab. »Ich habe wohl keine andere Wahl, oder? Sonst verschwinden Sie bei nächster Gelegenheit doch noch heimlich aus diesem Zimmer. Ich bin gleich wieder da.«

Nachdem die Ärztin das Zimmer verlassen hatte, sah Anja ihrer Mutter ernst in die Augen. »Hat sie dir mehr erzählt? Bitte, Mama, sag mir die Wahrheit. Wie geht es Petra? Konntest du sie sehen?«

»Nein, Schatz. Ich durfte nicht zu ihr. Aber ich habe das Gefühl, dass die Ärztin uns die Wahrheit gesagt hat. Wir können nur abwarten und hoffen.« Sie nahm ihre Tochter in den Arm, der schon wieder die Tränen über das Gesicht liefen. »Petra ist eine starke junge Frau. Sie wird es schaffen, da bin ich sicher.«

Es dauerte nur wenige Minuten, bis Doktor Berger zurückkam. Sie schob einen Rollstuhl vor sich her und machte eine einladende Geste. »Na, dann kommen Sie – lassen Sie uns zu Frau Fuchs fahren. Aber Sie müssen mir versprechen, dass Sie weder sich selbst noch Frau Fuchs aufregen werden. Und wann immer eine Schwester oder ich Ihnen Anweisungen geben, dann werden Sie diese auch befolgen. Haben Sie mich verstanden?«

Anja saß schon längst in dem Rollstuhl. Sie nickte nur. Es konnte ihr gar nicht schnell genug gehen.

Auf der Intensivstation blieb die Ärztin vor Petras Zimmertür noch einmal stehen. »Es ist sehr wenig über Komapatienten bekannt. Einige konnten sich nach dem Aufwachen an Geschichten erinnern, die ihnen während ihres Komas erzählt wurden. Andere kannten Lieder, die sie vorher noch nie gehört hatten. Es ist also tatsächlich gut möglich, dass Frau Fuchs Ihre Anwesenheit wahrnimmt, auch wenn sie nicht reagiert. Sprechen Sie deshalb ruhig mit ihr. Halten Sie ihre Hand. Aber versuchen Sie sie mit normalen Geschichten zu unterhalten. Keine Tränen, keine Vorwürfe, keine Aufregung.«

Anja schluckte trocken. Sie konnte es nicht abwarten, Petra zu sehen – und fürchtete sich doch gleichzeitig auch davor. Die vage Angst, dass Petra ihr böse sein könnte oder sie vielleicht sogar verlassen würde nach allem, was sie im Van hatte mit anhören müssen, nagte an ihr.

Sie betraten das Zimmer, und Anja zog erschrocken die Luft ein. Petra versank fast in dem großen Bett. Überall hingen Schläuche, standen Maschinen herum, die piepsten, summten und alle möglichen sonstigen Geräusche von sich gaben.

Die Ärztin schob Anja direkt neben Petra und legte ihr ermutigend die Hand auf die Schulter. »Es sieht schlimmer aus als es ist, glauben Sie mir. Wir überwachen all ihre Vitalwerte, das ist normal bei Komapatienten. Sie atmet selbstständig, und der Schlauch hier unterstützt sie nur mit Sauerstoff. Es ist also kein tiefes Koma. Sie sollte wirklich bald aufwachen.«

»Und wenn nicht?«, brachte Anja mühsam hervor.

Die Ärztin verstärkte den Druck ihrer Hand ein wenig. »Wir müssen optimistisch denken. Geben Sie die Hoffnung nicht auf. Und denken Sie daran: keine Aufregung.«

Sie gab Martina ein Zeichen, und die beiden Frauen ließen Anja mit Petra allein.

Anja saß lange schweigend an Petras Bett, unsicher, was sie tun sollte. Petras Augen waren geschlossen; ihr Gesicht war sehr blass, fast bläulich. Dass sie atmete, konnte man nicht sehen. Anja musste sich fast dazu zwingen, in diesen leblos wirkenden Zügen ihre Geliebte zu erkennen.

Nach einer Weile ergriff sie Petras Hand und drückte sie leicht. Sie fühlte sich kalt an. Es war keine Reaktion zu spüren.

Mehr aus Ratlosigkeit als weil sie wirklich dachte, dass es irgendetwas bewirken könnte, begann sie schließlich leise zu sprechen. Sie erzählte Petra Geschichten aus ihrer Jugend, ihrer Ausbildung, von ihrer Arbeit. Nach einiger Zeit sprach sie dann von ihrer gemeinsamen Zukunft. Malte ihr die Hochzeit aus, überlegte, wohin die Hochzeitsreise gehen sollte, vielleicht könnten sie ja die Motorradtour durch die Vogesen machen ...

Petra zeigte zwar immer noch keine Anzeichen, dass sie Anja hörte – doch Anja war sicher, dass die Hand, die sie in ihrer hielt, ein klein wenig wärmer wurde. Dass ein winziges bisschen Farbe in das bleiche Gesicht zurückkehrte. Längst plapperte sie nicht mehr nur vor sich hin, um die Geräusche der Apparate zu übertönen, sondern sprach zu Petra, ihrer zukünftigen Frau. Ihre Stimme war immer lebhafter und wärmer geworden, und wenn sie etwas besonders Liebevolles sagte, drückte sie Petras Hand fester.

Irgendwann kam die Nachtschwester herein, um kurz nach ihnen zu sehen. Anja bekam es kaum mit. Doch da sie inzwischen sehr müde war, legte sie sich einfach an Petras Seite in das große Bett. Sie kuschelte sich vorsichtig an sie und war in wenigen Minuten eingeschlafen.

Als die Schwester früh am nächsten Morgen ins Zimmer kam, schliefen die beiden Frauen tief und fest, eng aneinandergeschmiegt. Sie überprüfte die Monitore und ging dann die Ärztin suchen.

»Guten Morgen, Andrea, was gibt es denn so Wichtiges?«

»Guten Morgen, Frau Doktor. Ich wollte Ihnen nur mitteilen, dass sich die Vitalwerte von Frau Fuchs über Nacht gefestigt haben. Es war eine gute Idee, ihre Freundin zu ihr zu lassen. Sie tut ihr offensichtlich gut, auch wenn sie immer noch im Koma ist.«

Die Ärztin ging mit ihr ins Zimmer und sah lächelnd auf die noch immer schlafenden Frauen hinunter. Sie grinste die

Schwester an.

»Wir sollten das in die Richtlinien zur Behandlung von Komapatienten aufnehmen. Einfach den oder die Liebste dazupacken, das sollte helfen.«

Sie grinsten sich an, dann ging die Ärztin wieder zu ihrer Visite zurück.

Kapitel 17

Anja verbrachte den ganzen nächsten Vormittag neben Petra, die unverändert reglos dalag. Mal sprach sie mit ihr, mal hielt sie einfach still ihre Hand. Martina kam auch dazu; sie hatte sich in einer kleinen, gemütlichen Pension am Rhein einquartiert, um eine Weile in der Nähe bleiben zu können. Sie brachte eine Zeitung mit, und gemeinsam lasen sie Petra die neuesten Nachrichten aus aller Welt vor.

Am Nachmittag kamen Maria und Sabine wieder vorbei. Sie wollten mit Anja unter vier Augen sprechen, und so gingen die drei in Anjas Krankenzimmer.

»Wir haben das Haus durchsucht«, begann Maria. »Was weißt du vom Keller?«

Anja sah sie überrascht und ein klein wenig nervös an. »Was meinst du damit? Ich war nie im Keller. Warum sollte ich auch? Da war nichts.«

»Bist du dir da sicher?«

Anja senkte den Kopf. Aber Maria saß nah genug neben ihrem Bett, um ihr den Finger unter das Kinn zu legen und ihr Gesicht zu sich anzuheben. »Was weißt du über den Keller?«, wiederholte sie eindringlich.

Anjas offenes Auge war nun voller Schmerz. »Ich weiß wirklich nichts. Aber ... okay ... ich bin einmal nach unten gegangen, weil ich etwas gesucht habe. Beate hat mich dabei erwischt und hat mich angebrüllt und auch geschlagen. Ziemlich heftig sogar. Ich wusste überhaupt nicht warum, doch die Schläge waren schlimm genug, so dass ich nie wieder hinunter bin.« Ein kleiner Funken Neugier trat in ihren Blick. »Was ist denn in dem Keller?«

»Beate hat nicht nur mit Anabolika gehandelt«, erklärte Maria bedeutungsschwer. »Sie hat ein regelrechtes Drogenlabor dort unten aufgebaut. Hauptsächlich Kokain. Und sie scheint auch selbst Drogen genommen zu haben. Hast du davon etwas gemerkt?«

Schock spiegelte sich in Anjas Auge. »Drogen? Nein, davon weiß ich nichts.« Sie dachte eine Weile nach, dann zuckte sie mit den Schultern. »Wenigstens würde es Beates Stimmungsschwankungen erklären. Mal war sie euphorisch, dann wieder aggressiv und gewalttätig. Ich wusste nie, woran ich bei ihr bin, und hatte furchtbare Angst vor ihren Ausbrüchen.«

Sie senkte den Kopf. Tränen stiegen ihr in die Augen, und sie wollte nicht, dass die beiden Frauen es sahen. »Ich schäme mich so«, murmelte sie. »Warum habe ich mich nicht gewehrt? Warum habe ich mein Leben so aus der Hand gegeben? Ich bin ein Versager.«

Da rückte Sabine mit ihrem Stuhl ganz nah an sie heran und nahm sie in den Arm. »Sag das nicht«, bat sie mit sanfter Stimme, »denn es stimmt nicht. Drogenabhängige sind absolut unvorhersehbar. So, wie du sie beschreibst, bietet Beate das typische Bild für eine Abhängigkeit. Wenn man sich nicht mit Drogen auskennt, oder wenn man, so wie du, häufig weg ist, dann kann man das sehr leicht übersehen. Aber jetzt ist es vorbei.«

Auch Maria war noch etwas näher herangerückt und legte Anja die Hand auf die Schulter. »Was wir dich auch noch fragen wollten: Gibt es eigentlich noch etwas in dem Haus, das dir gehört und das du gern wiederhaben möchtest?«

Anja schüttelte den Kopf. »Meine Sachen habe ich ja schon mit Petra abgeholt. Ich glaube nicht, dass ich sonst noch etwas brauche.«

Über ihren Kopf hinweg tauschten die beiden Beamtinnen einen Blick. Dann sagte Maria: »Wir glauben aber doch, dass du noch etwas von dort haben solltest. Wir haben nämlich Beates Safe gefunden und geknackt. Sie hatte einiges an Bargeld darin versteckt und auch ein Notizbuch, mit ganz vielen und sehr interessanten Namen. Dazu auch noch ein paar Sparbücher. Sie hat über alles Buch geführt – und auch aufgeschrieben, was sie von dir genommen hat.« Sie kramte in ihrer Tasche und brachte ein Sparbuch zum Vorschein, das sie Anja entgegenhielt. »Ihre Konten werden eingefroren, und das meiste Geld wird auch beschlagnahmt. Aber dies hier ist dein Geld. Wir haben schon mit dem Staatsanwalt darüber gesprochen; das ist also abgeklärt und genehmigt. Auch wenn das Unrecht, das Beate dir angetan hat, nicht wiedergutzumachen ist, hoffen wir, dass es dir wenigstens zu einem neuen Start verhelfen kann.«

Anja starrte verblüfft auf das Sparbuch, bevor sie es nahm und einen Blick hineinwarf. Sie las den Betrag einmal, dann noch einmal, blinzelte, las ihn ein drittes Mal.

»Das kann nicht euer Ernst sein«, stieß sie hervor. »Das ist doch viel zu viel.«

Maria grinste fröhlich. »Wie gesagt, es ist alles mit dem Staatsanwalt geklärt, und damit ist es ganz offiziell deins. Viel Spaß damit.«

Anja traten von neuem Tränen in die Augen – aber diesmal waren es Tränen der Freude, für die sie sich ganz und gar nicht schämte. »D. . .danke«, stotterte sie und lächelte die beiden Zollbeamtinnen abwechselnd ungläubig an. »Damit können wir uns eine Wohnung oder ein kleines Haus in Gengenbach kaufen. Das ist eine fantastische Überraschung . . . Ich weiß gar nicht, was ich sagen soll. Vielen Dank.« Dann verdüsterte sich ihr geschwollenes Gesicht plötzlich. »Das heißt . . . natürlich nur, wenn Petra mich noch will. Nach allem, was sie gestern mit anhören musste . . .« Sie brach ab und schluckte trocken.

Maria nahm sie vorsichtig in die Arme. »Natürlich will sie dich noch. Überleg mal – sie hat sich selbst in große Gefahr gebracht, um dich zu retten, *nachdem* sie das alles gehört hat. Das macht doch niemand, der nichts mehr von dir wissen will.«

Anja lächelte, aber ihre Sorgen ließen sich nicht vertreiben.

Da es nichts Dringendes mehr zu besprechen gab, geleiteten die beiden Zollbeamtinnen Anja wieder zu Petras Zimmer und in die Obhut ihrer Mutter zurück. Dann verabschiedeten sie sich.

Erst jetzt merkte Anja, wie müde sie doch war. Dafür, dass sie sich von schweren Verletzungen und einer Operation erholen sollte, hatte sie sich viel zu viel zugemutet. Sie bat ihre Mutter, sie allein zu lassen, und verabschiedete sich liebevoll von ihr. Danach legte sie sich wieder in Petras Bett. Falls Petra sie tatsächlich verlassen würde, sobald sie aus ihrem Koma erwachte, so wollte sie wenigstens bis dahin ihre tröstende, Kraft spendende Nähe genießen. Sie schmiegte sich eng an Petra und war bald eingeschlafen.

Im Schlaf glaubte sie zu spüren, dass Petra den Arm um sie legte und sie an sich zog, und ein glückliches Lächeln zog sich über ihr Gesicht. Aber vielleicht war es auch nur ein Traum.

Doch als sie am nächsten Morgen aufwachte, erblickte sie als Erstes Petras wunderschöne blaue Augen, die sie ansahen. Ihr Herz begann augenblicklich wild zu pochen. Sie versuchte sich vorsichtig aufzurichten, doch Petra hielt sie fest und zog sie näher zu sich heran.

»Guten Morgen, mein Engel«, flüsterte Anja. »Wie geht es dir?«

Es kam keine Antwort; Petras Augen hatten sich schon wieder geschlossen. Aber sie schlief nur. Ganz deutlich war jetzt ihr leichter, flacher Atem zu hören, und ihre Augenlider bewegten sich. Egal, ob sie Anja noch wollte oder nicht – sie lebte, sie hatte das Koma überstanden und würde sich erholen, und vor Glück darüber wollte Anja das Herz fast zerspringen.

Mit einem Lächeln kuschelte sie sich in Petras Arm und schlief ebenfalls noch einmal ein.

Es war schon Mittag, als sie erneut aufwachte. Petras Arm war um sie geschlungen. Ganz vorsichtig hob Anja ihn ein wenig an, um sich umdrehen und Petra anschauen zu können.

Petras blaue Augen waren geöffnet. Als Anja ihr ihr zerschlagenes Gesicht zuwandte, füllten sie sich mit Tränen. Langsam hob sie einen Finger und strich über Anjas Wange.

»Mein armer kleiner Liebling ... was hat sie dir nur angetan?«

Das war zu viel für Anja. Sie brach in Tränen aus und barg ihr Gesicht an Petras Schulter, von heftigem Schluchzen geschüttelt. So gut sie es mit den Schläuchen in ihren Armen vermochte, umarmte Petra sie, strich ihr beruhigend über den Kopf und sprach leise auf sie ein.

»Nicht weinen, mein Engel ... alles ist gut, bitte, nicht weinen.«

Aber Anjas Weinkrampf wollte lange nicht nachlassen. Petra streichelte sie unaufhörlich und küsste sie immer wieder sanft auf die Haare und die Stirn, bis Anja endlich den Kopf hob und sie tränenüberströmt ansah.

»Es tut mir so leid«, schluchzte sie. »Oh Petra, sie hätte dich beinahe umgebracht. Ich hätte dich fast verloren. Bitte verzeih mir.«

Verwirrung malte sich auf Petras noch immer blassen Gesichtszügen. »Du hast doch nichts getan, Anja. Warum sollte ich dir verzeihen müssen?«

Nun löste Anja sich aus ihren Armen und richtete sich vorsichtig auf. Noch ein wenig schniefend fragte sie: »Erinnerst du dich, was in Beates Haus passiert ist? Was du gemacht hast und was du gehört hast?« Es war ja möglich, dass die lange Bewusstlosigkeit Petras Erinnerungsvermögen beeinträchtigt hatte.

Petras Stirn zog sich ein wenig zusammen. »Ja ... mehr oder weniger. Ich weiß zwar nicht, wie lange ich hier schon liege und wieso genau, aber einen kompletten Blackout habe ich nicht, glaub ich.«

Anjas Tränen begannen schon wieder zu fließen. »Wenn ich gewusst hätte, dass du da bist, dass du zuhören kannst ... dann hätte ich viel früher abgebrochen. Es tut mir sehr leid, Petra. Ich war besessen von dem Gedanken, Beate zu vernichten. Ich habe nie damit gerechnet, dass du da sein könntest.« Sie schluchzte auf. »Ich wollte dir niemals wehtun und hoffe, dass du mir das glauben kannst.«

Sanft zog Petra sie zurück in ihren Arm und küsste sie behutsam auf die geschwollenen Lippen. »Es ist gut, mein Engel. Lass uns später darüber reden. Jetzt will ich dich einfach nur an meiner Seite spüren und wissen, dass du da bist ... dass du in meinem Arm bist. Ich liebe dich, Anja.«

Anja erwiderte den zarten Kuss und kuschelte sich erneut an Petras Seite. Die Tränen, die nun Petras Krankenhausnachthemd durchnässten, waren Tränen der Erleichterung und des Glücks.

Als Martina wenig später Petras Zimmer betrat, lagen die beiden Arm in Arm da und schauten ihr entgegen.

»Hallo, ihr zwei – wie schön, euch beide wach zu sehen.« Sie trat neben das Bett und strahlte auf sie herab. »Wie geht es dir, Petra? Wir haben uns alle große Sorgen um dich gemacht.«

Petra lächelte sie an, obwohl es sie noch anstrengte. »Ich fühle mich müde. Ansonsten aber ganz gut. Abgesehen von ein paar Erinnerungslücken, aber das gibt sich bestimmt mit der Zeit.«

In diesem Moment ging die Tür erneut auf, und den drei überraschten Frauen präsentierte sich ein riesiger Blumenstrauß. Dahinter kam ein besorgt aussehender Klaus zum Vorschein. Als dessen Blick auf Anjas zerschundenes Gesicht fiel, wandelte sich die Besorgnis in unverhohlenes Entsetzen.

»Um Gottes Willen, Anja, was hat sie dir nur angetan?«

Anja setzte zu einer Antwort an, aber Martina kam ihr zuvor und kümmerte sich erst einmal um die gegenseitige Bekanntmachung. »Guten Tag. Ich bin Anjas Mutter, Martina«, stellte sie sich vor. »Und das ist Petra, Anjas Verlobte und Lebensretterin.«

Petra wurde sofort knallrot, doch Klaus sah es gar nicht, weil er schon an sie herangetreten war und sie vorsichtig in den Arm genommen hatte. »Frau Wagner hat mir schon alles berichtet. Ich kann Ihnen gar nicht sagen, wie dankbar ich Ihnen bin, dass Sie Anja gerettet haben.« Dann wandte er sich Martina zu und gab ihr einen galanten Handkuss. »Ich bin Anjas Vorgesetzter – aber nennen Sie mich doch einfach Klaus. Es freut mich sehr, Sie kennenzulernen. Anja ist eine meiner liebsten Mitarbeiterinnen, und es hätte mir sehr wehgetan, sie zu verlieren.«

Anja und Petra tauschten einen amüsierten Blick. Es war offensichtlich, dass Klaus und Martina sich auf Anhieb sympathisch waren. Sie würden gut zusammenpassen, dachte Petra und nahm sich vor, Anja bei nächster Gelegenheit auszufragen, wie lange ihre Mutter eigentlich schon allein war und ob es irgendwelche anderen Kandidaten gab, die das ändern könnten.

Klaus hatte den enormen Blumenstrauß auf die Fensterbank gestellt. Jetzt drehte er sich wieder zu ihnen um. »Ich hoffe wirklich sehr, dass ihr beide bald wieder fit seid. Kuriert euch auf jeden Fall gut aus – und vor allem, passt auf euch auf.«

»Ich nehme sie mit zu mir«, warf Martina ein. »Damit sie nicht allein sind. Und ich verspreche Ihnen, dass ich die zwei wieder aufpäppeln werde.«

Prompt hatte Klaus nur noch Augen für sie. »Vielleicht darf

ich sie dann einmal in Gengenbach besuchen kommen?«, schlug er kühn vor. »Aber natürlich nur, wenn ich Ihnen damit keine Umstände mache.«

Petra musste grinsen, als Martina errötete. »Nein, das würde mich sogar sehr freuen. Vielleicht kommen Sie ja auch zur Hochzeit der beiden.«

Diese Information lenkte Klaus' überraschten Blick doch wieder zu Anja und Petra. »Zu eurer Verlobung habe ich euch ja auch noch gar nicht gratuliert. Herzlichen Glückwunsch! Habt ihr schon einen Termin?« Er nahm erst Anja, dann auch Petra freudig in den Arm, bevor seine Augen wieder an Martina hängenblieben. »Ich würde sehr gern zur Hochzeit kommen. Es wäre mir eine Ehre.«

Mit einem Mal gähnte Anja herzhaft – wobei Petra sich nicht sicher war, wie echt das Gähnen war. Jedenfalls nutzte Martina sogleich die Gunst der Stunde, merkte an, dass ihre Mädchen sicher müde waren und Ruhe brauchten, und verabschiedete sich dann schnell, Klaus mit sich aus dem Zimmer schiebend. Als sich die Tür hinter ihnen schloss, sah Petra das breite Grinsen auf Anjas Gesicht.

»Mein Papa ist vor fast 20 Jahren gestorben«, beantwortete Anja Petras unausgesprochene Frage. »Seitdem waren Mama und ich allein. Ich habe sie ab und zu mal gefragt, warum sie sich nicht wieder einen Mann sucht, aber sie meinte immer, sie wollte nicht.« Sie lachte leise. »Aber wenn ich sie jetzt so mit Klaus sehe, klingt das nicht mehr sehr überzeugend.«

Es dauerte beinahe zwei Wochen, dann gab Petras Ärztin grünes Licht für ihre Entlassung. Martina, die die ganze Zeit in Köln geblieben und jeden Tag für ein paar Stunden ins Krankenhaus gekommen war, wurde ebenfalls benachrichtigt und erschien fertig zur Abreise auf der Station, um die beiden abzuholen.

Anjas Gesicht schillerte immer noch in allen Farben, doch die Schwellungen gingen allmählich zurück, und sie konnte inzwischen schon wieder beide Augen öffnen. Ihre Rippen schmerzten noch ein wenig, doch alles in allem fühlte sie sich wieder energiegeladen und frisch.

Auch Petra ging es von Tag zu Tag besser. Ihre Schulterwunde verheilte gut, und die Ärztin war mehr als zufrieden mit ihr.

Während sie ihre Sachen zusammenpackten, kam Frau Doktor Berger noch einmal zur Tür herein. »Wie ich sehe, wollen Sie uns tatsächlich schon verlassen«, meinte sie halb streng, halb scherzhaft. »Eigentlich würde ich Sie beide viel lieber noch ein paar Tage hierbehalten, damit wir ganz sicher sein können, dass es keine Komplikationen gibt.«

Petra schüttelte mit Nachdruck den Kopf. »Nein, wir möchten nach Hause. Wir haben ja Martina, die sich um uns kümmern wird. Außerdem wollen wir den guten Ruf Ihrer Station nicht schädigen.« Sie grinste frech.

»Wie Sie meinen«, entgegnete Frau Berger kühl. »Sie müssen mir aber versprechen, dass Sie sich beide noch schonen werden. Und kommen Sie später nicht zu mir und jammern mir etwas vor, wenn Sie dann doch noch Schmerzen haben oder so.« Doch ihr freundliches Lächeln und ihr warmer Blick sprachen eine ganz andere Sprache, und sie verabschiedete sich sehr herzlich von ihnen.

Kaum hatte die Ärztin den Raum verlassen, standen Maria und Sabine vor der Tür. »Martina hat uns gesagt, dass ihr heute entlassen werdet«, erklärte Maria. »Also haben wir euch Petras Auto vorbeigebracht. Das war ja noch bei Beates Haus geparkt, und ich hatte den Schlüssel eingesteckt.«

»Danke, das ist lieb. Nur –« Petra wandte sich an Martina: »Kannst du Auto fahren? Anja und ich dürfen nämlich noch nicht, wegen der Medikamente.«

»Nein, Mama hat nie ihren Führerschein gemacht«, antwortete Anja statt ihrer Mutter. »Sieht so aus, als müssten wir das Auto erst mal hierlassen.«

Da lächelte Sabine. »Wir hatten uns das schon so ein bisschen überlegt. Wie wäre es, wenn wir euch fahren? Dann können wir euch unterwegs alles über den Stand der Ermittlungen berichten. Wir fahren mit zwei Autos, dann habt ihr eures unten, und wir fahren dann später mit unserem zurück nach Frankfurt. Da haben wir sowieso noch einige Tage zu tun, bevor wir wieder nach Berlin zurückkönnen.«

Dieses Angebot wurde von allen Seiten gern angenommen, und bald saßen Anja und Petra auf dem Rücksitz von Marias großem Volvo, während Sabine und Martina sich mit Petras Subaru begnügen mussten.

Während der Fahrt berichtete Maria ausführlich, wie es Beate, Andreas und den anderen Komplizen ergangen war. »Beate hat Zeter und Mordio gebrüllt, als sie in Handschellen abgeführt wurde. Sie will dich übrigens verklagen lassen.« Sie grinste Petra im Rückspiegel amüsiert an. »Aber da brauchst du dir keine Sorgen zu machen – damit kommt sie nicht weit, und vor allem wird sie bald ganz andere Probleme am Hals haben. Und zwar jede Menge: ihre Drogengeschäfte, die Bestechungen und Erpressungen und dann auch die falsche Verdächtigung gegen euch. Dazu kommt nun noch schwere Körperverletzung und versuchter Mord. Und ihre Prahlerei, dass sie angeblich irgendwann eine Frau ermordet hat – dem gehen wir auch nach, aber dabei ist bisher noch nicht viel herausgekommen.

Andreas wurde noch am Flugplatz verhaftet, er redet und redet und redet, ein richtiger kleiner Wasserfall. Unsere zwei Zollbeamten waren leicht überrascht, als sie verhaftet wurden. Sie hatten wirklich geglaubt, es würde nie einer merken, dass es auch bei uns schwarze Schafe gab. Wir sind noch dabei herauszufinden, warum sie Beate geholfen haben. Geld war wohl nicht unbedingt das Motiv. Aber Sandra war wohl in sie verliebt und hatte ein Verhältnis mit ihr ... bei Bernd bin ich nicht sicher. Kann durchaus sein, dass da auch Sex im Spiel war, wie bei Andreas.

Die meisten eurer Kolleginnen wussten übrigens wirklich nicht, dass sie als Kuriere benutzt wurden. Auch unter ihnen sind einige dabei, die auf Beate abgefahren sind und alles für sie tun würden. Wir haben aber auch ein paar gefunden, die sie bis aufs Blut hassen. Vielleicht bekommen wir da noch den einen oder anderen Hinweis auf weitere Verbrechen von ihr.

Über die Abnehmer wissen wir noch immer nicht so viel. Die beiden Namen, die sie genannt hat, nachdem wir geklingelt haben – Wiebke und Bastian –, das sind zwei Besitzer von Fitnessstudios. Sie sind ganz sicher in diese Geschichte involviert, aber wir sind noch auf der Suche nach weiteren Namen. Beate selbst ist in dieser Hinsicht überhaupt nicht kooperativ. Sie schweigt nur, und so gern Andreas auch redet – er hat nicht wirklich Ahnung von dem Geschäft. Was das Kokain betrifft – da war sie selbst Abnehmer und Konsument. Andreas hat das auf seinen Südamerikaflügen besorgt und auch aus Asien. In ihrem Notizbuch haben wir viele interessante Namen gefunden, und es wird für einige Leute ein böses Erwachen geben.«

Maria machte eine kleine Pause, als müsse sie ihre weiteren Worte sorgfältig wählen.

»Beate will übrigens mit dir reden, Anja ... und mit dir auch, Petra. Ob ihr das wollt, das müsst ihr beiden selbst entscheiden. Wenn ja, dann werde ich einen Termin mit euch abmachen, aber wie gesagt, ihr müsst nicht.«

Sie sah sie prüfend im Rückspiegel an. »Wenn ich ehrlich bin – ich würde es nicht tun. Sie ist ein skrupelloser Mensch und vergiftet ihre Umgebung. Aber es ist eure Entscheidung. Wollt ihr sonst noch etwas wissen?«

Anja und Petra schüttelten die Köpfe. Nach kurzem Schweigen sagte Petra: »Ich möchte sie nie wieder sehen. Das letzte Mal hat mir mehr als gereicht. Was meinst du, mein kleiner Engel?«

Anja seufzte leise und kuschelte sich eng an sie. »Nein, ich auch nicht. Es gibt nichts mehr zu sagen. Sie ist endlich und für immer aus unserem Leben verschwunden, und das ist gut so. Nein, ich werde sie auch nicht besuchen.«

Maria nickte. »Das ist sicher das Beste. Pech für Beate, sie wird eine weitere Niederlage hinnehmen müssen.«

Den Rest der Fahrt verbrachten sie größtenteils schweigend. Anja schlief irgendwann an Petras gesunde Schulter gelehnt ein, und Petra hielt ihre Freundin fest umschlungen und küsste ihr immer wieder zärtlich aufs Haar. Ab und zu beobachtete Maria sie im Rückspiegel und lächelte.

Zur Abendessenszeit kamen sie in Gengenbach an. Martina bestand darauf, dass auch Sabine und Maria die Nacht hier verbrachten, um dann am nächsten Morgen frisch und ausgeruht nach Frankfurt zurückzufahren. Die beiden ließen sich nicht lange bitten, zumal Martina auf die Schnelle auch noch ein leckeres Essen zauberte. Sie schien ganz in ihrer Rolle der Gastgeberin aufzugehen. In harmonischer Atmosphäre saßen sie zu fünft noch eine Weile beisammen, bevor sie müde von der langen Fahrt ihre jeweiligen Betten aufsuchten.

Kapitel 18

Die nächsten Tage vergingen wie im Flug – zum einen, weil Petra und Anja einander nicht von der Seite wichen, zum anderen aber auch, weil sie sich nicht mehr in einer langweiligen Krankenhausumgebung befanden und keine von ihnen mehr ans Bett oder einen Stuhl gefesselt war. Anjas Gesicht nahm wieder eine normale Form an, und die schillernden Farben begannen zu verblassen. Ihre Rippen heilten ebenfalls gut zusammen. Auch Petras Schulter heilte gut ab, aber durch den Blutverlust war sie noch sehr schwach, und zur Arbeit zurückzukehren kam für die nächste Zeit noch nicht in Frage. Martina setzte jedoch alles daran, sie wieder aufzupäppeln.

Tagsüber gingen die zwei Freundinnen viel spazieren. Beinahe täglich saßen sie auf ihrer Bank oben auf dem Bergle. Dabei sprachen sie über die Zukunft, ihre Hochzeit, ihr gemeinsames Heim und all die Dinge, die sie sich mit Anjas unerwartetem Vermögen würden leisten können. Doch die Vergangenheit und vor allem die jüngsten, dramatischen Ereignisse blieben bei diesen Unterhaltungen ausgeklammert. Irgendwie hatten sie beide diese heile Welt für eine Weile nötig, um sich nicht nur körperlich, sondern auch psychisch zu erholen.

An einem besonders schönen Frühsommertag, als sie wieder einmal Arm in Arm auf der Bank saßen und sich die warmen Sonnenstrahlen ins Gesicht scheinen ließen, sagte Anja unvermittelt: »Ich kann es immer noch nicht glauben, dass du so einfach in Beates Wohnung gestürmt bist. Das war Wahnsinn … aber wenn du es nicht getan hättest, wäre ich jetzt nicht mehr am Leben. Ich weiß gar nicht, wie ich dir je dafür danken kann.«

Petra schwieg einen Moment, bevor sie Anjas Gesicht sanft zu sich herumdrehte, um ihr tief in die Augen sehen zu können. »Der Gedanke, dich womöglich zu verlieren, hat mir große Kräfte verliehen«, sagte sie leise.

Anja erwiderte ihren Blick ernst. Sie griff nach Petras Hand und drückte sie.

Petra seufzte leise. *Na gut,* dachte sie, *bringen wir es hinter uns.*

Vielleicht wird es ja wirklich leichter, daran zurückzudenken, wenn wir darüber sprechen. Oder zumindest weniger schmerzhaft. Sie wandte ihren Blick von Anja ab und schaute vor sich ins Leere.

»Ich war völlig fertig, als ich aufgewacht bin, und du warst nicht da«, begann sie. »Ich habe im ganzen Haus nach dir gesucht, gerufen. Dann habe ich deinen Brief gefunden. Ich habe ihn zigmal durchgelesen, doch verstehen wollte ich es nicht. Du wusstest, wie ich dieser ganzen Aktion gegenüberstand ... und ich hatte so große Angst um dich. Auch wenn ich vollstes Vertrauen in Maria und Sabine hatte – ich hatte Beate ja schließlich einmal erlebt und auch gesehen, wie du auf sie reagiert hast. Anja, ich hatte Angst, dass sie dich wieder in ihre Fänge ziehen würde. Dass unsere Liebe vielleicht nicht stark genug sein könnte ... Dass ich dich verlieren könnte.«

Anja versuchte etwas zu sagen, doch Petra zog sie etwas enger an sich und sprach weiter: »Bitte, lass mich erzählen. Ich habe mich ins Auto gesetzt und bin einfach losgefahren. Wie auf Autopilot. Dann saß ich im Auto vor dem Haus. Ich wäre wahrscheinlich einfach da sitzen geblieben, bis irgendetwas passiert wäre, aber irgendwann kam dann Maria. Sie hat mich ganz schön rundgemacht, war richtig sauer auf mich. Doch sie muss eingesehen haben, dass sie mich nicht loswerden würde, und das kleinere Übel für sie war wohl, mich zu sich in den Van zu holen. Von da konnte ich euch dann zuhören, dir und Beate.«

Tränen rannen ihr über die Wangen und tropften in Anjas Haar. Anja bewegte sich in ihren Armen, wollte sich ihr zuwenden, doch Petra umschlang sie noch etwas fester und fuhr leise fort: »Diese ganzen Geräusche ... sie hat dich geküsst ... und dann auch die Schläge. Ich habe Maria und Sabine angefleht, die Aktion abzubrechen und dich rauszuholen, doch sie haben mir von diesem Codewort erzählt, mit dem du sie aktivieren konntest. Du hast es aber nicht getan, und ich konnte nicht verstehen warum. Sie hat dich immer wieder geküsst – das habe ich gehört. Und du hast einfach nicht abgebrochen.«

Sie konnte spüren, wie sich Anja versteifte und dann neuerlich versuchte, sich aus Petras Griff herauszuwinden, doch Petra lockerte ihre Umarmung nicht – und sie war einfach stärker als Anja. »Ich fing an mich zu fragen, ob du sie immer noch liebst, vielleicht sogar Gefallen an ihren Liebkosungen finden könntest. Und dann hast du ihr gesagt …« Ihre Stimme brach. Sie musste hart schlucken und sich ein paarmal räuspern, bis sie die Worte aussprechen konnte, die bis heute wie ein gespenstisches Echo in ihrem Kopf widerhallten: »Nur sie könnte dich befriedigen und dir geben, was du brauchst und willst. Ich wusste nicht, ob du immer noch eine Rolle spieltest oder ob es vielleicht doch die Wahrheit war. Du wusstest ja nicht, dass ich mithören konnte – du hattest also keinen Grund, mich zu schonen.«

Erneut hielt sie inne und seufzte tief. Was sie nun sagen wollte, ging fast noch schwerer über die Lippen.

»In dem Moment kam meine ganze Unsicherheit wieder hoch. Ich habe dir nie richtig erzählt, warum ich so große Angst vor unserem Altersunterschied hatte – nur mal angedeutet, wenn ich mich nicht irre. Christiane und ich waren fünf Jahre zusammen, und sie war sieben Jahre jünger als ich. Ich habe sie sehr geliebt. Unser Sexleben war zwar nicht berauschend, aber ich fand es okay und war zufrieden – in anderen Bereichen haben wir uns auch super ergänzt. Aber ihr war es nicht genug, und das habe ich lange nicht gemerkt. Anstatt darüber zu reden, hat sie mich lange Zeit betrogen … mit vielen anderen Frauen. Und als sie dann ausgezogen ist, hat sie mir das erzählt. Hat mir gesagt, dass ich eine Niete im Bett sei, dass ich prüde sei und frigide … ›alte Jungfer‹ war noch mit das Netteste, das sie mir an den Kopf geworfen hat. Danach habe ich niemanden mehr an mich herangelassen, bis du kamst. Die Angst, dass sie vielleicht recht gehabt haben könnte, ist nie richtig verschwunden. Und als ich da saß und dich diese Sachen zu Beate sagen hörte, da war sie plötzlich wieder ganz stark.«

Wieder musste Petra innehalten und sich räuspern. Anja machte inzwischen keine Anstalten mehr, sich aus ihren Armen zu befreien, sondern schmiegte sich an sie und streichelte unablässig sanft ihren Arm.

»Es hat einige Zeit gedauert«, fuhr Petra fort, »bis ich gemerkt habe, was nicht stimmte. Deine Stimme. Sie war so anders als sonst, kalt, emotionslos und ohne die Wärme, die ich immer zu hören bekomme. Da wusste ich, dass du sie nicht mehr liebst – dass du dieses miese Spiel nur mitspielst, um sie hinter Gitter zu bringen. Und dann hat sie dich geschlagen, immer und immer wieder, und ich konnte einfach nicht länger da sitzen und zuhören, ich musste raus, ich musste zu dir.

Maria und Sabine hatten inzwischen schon die Polizei zum Einsatz aufgerufen, und ich bin einfach losgelaufen. Ich stand vor der Tür, habe geklingelt und gerufen. Auf einmal kam Maria an und hat mich zur Seite gerissen, von der Tür weg. Sie ist mit mir um das Haus herumgerannt, aber ich habe mich losgerissen und bin durch den Garten hinein, zum Glück war die Terrassentür offen. Ich hatte das gar nicht groß geplant oder durchdacht, ich wollte einfach nur zu dir. Und dann habe ich ihre furchtbare Stimme gehört, wie sie gebrüllt hat, dass sie dich töten wollte ... und habe dich am Boden gesehen, dein Gesicht blutig und kaum noch erkennbar, deine Bluse offen, überall Blutergüsse, dein schöner Körper so schlimm entstellt ...« Sie konnte ein leises Schluchzen nicht unterdrücken. »Ich habe überhaupt nicht mehr nachgedacht, nur noch dich gesehen. Und als dann Maria ins Zimmer gesprungen war und Beate mit ihrer Pistole auf dich gezielt hat, da bin ich einfach ausgetickt. Ich wollte nur noch auf sie los. Das war übrigens ein ziemlich guter Bodycheck, hätte mir bestimmt ein paar Punkte im Eishockey eingebracht.« Ein winziges Grinsen huschte über ihr Gesicht.

»Dann kam der Knall, ein Schlag gegen meine Schulter, wir sind gefallen, und plötzlich war alles wie in einem dichten Nebel. Nur deine Augen konnte ich noch deutlich sehen – und deine Liebe für mich darin erkennen. Und dann waren auf einmal so viele Menschen um mich herum, und ich konnte dich nicht mehr sehen. Das war das Schlimmste für mich ... dass ich nicht wusste, wie es dir geht. Ich wollte zu dir, aber ich konnte mich nicht rühren. Danach weiß ich nichts mehr.«

»Ja, das war schlimm«, flüsterte Anja und drückte Petra fest an sich. »Sie haben dir einen Defibrillator angelegt und mussten dich schocken, dein Herz hatte wohl ausgesetzt. Ich dachte, du wärst tot. Und dann haben sie mich auf die Bahre gelegt und betäubt, und ich wusste nicht ...« Tränen erstickten ihr die Stimme.

Sanft hob Petra ihr Gesicht an, und sie sahen sich lange

schweigend in die Augen, fanden Trost darin für die schrecklichen Erinnerungen. Irgendwann sagte Anja mit schiefem Grinsen: »Aber vielleicht sollte ich mit meiner Version auch am Anfang anfangen, nicht am Ende.«

Und nun begann sie zu erzählen. Wie sie in der Nacht mit Maria und Sabine aufgebrochen war und sie Petra nicht hatte wecken wollen, obwohl es ihr das Herz gebrochen hatte, sich so heimlich davonzustehlen. Wie sie geglaubt hatte, alles klinge so einfach und würde in kürzester Zeit überstanden sein. »Sie gaben mir noch dieses Codewort, falls ich abbrechen wollte oder Hilfe benötigte ... es war für alles gesorgt. Ich kam mir vor wie in einem schlechten Film.«

Sie machte eine Pause, sah Petra tief in die Augen und strich ihr mit der Hand sanft über die Wange, wie um Petra und auch sich selbst zu stärken für das, was jetzt kam.

»Es *war* so einfach, zumindest am Anfang«, nahm sie dann ihren Bericht wieder auf. »Beate war genauso, wie ich es erwartet hatte. Ihr Ego ist unglaublich – sie hat tatsächlich gedacht, dass ich zu ihr zurückwollte.« Wieder eine kurze Pause, und ihre Augen, die nach wie vor fest auf Petras Gesicht gerichtet waren, wurden sehr ernst. »Sie hat mich geküsst, das stimmt ... und ja, ich habe diese Küsse auch erwidert. Doch ich habe es gehasst. Ich hätte sie am liebsten gebissen und weggestoßen, aber dann wäre alles vorbei gewesen, und ich wollte sie doch überführen. Ich habe an dich gedacht, habe versucht, Beate auszublenden, und mir vorgestellt, wie du und ich hier sitzen und uns festhalten. Das hat es erträglicher gemacht. Ihre Schläge taten weh, aber auch das war anders als früher. Denn obwohl sie mir körperliche Schmerzen zufügte – meine Seele konnte sie nicht mehr erreichen, die gehörte ihr nicht mehr. Nur deshalb habe ich so lange ausgehalten.« Sie schluckte schwer, und ihre Stimme klang gepresst. »Sie hat meine Bluse aufgeknöpft und mich angefasst ... und ich habe mich so vor ihr geekelt, und auch vor mir selbst. Ich wollte davonlaufen, sie anschreien, es war so demütigend, von ihr so betatscht zu werden. Das waren keine Liebkosungen, das war eine Demonstration ihrer Macht. Ich war wieder in ihrem Besitz, ihr Eigentum, genauso wie früher.« Ihre Stimme brach, und sie brauchte einige Minuten, bis sie sich wieder in der Gewalt hatte. Petra streichelte ihr sacht über den Rücken, sagte aber nichts.

»Aber ich habe sie zum Reden gebracht«, fuhr Anja schließlich fort, »und wie sie geredet hat. Meine Güte, sie ist ganz schön raffiniert ... sie hatte an alles gedacht.« Sie stockte. Ihr Blick begegnete Petras wieder, und sehr eindringlich schaute sie ihr in die Augen, während sie weitersprach: »Wenn ich geahnt hätte, dass du da draußen auf der Straße warst und zuhören konntest, dann hätte ich vielleicht doch abgebrochen ... und vor allem hätte ich vieles nicht gesagt. Es tut mir so leid, Petra. Auch wenn ich von deinen Dämonen der Vergangenheit nichts wusste – ich hätte niemals zugelassen, dass du das alles hören musstest. Obwohl nicht ein Wort von dem, was ich gesagt habe, wahr ist. Ich hoffe, dass du mir das glauben kannst.« Immer noch hielt sie Petras Blick fest.

Statt einer Antwort drückte Petra sie kurz an sich. Sie war sicher, dass Anja die stumme Botschaft verstand.

Dann löste sich Anja ein wenig von ihr und schaute ihr wieder in die Augen, während sie fortfuhr. »Doch dann ist sie ausgerastet. Ich denke, sie hat gemerkt, dass mein Herz weit weg war. Sie hat auch erwähnt, dass Andreas ihr von unserer Hochzeit erzählt hatte. Also musste ihr jetzt wohl ihr Irrtum klargeworden sein. Sie hat mich vom Stuhl gezogen und trat immer wieder auf mich ein, wie wahnsinnig, hat einfach nicht aufgehört. Und ich konnte nur noch an dich denken ... dass ich mich nicht von dir verabschiedet hatte, dass ich nicht wusste, wo du warst, und ob du mir böse sein würdest ... da habe ich überhaupt nicht mehr an das Codewort und den Abbruch gedacht.

Und dann klingelte es an der Tür, und als ich deine süße Stimme hörte, habe ich gelächelt. Das hat Beate endgültig wahnsinnig gemacht. Sie hat eine Pistole aus dem Schrank geholt und angefangen davon zu sprechen, dass sie mich töten würde. Zum Glück habe ich es geschafft, ganz leise ›Pistole!‹ in mein Mikrofon zu flüstern, damit sie draußen wussten, dass Beate bewaffnet war. Maria und Sabine trugen diese kleinen Knöpfe im Ohr, konnten mich also auch außerhalb des Vans hören. Daraufhin muss Maria dich aus der Schusslinie gezogen haben, falls Beate die Tür geöffnet und sofort losgeballert hätte.«

Auf Petras Gesicht malte sich ungläubiges Entsetzen, das eine Sekunde später in große Erleichterung umschlug. »Dann hast du mir auch das Leben gerettet«, sagte sie leise. »Ich bin sicher, dass Beate mich einfach über den Haufen geschossen hätte.«

Anja atmete tief durch, bevor sie weitersprach. »Aber ich wusste in dem Moment ja nicht, ob Maria und Sabine es verstehen und entsprechend reagieren würden, ich wusste nicht, was Beate mit mir machen würde, oder mit dir ... ich hatte wirklich Panik, Angst um mein Leben und um deins ... und am meisten Angst hatte ich, dass ich vielleicht sterben würde, ohne dir noch mal sagen zu können, dass mir mein Weggehen in der Nacht leid tut und dass ich dich liebe.« Sie schluchzte jetzt, und dicke Tränen liefen ihr über die Wangen.

Petra streichelte sie sanft weg. Sie sagte nichts, legte aber all ihre Liebe, ihr Mitgefühl und ihre Bewunderung für Anjas Stärke und Mut in ihren Blick.

»Und dann ging alles so schnell«, sagte Anja mit einem kleinen Schniefen, als sie sich wieder gefasst hatte. »Maria kam herein, und dann kamst du, mein kleiner Liebling, angeflogen wie Superman und hast Beate umgerissen.« Sie lächelte durch ihre Tränen. »Und dann kam der Schuss. Ich habe gebetet, dass die Kugel Beate getroffen hätte und nicht dich, aber ich wusste nicht ... da war so unglaublich viel Blut ...« Ihr Schluchzen wurde wieder lauter. »Du hast mich angesehen, und ich konnte mich nicht bewegen, dich nicht berühren. Ich wollte etwas sagen, schreien, aber es kam überhaupt kein Ton. Dann haben sie dich an den Defi angeschlossen, die Schockempfehlung kam, und ... oh, Petra, ich dachte, ich hätte dich für immer verloren ... ohne dir noch einmal sagen zu können, wie sehr ich dich liebe, wie viel du mir bedeutest.« Sie weinte heftig, hielt den Blick aber weiterhin auf Petra gerichtet.

Petra liefen nun ebenfalls die Tränen über das Gesicht, Tränen des nachträglichen Schreckens, aber auch des Mitleids. Dass sie selbst das Bewusstsein verloren hatte, war in einer Hinsicht ein Glück gewesen: So war ihr erspart geblieben, was Anja hatte durchmachen müssen – die grausame Ungewissheit, der rasende Schmerz über den möglichen Verlust ihres größten Schatzes.

»Ich liebe dich von ganzem Herzen, Petra«, flüsterte Anja

schließlich. »Du bist meine Welt. Ich möchte für immer mit dir zusammen sein, für alle Ewigkeiten und noch darüber hinaus.«

Petra beugte sich zu ihr und küsste sie sanft auf die tränenfeuchten Lippen. »Ich liebe dich doch auch, mein kleiner, süßer Engel. Ich kann es kaum abwarten, bis wir verheiratet sind und ich der ganzen Welt zeigen darf, dass ich deine Frau bin. Ich kann dir gar nicht sagen, was du für mich bedeutest ... Du hast mal gesagt, ich hätte dich aus einem Gefängnis befreit. Aber das hast du auch. Du hast mich aus dem Käfig meiner ganzen alten Ängste und Selbstzweifel herausgeholt und zu neuem Leben erweckt. Vom ersten Tag an hast du mir gezeigt, was es wirklich heißt, zu leben, zu lieben und glücklich zu sein. Du bist die wunderbarste Frau auf Erden, und ich bin sehr glücklich, dass du mich liebst.«

Behutsam, fast ehrfürchtig umarmte sie Anja, und dann blieben sie lange fest umschlungen sitzen, erfüllt von der Nähe der anderen. Es war schwer gewesen, die schrecklichen Ereignisse noch einmal zu durchleben, aber Petra war doch froh, dass sie endlich darüber gesprochen hatten. Es schien sie und Anja noch enger zusammenzuschweißen, und die Freude und Dankbarkeit, dass Anja bei ihr war, dass sie lebte, ließ Petra ihre Gegenwart noch intensiver erleben.

Anjas Handy riss sie mit seinem lauten Klingeln unsanft aus ihrer Versunkenheit.

»Hallo, Mama«, meldete sich Anja. »Ist etwas passiert?« Rasch schaltete sie den Lautsprecher ein.

»Das wollte ich dich gerade fragen«, drang Martinas Stimme aus dem Gerät, »es ist ja schon spät, und ich wusste nicht, wo ihr seid.«

»Keine Sorge, Mama, wir sind auf dem Bergle und kommen gleich nach Hause. In fünf Minuten sind wir da.«

»Das will ich hoffen«, versetzte Martina. »Das Essen ist nämlich schon fertig, und wir haben einen Gast.«

»Wer ist es denn?«

»Das werdet ihr schon sehen.« Der letzte Satz klang sehr verschmitzt. Dann ertönte ein Klicken.

»Aufgelegt!« Anja starrte verblüfft auf das Telefon in ihrer Hand. »Das hat sie noch nie gemacht. Unglaublich.«

Petra lachte. »Deine Mutter gefällt mir immer mehr.«

Das kurze Telefonat hatte die ernste Stimmung vertrieben, und fröhlich lachend stiegen sie die Treppen hinab und schlenderten durch den kleinen Ort. Vor Martinas Haus sahen sie erstaunt ein Auto mit Frankfurter Kennzeichen stehen.

»Kennst du das Auto?«, erkundigte sich Petra.

»Ich habe da so eine Vermutung ...«, antwortete Anja mit einem Grinsen.

Als sie in die Wohnstube traten, saßen dort Martina und Klaus nebeneinander auf der Couch, offensichtlich in ein angeregtes Gespräch vertieft. Anja und Petra strahlten und begrüßten ihn herzlich. Martina dagegen sagte nur trocken: »Da seid ihr ja endlich, dann kann ich das Essen ja reinbringen.«

Klaus folgte ihr in die Küche und kam mit den Schüsseln im Arm zurück, während Anja und Petra den Tisch deckten. Beim Essen berichtete Klaus: »Frau Wagner hat mich angerufen, um mich auf dem Laufenden zu halten. Da wollte ich die Gelegenheit nutzen, euch die Neuigkeiten persönlich zu überbringen und dabei gleich nach euren Genesungsfortschritten zu sehen. So weit ist es ja nicht, und angesichts dieses herrlichen Essens hätte ich gar nichts dagegen, noch viel öfter hierherzukommen.«

Martina errötete leicht und legte ihm sofort nach.

»Was gibt es denn für Neuigkeiten?« Anja sah ihn prüfend an. Petra grinste in sich hinein, als Klaus ganz offensichtlich Mühe hatte, seine Botschaft auch wirklich als wichtige Neuigkeit zu präsentieren.

»Also ... Beate verweigert jedes Gespräch, will auch keinen Anwalt und verweigert die Nahrung.«

»Von mir aus kann sie verhungern«, sagte Petra bitter. Sie warf Anja einen kurzen Blick zu. »Ich denke, ich weiß, was sie damit bezweckt. Aber ich bleibe bei meiner Meinung, ich will sie nie wieder sehen.«

»Ich auch nicht«, erklärte Anja mit Nachdruck. »Warum hat Maria dir das denn erzählt? Will sie jetzt doch, dass wir mit ihr sprechen?«

Klaus schüttelte den Kopf. »Nein, nein. Sie hat mir gesagt, dass sie euch damit gar nicht belasten will. Sie haben mehr als genug gegen sie in der Hand. Nein, Maria hat mir aufgetragen, euch alles Gute für eure Zukunft zu wünschen – und falls ihr jemals nach Berlin kommen solltet, dann sollt ihr euch bei ihr und Sabine melden.«

Petra und Anja grinsten breit. Das war ja nun wirklich keine Nachricht, die man nicht auch bequem am Telefon hätte übermitteln können. Anja tätschelte Klaus den Arm. »Lieb von dir, dass du den weiten Weg gemacht hast, um uns das mitzuteilen!«

Martina wurde nun feuerrot. Und Anja und Petra grinsten noch mehr, als sie sagte: »Nach Frankfurt zurückfahren lasse ich dich jetzt übrigens auch nicht mehr. Es ist viel zu spät, und morgen ist Samstag. Du bleibst über Nacht – wir haben hier genug Platz.«

Kapitel 19

Klaus ist verliebt!«, platzte Petra heraus, nachdem die beiden eine gute Nacht gewünscht und sich in ihr Zimmer zurückgezogen hatten. »Und deine Mama scheint auch gar nicht abgeneigt zu sein.«

Anja lächelte fröhlich. »Klaus ist ein toller Mann und war mir schon immer mehr eine Art Ersatzpapa als ein Chef. Ich würde mich sehr freuen, wenn er und Mama zusammenkommen würden. Mama ist schon viel zu lange allein, und sie hat so viel zu geben.«

Sie hatten sich nebeneinander auf das große Bett gesetzt und schauten sich zärtlich in die Augen. Petra strich Anja eine Strähne aus der Stirn.

»Es tut mir leid«, flüsterte sie ihr ins Ohr.

»Was tut dir leid, mein Engel?«

»Dass ich dir nicht vertraut habe ... dass ich dachte, dass du vielleicht wirklich zu Beate zurückwolltest, und dass ich dir nicht genügen würde.«

Sie senkte den Blick und ließ den Kopf hängen. Die widersprüchlichen Gefühle, die in ihrem Inneren kämpften, verwirrten sie. Ihre Reue war echt – sie wollte Anja so gern vertrauen, bedingungslos und jederzeit. Doch gleichzeitig beschwor die Erinnerung an Anjas unglückselige Worte zu Beate die alten Zweifel wieder herauf. Sie konnte es nicht verhindern.

Anja legte ihr den Finger unter das Kinn und hob ihren Kopf wieder an. »Sieh mich bitte an, Petra. Habe ich je den Eindruck erweckt, dass du mich nicht befriedigen würdest? Dass ich mich nach mehr oder nach jemand anderem sehnen würde?«

Petra sah sie verzagt an, wagte nicht zu antworten.

Eindringlich sagte Anja: »Ich habe noch nie in meinem Leben so ein erfülltes Liebesleben gehabt wie mit dir.«

Ihre strahlenden braunen Augen ließen die alten Dämonen schrumpfen. Aus jedem einzelnen der tausend Goldpunkte, die in dem warmen Braun glitzerten, strahlte Petra Anjas Liebe entgegen. Ihr Herz wurde ganz weit.

»Du bist alles andere als frigide oder prüde«, erklärte Anja, »und ganz sicher keine alte Jungfer. Ich weiß nicht, wie deine Ex auf so eine bescheuerte Idee kommen konnte – ich denke eher, dass sie diejenige war, die ein Problem hatte.« Sie küsste Petra sanft auf den Mund und dann noch einmal, ein wenig länger und fordernder. »Vielleicht geht es dir besser, wenn ich dir zeige, wie sehr ich dich begehre und wie sehr ich dich will.«

Ihre Lippen wanderten über Petras Hals, während sie vorsichtig ihre Bluse öffnete. Petra erschauerte. Wie lange hatte sie auf diese Berührungen verzichten müssen! Zärtlich schob Anja die Finger unter ihren BH und umfasste ihre Brüste. Ein sehnsuchtsvoller Seufzer entfuhr Petra.

Anja drückte Petras Oberkörper sanft nach hinten, legte sich neben sie und ließ ihre Lippen wieder nach oben wandern. Sie knabberte zart an Petras Unterlippe, bis diese ihren Mund öffnete und Anjas Zunge willkommen hieß. Behutsam schob Anja ihr die Bluse von den Schultern, spürbar darauf bedacht, ihr keine Schmerzen zuzufügen. Die Wunde war gut verheilt, die Fäden würden bald gezogen werden, aber es würde noch dauern, bis Petra ihre alte Beweglichkeit zurückerlangen würde. Sie zuckte leicht zusammen, als Anja sanft über die Naht strich.

Erschrocken fuhr Anja zurück. »Es tut mir leid ... habe ich

dir wehgetan?«

»Nein, es ist nur ein bisschen empfindlich. Und es ist so lange her, dass du mich gestreichelt hast. Bitte hör nicht auf.«

Anja ließ die Finger zu Petras Brust wandern und umschloss die zarte Knospe, um sie mit ihrer Handfläche zu reizen. »Niemals«, sagte sie dabei. »Ich werde niemals aufhören, dich zu lieben, dich zu streicheln, dich zu verwöhnen. Du bist so wunderschön, mein kleiner Engel, weißt du das denn nicht?«

Anjas Worte und ihre zarten Berührungen gaben den Dämonen den Rest. Petra stöhnte und schluchzte gleichzeitig. »Ich liebe dich so sehr, mein Schatz.«

Anja senkte ihre Lippen wieder auf Petras, und sie küssten sich mit wachsender Leidenschaft. Anjas Hand kreiste weiter um Petras Brustwarze. Schließlich ließ sie ihre Lippen nach unten gleiten, um die Finger abzulösen. Ihre Hand streichelte stattdessen Petras Bauch entlang nach unten.

Petras Stöhnen wurde immer lauter. Verlangend reckte sie ihren Unterleib Anja entgegen. »Bitte, nimm mich, mein Liebling ... ich brauche dich so sehr.«

Anja öffnete den Reißverschluss von Petras Hose und schob ihre Hand hinein. Petra unterdrückte einen Aufschrei, als sie Anjas Finger an ihrer heißen, schon feuchten Mitte spürte, sie verzehrte sich nach mehr ... Ungeduldig hob sie ihr Becken an, so dass Anja ihr die Hose und den Slip ausziehen konnte. Mit schnellen Bewegungen entledigte sich Anja dann auch selbst ihrer Kleidung und legte sich nackt auf ihre Geliebte. Ihr Oberschenkel drückte sich sanft gegen Petras Scham. Erneut küsste sie Petra voller Hingabe, ließ dann die Lippen über ihre Schulter zu den Brüsten gleiten und dort verweilen, während ihre Hand sich wieder nach unten bewegte und vorsichtig zwischen Petras Beine schob. Petra keuchte wild auf, als Anjas Finger die feuchte Höhle erreichten.

Nun verließ auch Anjas Zunge die Brüste und zog eine feuchte Spur nach unten. Tief atmete Anja Petras Duft ein, bevor sie die Zunge in sie hineingleiten ließ.

Petra stöhnte lauter, als die Wogen immer mächtiger durch ihren Unterleib schwappten. »Bitte, Anja – lass mich nicht zu lange warten.«

»Schsch, mein kleiner Engel … keine Sorge, ich bin doch schon da.« Damit umschloss Anja mit ihren Lippen Petras Lustperle und drang mit den Fingern in Petras Grotte ein.

Petra begann unkontrolliert zu zucken. »Oh mein Gott, du machst mich wahnsinnig.«

Während Anja weiter mit zärtlichen Zungenschlägen über Petras Murmel leckte, stieß sie ihre Finger endlich tief in sie hinein. Petra fuhr heftig zusammen und kam fast sofort mit einem lauten Schrei. Anja setzte ihre süße Arbeit noch eine Weile fort, erprobte immer wieder neue Winkel, ein anderes Tempo, und Welle um Welle brandeten weitere Orgasmen heran, schrie Petra von neuem in höchster Lust. Immer wieder war Anja zur Stelle, um die Nässe aufzulecken.

Erst als Petra sie erschöpft um eine Pause bat, schob sie sich langsam an ihr nach oben. Zärtlich strich sie ihr die verschwitzten Haare aus der Stirn und lächelte sie glücklich an. »Hast du eine Ahnung, wie schön du bist und wie wundervoll es ist, dich zu lieben? Deinen Duft und den süßen Nektar einzusaugen, das ist mein größtes Glück. Nein … du bist mein größtes Glück. Ich liebe dich, mein kleiner Engel.«

Sie kuschelten sich aneinander und schliefen nach wenigen Minuten glücklich, aber erschöpft ein.

Am Morgen erwachte Anja mit einem Lächeln auf den Lippen, noch immer in Petras Armen. Doch als sie die Augen öffnete, fuhr sie zusammen. Alles war voller Blut. Es hatte bereits das Laken durchtränkt und rann unaufhörlich aus der Naht an Petras Schulter, die an einer Stelle aufgebrochen war.

Für einen Moment war Anja wie erstarrt, dann berührte sie Petras Gesicht, ihre Wangen, ihre geschlossenen Augen. »Petra, oh mein Gott, Petra, wach auf, bitte wach doch auf.«

Doch es kam keine Reaktion. Anja sprang aus dem Bett, schnappte sich das Telefon und wählte mit zitternden Fingern die Nummer des Notrufs. Atemlos gab sie die Adresse durch, dann rannte sie zur Treppe und rief nach ihrer Mutter. Martina und Klaus kamen nach oben gelaufen und starrten entsetzt auf das viele Blut, aber Klaus zog sich nach dem ersten Schrecken diskret zurück – sowohl Anja als auch die bewusstlose Petra waren nackt. Anja hielt ein Handtuch gegen die Wunde gepresst, doch der Stoff färbte sich erschreckend schnell rot.

»Halt durch, mein Liebling«, flüsterte Anja verzweifelt. »Bitte halt durch, die Sanitäter sind gleich da.«

Martina schob ihre Tochter zur Seite und fühlte Petras Puls. Sie atmete auf. Dann warf sie Anja einen kurzen Blick zu: »Vielleicht solltest du dich anziehen – ich denke doch, dass du mit Petra mitfahren möchtest, oder?«

Von unten war zu hören, wie Klaus den Sanitätern die Tür öffnete und den Weg nach oben wies. Anja reagierte gar nicht auf Martinas Frage, sondern stand wie erstarrt und schaute mit fassungslosem Entsetzen auf ihre Freundin. »Was habe ich nur getan?«, flüsterte sie. »Das wollte ich doch nicht ... oh Petra, wie konnte das nur passieren?«

Da ergriff Martina die Initiative, nahm sie kurz in den Arm und schob sie dann vom Bett weg, um ihr beim Anziehen zu helfen. Währenddessen waren die Sanitäter hereingekommen, versorgten die Wunde und legten Petra auf eine Bahre. »Kommen Sie mit uns mit?«, erkundigte sich der Ältere der beiden.

Anja nickte stumm und folgte ihnen wie mechanisch. Ihre Lippen formten immer wieder dieselben Worte: »Es tut mir so leid, mein Engel. Es tut mir so leid.«

Im Krankenwagen wurde Petra an einen Monitor angeschlossen und ihre Vitalwerte kontrolliert. Beruhigend legte der ältere Sanitäter Anja die Hand auf den Arm: »Sie wird schon wieder. Sie hat viel Blut verloren, aber ihre Werte sind gar nicht so schlecht. Mit einigen Transfusionen sollte sie bald wieder auf dem Damm sein.«

»Aber warum ist sie dann bewusstlos?« Anja hatte Tränen in den Augen. »Wie konnte ich neben ihr liegen und schlafen, während sie am Verbluten war? Warum hat sie mich nicht geweckt? Sie muss doch Schmerzen gehabt haben ...«

Die jüngere Sanitäterin schüttelte leicht den Kopf. »Nicht unbedingt. Sie wird geschlafen haben, als die Wunde durchgebrochen ist, und ist dann einfach in die Bewusstlosigkeit gerutscht. Da konnten Sie gar nichts merken. Machen Sie sich keine Vorwürfe.«

Sie sah sie aufmunternd an, doch Anja ließ sich nicht beruhigen. Sie lachte bitter. »Nein, es ist meine Schuld ... wir hätten noch länger warten sollen, es war noch zu früh. Ich wollte ihr doch niemals wehtun.«

Die junge Frau schaute einen Moment lang fragend drein, dann schien sie sich die Sache zusammenzureimen. Sie rückte dicht an Anja heran und legte nun ihrerseits ihre Hand auf Anjas Arm. »Haben Sie Ihre Freundin dazu gezwungen?«, fragte sie.

Anja schüttelte heftig den Kopf. »Nein, natürlich nicht. Das würde ich niemals tun.«

»Ihre Freundin war also einverstanden?«

»Ja, natürlich, aber ...«

»Kein Aber«, fiel ihr die Sanitäterin ins Wort. »Sie hatten beide Ihren Spaß, und nun machen Sie sich Vorwürfe – überlegen Sie mal, würde Ihre Freundin das wollen? Glauben Sie, dass sie Ihnen auch Vorwürfe machen wird?«

Anjas Stimme war kaum mehr als ein Flüstern. »Nein, das denke ich nicht.«

»Na also. Dann machen Sie sich jetzt nicht verrückt. Sie wird schon wieder – und in ein paar Tagen werden Sie beide darüber lachen, okay?«

In diesem Moment rührte sich Petra und schlug die Augen auf.

Anja schluchzte und lachte zugleich, als sie ihr ganz zart über das Gesicht streichelte. »Mein kleiner Engel, es tut mir so leid.«

»Was ist denn passiert?« Petras Stimme war leise und schwach.

Anja warf einen verlegenen Blick zu den beiden Sanitätern hinüber, dann beugte sie sich über Petra. »Ich war wohl etwas zu stürmisch gestern Nacht«, sagte sie dicht an ihrem Ohr, »und deine Schulterwunde ist wieder aufgebrochen. Es tut mir leid, Süße, das wollte ich nicht.«

Petras Augen weiteten sich, und dann musste sie lachen. Doch gleich darauf zuckte sie zusammen. »Aua, das tut weh.« Dann sah sie Anja zärtlich an. »Auf jeden Fall war es das wert.«

In diesem Moment kamen sie im Krankenhaus an, und Petra wurde in einen Untersuchungsraum gebracht. Anja musste draußen bleiben. Sie war zu nervös, sich zu setzen, und tigerte auf dem Flur hin und her. Die Sanitäter kamen noch einmal zu ihr und grinsten ermutigend: »Es wird nicht lange dauern. Sobald die Untersuchung beendet ist, können Sie sicher zu ihr.«

Anja drückte den beiden die Hände. »Danke für Ihre schnelle Hilfe.«

Es dauerte wirklich nur einige Minuten, bis eine junge Ärztin aus dem Zimmer auf Anja zukam und sie fragend begrüßte: »Frau Zimmermann?«

»Wie geht es ihr? Kann ich zu ihr?« Die Worte sprudelten nur so aus Anja heraus. Die Ärztin lächelte warm.

»Natürlich, sie wartet schon auf Sie. Und um Ihre Frage zu beantworten: Es geht ihr gut. Sie ist etwas schwach, hat erneut viel Blut verloren, doch ihre Werte sind stabil. Sie bekommt jetzt ein paar Transfusionen, um den Verlust auszugleichen. In einigen Tagen sollte sie wieder ganz fit sein.« Sie grinste vielsagend. »Ich kann Ihnen allerdings nur empfehlen, das nächste Mal lieber zu warten, bis die Fäden gezogen sind. Dann können Sie sicher sein, dass so etwas nicht noch einmal passiert.«

Anja war knallrot geworden, doch die Ärztin lachte gutmütig. »Es geht ihr wirklich gut, machen Sie sich keine Sorgen. Aber mit dem Spott müssen Sie jetzt leben.« Damit zwinkerte sie Anja noch einmal zu und ging davon.

Langsam trat Anja in Petras Zimmer und setzte sich vorsichtig auf die Bettkante. Sie traute sich kaum, ihr ins Gesicht zu sehen, nahm nur Petras Hand und hielt sie fest.

»Anja?«, hörte sie Petras Stimme. »Willst du mich denn gar nicht ansehen?«

Als Anja endlich den Kopf hob, sah sie den Schalk in Petras Augen blitzen. Sie versuchte zu lachen, aber stattdessen brach sie in Tränen aus.

Petra strich ihr zärtlich uber die Haare, aber es dauerte eine ganze Weile, bis Anja sich beruhigt hatte. Unter Tränen und immer wieder schluchzend sagte sie endlich: »Es tut mir so leid. Ich wollte dir niemals wehtun, und jetzt hätte ich dich beinahe umgebracht. Oh Petra, bitte verzeih mir.«

Petra starrte sie verblüfft an. »Was redest du denn da – du hast mir doch nichts getan. Oh, mein Liebling, das war doch nicht deine Schuld. Komm her, meine Süße, komm in meine Arme, bitte.«

Fast ein wenig zögerlich rutschte Anja näher an Petra heran

und legte sich ganz vorsichtig neben sie. Petra umfasste sie mit ihrem gesunden Arm.

»Ich liebe dich«, flüsterte sie Anja ins Ohr, »und jetzt gerade liebe ich dich noch so viel mehr. Du bist so süß, Anja. Bitte mach dir keine Vorwürfe, es ist doch alles gut.«

Aber Anja kamen schon wieder die Tränen. »Ich bin so glücklich aufgewacht, und dann war da all das Blut, und du hast nicht reagiert ... ich war völlig in Panik ... ich dachte«, sie schluchzte auf, »ich dachte, dass du tot wärst. Schon wieder. Ich habe gedacht, beim ersten Mal in Köln hatte ich noch Glück, aber so viel Glück hat man nur einmal, und jetzt hätte ich dich wirklich verloren.« Erneut weinte sie haltlos.

Petra strich ihr immer wieder beruhigend über den Rücken, sprach liebevoll auf sie ein. »Aber ich lebe. So schnell wirst du mich nicht los. Alles ist gut, mein kleiner Liebling, und ich darf sicher bald wieder nach Hause zu dir.«

Plötzlich ging mit Schwung die Tür auf, und zwei Krankenschwestern schoben einen Wagen mit Medikamenten und Transfusionsbeuteln herein. Amüsiert sahen sie auf Anja und Petra, die Arm in Arm in dem kleinen Bett lagen. Mit rotem Kopf sprang Anja auf und stellte sich neben das Bett.

»Wir müssen nur den Beutel tauschen, dann lassen wir Sie wieder in Ruhe«, sagte die ältere Schwester grinsend, und sie machten sich gleich an die Arbeit. Anja blickte betreten zu Boden. Sie fragte sich, ob inzwischen wohl schon das gesamte Krankenhaus über Petras Verletzung und vor allem deren Ursache Bescheid wusste.

Gleich nachdem die Schwestern das Zimmer verlassen hatten, erschien Martina in der Tür. Die Besorgnis in ihrem Gesicht wechselte rasch in Erleichterung, als Petra ihr putzmunter entgegenstrahlte.

Behutsam umarmte Martina ihre künftige Schwiegertochter. »Wie geht es dir, Petra?«

»Ich bin noch ziemlich schwach, aber die Ärztin ist beeindruckt von dem Tempo, mit dem ich mich erhole«, berichtete Petra. »Wahrscheinlich darf ich morgen auch schon wieder nach Hause. Muss mich nur noch ein wenig länger schonen.« Sie zwinkerte Anja zu, die sofort wieder feuerrote Ohren bekam.

Martina sah ihre Tochter streng an. »Dass du dir das zu Herzen nimmst und besser auf deinen Schatz aufpasst, hast du gehört?«

Anja schluckte trocken. »Ja, Mama ... natürlich, Mama.«

Martina blieb diesmal nicht lange. Anja hatte den Verdacht, dass Klaus noch immer in Gegenbach sein und zu Hause auf sie warten könnte. Aber bevor sie ihre Mutter schelmisch danach fragen konnte, hatte diese sich schon verabschiedet.

Anja setzte sich wieder neben Petra auf das Bett und streichelte ihr zärtlich über das Gesicht. Ihre Tränen waren versiegt, aber noch immer musste sie schlucken, wenn sie an den Morgen zurückdachte.

»Ich liebe dich, Petra«, sagte sie ernst. »Du bist mein ganzes Glück. Ich kann es immer noch nicht fassen, dass ich dich zweimal beinahe verloren hätte.«

Sie küssten sich zärtlich, und Anja kuschelte sich vorsichtig wieder in Petras Arm. Sie lagen lange so da, küssten sich immer wieder, und in Petras liebevoller Umarmung lösten sich Anjas Schuldgefühle ganz allmählich auf.

Irgendwann, es war längst Abend geworden, schreckte ein Räuspern an der Tür sie auf. Petras Ärztin stand im Zimmer und lächelte sie an, halb streng, halb amüsiert: »Sie wollten es doch langsam angehen, oder nicht?«

Petra grinste fröhlich und gab Anja noch einen sanften Kuss. »Aber das tun wir doch. Oder findest du uns etwa nicht langsam, mein Schatz?«

Jetzt konnte Anja tatsächlich schon wieder lachen.

Und die Ärztin schien ihnen auch gar nicht widersprechen zu wollen. »Na, dann nehme ich das mal als Zeichen, dass es Ihnen gutgeht«, meinte sie, »und Sie keine weitere Infusion brauchen. Oder was meinen Sie?«

»Es ging mir schon lange nicht mehr so gut wie jetzt«, versicherte Petra. »Ich würde am liebsten jetzt gleich nach Hause gehen.«

»Das kommt überhaupt nicht in Frage. Damit Sie morgen dann schon wieder hier auftauchen, oder was? Nein, Sie bleiben über Nacht hier – vor morgen früh lasse ich Sie nicht raus.«

»Kann ich dann wenigstens hierbleiben?« Anja schickte einen

flehentlichen Blick zu der Ärztin. »Ich verspreche auch, dass wir anständig sind.«

Die Ärztin seufzte in gespielter Verzweiflung. »Und wenn ich es nicht erlaube, dann werden Sie sich hier mitten in der Nacht reinschleichen, ich kenn das doch. Also gut, ich gebe der Nachtschwester Bescheid, dass sie Sie dann nicht doch noch rausschmeißen will.«

Die beiden lächelten dankbar. Und nachdem die Ärztin ihnen eine gute Nacht gewünscht hatte, kuschelten sie sich wieder aneinander. Das schmale Krankenhausbett war zwar ein wenig ungemütlich, und Anja schlief in der Nacht nicht viel, weil sie jeden Moment darauf bedacht war, Petras Wunde zu schonen – aber sie hätte nirgends lieber sein wollen als an der Seite ihrer friedlich schlafenden Geliebten.

Am nächsten Morgen gab die Ärztin Petra tatsächlich die Erlaubnis, das Krankenhaus zu verlassen. Anja packte Petras Sachen in eine kleine Tasche. Dann musste sie zu Fuß nach Hause gehen, um ihr Auto zu holen. Sie war höchstens eine Stunde von Petra getrennt, aber selbst das war ihr schon zu viel.

Zu Hause half sie Petra die Treppe hinauf und stellte sicher, dass Petra komfortabel in ihrem großen Bett lag. Die blutverschmierte Bettwäsche hatte Martina in der Zwischenzeit gewechselt.

»Brauchst du noch etwas, mein kleiner Engel?«, erkundigte sich Anja diensteifrig.

»Danke, Liebling, du hast schon mehr als genug getan … im Moment bin ich müde und würde gern ein wenig schlafen.«

»Darf ich bei dir bleiben und dich festhalten?«

Trotz ihrer Erschöpfung, die sich deutlich auf ihrem Gesicht abzeichnete, hob Petra streng den Zeigefinger. »Verboten.«

»Was?«, fragte Anja verdattert und erschrocken.

Petra grinste schwach. »Du hast ›darf ich‹ gesagt. Das ist verboten, erinnerst du dich? Und ich habe nicht die Absicht, nur wegen so einer kleinen Schusswunde die grundlegenden Regeln unserer Beziehung aufzuweichen.« Dann wurde ihr Lächeln ganz warm. »Andererseits bin ich jetzt gerade wirklich nicht in der Lage, irgendeine Bestrafung durchzuführen, und außerdem schlafe ich immer so viel ruhiger, wenn ich dich in meinen Armen habe ... also, komm schon her.«

Lächelnd kuschelte Anja sich an ihre gesunde Seite. Auch sie war nach der schlafarmen Nacht sehr müde und schlief ebenso schnell ein wie Petra.

Sie verbrachten den ganzen Tag im Bett, mal wach, mal schlafend, und hielten sich einfach nur fest. Ihre zärtlichen Berührungen waren alles, was sie brauchten. Erst gegen Abend, nachdem Martina ihnen etwas zu essen gebracht hatte, richtete Petra sich auf. »Ich würde gern ein Bad nehmen. Ich hab das Gefühl, dass überall an mir getrocknetes Blut klebt, und dann habe ich mich ja auch seit unserer Nacht noch gar nicht gewaschen ... meinst du, du kannst mir helfen?«

»Bist du sicher, dass das eine gute Idee ist?«, fragte Anja zweifelnd.

»Wir müssen nur aufpassen, dass der Verband nicht nass wird. Das sollten wir schaffen, oder?«

»Ich werde mich bemühen, meine Königin.« Anja grinste. Petra hatte ja recht: Was sollte schon passieren, wenn sie einfach nur in der Wanne saß.

Sie lief ins Bad, ließ schon einmal warmes Wasser einlaufen und gab etwas Badeöl dazu. Dann half sie Petra, sich auszuziehen und vorsichtig in die Wanne zu steigen.

»Geht es so?«

Petra seufzte zufrieden auf. »Ja, ich fühle mich schon viel besser. Das entspannt so schön. Danke, mein Schatz.«

Anja griff nach einem Schwamm und ließ ihn zuerst sanft über Petras Rücken gleiten. Sie seifte ihren rechten Arm ein und strich dann ganz vorsichtig über den linken – gerade so weit, dass sie den Verband nicht berührte. Anschließend kreiste der Schwamm über Petras Brüste, und Anja atmete schneller, als die zarten Knospen sich nach oben reckten.

»Du bist so wunderschön«, murmelte sie. »Ich bekomme gar nicht genug davon, dich anzusehen und zu berühren.« Ihre Fingerspitzen tasteten sanft über die aufgerichteten Knospen, und Petra stöhnte leise.

Dann nahm Anja sich wieder zusammen. Der Schwamm strich nun in kleinen Kreisen über Petras Bauch, bevor Anja ihn vorsichtig zwischen Petras Beine schob. Sie zogen beide scharf die Luft ein, als ihr Finger Petras Lustperle streifte.

»Entschuldige, das wollte ich nicht.« Anja räusperte sich heiser.

Doch Petra schnurrte wie eine Katze. »Bitte ... hör nicht auf, Anja. Ich brauche dich so sehr. Ich möchte dich in mir spüren.«

Anja zog den Schwamm zurück, hin- und hergerissen zwischen Verlangen und Sorge. »Bist du sicher? Ich möchte auf gar keinen Fall, dass wir wieder in die Klinik zurückmüssen. Die Frau Doktor würde uns den Kopf abreißen. Vor allem mir ... dort lachen sie sowieso schon alle über mich.«

»Wenn du nicht weitermachst«, sagte Petra mit unschuldigem Augenaufschlag, »dann sorge *ich* dafür, dass die Wunde wieder aufgeht und du mich wieder hinfahren musst. Bitte, Anja, bitte.«

Es brauchte gar nicht so viel Überzeugungsarbeit – Anja konnte ihrer Geliebten auch so nicht widerstehen. Sanft begann sie an Petras Brüsten zu knabbern und schob gleichzeitig die Finger in ihre heiße Höhle. Sie spürte das Fleisch pulsieren. Vorsichtig, aber doch fest stieß sie ihre Finger immer tiefer in ihre Geliebte hinein, ließ sie in ihrem Inneren kreisen und zog sie ein Stück heraus, um gleich darauf noch tiefer in sie einzudringen. Petra keuchte heftig und schrie leise auf, als sie ihren Höhepunkt erreichte. Sie hatte die Augen geschlossen und hielt sich mit den Händen am Wannenrand fest, um nicht ins Wasser zu rutschen und den Verband zu durchnässen.

Anja sah sie besorgt an und strich ihr die Haare aus der Stirn. »Geht es dir gut, mein Engel?«

Mit einem glücklichen Seufzer schlug Petra die Augen auf, und ein unendlich zärtlicher Blick traf Anja. »Mehr als gut. Ich liebe dich so sehr. Du bist eine wunderbare Liebhaberin, so einfühlsam und zärtlich, und du weißt immer genau, was ich brauche und was mir guttut. Ich danke dir, mein Schatz.«

Anja nahm sie liebevoll in den Arm. »Du solltest jetzt aus dem Wasser raus, es wird ja schon kalt. Dann würde ich dir gern noch die Haare über dem Waschbecken waschen, schaffst du das?«

Sie half Petra aus der Wanne und wickelte sie in ein großes Badetuch ein. In wenigen Minuten hatte sie ihr die Haare gewaschen und sie wieder ins Bett verfrachtet. »Brauchst du noch etwas, mein Schatz?«

Petra schüttelte den Kopf. »Nur dich. Du bist alles, was ich will. Und du solltest dich jetzt auch mal um dich selbst kümmern, nachdem du dich die letzten zwei Tage nur um mich gekümmert hast.«

Da grinste Anja verschmitzt. »Super, das mach ich doch sofort. Und ich weiß auch ganz genau, was *ich* jetzt brauche.« Damit kroch sie zu Petra ins Bett und kuschelte sich zufrieden an sie.

Kapitel 20

Martina stellte sicher, dass Petra schnell zu Kräften kam, und die Ärztin im Krankenhaus lobte ihre Fortschritte. »Es ist schön zu sehen, dass Sie sich an meine Anweisungen gehalten haben.«

Petra warf Anja einen schelmischen Blick zu, und die sah errötend zu Boden. Der Ärztin entging dieser stumme Austausch nicht; sie konnte sich ein Schmunzeln nicht verkneifen. »Wie auch immer«, sagte sie betont unbeteiligt, »Ihre Wunde ist verheilt, und ich werde Ihnen jetzt die Fäden ziehen. Das dauert nur einen kleinen Moment. Danach will ich Sie hier eigentlich nicht mehr sehen.«

Petra lachte sie an. »Ach, wie schade, wo wir uns doch gerade so an Sie gewöhnt haben. Aber vielleicht möchten Sie gern zu unserer Hochzeit kommen?«

Zum ersten Mal verlor die Ärztin ihre kühle Beherrschung. Ein verblüffter Blick traf Petra, dann breitete sich ein Strahlen auf dem Gesicht der Frau aus. »Wann ist denn der große Tag?«

»Am 24. Juni, also in einer Woche.«

»Wir würden uns wirklich freuen, wenn Sie kommen würden«, bestätigte auch Anja. »Die Zeremonie ist hier im Rathaus, und dann gibt es einen kleinen Empfang in der Weinstube.«

»Das ist sehr nett von Ihnen, vielen Dank für diese überraschende Einladung. Aber so kurzfristig möchte ich Ihnen lieber keine Umstände machen ...«

Anja lachte. »Das wären keine Umstände, sondern wirklich schön. Durch unsere Verletzungen haben wir nämlich gar keine Zeit gehabt, überhaupt jemanden einzuladen. Ich fürchte, außer Mama und Klaus kommt gar niemand. Sie würden uns also helfen, den Altersdurchschnitt zu senken ... und Sie dürfen natürlich sehr gern noch jemanden mitbringen.«

Frau Doktor sah noch einmal von einer zur anderen, dann lachte sie herzhaft. »Sie sind wirklich ein tolles Paar. Ich werde sehr gern kommen. Ob meine Partnerin allerdings auch Zeit hat, kann ich noch nicht sagen ... Claudia arbeitet bei der Polizei, ist also im Schichtdienst tätig.« Sie hielt ihnen ihre kleine, zarte Hand entgegen. »Ich heiße übrigens Julia.«

Petra nahm Julia einfach in den Arm und drückte sie an sich, und Anja tat es ihr gleich. Dann fand die Ärztin zu ihrem gewohnt ruppigen Tonfall zurück.

»So, und jetzt raus, ihr zwei – und weiterhin schön vorsichtig sein, dass das klar ist. Wir sehen uns in einer Woche. Ich freue mich schon.«

Petra drückte der überraschten Frau einen Kuss auf die Wange, schnappte sich Anjas Hand, und gemeinsam verließen sie das Untersuchungszimmer. Julias verträumter Blick folgte ihnen.

Die Woche bis zur Hochzeit verging viel zu schnell für all die Dinge, die noch zu tun waren. Martina hielt die Mädchen ziemlich auf Trab. Sie schleppte sie in alle möglichen Geschäfte, um die passende Kleidung für die Hochzeit zu finden. Noch einen Tag vor der Hochzeit fuhr sie mit ihnen nach Offenburg, um ihre Garderobe zu vervollständigen.

»Wo wollt ihr denn in die Flitterwochen hin?«, erkundigte sie sich zwischen zwei Anproben.

Petra und Anja sahen erst sie und dann einander verblüfft an. So weit voraus hatte keine von ihnen bisher gedacht. Anja zuckte mit den Schultern. »Wenn wir richtig fit sind, dann machen wir unsere Motorradtour durch die Vogesen und vielleicht auch an den Bodensee. Mehr haben wir eigentlich gar nicht vor.«

Martinas Augen weiteten sich entsetzt. »Motorrad, bist du von allen guten Geistern verlassen? Das kommt ja gar nicht in

Frage. Ihr habt beide so schwere Verletzungen erlitten und wollt euch jetzt auf eine dieser Höllenmaschinen setzen?«

»Aber Mama ... wir hatten doch keinen Unfall. Das ist nicht gefährlicher als Autofahren, wenn man vorsichtig ist.«

Aber davon wollte Martina nichts wissen. »Nix da – fliegt in die Karibik oder auf die Malediven oder so, aber Motorrad ... nein, das lass ich nicht zu.«

Petra trat zu ihrer zukünftigen Schweigermutter und nahm sie in den Arm. »Keine Sorge, Martina. Anja ist eine tolle Fahrerin, und ich habe vollstes Vertrauen zu ihr. Außerdem ist das doch nur eine Idee – wir haben einfach noch nicht darüber nachgedacht. Ich will gar nicht wegfliegen, das tun wir so schon immer genug. Am liebsten würde ich einfach hierbleiben und ein paar Tagestouren machen, oder mal für ein Wochenende an den Bodensee. Das würde mich richtig glücklich machen.«

Sie schaute fragend zu Anja hinüber, die zustimmend zurücklächelte. »Finde ich eine super Idee. Wenn Mama uns noch länger bei sich ertragen kann, natürlich nur.«

Martina warf ihr einen strafenden Blick zu, dann umarmte sie die beiden Frauen. »*Ihr* macht *mich* glücklich«, sagte sie und blinzelte verstohlen eine kleine Träne weg. »Es ist so schön, euch bei mir zu haben.«

Vollgepackt mit ihren Einkäufen kamen sie wieder zu Hause an. Als sie dort ein wohlbekanntes Auto mit Frankfurter Kennzeichen vor der Tür sahen, begann Martina zu strahlen.

Doch schnell wurde sie wieder ernst und wandte sich zu ihrer Tochter um. »Anja, ich muss dich etwas fragen. Hättest du etwas dagegen ... ich meine, wäre es okay für dich ...« Sie stotterte hilflos.

Da nahm Anja sie in die Arme und drückte sie kräftig an sich. »Mama, ich will nur, dass du glücklich bist«, erklärte sie mit Nachdruck. »Und ich glaube, Klaus ist ein anständiger und guter Mann. Also, unseren Segen habt ihr.« Sie warf Petra einen Blick zu, und die nickte bekräftigend.

»Danke, mein Schatz ...« Martina strahlte schon wieder. »Es ist mir sehr wichtig, dass du damit einverstanden bist.«

In diesem Moment kam Klaus auch schon fröhlich pfeifend um die Ecke und nahm ihnen gleich die schweren Tüten ab.

»Na, da bin ich aber froh, dass ihr auch mal wieder auftaucht, ich warte schon eine Stunde auf euch«, grummelte er, aber sein gutmütiges Grinsen strafte seine Bärbeißigkeit Lügen. Er gab Martina einen Kuss. »Ich hoffe, du hattest einen schönen Tag mit deinen Mädels.«

»Willst du morgen der Brautführer sein?«, fragte Anja ihn fröhlich.

Er stutzte. »Und welche von euch beiden soll ich führen?«

»Na, beide natürlich. An jedem Arm eine.«

Sie brachen alle in Lachen aus. Schließlich sagte Klaus: »Wenn das euer Ernst ist, wäre es mir wirklich eine große Ehre.«

Einige Stunden später lagen Petra und Anja Arm in Arm im Bett und küssten sich zärtlich.

»In wenigen Stunden bist du meine Frau«, murmelte Petra. »Das ist so ein wunderschöner Gedanke. Ich liebe dich, Anja.«

Ihre Küsse wurden intensiver, ihre Zungen begannen einen leidenschaftlichen Tanz, umschlangen sich, erforschten einander. Ihre Hände begannen den Körper der anderen zu erkunden. Anja umschloss Petras Brüste mit ihren Händen, rieb sachte mit den Handflächen über die zarten Knospen, und Petra seufzte genussvoll. Dann küsste Anja an Petras Hals entlang nach unten. Doch als ihre Zunge sanft über die große Narbe glitt, die Petras Schulter zierte, versteifte sich Petra plötzlich.

Anja hielt inne und sah sie erschrocken an. »Habe ich dir wehgetan?«

»Nein, es ist nur ...« Petra stockte. »Die Narbe ist so hässlich ... und ich habe Angst, dass ich dir nicht mehr gefallen könnte.«

Anja schüttelte leicht den Kopf und ließ ihren liebevollen Blick erst auf Anjas Gesicht, dann auf der Narbe ruhen. »Oh, mein kleiner Engel. Wie kannst du nur so etwas denken. Du bist die schönste Frau der Welt für mich, und das wird auch auf immer so bleiben.« Sie senkte den Kopf und küsste wieder über die Narbe. »Diese Narbe erinnert mich daran, dass du mir das Leben gerettet hast. Dass ich ohne dich heute nicht hier wäre und schon gar nicht mit einer äußerst begehrenswerten Frau im Bett liegen würde. Sie ist ein Symbol für deine Liebe zu mir, und deshalb liebe ich sie genauso sehr wie dich.«

Darauf begann sie wieder über Petras Brüste zu reiben und folgte mit ihren Lippen und der Zunge. Sie ließ sich viel Zeit damit, ihre Geliebte zu verwöhnen, erkundete jeden Millimeter ihrer Brüste mit ihrem Mund, bevor sie schließlich eine Hand ganz leicht, fast spielerisch über ihre Mitte gleiten ließ. Petra stöhnte vor Verlangen und krallte ihre Hände in Anjas Schultern, doch die ließ sich nicht dazu bewegen, das Tempo zu beschleunigen. Bedächtig rutschte sie nach unten und legte ihren Mund auf Petras Perle.

Petra drängte sich ihr entgegen, und ihr Stöhnen klang fast verzweifelt, als Anja endlich ihre Finger tief zwischen die Schamlippen stieß. Ihre Zunge und die Finger fanden einen gemeinsamen Rhythmus, und bald schrie Petra vor Lust laut auf. Immer und immer wieder warfen die Wogen sie hin und her, zuckte sie in wilder Ekstase. Als sie schon glaubte, dass sie nicht noch mehr ertragen könnte, glitt Anja noch ein Stück tiefer und begann die Nässe aufzulecken, die aus ihr herausgeströmt war. Gleichzeitig legte sich ihr Daumen über Petras Murmel und massierte sie mit sanftem Druck.

Petras Stöhnen wurde noch einmal lauter, dann sank sie erschöpft in die Laken zurück. »Ich kann nicht mehr ... du bringst mich um ... bitte.«

Anja schob sich an ihr nach oben und kuschelte sich an sie. Zärtlich ruhten ihre warmen, braunen Augen auf Petra. »Es ist so schön mit dir – ich kann dir gar nicht beschreiben, wie sehr ich unsere gemeinsame Zeit genieße. Jeden Augenblick mit dir merke ich, wie glücklich du mich machst und wie erfüllt mein Leben ist, seit ich dich kenne.«

Dann wurde ihr Blick unvermittelt ernst. »Ich hoffe, dass du dich in unserer Beziehung genauso wohlfühlst. Oder gibt es etwas, das dir fehlt, etwas, das du vermisst?«

Petra sah sie liebevoll an, dann wandelte sich ihr Lächeln zu einem schelmischen Grinsen. Mit einem Ruck drehte sie Anja auf den Rücken und schob sich auf sie.

»Du hast mich zur glücklichsten Frau der Welt gemacht, und es gibt absolut nichts, das mir fehlt«, versicherte sie. »Höchstens vielleicht, dass ich es kaum abwarten kann, bis wir verheiratet sind. Ja, das ist das Einzige, was mir noch fehlt.«

Ihre Lippen legten sich auf Anjas, ihre Zunge drängte sich sanft in Anjas Mund. Es war ein unendlich zärtlicher Kuss, der erst nach einigen Minuten leidenschaftlicher wurde. Anja stöhnte auf, als Petras Hand sich über ihre kleinen, festen Brüste schob und dann liebevoll über die erigierte Murmel glitt. Petras Lippen folgten der Hand nach unten. Doch sie hielt noch einmal inne und hob den Kopf.

»Du bist so wunderschön, mein kleiner Engel«, flüsterte sie, während ihre Blicke über Anjas nackten Körper wanderten. »So wunder-, wunderschön. Ich kann es kaum fassen, dass du hier in meinen Armen liegst ... dass ich dich lieben darf.«

Anjas Augen strahlten, und die tausend kleinen goldenen Sprenkel funkelten.

Petra senkte erneut ihre Lippen auf Anjas Brust. Ihre Zungenspitze glitt über die zarte Knospe, ließ sie anwachsen, sich hart nach oben recken. Vorsichtig schob Petra die Hand über Anjas flachen Bauch nach unten, ließ die Finger am Rand der heißen und bereits triefnassen Höhle verweilen, bis sie erst einen, dann gleich den zweiten und den dritten Finger in sie hineingleiten ließ. Anja stöhnte wieder, diesmal lauter. Ihr Unterleib zuckte, und immer mehr Feuchtigkeit floss über Petras Hand nach außen.

»Ich will dich, mein Schatz«, keuchte sie heiser. »Ich brauche dich in mir. Bitte, nimm mich ganz.«

Petra legte sich zwischen Anjas Beine. Sie schloss ihre Lippen um Anjas Perle und begann sanft daran zu saugen. Anjas Unterkörper drückte sich bebend nach oben, ihrer Zunge entgegen. In diesem Moment schob Petra ihre ganze Hand in Anja hinein – und Anjas heftiges, lustvolles Stöhnen zeigte ihr, dass sie das Richtige tat. Anja zog ihre Hand noch tiefer in sich, bewegte ihr Becken im Gleichklang mit Petras Zunge. Es dauerte nicht lange, bis sie mit einem spitzen Schrei zu ihrem Höhepunkt kam.

Petra blieb liegen, wo sie war, sog begierig Anjas zarten Duft ein und nahm mit der Zunge den süßen Nektar auf. Ihre Hand war noch immer in Anjas Hitze gefangen. Mit sanften Bewegungen brachte sie Anja schnell erneut zum Orgasmus, dem noch etliche weitere folgten. Erst als Anja sie unter Tränen des Glücks bat, Gnade walten zu lassen, zog Petra ihre Hand behutsam aus ihrer Geliebten heraus.

Lange Zeit lagen sie Arm in Arm und streichelten sich zärtlich. Erst am frühen Morgen fielen sie in einen ruhigen Schlaf.

Nicht sehr viel später wurden sie auch schon von Martina geweckt, die vor der Tür stand und rief: »Hey, ihr zwei, wenn ihr jetzt nicht bald aufsteht, dann kommt ihr noch zu spät zu eurer eigenen Hochzeit!«

Trotz der kurzen Nacht waren Petra und Anja mit einem Schlag hellwach. Statt Martinas Aufforderung zu befolgen, küssten sie sich allerdings erst einmal lange. Erst ein weiterer Ruf scheuchte sie schließlich aus dem Bett.

Sie tranken nur einen schnellen Kaffee, dann zogen sie sich sorgfältig an. Petra hatte sich für ein cremefarbenes Kleid entschieden, das ihre Formen und Rundungen hervorragend zur Geltung brachte – auch wenn sie durch die lange Zeit im Krankenhaus einiges an Gewicht verloren hatte, sah sie immer noch bezaubernd feminin darin aus. Anja trug einen ebenfalls cremefarbenen Hosenanzug. Kleider und Röcke kamen ihr nicht in den Schrank, da war sie sehr eigen.

Petra hatte ihre kurzen, blonden Haare frech gestylt und half Anja dabei, einen Zopf zu flechten. Dabei alberten sie die ganze Zeit miteinander herum, so als gingen sie nur zu einem netten Treffen mit Freunden. Erst als sie fertig waren und die Treppe hinuntergingen, begann Petras Herz schneller zu klopfen.

Meine Frau, dachte sie. *Bald.* Sie drückte Anjas Hand ganz fest.

Klaus und Martina warteten unten schon gespannt auf sie. Martina strahlte vor Glück und Stolz. »Ihr seht beide wunderschön aus«, schwärmte sie. »Das Kleid ist ein Traum, Petra.«

Gemeinsam machten sie sich auf den Weg zum Rathaus. Anja und Petra hatten sich wie verabredet bei Klaus eingehakt und ließen sich von ihm zum Standesamt führen. Dort stellten sie überrascht fest, dass er nicht in den kleinen Saal abbog, sondern sie ein paar Türen weiter zum großen Saal leitete.

Was soll das denn?, dachte Petra. *Es kommt doch niemand. In dem großen Raum kommen wir uns ja völlig verloren vor.*

Aber da traten sie auch schon durch die Tür – und Petra fiel fast um, als sie sah, dass der Saal bis auf den letzten Platz gefüllt war. Ganz vorn saßen Marco, Melanie und einige andere Kollegen und Kolleginnen. Dahinter Petras Clique aus Heusenstamm. Auch die Ärztin Julia war da mit ihrer Partnerin. Und hinten sah sie die lachenden Gesichter von Maria und Sabine.

Petra lächelte überwältigt in die Runde. Sie hatte sich ja so schon auf ihre Hochzeit gefreut, aber das hier ... Sie schaute zur Seite. Neben ihr starrte Anja ebenfalls verblüfft auf die unerwarteten Gäste. Dann fand ihr Blick Petras, und die tausend kleinen Goldpunkte in ihren Augen tanzten.

Klaus führte sie nach vorn, so dass sie dem Standesbeamten gegenüberstanden, und nahm dann mit Martina in der ersten Reihe Platz. Es war eine schöne Trauung – kurz gehalten, darum hatten sie gebeten. Dennoch brachte der Beamte so viel Gefühl und Freude in die Zeremonie, dass Petra die ganze Zeit strahlte. Immer wieder warf sie verstohlene Seitenblicke auf Anja, der es ganz genauso ging.

Als sie sich die Ringe ansteckten und sich tief in die Augen sahen, um sich dann liebevoll zu küssen, da brach der ganze Saal in tosenden Applaus aus. Martina liefen Tränen des Glücks über das Gesicht, und Klaus hielt ihr gleich ein ganzes Päckchen Taschentücher hin.

Nach der Zeremonie versammelten sich alle in der Weinstube, die sie für den Empfang ausgesucht hatten, und das neuvermählte Paar wurde mit Glückwünschen überschüttet. Petra und Anja hatten gar keine Zeit, sich klarzumachen, dass sie nun verheiratet waren – oder auch nur darüber hinwegzukommen, dass so viele Gäste erschienen waren. Fast ungläubig strahlten sie ihren Gratulanten entgegen.

»Herzlichen Glückwunsch, das war eine schöne Zeremonie.«

»Wir freuen uns für euch!«

»Gratulation, und alles Gute für euer Eheleben!«

»Danke, dass ihr gekommen seid«, sagten Anja und Petra immer wieder.

Dann wurde Petra plötzlich von hinten gepackt und herumgewirbelt. Ihre Heusenstammer Clique konfrontierte sie mit gespieltem Vorwurf: »Du Nuss! Eigentlich müssten wir dir ja böse sein. Wenn deine Schwiegermutter nicht gewesen wäre, dann hätten wir überhaupt nichts von eurer Hochzeit gewusst. Wie konntest du uns nur vergessen?«

Petra schluckte betreten. Doch bevor sie zu einer wortreichen Entschuldigung ansetzen konnte, wurde sie von allen heftig umarmt und gedrückt. »Wir freuen uns so sehr für euch.«

Da nun alle Glückwünsche überbracht worden waren, nahm Anja Petra lange und liebevoll in den Arm. »Meine Frau«, flüsterte sie. »Petra, meine Frau ... wie schön das klingt. Ich liebe dich, Petra, von ganzem Herzen und für alle Ewigkeit.«

Erst am frühen Morgen löste sich die Gästeschar auf. Erschöpft, aber glücklich sank Anja in ihrem kleinen Studio auf das Bett.

»Du siehst in diesem Kleid unglaublich aus. Einfach zum Anbeißen«, sagte sie. »Aber trotzdem ist dies wohl der Zeitpunkt, es auszuziehen. Soll ich dir mit dem Reißverschluss helfen?«

»Gern, mein Engel.« Petra drehte ihr den Rücken zu.

Anja stand wieder vom Bett auf und ließ ihre Hände zärtlich über Petras Schultern streichen. Langsam zog sie den Reißverschluss nach unten und schob das Kleid von Petras Schultern. Ihre Hände fuhren über ihren Rücken, an den Seiten wieder nach oben und legten sich dann sanft über Petras Brüste. Petra schloss die Augen. Ein wohliger Schauer durchlief sie.

»Das ist so schön«, murmelte Anja ihr ins Ohr. »Du bist so schön. Ich kann einfach nicht genug davon bekommen, dich zu berühren, dich zu streicheln.« Sie küsste Petras Nacken entlang. »Dich zu küssen. Ich bin verrückt nach dir, Petra, mein kleiner, süßer Engel. Meine Frau.«

Petra ließ das Kleid auf den Boden sinken und drehte sich zu ihr herum. Aus Anjas Blick strahlten ihr so viel Liebe, Zuneigung, auch Bewunderung entgegen, dass ihr Herz einen großen Sprung machte. Es war immer noch unfassbar, dass jemand sie so ansehen konnte – dass es so etwas gab, für sie.

»Ich liebe dich, Anja«, erwiderte sie leise. »Ich kann es dir nicht oft genug sagen. Du bist alles für mich, und jetzt bist du auch meine Frau. Du machst mich so wahnsinnig glücklich, mein Schatz.«

Lange standen sie voreinander und sahen sich nur an, versanken in dem Glück und der Liebe, die in den Augen der anderen leuchteten. Es war Petra, die den letzten Schritt nach vorn machte und Anja in die Arme fiel. Innerhalb weniger Sekunden waren sie beide nackt und sanken nebeneinander auf das Bett, sich leidenschaftlich küssend.

Petra ließ ihre Finger liebevoll an Anjas Seite entlangstreichen, berührte nur kurz ihre Brustwarze, die sich ihr sofort entgegenstreckte. Dann löste sie ihre Lippen von Anjas und küsste sich Anjas Hals hinunter bis zu ihrer Brust. Anja stöhnte leise und voller Lust, als Petra ihre Brustwarze in den Mund nahm und daran zu saugen begann. Mit ihrer Handfläche reizte Petra auch die andere Brust, und Anja wand sich, zitterte und keuchte unter den Berührungen. Langsam strichen Petras Finger von Anjas Brüsten über den Bauch in tiefere Regionen, tauchten ein in das heiße, pulsierende Fleisch der Schamlippen. Anja zuckte zusammen, als Petra ihre Finger in ihre feuchte Höhle hineinschob und nun auch mit ihrer Zunge den Weg nach unten fortsetzte. Sie umfasste Anjas Perle mit ihren Lippen und saugte daran, was Anja zu einem ersten Höhepunkt brachte. Mit einem sanften Ruck verschwand Petras Hand dann ganz zwischen Anjas Schamlippen und drang tief in sie ein. Anja zuckte immer stärker, regelrecht durchgeschüttelt von ihren Orgasmen, und Petra fühlte die Kontraktionen in ihrem Inneren, die ihre Hand fest umschlossen. Immer und immer wieder ließ sie ihre Zungenspitze über Anjas Lustperle gleiten, leckte sie mal ganz sanft, dann wieder stärker, fordernder. Anjas Stöhnen war längst in ein kraftloses Wimmern übergegangen. Nun kam sie mit einem Schrei zu einem weiteren Orgasmus, bäumte sich auf und sackte dann völlig erschöpft in die Kissen zurück.

Petra zog die Hand vorsichtig aus ihr heraus und legte sich neben ihre Frau. »Du duftest und schmeckst so unglaublich gut«, flüsterte sie ihr ins Ohr. »Ich könnte noch lange so weitermachen.«

Sie leckte sich den Nektar von den Fingern, dann schob sie ihre Hand noch einmal zwischen Anjas Beine. Anja zuckte heftig zusammen und sah sie flehend an: »Du bringst mich um, mein Engel. Ich brauche eine Pause ... bitte.«

Petra grinste: Sonst war es eher sie, die um Gnade bitten musste, und Anja war der Nimmersatt. Sie küsste Anja liebevoll auf die Nasenspitze und kuschelte sich an sie. Lächelnd schlief sie eng an ihre Frau geschmiegt ein.

Kapitel 21

Am nächsten Tag standen sie erst spät auf und gingen nach einer gemeinsamen Dusche hinunter, um zu frühstücken. An dem großen Tisch im Wohnzimmer fanden sie bereits Martina und Klaus vor – und zu ihrer Überraschung auch Maria und Sabine.

»Was ist passiert?«, erkundigte sich Anja. Prüfend sah sie von einer zur anderen.

Ernste Blicke antworteten ihnen, und nach einer betretenen Pause ließ Maria die Bombe platzen: »Beate ist entkommen.«

Petra hatte das Gefühl, der Boden werde unter ihren Füßen weggezogen. Sie musste sich an Anja festhalten, und der Raum verschwamm vor ihren Augen.

Anja hingegen sprühte vor Wut. »Wie konnte das passieren?«, herrschte sie die beiden Zollbeamtinnen an. »Wie konntet ihr sie entkommen lassen? Das glaube ich einfach nicht.«

Maria seufzte. »Sie hat eine Krankheit vorgetäuscht und ist von der Krankenstation abgehauen. Wir vermuten, dass sie dort einen Helfer oder eine Helferin hatte; da sind wir noch dabei, in alle Richtungen zu ermitteln. Ohne Unterstützung hätte sie das nicht schaffen können. Nichtsdestotrotz, sie ist weg – und wir sind hier, da wir befürchten, dass sie sich an euch rächen will.«

Anja und Petra wechselten einen Blick – Petra entsetzt, Anja immer noch mit fassungslosem Zorn – und ließen sich auf die Bank sinken. Martina brachte ihnen zwei Becher Kaffee und stellte auch zwei Stücke Hefezopf vor sie hin.

»Ihr solltet eine Kleinigkeit essen. Mit vollem Bauch redet es sich leichter.«

Petra begann dankbar an dem Kuchen zu knabbern, Anja dagegen schob den Teller von sich weg. Resignierend sah sie zu Maria. »Und jetzt?«, fragte sie, und ihre Stimme klang nicht mehr wütend, nur müde. »Was sollen wir jetzt tun? Wir können und wollen uns nicht auf ewig verstecken. Ich kann aber auch auf keinen Fall zulassen, dass Petra erneut in Gefahr gerät.« Mit einem tiefen Seufzer lehnte sie sich gegen Petras Schulter.

Die nahm sie sanft in den Arm. »Was heißt hier, dass ich in

Gefahr geraten könnte ... was ist denn mit dir? Meinst du, ich lasse noch einmal zu, dass sie dir zu nahe kommt? Vorher bringe ich sie um.« Nun waren es ihre Augen, die zornig in Richtung der beiden Beamtinnen blitzten.

Maria hob beschwichtigend die Hände. »Ein überregionales Team aus Polizei- und Zollbeamten ist bereits auf der Jagd nach ihr. Vielleicht könntet ihr einfach ein paar Tage noch hierbleiben, dann sorgen wir dafür, dass das Haus und die Umgebung besonders bewacht werden. Wir sind uns ganz sicher, dass sie euch aufsuchen wird. Und sobald sie hier auftaucht, greifen wir sie uns wieder.«

»Du willst also, dass wir den Lockvogel spielen?«, fragte Petra scharf.

»Nein, so ist das nicht gemeint. Aber so können wir am besten für euren Schutz sorgen.«

»Und wie lange soll das gehen?« Petra wurde immer wütender, sie redete sich in Fahrt. »Wie lange sollen wir hierbleiben in der Angst, dass diese Verrückte auftauchen könnte? Wer weiß, ob sie es überhaupt jemals tun wird. Vielleicht ist sie schon über alle Berge und lacht sich ins Fäustchen. Oder sie wartet, bis wir zurück in Heusenstamm sind und wieder anfangen zu fliegen.«

Nun schaltete sich Klaus ein. »Wir halten es für das Beste, wenn ihr erst einmal nicht zur Arbeit zurückkehrt«, erklärte er. »Wie du schon sagst, Petra – die Gefahr für euch ist einfach zu groß. Nur hier könnt ihr effektiv geschützt werden. Wir lassen euch noch eine Weile krankschreiben ... möglichst bis Beate gefasst wird.«

Anja starrte ihn entsetzt an. »Und wenn sie nicht gefasst wird? Wie lange sollen wir warten?«

Sabine ergriff das Wort: »*Dass* sie sich an euch rächen will, da sind wir sicher. Das entspricht einfach ihrer Natur – das weißt du, Anja, sicher am besten. Es ist eine Frage der Zeit, das gebe ich zu, aber es geht jetzt vor allem um eure Sicherheit – und daher bleiben wir hier, und ihr auch.« Ihr Ton duldete keinen Widerspruch.

Dennoch versuchten Anja und Petra es weiter. »Ihr könnt uns doch nicht zwingen, oder?«, fragte Anja herausfordernd.

»Wenn es sein muss«, erklärte Maria, »dann nehmen wir euch

in Schutzhaft. Würde euch das besser gefallen? Bitte, seid doch vernünftig. Bleibt hier und überlasst es uns, euch zu schützen.«

Petras Wut war inzwischen verraucht. Erst mit Verspätung wurde ihr die Tragweite dieser schlimmen Neuigkeit in vollem Umfang bewusst, und dieses Bewusstsein trieb ihr die Tränen in die Augen. Anja sah sie bestürzt an und strich ihr sanft über die Wange.

Da warf Petra sich ihr schluchzend an den Hals. »Hört das denn nie auf? Sie hat schon so viel Unheil angerichtet, dich so schwer verletzt ...«

Ihre Stimme brach. Anja umschlang sie fest mit ihren Armen, wiegte sie wie ein kleines Kind hin und her und murmelte leise beruhigend in ihr Ohr. Aber Petra hatte Mühe, sich zu beruhigen. Mit jeder Sekunde, die sie an Beates Flucht dachte, kamen die schrecklichen Erinnerungen an das letzte Zusammentreffen wieder hoch, überwältigten sie.

Es war Martina, die schließlich das letzte Wort sprach. »Ich werde euch beide nicht irgendeiner Gefahr aussetzen und auch nicht aussetzen lassen. Ihr bleibt so lange hier, bis diese Irre endgültig hinter Gittern ist – und so lange bleiben auch Maria und Sabine hier.«

Anja versuchte etwas zu sagen, doch ihre Mutter hob die Hand. »Ich dulde hier keinen Widerspruch und kein Heldentum«, erklärte sie sehr bestimmt. »Ihr seid beide nun meine Töchter, und ich werde euch auf keinen Fall verlieren. Schon gar nicht an diese Verrückte Beate.«

Maria warf ihr einen kurzen, dankbaren Blick zu und ging nach draußen, um ihre und Sabines Taschen zu holen. Martina hatte sich ebenfalls erhoben und verschwand in Begleitung von Klaus in der Küche. Nur Sabine blieb mit Anja und Petra am Tisch sitzen und schaute sie abwechselnd eindringlich an.

»Anja«, sagte sie, »du kennst doch Beate am besten von allen hier. Glaubst du denn nicht auch, dass sie sich an euch rächen will? Dass allein dieser Gedanke sie dazu gebracht hat, auszubrechen? Oder denkst du wirklich, dass sie nur abhauen wollte und jetzt irgendwo in Freiheit sitzt?«

Anja überlegte eine ganze Weile, doch am Ende musste sie Sabine recht geben. Langsam sagte sie: »Sie ist getrieben von Hass.

Wir haben nicht nur ihre Geschäfte gestört – nein, wir haben sie lächerlich gemacht, zumindest in ihren Augen. Dass ich mich gegen sie entschieden habe und für Petra, das kann sie wahrscheinlich kaum verkraften. Bisher hat immer sie einen Schlussstrich gezogen und die andere zum Teufel gejagt ... das ist das erste Mal, dass sie verlassen wurde. Das muss sie schwer getroffen haben. Auch dass Petra so zu mir steht und, wie sie von Andreas ja erfahren hat, dass wir heiraten wollten – das wird ihren Hass noch stärken. Sie hat durch uns alles verloren. Ja, ich bin sicher, dass sie sich an uns rächen will ... und das macht mir richtig Angst.« Sie schwieg einen Moment und fügte dann nachdenklich hinzu: »Aber ich möchte mich nicht verkriechen müssen.«

Sabine setzte zum Sprechen an, aber Anja hob die Hand. »Ich weiß ja, ihr meint es nur gut und seid um uns besorgt, doch wie lange soll das hier gehen? Wie lange wollt und könnt ihr hierbleiben und für unsere Sicherheit sorgen? Was, wenn sie den längeren Atem hat und einfach abwartet, bis ihr wieder nach Hause fahrt, weil ja nichts passiert? Ich würde lieber versuchen, sie aus der Reserve zu locken – und stelle mich als Lockvogel zur Verfügung.«

Petra hatte schon wieder das Gefühl, den festen Halt zu verlieren. Entsetzt starrte sie Anja an. »Das kann nicht dein Ernst sein! Nach allem, was passiert ist, Anja – sie wird dich umbringen.«

Anja lächelte ihr zu und strich ihr besänftigend über den Rücken. »Nein«, widersprach sie, »das wird sie nicht. Sie wird es versuchen, aber ich bin doch nicht allein. Maria und Sabine sind doch hier.«

»Es wäre beinahe schiefgegangen beim letzten Mal«, flüsterte Petra verzweifelt und vermied es, Sabine anzusehen. »Sie ist clever und bösartig ... meinst du nicht, sie kann sich denken, dass du ihr eine Falle stellen willst? Und vor allem, wie stellst du dir das nur vor? Du weißt doch nicht, wo sie ist.«

Anja zuckte mit den Schultern. »Das ist wahr. Ein bisschen werden wir also wirklich abwarten müssen.«

Ein Klingeln an der Tür lenkte Petra für einen Moment von ihrer Angst ab. Maria sprang auf und rannte zur Tür, bevor Martina öffnen konnte. Wenig später kam sie wieder ins Wohnzimmer zurück, an ihrer Seite Claudia – die junge Polizistin, die mit Julia, der Ärztin, zusammen war.

»Guten Tag zusammen«, grüßte Claudia freundlich. »Mein Chef hat mich abkommandiert, damit ich Ihnen hier helfen kann, wo immer Sie mich brauchen. Dazu kommen natürlich bei Bedarf auch alle meine Kollegen. Sie stehen nur einen kurzen Anruf entfernt.«

In Petra kämpften Erleichterung, zaghafte Hoffnung und weiterhin Angst. Richtig beruhigen konnte sie das alles nicht, nicht einmal das massive Polizeiaufgebot. Waren sie diesmal wirklich besser vorbereitet als beim letzten Mal? Beate würde sich nicht leicht in irgendeine Falle locken lassen, das war klar.

Sie saßen noch lange zusammen, versuchten sich mit Hilfe von Anja ein besseres Bild von Beate zu machen und wälzten Ideen, wie sie sie aus ihrem Versteck locken könnten. Doch einen wirklich hieb- und stichfesten Plan, um sie endgültig aus dem Verkehr zu ziehen, fanden sie nicht.

Später am Abend schmiegte Petra sich an Anjas nackten Körper. Sie hatten sich schweigend ausgezogen und langsam, voller zärtlicher Leidenschaft geliebt. Doch nun kehrte die dunkle Wirklichkeit wieder zurück.

»Ich habe solche Angst«, flüsterte Petra.

Anja streichelte ihr zärtlich über die Haare. »Ich weiß, mein Schatz ... glaub mir, ich auch. Ich wünschte, sie würden Beate gleich wieder einfangen, und wir könnten endlich wieder frei und ohne Sorgen leben.«

Petra hob den Kopf ein wenig. Mit fester, harter Stimme erklärte sie: »Wenn sie dir noch einmal zu nahe kommt, dann bring ich sie um.«

Anja sah fast erschrocken aus über Petras finstere Entschlossenheit. Sie zog Petra wieder ganz eng an sich. »Ich lass dich nie wieder los, mein Engel. Du bist meine Frau, meine Liebe, mein Leben. Du bist alles für mich ... Ich werde nicht zulassen, dass dir irgendein Leid geschieht, und dazu gehört auch, dass ich auf mich aufpassen werde. Was auch immer passiert.«

In dieser Nacht schliefen sie beide nicht. Sie lagen einfach nur

Arm in Arm da und hielten sich ganz fest, als wollten sie sich nie wieder loslassen.

Als sie am nächsten Morgen wieder alle um den Esstisch saßen, ergriff Anja das Wort und präsentierte ihren überraschten Zuhörern einen fertigen Plan.

»Petra und ich gehen heute und auch jeden weiteren Tag auf das Bergle hoch«, verkündete sie. »Beate wird uns irgendwie beobachten oder beobachten lassen. Sie soll sehen, dass wir einen Rhythmus haben, und sich darauf einstellen. Irgendwann wird sie sich dann so sicher fühlen, dass sie sich uns zeigt. Sie wird uns nicht aus dem Hinterhalt erledigen – sie wird uns dabei ins Gesicht sehen wollen, unsere Angst genießen.

Aber natürlich sind wir dann nicht allein. Ihr könnt zum Beispiel vorher schon hochgehen und den Weg sichern. Außerdem können wir auch einen Sender tragen, hat ja beim letzten Mal schon sehr geholfen.«

Petra beobachtete ihre Frau und Geliebte, während diese sprach. Anja war blass, wirkte aber sehr entschlossen. Nachdem sie geendet hatte, nickte Petra langsam – obwohl sich ihr Innerstes vor Nervosität und Angst zusammenkrampfte. »Das klingt machbar, mein Schatz.«

An Sabine und Maria gewandt, fügte sie erklärend hinzu: »Wir wollen so schnell wie möglich in unser Leben zurück, und das geht nur, wenn Beate für immer weg ist. Anjas Strategie sollte garantieren, dass es tatsächlich schnell geht.«

»Das scheint mir zu gefährlich«, warf Sabine ein.

Doch Petra lachte bitter auf. »Nicht gefährlicher als das, was ihr in Köln getan habt. Aber unter freiem Himmel sollte es besser funktionieren als wenn sie sich in einem Haus verbarrikadieren kann. Also versuchen wir Beate durch unsere regelmäßigen Spaziergänge anzulocken, und dann könnt ihr zuschlagen.«

Nach kurzer Beratschlagung erklärten sich Maria und Sabine mit Anjas Plan einverstanden. Sie riefen Claudia an und besprachen die Einzelheiten mit ihr. Gemeinsam würden sie eine Route ausarbeiten, die Anja und Petra täglich gehen sollten. An einigen Punkten würden sie versteckt Wachen postieren, und auch oben auf dem Bergle würde immer jemand sein, wenn sich Anja und Petra dort aufhielten. Auf diese Weise sollte Beate eigentlich keine Chance haben.

Trotzdem hämmerte Petras Herz vor Angst, als sie sich mit Anja am Nachmittag auf den Weg machte. Bei jedem Geräusch zuckte sie zusammen, jedes Mal, wenn ihnen jemand folgte, wurde sie kreidebleich. Anja musste sie fest in ihre Arme schließen und beruhigend auf sie einreden, als sie oben auf ihrer Bank saßen.

Sie blieben eine Stunde, die sich durch die nervöse Anspannung wie ein ganzer Tag anfühlte. Erst als sie zurück im Haus waren, war Petra wieder in der Lage, normal zu atmen, und ihr Herz raste nicht mehr so. Sie ließ sich erschöpft aufs Bett fallen.

Anja setzte sich vorsichtig neben sie. »Geht es dir gut, mein Liebling?«

Petra gab keine Antwort, aber Tränen lösten sich aus ihren Augenwinkeln und tropften in ihre Haare und auf die Bettdecke. Bestürzt streichelte Anja sie weg.

»Es tut mir so leid, mein Engel«, flüsterte sie. »Ich wollte nie, dass so etwas passiert.«

Petra schluchzte leise auf. »Du kannst doch nichts dafür, Anja. Es ist diese Irre, die mich so fertigmacht. Ich hoffe so sehr, dass sie sie bald erwischen.«

Anja legte sich neben ihre Frau, schlang ihre Arme um sie und hielt sie ganz fest. »Es ist bald vorbei, das weiß ich. Sie wird nicht lange warten können. Jeder weitere Tag ist für sie ein größeres Risiko, entdeckt zu werden.«

Die nächsten drei Tage waren zermürbend. Jeden Nachmittag gingen sie die festgelegte Route auf den Berg hinauf, um dort eine Stunde oder etwas länger auf ihrer Bank zu sitzen. Anfangs versuchten sie sich dabei noch über harmlose Alltagsthemen zu unterhalten, aber irgendwann konnten sie die Beklemmung und die nervöse Erwartung nicht mehr überspielen. Also hielten sie sich einfach fest in den Armen.

Auch zu Hause wurde nicht viel gesprochen. Mit jedem Tag, der ohne Beates Auftauchen verging, lagen die Nerven ein wenig mehr blank.

Am vierten Tag sah zunächst alles danach aus, als würde sich die aufreibende Warterei fortsetzen. Aber als sich Anja und Petra auf den Weg vom Bergle hinunter machten, trat ihnen auf einmal eine allzu bekannte Gestalt in den Weg. Klein, dünn und sichtlich hasserfüllt.

»Hallo, mein Lämmchen. Hast du mich vermisst?«

Mit diesen Worten zog Beate eine Pistole und schoss ohne zu zögern zweimal auf Petra. Mit einem lauten Schrei versuchte Anja noch, sich dazwischen zu werfen, doch Beate war zu schnell gewesen. Anja erstarrte mitten in der Bewegung. Ihre Augen weiteten sich vor Entsetzen, als Petra getroffen zusammensackte.

»Einen Schritt zu ihr, und du bist auch tot«, zischte Beate. Anja blieb zitternd stehen. Kein Zweifel, Beate würde ihre Drohung in die Tat umsetzen. Aber Petra lag auf dem Boden und rührte sich nicht mehr, und Anja durfte ihr nicht helfen ... Sie schluchzte leise und verzweifelt und sah Beate aus tränenüberströmten Augen an.

Und dann ging alles ganz schnell. Maria stürmte wie aus dem Nichts auf sie zu und brüllte etwas. Beate drehte sich blitzschnell zu ihr um und richtete ihre Waffe nun auf sie, doch zur gleichen Zeit kamen auch Claudia und Sabine um die Ecke, ebenfalls irgendetwas rufend. In diesem Moment fuhr Beate erneut herum, richtete die Pistole auf Anja und lachte irr.

Anja stand da wie hypnotisiert, konnte sich nicht bewegen. Alles um sie herum schien in Zeitlupe abzulaufen: Claudia rief Beate eine Warnung zu, dann gab sie einen Warnschuss ab; Beate ließ sich dadurch jedoch nicht beirren, hob im Gegenteil ihre eigene Waffe noch ein kleines Stück höher, nun genau auf Anjas Kopf zielend; und plötzlich fiel ein Schuss.

Ganz langsam senkte sich Beates Hand. Ihre Finger öffneten sich kraftlos, und die Pistole fiel scheppernd zu Boden. Mit einem leisen Seufzer sank Beate in die Knie und fiel dann mit dem Gesicht voran in den Dreck.

Sabine stand wie versteinert, noch immer die Waffe auf Beate gerichtet, bis Maria an sie herantrat und sie ihr sanft aus der Hand nahm.

Sie nahm ihre Frau fest in den Arm und murmelte: »Danke.

Du hast uns das Leben gerettet.«

Sabine schien aus ihrer Starre zu erwachen, nickte leicht und versuchte ein kleines Lächeln. Doch sie stand offensichtlich unter Schock.

Unterdessen war Claudia vorsichtig an Beate herangetreten. Sie nahm die Pistole vom Boden auf und steckte sie ein. Dann rief sie etwas in ihr Funkgerät, und es dauerte nur Sekunden, bis Julia herangelaufen kam, eine Krankenschwester im Schlepptau.

Anja bekam von alledem kaum etwas mit. Sie kniete neben Petra und hielt ihre Hand. »Bleib liegen, mein kleiner Engel, alles wird gut.«

Petra lächelte schmerzverzerrt. Sie hatte Mühe, Luft zu bekommen. »Beate?«, keuchte sie.

Anja schaute zu Claudia hinüber und dann zu Julia, die gerade prüfte, ob sie bei Beate noch einen Puls feststellen konnte. Dann meldete sie knapp: »Sie ist tot.«

Mehr Worte waren nicht nötig. Anja sah zu Boden. Ihr Herz pochte immer noch rasend, und ihr Atem ging flach, doch sie konnte nicht leugnen, dass sie sich erleichtert fühlte ... befreit.

Julia kam zu Petra hinüber und tastete sie vorsichtig ab. »Wie fühlst du dich?«, erkundigte sie sich.

Petra zuckte bei der Berührung zusammen. Mit gepresster Stimme antwortete sie: »Als hätte jemand mit einem Hammer auf mich eingeschlagen.«

Julia hatte ihr inzwischen die Bluse aufgeknöpft und besah sich den Schaden an der schusssicheren Weste. Anja stockte der Atem, als sie sah, dass die beiden Kugeln genau in Herzhöhe in die Weste eingedrungen waren. Mit ernstem Blick schaute Julia zu ihr hinüber und nickte.

»Das war knapp«, sagte sie, nun wieder an Petra gewandt. »Ohne die Weste wärst du jetzt tot. Beate hat wirklich nicht lange gefackelt. Du wirst zwei ziemlich blaue Flecken bekommen, und es wird sicher eine ganze Zeitlang wehtun, aber das geht vorbei.«

Petra konnte schon wieder grinsen. »Du meinst, ich muss nicht wieder auf deine Station im Krankenhaus?«

»Nur, wenn du willst«, gab Julia zurück, nun ebenfalls grinsend. »Dann nehme ich dich natürlich sofort mit.«

Da schritt Anja dazwischen: »Nix da. Petra kommt schön mit mir nach Hause. Ich verspreche auch, dass ich sehr auf sie aufpassen werde.« Sie streichelte ihrer Frau zärtlich über die Haare. Dann halfen sie Petra auf die Beine und gingen langsam zu Sabine und Maria.

Sabine hatte Tränen in den Augen. »Ich musste noch nie auf einen Menschen schießen«, flüsterte sie tonlos. »Ich weiß, es war das Richtige. Aber es fühlt sich trotzdem so furchtbar falsch an.«

Anja schluckte hart, suchte nach den richtigen Worten. Dann nahm sie Sabine einfach in die Arme und drückte sie fest an sich. Petra trat dazu und tat es ihr gleich. Schließlich wurde auch Maria in die Umarmung mit einbezogen, und so standen die vier Frauen lange da und hielten sich fest, vermittelten einander schweigend ihren Dank und ihre Unterstützung.

Sie alle wussten, wie knapp es gewesen war. Maria hatten sie die kugelsicheren Westen zu verdanken, die sich gleich zu Beginn der Konfrontation als unabdingbar erwiesen hatten. Und Sabine war es, die sie durch ihr beherztes Eingreifen endgültig von Beate befreit hatte. Nicht auszudenken, was passiert wäre, hätte sie auch nur eine Sekunde gezögert.

Als Claudias Kollegen eintrafen und sich um die Spurensicherung kümmerten, standen die Frauen noch immer engumschlungen da und lösten sich nur zögerlich voneinander. Die Nähe half, das Entsetzen der vergangenen Minuten zu dämpfen.

»Es ist gut, dass es endlich vorbei ist«, murmelte Maria.

Anja nickte. »Ohne eure kugelsichere Weste wäre Petra jetzt tot.« Sie schluckte wieder, und Tränen liefen ihr über das Gesicht. Dennoch blieb das Gefühl der Leichtigkeit – es verstärkte sich sogar noch. Sie wandte sich ihrer Frau zu und berührte zärtlich ihre Wange.

»Ich liebe dich, mein kleiner Engel. Jetzt können wir endlich unser eigenes Leben führen, ohne jemals wieder Angst wegen Beate haben zu müssen.«

Petra ließ sich von ihr in den Arm nehmen, zuckte dann aber vor Schmerzen zurück und stöhnte leicht gequält auf. Erschrocken fuhr Anja ihrerseits zurück.

»Es tut mir so leid, mein Schatz, ich wollte dir nicht wehtun ...«

»Ist schon okay, mein Engel, das weiß ich doch.«

Unten im Ort mussten sie noch alle auf die Polizeistation, um ihre Aussagen zu Protokoll zu geben. Claudia war schon vor ihnen dort eingetroffen und hatte Neuigkeiten.

»Wir haben inzwischen Beates Versteck gefunden und auch ihre Helferin ausfindig gemacht«, berichtete sie. »Sie war ein ziemlich durchtriebenes Weib, oder irre ich mich da?«

Allgemeines Kopfschütteln war Antwort genug.

»Die Krankenschwester auf der Gefängnisstation hat gerade gestanden«, fuhr Claudia fort, »sie kommt aus Ortenberg und hat Beate dort in ihrer Wohnung untergebracht. Von da war es für sie ganz einfach, hierherzukommen und euch zu beobachten. Sie hatte übrigens noch eine weitere Schusswaffe und auch ein Messer bei sich. Es scheint, dass sie sich auf keinen Fall von ihrem Racheplan abbringen lassen wollte – egal, was passieren mochte. Sie hat nur nicht damit gerechnet, dass ihr unter Polizeischutz stehen würdet. Der typische Fall von Selbstüberschätzung.«

Mit ernstem Blick wandte sie sich an Sabine. »Du hast völlig richtig gehandelt. Unsere Warnrufe und auch mein Warnschuss hatten keinerlei Wirkung auf sie, und wenn du nicht abgedrückt hättest, dann hätte sie Anja erschossen. Sie hat auf Anjas Kopf gezielt, der Schuss wäre also auf jeden Fall tödlich gewesen. Vielleicht hilft dir das ein wenig, damit umzugehen.«

Sabine sagte nichts, nickte aber langsam. Maria nahm sie in den Arm. »Meine Heldin … ich weiß, es ist schwer für dich, aber ich bin so stolz auf dich.«

Auch Petra und Anja umarmten sie erneut. Sabine konnte schon wieder ein ganz klein wenig lächeln, als sich die vier von Claudia verabschiedeten.

Zu Hause öffnete ihnen Martina voller Sorge die Tür. Die Sirenen waren nicht zu überhören gewesen. Doch ihre ängstliche Miene schlug sofort in Erleichterung und Freude um, als sie die Frauen unbeschadet vor sich stehen sah. Sie umarmte Anja kräftig und wollte gerade auch Petra um den Hals fallen, als Anja dazwischentrat.

»Entschuldige, Mama, Beate hat auf Petra geschossen. Sie hat eine heftige Prellung und einen bösen blauen Fleck.«

»Oh Gott ...« Martina schlug sich entsetzt die Hand vor den Mund. »Ich hoffe, diese grausame Frau kriegt ihre gerechte Strafe.«

Bei diesen Worten zuckte Sabine leicht zusammen.

»Sabine hat uns allen das Leben gerettet«, erklärte Anja ihrer Mutter. »Sie hat Beate erschossen, als die gerade auf meinen Kopf schießen wollte. Beate kann uns nie wieder verletzen.«

Da nahm Martina auch Sabine in den Arm und drückte sie fest an sich. »Ich danke dir, dass du meine Töchter beschützt und gerettet hast. Das werde ich dir nie vergessen«, sagte sie mit bewegter Stimme. »Aber nun kommt rein, ich habe uns eine Vesper vorbereitet – hoffentlich habt ihr Hunger.«

Beim gemeinsamen Abendessen lehnte sich Petra gegen Anja, und die legte schützend ihren Arm um ihre Frau. Sie spürte, wie Petra immer wieder zu zittern begann. Als sie sie von der Seite ansah, stellte sie betroffen fest, dass Petras Gesicht grau und eingefallen wirkte und ihre sonst so strahlenden blauen Augen verdächtig schimmerten.

Entschlossen erklärte sie, dass Petra dringend Ruhe brauche. Daraufhin zogen sich die beiden Frauen aus der Runde zurück und gingen auf ihr Zimmer.

»Geht es dir gut, Schatz?«, fragte Anja besorgt, noch während sie die Tür hinter ihnen schloss.

Petra ließ sich mit schmerzverzerrtem Gesicht auf dem Bett nieder. Eine Träne löste sich aus ihrem Augenwinkel und rollte über ihr Gesicht, aber sie antwortete nicht – sie hätte nicht gewusst, was sie sagen sollte. Entsetzen über das Geschehene und enorme Erleichterung darüber, dass der Schrecken und die Angst ein für allemal vorbei waren, kämpften in ihr.

Anja kniete sich vor ihr auf den Boden, nahm ihre Hände und drückte sie. »Es ist vorbei, Schatz. Sie kann uns nichts mehr tun.«

»Das weiß ich doch«, schluchzte Petra auf. »Aber ... es hätte nie so weit kommen dürfen. Ich meine, warum war sie so? Warum hat sie uns so sehr gehasst, dass sie uns sogar töten wollte? Es ist so schrecklich, und ich verstehe es einfach nicht.«

Anja setzte sich neben sie auf das Bett und zog sie sanft in ihre

Arme. Sie drückte zärtliche Küsse auf Petras Haare, hielt sie fest umklammert.

»Ich kann dir das nicht beantworten«, murmelte sie. »Warum ist ein Mensch so ... Sie hat viele Jahre Drogen genommen. Aber ob das als Erklärung reicht ...?« Sie zuckte leicht mit den Schultern. »Ich weiß es nicht, mein Schatz. Alles, was ich weiß, ist, dass wir beide zusammen sind und auch für immer zusammenbleiben werden. Ich gebe dich nicht mehr her, jetzt, wo ich dich endlich in meinem Leben habe. Und ich werde immer auf dich aufpassen, das verspreche ich dir.«

Jetzt hob Petra den Kopf. Lange sah sie Anja in die Augen. Sie versuchte all die Liebe, die sie für Anja empfand, mit ihrem Blick auszudrücken, aber es lag ebenso viel Schmerz darin.

»Das weiß ich doch, mein Schatz«, sagte sie schließlich. »Und genau das verspreche ich dir auch. Ich liebe dich so sehr, Anja. Mehr als ich dir sagen kann. Aber ...« Ein tiefer Seufzer entrang sich ihrer Brust. »Ich kann das, was heute passiert ist, nicht so einfach wegstecken.«

»Das verstehe ich.«

Lange saßen sie stumm nebeneinander auf dem Bett, Arm in Arm, aus der Nähe der anderen Trost und Stärke schöpfend.

»Komm, Schatz«, sagte Anja endlich. »Lass uns versuchen, ein wenig Schlaf zu finden.«

»Ich bin mir nicht sicher, ob ich schlafen kann«, entgegnete Petra leise. Noch immer quollen Tränen aus ihren Augen hervor.

Anja legte ihr den Finger unter das Kinn und drehte ihr Gesicht zu sich. »Petra, Liebes, sieh mich an, bitte«, beschwor sie ihre Frau. »Beate war ein böser Mensch.«

Beschwichtigend hob sie die Hand, als Petra zu einer Erwiderung ansetzte. »Ja, ich weiß ... das rechtfertigt nicht wirklich ihren Tod. Aber Sabine hatte keine Wahl. Beate wollte dich erschießen, Petra. Und glaube mir, wenn Sabine sie nicht vorher getötet hätte, dann hätte *ich* sie umgebracht. Ich werde niemals zulassen, dass dir etwas passiert. Niemals, hörst du? Und jetzt lass uns ins Bett gehen. Wir sind beide total kaputt und sollten uns wenigstens ausruhen.«

Anja half Petra behutsam aus ihrer Kleidung. Sie zog scharf die Luft ein, als sie die tiefblauen, beinahe schon schwarzen Flecken sah. »Oh, mein armer kleiner Liebling, es tut mir so leid. Hast du große Schmerzen?«

Petra verzog gequält das Gesicht. »Ein wenig ... vielleicht sollte ich doch eine von Julias Pillen nehmen.«

Rasch brachte Anja ihr ein Glas Wasser und die Tablette. Dann half sie ihr, sich auf das Bett zu legen, und deckte sie sorgsam zu. Sie legte sich vorsichtig neben sie, und Petra kuschelte sich in ihren Arm.

Doch selbst in Anjas Umarmung konnte sie nicht verhindern, dass sie immer wieder erschauerte. Anja hielt sie ganz fest, sprach beruhigend auf sie ein, und erst nach einiger Zeit entspannte sich Petra ein wenig. Ihr Atem ging nicht mehr flach und gehetzt, sondern ruhig und gleichmäßig.

»Ich liebe dich so sehr«, murmelte Anja leise in die Nacht.

»Schatz?« Petras Stimme kam undeutlich unter der Decke hervor.

»Ja, mein Engel.«

»Es ist seltsam zu wissen, dass es jetzt endgültig vorbei sein soll.«

»Falsch, Schatz. Es ist vorbei, und das ist unglaublich schön.« Sanft küsste Anja Petras Haare. »Von jetzt an können wir uns ganz auf uns konzentrieren, ohne Angst, ohne Sorgen. Das Leben ist schön – vor allem, seit ich dich an meiner Seite habe. Über den Wolken fand ich dich, mein kleiner Engel.«

Da wühlte sich Petras Gesicht noch einmal aus der Decke heraus, und Anja strahlte, als sie ihr glückliches Lächeln sah. Sie küssten sich voller Liebe und tiefer Zuneigung. Und als sie endlich in einen erholsamen Schlaf fielen, träumten beide von dem Glück, das auf sie wartete.

ENDE

Weitere Titel bei édition el!es

Ina Sembt: Im Garten der Gefühle

Roman

Für eine brisante Reportage erhält Alexandra den Auftrag, undercover intime Details über die Mode-Magnatin Susanne von Saalfeld herauszufinden. Alexandra gibt sich als Gartenarchitektin aus und kommt Susanne näher als geplant. Doch noch bevor Alexandra ihren wahren Beruf beichten kann, prangen bereits skandalträchtige Schlagzeilen in der Boulevardpresse – Susanne zieht sich wütend zurück. Alexandra versucht verzweifelt alles Menschenmögliche, um Susanne von ihrer Liebe zu überzeugen …

Mirjam Hoff: Gefährliche Geheimnisse

Roman

Zuerst knackt Helen Lils Türschloss, dann ihr Herz. Es könnte eine wunderbare Beziehung werden, wenn Helens Geheimnisse nicht immer wieder für unangenehme Überraschungen sorgen würden. Lil weiß im Grunde nichts über die wilde und leidenschaftliche Helen, erfährt nur immer wieder durch Zufall Details aus Helens Leben. Das stellt die Beziehung auf eine harte Probe, denn eines Tages wird Lil nicht mehr verzeihen können …

Claudia Westphal: Die Schwester der Braut

Roman

Als Alicia heiratet, lernt deren Schwester Alex auf dem Junggesellinnenabschied die ältere Dana kennen und fühlt sich von Anfang an zu ihr hingezogen. Nur ist Dana die beste Freundin von Alex' Mutter, und die Mutter weiß nichts von der Vorliebe ihrer Tochter für Frauen. Und auch sonst spricht so einiges gegen eine Beziehung zwischen Dana und Alex. Doch die Gefühle sind stärker als die Vernunft, und so nehmen die Geschehnisse bis zum Happy End ihren Verlauf …

Terry Waiden: Neptuns Tochter

Roman

Mika zieht den Zorn einer schönen Fremden auf sich, als sie in der Firma die Sprinkleranlage in Gang setzt – für einen guten Zweck. Die Überraschung ist groß, als Mika der Fremden wiederbegegnet, denn sie ist die Tochter von Mikas neuer Arbeitgeberin. Doch ›Neptuns Tochter‹, wie sie von Mika insgeheim getauft wird, schreitet auf dem Kriegspfad, so scheint es; fatal, denn Mika hat sich unsterblich verliebt ...

Lucy van Tessel: Traum von Amsterdam

Roman

Der Durchbruch als Künstlerin lässt auf sich warten, die Langzeitbeziehung gescheitert – in Lenkas Leben läuft einiges schief. Und auch ein vielversprechender Flirt mit Studentin Naomi endet im Rauswurf am nächsten Morgen. Doch Lenka kriegt Naomi nicht aus dem Kopf, während die Studentin den mit ihrer Ex geträumten Traum von Amsterdam nicht aufgeben will. Eine gemeinsame Zukunft kann es jedoch nur geben, wenn sich Naomi fürs Bleiben entscheidet ...

Manuela Kühn: Verborgene Liebe

Roman

Nach der Trennung von ihrer großen Liebe fällt Leonie in ein tiefes Loch der Trauer. Die Qual scheint endlos, bis ihr bester Freund Tobias einen Unfall hat. Denn im Krankenhaus entflammen leidenschaftliche Gefühle für die große, starke Krankenschwester Irene. Aber im Verborgenen wächst in Leonie eine Liebe für eine ganz andere Frau heran ...

Ruth Gogoll: Widerstand ist zwecklos

Drei galaktische Geschichten in einem Band

Ein Handyroman, eine Fanfiction und ein utopisches Experiment – in diesem *el!es-Spezial* sind drei Geschichten von Ruth Gogoll zusammengefasst, die sich bereits als eBooks großer Beliebtheit erfreuen.

Widerstand ist zwecklos stellt eine Professorin fest, als sie sich erfolglos gegen die erotische Anziehung ihrer Assistentin wehrt;

Galaktische Gefühle hegt Captain Alyson McGuire für eine zur perfekten Frau umgewandelten Cyborg;

Neue Welt ist ein Planet voller Frauen, auf dem die von der Erde gesandte Corey ganz neue Erfahrungen macht ...

Maren Frank: Liebe an Bord

Roman

Krankenschwester auf einem Kreuzfahrtschiff: Das klingt zu gut, um wahr zu sein. Diana wagt das Abenteuer und verliebt sich prompt in die große, dunkelhaarige Kapitänin Valerie. Viel Zeit, um herauszufinden, ob die Gefühle erwidert werden könnten, bleibt allerdings nicht: Das Schiff wird vom Ersten Offizier mit Hilfe fremder Seeleute gekapert, Diana und Valerie in einem Ruderboot auf See ausgesetzt – der gemeinsame Überlebenskampf beginnt ...

Claudia Westphal: Zeig, mir was Liebe ist

Roman

Äußerlich die Vorzeige-Lipsticklesbe, innerlich die größte Butch: Jefferson Fynn passt in keine Schublade. Im Beruf erfolgreich, das Privatleben in einen Schrank gesperrt. Doch eines Tages werden die Sehnsucht nach Liebe und der Wunsch nach Familie groß genug, so dass Jefferson ihre Karriere an den Nagel hängt und in ihre Heimat zurückkehrt. Wo neben neuen familiären Herausforderungen auch tatsächlich die große Liebe auf sie wartet ...

Anne Wall: Nur ein Blick von dir

Roman

Silke, frisch getrennt, lernt die Sozialpädagogin Marina kennen. Obwohl Silke immer wieder betont, dass Marina nicht ihr Typ ist, lässt sie sich nach einer Weile doch auf eine Beziehung ein, ohne Verpflichtungen, ganz locker, jederzeit kündbar. Aber die Idylle wird jäh unterbrochen, als Marina plötzlich verschwindet und Silke sich ihrer wahren Gefühle endlich bewusst wird.

Toni Lucas: Gefährliche Sehnsucht

Roman

Aufstiegschance Katze! In einer Welt, die von der Furcht vor Seuchen beherrscht wird, ist Anais Munroe froh, einen gutbezahlten Job als Katze in einem reichen Haushalt erhalten zu haben. Sumati Divari, eine einflussreiche Managerin eines Pharmakonzerns, bringt ihr jedoch zunächst nur wenig Sympathie entgegen. Erst, als Anais schwer verletzt wird, entspinnt sich wischen ihnen ein Liebesverhältnis. Bald jedoch müssen beide feststellen, ss nicht nur ihre Beziehung, sondern auch das Leben vieler Menschen droht ist. Nur gemeinsam kann es ihnen gelingen, eine Katastrophe zu indern.